KB060084

시대로부터,
시대에 맞서서,
시대를 위하여

도정일
문학선
4

시대로부터,
시대에 맞서서,
시대를 위하여

도정일
문학에세이

문학동네

서문

'시대로부터, 시대에 맞서서, 시대를 위하여'는 오랫동안 내 마음속에 담겨 있던 구절이다. 나에겐 문학이 해야 할 일, 하지 말아야 할 일, 할 수 있는 일을 요약해주는 말로 생각되었기 때문이다. 문학과 관계 맺은 사람치고 이런 문제의식을 갖지 않은 사람은 없다. 예컨대 이 책에 수록된 어떤 글에서 시인 오든은 그가 아폴론의 시대라 부른 자기 당대에 문학이 어떻게 맞설 것인가를 장난스럽게, 그러나 진지하게 충고한 적이 있다. 그 충고는 당대를 위한 것이기도 하고 당대를 넘어선 것이기도 하다. 문학은 당대에 뿌리를 두고서 당대가 넘으려다 넘지 못한 불완전성, 뚫고자 했으나 다 뚫지 못한 한계를 간직하고 있기 때문에 당대와 소통하면서 당대를 넘어선다. 한계는 그저 한계가 아니라 다음 시대의 잠재성으로 남는다. 문학에 대한 나의 믿음은 그곳에 있다.

2021년 2월
도정일

시대로부터,
시대에 맞서서,
시대를 위하여
차례

1부

지금 문학은
무엇을 할 수 있는가

오래된 것들의 도전

— 이야기는 왜 끊임없이 만들어지는가

인간세계에서 가장 오래된 것은 섹스와 죽음이다. 이 두 가지는 신과 인간을 갈라놓는 경계선이자 인간의 조건이다. 신이 인간에게 "너는 뭐냐"고 물을 때 인간이 내놓을 수 있는 가장 빛나는 답변들도 그 두 개의 조건에서 나온다. "저는 죽는 자입니다"라고 한 녀석이 말하고 "저는 섹스하는 자입니다"라고 또 한 녀석이 대답한다. 섹스와 죽음은 신의 경험 영역이 아니다. 신은 번식하지 않고 죽지도 않는다. 죽지 않는 자는 죽음을 경험할 일이 없고, 번식의 명령에 매이지 않는 자는 섹스를 경험할 일이 없다. 말하자면 섹스와 죽음은 신들이 감히 범접할 수 없는 금단의 경험이다. 금지된 경험이기 때문에 신화에는 죽음을 그리워하는 신들이 나오고 다수의 교접하는 신들이 출몰한다. 교접하는 남녀 신들의 이야기는 인간세계의 왕성한 섹스활동에 대한 신들의 선망과 질투를 표현한다. "아니, 저것들이?" 메소포타미아신화에는 신들이 인간을 없애야겠다고 결의하는 이야기가 나온다. 인간들이 "너무 시끄럽다"는 것이다. 그 시끄러운 소리 속에는 섹스하는 소리도 포함되었을 것이 틀림없다. 인간들이 섹스로 머릿수를 자꾸자꾸 늘리고 그렇게 늘어난 것들이 섹스하느라 밤낮으로 부산떠는 소리가 요란해서 신들이 잠을 잘 수 없다는 것이 인간징벌론의 한 가지 짐작할

11

만한 이유다.

그러나 인간이 죽는 자이고 섹스하는 자라는 사실이 신들을 기죽일 만한 자랑거리가 될지 어떨지는 확실치 않다. 섹스와 죽음은 인간만이 겪는 인간 특유의 사건이 아니다. 그것은 생명을 받아 육신으로 태어나는 것들 모두가 겪는 공통의 사건이고 공통의 생물학적 조건이다. 이 점에서, 섹스와 죽음은 이 세계에서 가장 오래된 조건일 뿐 아니라 수없이 반복되어온 진부한 사건이다. 거기에는 새로울 것이 없다. '호모(인간류)'의 경우, 그것은 오스트랄로피테쿠스 시대로부터 따지면 이백만 년, 호모사피엔스의 시대로만 계산해도 삼십만 년 이상 반복되어온 일이다. 이처럼 오래되고 진부하고 반복적인 사건, 생물체 공통의 조건을 여봐란듯이 들고 나가 신들에게 '인간'의 자랑거리로 흔들어댈 수 있을까?

그럴 수 있다. 섹스와 죽음은 인간만의 유별난 사건이 아니지만 그 오래되고 진부한 것들로부터 끊임없이 새로운 이야기들을 만들어낸다는 것은 인간의 자랑거리임에 틀림없다. 인간은 이야기하는 원숭이다. 그런데 그 원숭이는 낡고 오래된 사건을 가지고 무수히 많은 이야기를 지어낸다. 이상하지 않은가. 인간은 어떻게 진부한 사건들로부터 길고 긴 이야기의 실을 뽑아내어 진부하지 않은 새 이야기들을 짜내는가? 이것이 셰에라자드의 비밀, 이솝의 비밀, 모든 이야기꾼의 비밀이다. 물론 섹스와 죽음에 관한 이야기만이 인간이 풀어놓는 이야기의 전모는 아니다. 그러나 그것들을 빼고 나면 인간의 이야기보따리는 바람 빠진 풍선이다. 그 두 가지는 인간이 이야기라는 것을 발명한 이래 지금까지 가장 강력하고 매혹적이고 지속적인 글감이 되고 있다. 신들이 인간에게 "너는 뭐하는 짐승이냐?"라고 물을 때 인간은 대답한다. "저는 헌것을 가지고 새 이야기를 짜내는 자입니다." 이 답변은 신들을 기죽이기에 충분하다. 신들은 궁금하다. "저 녀석이 무슨 마술이라도 갖고 있나?"

이야기의 마술을 가능하게 하는 첫번째 조건은 인간이 생물계 공통의 현실로부터 인간 특유의 경험적 진실을 구성해낸다는 사실에 있다. 여기서 중요한 것은 섹스한다, 죽는다는 사실이 아니라 섹스를 '경험'하고 죽음을 '경험'한다는 사실이다. 인간의 경우 이 경험은 특징적으로 '유한성의 경험'에 연결되어 있다. 지금까지 밝혀진 바에 따르면 자기 존재의 유한성을 안다는 것은 인간 고유의 경험 영역이다. 섹스의 부드러운 손길이 영원하지 않고 사랑의 뜨거운 숨결이 무한하지 않다는 것을 인간은 안다. 안다는 것은 경험한다는 것이다. 또 그 경험의 내용은 사람마다 다르고 그것의 표현방식도 각각 다르다. 어떤 사람에게 섹스는 이 지상의 유한한 삶에서 그가 경험할 수 있는 천국의 유일한 입구이고 어떤 사람에게 그것은 지옥의 뜨거운 양철지붕이다. 경험의 이런 개별성은 죽음의 경우도 마찬가지다. 어떤 사람에게 죽음은 태산보다 무겁고 어떤 사람에게 죽음은 깃털보다 가볍다. 이런 천차만별의 차이 때문에 섹스와 죽음의 경험은 누구에게도 동일하지 않다. 그 경험은 추상화되지 않고 일반화되지 않는다. 섹스와 죽음이라는 오래된 현실로부터 무수히 많은 이야기가 만들어질 수 있는 것은 그 현실에 대한 인간의 경험 내용이 제각각의 고유성, 개별성, 구체성을 갖기 때문이다. 경험이 다르면 거기서 다른 이야기가 나온다.

그러나 유한성의 경험으로부터 곧장 이야기가 짜이는 것은 아니다. 그 경험은 이야기의 소재가 되지만 그것만으로는 충분치 않다. 거기에는 이야기를 흥미롭게 하는 어떤 '주사약'

13

이 필요하다. 주사약을 찔러넣는 그 특별한 가공의 과정, 그것이 이야기의 마술을 가능하게 하는 두번째 조건이다. 그것은 유한성의 경험을 '모순의 경험'으로 조직해내는 일이다. 모순은 서로 다른 것들 사이의 충돌, 대립, 긴장을 수반한다. 유한성의 경험에 모순이라는 주사약을 찔러넣는 순간 그 경험에는 드라마가 도입된다. 인간은 자신의 목숨, 자원, 능력이 유한하다는 것을 알면서도 그 유한성에 보복하려는 충동과 욕망을 갖고 있다. 그 욕망은 무한하다. 인간은 무한한 생명, 무한한 능력, 무한한 권력, 무한한 지식처럼 무한한 것을 찾고 무한한 것을 그리워한다. 유한한 존재의 내부에 무한한 욕망이 들어 있다는 것은 기이한 모순이다. 이 모순 때문에 인간은 내부로부터 쪼개어져 있다. 섹스와 죽음에 대한 인간의 경험이 특이해지는 것은 이런 모순과 분열의 경험 때문이다. 그는 섹스하는 존재여서 유별난 것이 아니라 섹스에서 유한한 것과 무한한 것의 모순적 동시 공존을 경험한다는 사실 때문에 유별나다. 그는 죽는 존재여서 유별난 것이 아니라 죽음 앞에서 유한성과 무한성의 모순적 동시 공존을 경험하기 때문에 유별나다. 이 유별난 특성을 이야기 만드는 데 도입하는 것이 모순이라는 드라마의 주입이다. 섹스와 죽음처럼 오래된 것들이 이야기꾼에게 제기하는 도전은 이런 것이다. "너는 진부한 것에서 진부하지 않은 이야기를 만들어낼 수 있는가?"

모순의 주입은 섹스나 죽음의 경험에서만 가능한 것이 아니다. 인간이 이 세상에서 겪는 경험들 중에는 항구한 것들이 있다. 어떤 인간의 삶도 이를테면 배반이나 상실의 경험으로부터 자유롭지 않고 분노, 상처, 좌절, 슬픔 같은 것들의 경험으로부터도 벗어나 있지 않다. 이런 것은 인간이라면 누구나 겪게 되어 있는 반복적 경험, 항구한 경험, 오래된 경험이다. 그 오래된 것들이 이야기꾼에게 요구하는 것도 근원적 모순에 연결되어 있다. 이야기는 의미 없는 세계에 의미를, 희망이 없는 세계에 희망을, 정의가 없는 세계에 정의를 집어넣으려는 인간의 노력을 대표한다. 오래된 경험들이 인간에게 제기하는 도전치고 이보다 더 큰 것이 있는가? 인간이 이 세계에서 하는 일 중에 그세 가지 작업보다 더 의미 있는 것이 있는가? 그 일을 이야기로 감당하는 것이 이야기꾼이다. 이야기꾼이 인간의 원형이다.

이야기꾼은 '죽음을 속이는 기술자'다. 그는 이야기로 죽음을 연기하고 죽음을 속이고 죽음의 신에 맞선다. 그는 근원적으로 시시포스다. 시시포스처럼 그는 이야기로 죽음의 신을 속이고 죽음의 영지에서 도망치고 죽음의 신과 '맞장뜬다'. 그는 속임수의 대가이다. 이 시시포스적 인간이 이야기꾼 인간을 대표한다. 그것은 유한성에 맞서는 인간, 소멸에 저항하는 인간, 자신의 가여운 존재에 광채와 영광을 부여하고자 투쟁하는 인간이다. 그는 실패할 줄 알면서도 도전한다. 도전과 실패, 실패 후의 재도전, 그것이 시시포스 – 인간의 이야기다. 섹스와 마찬가지로 이야기는 이야기를 낳고 그 이야기는 또다른 이야기를 낳는다. 섹스가 삶과 죽음, 탄생과 소멸, 타나토스와 에로스의 모순적 결합이라면 이야기도 그런 모순구조를 갖고 있다. 이야기는 인간의 에로스적 활동이다. 이야기가 끝나는 날 인간은 최종적으로 소멸하고 이야기의 세상도 끝난다. 이야기의 세상이 끝나면 인간의 역사도 끝난다. 이야기의 종언이 역사의 종언이다. 그 종언의 시간을 늦추고 연기하기 위해 오늘도 이야기꾼들이 이야기를 만들고 있다.

작가세계 2012. 겨울

지금 문학은 무엇을 할 수 있는가

1. 헤르메스의 십계명

제2차세계대전 종전 직후인 1946년 6월, 시인 W. H. 오든은 하버드대학 졸업식전에 초대되어 축시 한 편을 낭송한다. 1946년은 오든이 영국에서 미국으로 국적을 옮겨 '미국 시인'이 된 해이기도 하다. 어떤 행사를 기리고 축하하는 소위 행사시라는 것의 운명은 짧다. 행사가 끝나기 무섭게 잊히고 아무 개 시인이 그날 무슨 식전에 나와 시를 읊었다는 사실 외에는 아무도 기억해주지 않는 것이 대체로 행사시의 운명이다. 그런데 오든의 그날 축시는 다르다. 그 시는 육십 년이 지난 지금도 사람들이 기억해주고 추억처럼 찾아 읽을 뿐 아니라 여기저기 선집에도 올라 있다. 어째 그럴까? 시 자체가 희극적 기지와 농담을 넘치게 담고 있어서 언제 읽어도 재미있다는 것이 한 가지 이유이다. 그러나 진짜 이유는 다른 데 있다.

지금 다시 읽어보면 그 시는 축시라기보다는 미국에 닥칠 한 시대에 대한 시인의 놀라운 예언과 예지를 담은 경고의 시이자 우려의 시이다. 온 나라가 승전의 기쁨과 자신감에 들떠 있던 그해 1946년, 시인은 미국 사회에 드리운 어떤 위험의 그림자에 주목한다. 그것은 제도, 권력, 전문가, 관료, 시장주의

자들이 미국을 쥐고 흔드는 '부드러운 독재'의 위험성이다. 이 위험을 몰아오고 있는 자들을 시인은 아폴론의 추종자라는 의미에서 '아폴로니언'이라 명명한다. 그날 행사가 졸업식이었기 때문에 오든의 시는 특히 대학의 미래에 집중된다. 아폴로니언들이 미국의 대학을 장악할 것이고 그렇게 되면 대학은 어찌되는가? 여기서는 핵심을 찌른 두어 줄의 내용 인용만으로 충분하다. 아폴로니언에게 진리는 중요하지 않다. 그들에게는 '유용한 지식'(요즘 한국 용어로는 '실용 지식')만이 중요하다. 그러므로 그들이 대학을 점령하는 순간 "진리는 유용한 지식에 자리를 내주고" "상업정신"이 특별히 강조될 것이며 강의 과목들은 "광고, 보건, 스포츠" 같은 실용 과목들로 채워질 것이다—그날 하버드 청중에게 오든이 반쯤 농담처럼 던진 경고는 이런 것이다. 한참 세월이 지난 지금 우리는 시인의 경고가 그냥 농담이 아니라 대학을 포함한 미국 사회 전체의 근접 미래를 내다본 예언적 진담이었다는 것을 깨닫는다.

본론으로 들어가기 전에(본론? 무슨 본론?) 나는 오든의 축시 얘기를 좀더 하고 싶다. 대학 졸업식 축사가 (그게 축사다운 축사일 때) 졸업생들에게 한번 더 짚어주고 가야 하는 것은 그들이 무엇 때문에 대학을 다녔는가, 대학의 목적은 무엇인가라는 본질적 질문을 마지막으로 환기시켜주는 일이다. 오든 같은 사람이 볼 때 대학의 최고 목적은 자유로운 정신을 키우고 그 정신의 내면 구축을 도모하는 일이다. 그런데 대학이 아폴론 추종자들에게 장악되면 자유로운 정신도 내면 구축도 설 자리가 없어진다. 오든의 축시는 젊은이들이 아폴론적 질서, 권력, 제도 앞에 엎어져 순종만 할 것이 아니라 아폴론에 맞서는 헤르메스의 분방하고 자유로운 정신을 키우고 유지할 것을 당부한다. 니체가 한때 아폴론 대 디오니소스라는 두 종류의 충동 모형을 대립시켜 그리스 예술의 비밀을 해명하려 했다면, 오든은 아폴론 대 헤르메스라는 대조 구도로 두 종류의 대립적 정신상을 담아낸다(신화의 헤르메스는 태어나자마자 아폴론의 소떼를 훔쳐 달아나고 아비 제우스 앞에 불려가서는 "저는 이제 갓 태어난 아이입니다. 아이가 어떻게 어른 아폴론의 소를 훔칩니까?"라고 둘러대어 위기에서 빠져나오는 인물이다. 그는 도둑질로 기성 질서를 교란하고 거짓말로 재판제도에 구멍을 낸다. 이런 이력 덕분에 헤르메스는 도둑과 거짓말쟁이들의 수호신이 된다). 아폴론과 헤르메스를 대립시킴으로써 오든이 포착하고자 한 것은 두 개의 상반된 감성과 세계관, 두 종류의 서로 다른 사회적·정신적 비전 사이의 화해하기 어려운 충돌이다. 전쟁은 끝났지만 미국 사회가 아폴론 추종자들과 헤르메스 지지자들 사이의 또다른 전쟁을 겪게 될 것임을 시인은 예감한다. 축시의 마지막 부분에서 오든은 젊은이들에게 '헤르메스의 십계명'이라는 대목을 들려준다. 그 대목은 그날 졸업식장을 가득 메우고 있었을 수많은 아폴로니언을 향해 오든이 연신 한쪽 눈을 장난스럽게 찡긋거리며, 그러나 진지한 목소리로 시대의 면상에 대고 읽어내려갔을 법한 시인의 딴지 걸기, 혹은 선전포고 같은 것이다. 일부를 생략하고 소개하면 그 십계명의 주요 대목은 이러하다.

그대들은 학장이 하자는 대로 하지 말라
그대들은 '교육'을 주제로 박사논문을 쓰지 말지어다
프로젝트를 숭배하지 말며
행정 앞에 머리를 조아리지 말지어다

그대들은 설문지에 답하지 말며
세계 문제 퀴즈에도 응하지 말라
그대들은 아무 시험이나 치자는 대로 치지 말며
통계 좋아하는 자들과 한자리에 앉지 말라
사회과학 같은 것에 빠져들지 말라

그대들은 광고회사 녀석들과 친하게 지내지 말라
기회를 선택해야 할 일이 생기면 그대들은
이상하고 불리한 쪽을 선택하라

오든이 육십 년 전 축시에 붙인 제목은 '어느 수금 아래로
Under Which Lyre'이고 부제는 '시대를 위한 반동적 주장A Reactionary
Tract for the Times'이다. 이 제목과 부제는 한 폭의 그림을 떠오르게
한다. 한쪽에는 아폴론이 의기양양하게 가짜 수금竪琴을 타며
노래하고 있고 다른 쪽에서는 한때 아폴론을 골탕 먹였던 조숙
한 천재 헤르메스의 노래가 들린다. 시인은 묻는다. 어느 쪽 노
래의 캠프에 설 것인가?

2. 시대와 문학

지금 문학은 무엇을 할 수 있는가? 잘 들여다보면 이 질문
에는 질문 자체의 내적 상처가 감추어져 있는 듯하다. 이 시대
문학의 전망에 대한 여러 다른 목소리들 사이의 갈등에서 찢어
진 상처가 그것이다. 거기에는 회의의 목소리도 있고 확신의

목소리도 있어 보인다. 회의의 목소리가 하고 싶은 말은 이런 것이다. 지금 이 시대에 문학이 무엇을 할 수 있단 말인가, 소설 쓰고 시집 내서 부디 잘 팔리기를 기도하는 것 말고는? 진지한 문학의 날은 저물고 있다. 곧 밤이 닥칠 것이다. 이런 회의론을 반박하고 나서는 목소리도 있다. 확신의 소리다. 할일이 없다니 무슨 소리냐, 책 많이 팔리고 안 팔리고가 그리 중요한가? 어느 시대이건 문학이 할 수 있는 일과 해야 할 일은 얼마든지 있다. 말을 바로 하자면 지금은 문학이 무엇을 '할 수 있는가'라고 물을 것이 아니라 무엇을 '해야 하는가'라고 물어야 할 때다. 자기확신을 잃어버린 문학은 문학이 아니다. 자신 없으면 시대 탓 하지 말고 4대강 찾아가 삽질이나 하라. 시대가 어렵다고 언제 문학이 기죽은 적 있느냐? 이런 옥신각신 사이에 끼어드는 제삼의 소리도 있다. 지금이라니, 지금이 뭐 어때서? 소설은 잘 팔리고 있고 문학 독자는 건재하다. 독자는 오히려 좋은 문학을 기다리고 있다. 시대의 물길이 바뀌었다면 그 바뀐 물길을 타면 된다. 그게 지금 문학의 할일 아닌가? 가능성을 개발하라. 물이 더러우면 발을 씻고 물이 깨끗하면 귀를 씻으라고 굴원이 옛날 옛적에 이미 말하지 않았던가?

지난 십 년 혹은 십오 년 사이에 우리 사회에 발생한 사회문화적 환경 변화를 초점에 두고 말하면, 지금은 문학이 축복받는 시대는 아니다. 지금은 문학의 시대가 아니라 문화산업의 시대, 대중문화의 시대, 그리고 무엇보다도 시장의 시대다. 문화산업, 대중문화, 시장─이 세 가지는 현대 한국인의 문화적·정신적 삶을 바꿔놓고 있는 변화의 주요 진원이고 추동자이며, 문학의 사회적·문화적 위상을 약화시키는 데도 결정적 영향을 준 외적 요인들이다. 문학은 지금 우리 사회에서 지배적인 문화 형식이 아니고 대중의 문화적 삶에서도 중심적인 향유 대상이 아니다. 문학의 이 같은 위상 약화는 '문학하는 사람들'에게 상당한 무력감을 안겨주고 '지금은 문학하기 어려운 시대'라는 곤경을 호소하게 한다. 그러나 너무 기운 빠지기 전에 미리 좀 말하자면, '기업하기 좋은 시대'라고 말할 때와 같은 의미에서의 '문학하기 좋은 시대'라는 것이 있겠는가? 사실 역사상 어느 시대에도 문학은, 한국에서건 어디 다른 곳에서건 간에, 문학 그 자체의 행복을 위해 하늘에서 천사들이 내려와 나팔 불어주고 꽃을 뿌려주는 축복의 계절을 가진 적이 없다. 문학하기 좋은 시대라는 것 따로 있고 문학하기 어려운 시대라는 것이 또 따로 있어서 시절이 좋으면 번성하고 시절이 나빠지면 말라비틀어져 없어지기도 하는 것이 문학이라면 그런 문학에 '문학'이라는 명칭을 붙여줄 수 있겠는가? 지금은 문학이 축복받는 시대가 아니다. 그러나 문학이 불가능한 시대도 아니다. 문학이 어려운 시대에 문학은 어떻게 가능한가라는 역설적 화두를 생각해보는 것이 지금 문학의 할일 가운데 하나이다.

　문학의 위상 약화에는 '문학의 가치와 품위'가 평가절하되고 있다는 문제가 포함된다. 문학의 가치는 창작자의 영광이나 교양인의 자본이라는 데 있지 않고 개별 작품의 시장가치에 있지도 않다. 근본적 차원에서, 어떤 장르와 형식을 취하느냐에 별 관계없이, 문학은 인간이 살아가면서 대면해야 하는 크고 작은, 그러나 대부분 중요한 선택들 사이의 (이를테면 진실과 비진실, 자유와 비자유, 아름다운 것과 추한 것, 문명과 자연, 고결한 것과 비열한 것, 선과 악, 정의와 불의 같은, 그러나 사실상 무한수의) 긴장과 모순과 딜레마를 포착하고 인간 정신과 현실 사이에 벌어지는 교섭의 복잡하고 다양한 양상들을 표현해낸다. 이것이 문학이 수행하는 근본적 작업이다. 가장 사소해 보이는 문제를 다룰 때에도 문학의 관심은 근본적인 것에 가닿아 있다. 문학의 이 근본적이고 본질적인 작업에 부여되는 의미가 '문학의 가치'이며, 그 가치로부터 연역되어 나오는 것이 '문학의 품위'이다. 문학은 철학 논설도 사회학 논문도 아니고 윤리학 강의도 아니며 도덕론은 더더구나 아니다. 문학은 순전한 심미적 관심에만 몰두하지도 않는다. 그러나 문학은 이 모든 지적·심미적·윤리적 탐구의 화두들을 문학의 방식으로 끌어안음으로써 그 자신의 가치세계를 구성하고 그 자체의 독특한 품위 수준을 유지한다. 문학이 교섭해야 하는 '현실'에는 인간의 운명에 무심하면서도 그의 삶의 바탕이 되는 자연세계, 인간 그 자신이 만드는 정치세계, 관습과 규범과 이데올로기의 사회세계, 인간의 내면세계, 인간과 인간의 관계의 세계가 모두 포함된다. 그러나 지금은 인간과 현실 사이의 교섭을 다루려는 문학의 이런 본질 작업을 높게 평가해주는 시대가 아니다. 그런 작업이라면 각 분야별 전문가들이 더 잘한다는 '전문주의 컬트'가 널리 퍼져 있기 때문이다. 그러나 그보다 더 큰 이유는 인생살이에서 중요하고 중대한 선택의 문제들이 시장 시대의 신화에 가려 거의 보이지 않게 되었다는 데 있다.

오든이 하버드 축시에서 '아폴로니언'이라 부른 부족은 2009년 현재 한국에서 개발주의자, 재개발주의자, 실용론자, 성장제일주의자, 경영만능주의자, 경쟁교육주의자 등등의 다양한 모습으로 사회 무대 전면에 등장해 있다. 외관상의 다양성에도 불구하고 그들은 두어 개 공통점을 갖고 있다. 그들은 대개 시장원리주의, 시장근본주의, 시장제일주의의 신봉자이거나 추종자이고, 자기들 말고는 나라를 바로잡고 사회를 이끌어갈 사람이 없다는 확고한 신념의 소유자이다. 이 신념과 확신의 부족은 어느 날 갑자기 용광로의 붉은 쇳물에서 튀어나왔다거나 강바닥에서 솟아올랐다는 식의 전설적 기원을 갖고 있지는 않다. 그들은 1990년대 이후의 문민정부들 때부터, 사실은 그보다 훨씬 더 오랜 기간에 걸쳐 어떤 때는 권력 주변에서, 어떤 때는 그 핵심부에서 성장해오다가 2008년 여름에 본격적인 때를 만나 무대 전면에 부상하고 결집한 세력집단이다. 이 집단은 사회 구석구석에 시장의 원리를 도입하고 삶의 모든 영역들이 그 원리의 지배를 받게 해야 한다는 자못 웅대한 사회 개조 프로젝트를 갖고 있다. 사회에는 시장원리가 적용되어야 할 영역들이 있고 그 원리를 전면적으로 적용해서는 안 되는 영역들이 있다. 그러나 시장원리주의자들에게 이런 구분은 존중되지 않고 그런 구분의 필요성도 인정되지 않는다. 그들에게 사회는 시장이다. 교육이건 환경이건 예술이건 또 무엇이건 간에, 비시장적 사회 영역이란 있을 수 없고 있을 필요도 없다고 그들은 확신한다. 모든 영역들, 심지어는 사적·개인적 삶의 영역들까지도 시장의 신 앞에 엎드려 그 신의 명령을 따라야 한다고 그들은 생각한다. 사회의 무차별적이고 전면적인 시장화라는 것이 그들의 사회 비전이고 문화 비전이다. 이 비전은 이데올로기이고 신화이다. 그런데 이 종류의 비전이 대중적 동의와 지지를 얻어 사회 전체의 에토스가 되고 삶의 구석구석이 시장원리의 코드에 기꺼이 관통당하게 될 때, 그 사회는 시장의 시대로 돌입한다. 문학은 지금 그런 시장의 시간대에 나포되어 있고 그 시장시대와 문학의 관계는 결코 편안하지 않다.

문학이 시장의 명령에 속박되고 상품의 형식으로 존재하게 된 것은 물론 어제오늘의 일은 아니다. 문학의 산출과 유통의 전체 과정이 시장 신호와 시장의 선호 판단을 무시할 수 없게 된 것도 새삼스러운 사정이 아니다. 그러나 이 시대에 들어 달라진 것이 있다. 문학이 문화산업이라는 거대 산업체제에 편입되어 그 산업에 필요한 '콘텐츠'를 만들어내는 기능적 생산기지의 하나로 작동할 것을 강요받게 되었다는 것이 이 시대 문학과 시장의 관계에서 가장 특징적인 부분이다. 지금은 문화산업이 문화콘텐츠라는 말을 천하의 황금알인 양 뿌리고 다니는 시대이다. 문화콘텐츠란 문화의 시장화, 곧 '문화는 팔아먹어야 할 상품'이라는 접근법에서 나온 용어이다. 문화산업의 관점에서는 문학도 문화콘텐츠의 하나에 불과하다. 작품을 쓰는 일은 문화콘텐츠 생산 행위 이상의 것이 아니다. 작가는 예술가이기 전에 콘텐츠 생산자이다. 그는 자기 예술 행위의 내적 규율과 목적을 포기하거나 축소시켜 문화산업과 문화시장이 요구하는 콘텐츠 제작 법칙을 우선적으로 존중해야 한다. 다른 예술의 경우와 마찬가지로 문학도 작가라는 존재의 정신의 자유, 표현의 자유, 양심의 자유, 일탈과 도전의 창조적 자유가 생명인 예술 분야이다. 그러나 시장시대에 문화콘텐츠로 생산되어야 하는 문학은 그런 자유를 반납해야 한다. 문화산업에, 대중 소비자들에게 시장시대의 행복과 만족을 팔아야 하기 때문에 콘텐츠 생산의 제1법칙은 '소비자를 행복하게 하라'이다. 문화산업은 오늘날 대중의 행복천사가 되어 있다. 소비자를 행복하게 하는 일은 나쁘지 않다. 그러나 문학이 행복천사의 나팔수가 되고 하수인이 되기 위해서는 많은 경우 인간의 삶을 왜곡해야 하고 삶의 진실을 희생해야 한다. 이것은 문학이 견딜 수 없고 감당할 수 없는 일이다.

누구든 시장의 신을 숭배하고 그의 명령을 따르기만 하면 번영과 안전을 얻을 수 있다고 믿게 하는 것이 시장시대의 행복신화이다. 지금 상당수 한국인을 지배하는 관심사는 번영과 행복이며, 그들에게 유일하게 중요한 선택은 '행복인가 불행인가'라는 문제 구성 속에 놓여 있다. 이 문제 구성은 허위적인 것이다. 행복의 문제가 중요하지 않아서가 아니라 행/불행이라는 대립관계 속의 두 항(행복/불행)에 대한 이 시장신화시대의 정의가 틀렸기 때문이다. 무엇이 행복이고 무엇이 불행인가에 대한 틀린 정의가 사회를 지배할 때 사회는 행복은커녕 고통스러운 전체주의적 악몽사회로 빠져들 수 있다. 헉슬리의『멋진 신세계』, 자먀틴의『우리들』, 오웰의『1984』같은 소설들이 그려낸 것은 행복을 실현하기 위해 자유를 없애버리는 통제사회이다. '행복과 자유' 사이의 긴장과 갈등이라는 문제는 오웰의 유명한 주제이다. 그가 그 문제 구성을 통해 제기했던 것은 사회가 행복과 안전을 보장받기 위해 정신의 자유를 희생시킬 수 있는가, 양심의 자유를 죽여버린 통제사회에서 인간은 행복한가라는 문제의식이다. 사실 이것은 오웰만이 아니라 많은 작가들이 제기해온, 그 점에서 문학이 거의 항구하게 관심을 가져온 주제 가운데 하나이다. 도스토옙스키의 소설을 추동한 서사적 동력은 자유와 그 적들 사이의 갈등이라는 문제이다. 오든이 하버드 축시에서 자유로운 정신을 강조한 것도 같은 맥락의 것이다. 지금 한국 사회에는 이런 종류의 진지한 문제 구성이 절실히 필요하다. 국가와 시장이 행복, 번영, 안전의 이름으로 사회를 전면 통제하려 드는, 그래서 오든이 일찌감치 '부드러운 독재'라 부른 통제사회의 도래를 지금 우리는 보고 있다. 그러나 이런 문제는 문제로 여겨지지 않는다. 잘살기만 하면 됐지 뭐가 문제냐는 식의 자기기만이 한 시대의 정신상태가 되어온 사회에 편만해 있다. 취업난, 실직, 저임금, 비정규직 같은 문제들에도 불구하고 지금은 근현대사를 통틀어 한국 사회가 기이한 자기만족과 자기기만에 깊이 빠져 있는 시대이다. 대학을 나와도 갈 곳 없는 소위 '88만원 세대'조차도 순수한 생존 압박에 시달려, 혹은 시장시대의 신화가 행복이라 규정한 그런 행복을 어떻게든 성취해야 한다는 목표에 매달려, 무엇이 정말로 본질적 문제인가를 생각할 겨를이 없다. 현대 한국인의 일상에 숨겨진 문제의 핵심을 파고들려는 문학적 작업이나 인간의 내면세계를 성찰하려는 문학의 시도들은 오락주의와 도피주의, 스펙터클과 이벤트, 쇼핑몰과 게임의 문화가 주는 행복신화에 밀려나 설 자리를 잃고 있다.

이 시대의 변화를 말하는 데는 매체환경의 변화를 빼놓을 수 없다. 지금은 디지털의 시대이며, 문학의 새로운 가능성을 탐색하려는 사람들이 제일 먼저 거론하는 것도 디지털매체의 대두이다. 매체변화가 문학의 산출과 향수에 큰 변화를 초래한다는 것은 역사적 사실이다. 구비전승시대의 문학현상과 인쇄매체 등장 이후의 문학은 형식에서나 내용에서 중요한 차이를 갖는다. 인터넷시대가 그 매체 형식에 적응하는 새로운 문학형식을 탄생시킬 것이라는 기대는 그런 역사적 선례에서 나온다. 이런 기대는 아직은 이른 것이지만, 인터넷이 적어도 문학의 향수 방식에 거대한 변화를 가져오고 있는 것은 사실이다. 인쇄매체만으로는 기대하기 어려울 다수 독자를 만날 수 있게 한다는 점에서 인터넷은 문학의 유통과 향수 방식을 크게 바꿔놓고 있다. 인터넷은 오프라인을 통한 어떤 사회연결체계보다도 큰 위력의 연결망을 만들어낸다. 누구든 홈페이지, 웹사이트, 블로그에 자기 작품을 올려 천하에 개방할 수 있게 한다는 점에서 인터넷은 작품 발표와 소통 면에서도 전대미문의 기회를 열어놓는다. 인터넷은 누구나 생각만 있으면 쉽게, 그리고 일단은 공짜로 과거의 작품들을 (주로 판권 해지된 것들이긴 하나) 만날 수 있는 저장고도 제공한다. 다수성과 평등성만으로 민주주의를 말할 수 있다면 인터넷 공간은 문학의 민주공화국, 작가/독자가 따로 없는 열린 공동체, 문학에 관한 어떤 정예주의적 기준이나 판단도 쉽게 권위를 인정받지 못하는 위대한 평범의 해방구 같다. 풍요성만으로 낙원을 말할 수 있다면 인터넷 마당은 적어도 외피적으로는 문학자원의 무한 공급과 무한 사용을 허락하는 듯한 자비로운 풍요의 공간, 모든 종류의 콘텐츠 생산과 놀이와 문학적 실험이 가능한 듯한 디지털 기술의 낙원, 누구든 잘만 하면 문학의 별이 되고 기성의 별은 왕별이 되어 부와 명성을 거머쥘 수 있을 듯한 약속의 나라 같아 보인다.

　　새로운 매체환경에의 적응이라는 것이 기술 의존이나 기술의 활용을 의미한다면 그런 적응은 이미 넘치게 진행되고 있다. 그러나 적응은 그리 단순한 문제가 아니다. 바뀐 환경에 적응하자면 적응자 자신의 변모가 요구되고 새로운 조건을 활용하자면 타협이 필요하다. 디지털매체는 장점 못지않게 문제점도 수두룩이 갖고 있다. 인터넷은 속도, 단축, 분산의 매체이다. 이런 매체적 특성상 인터넷은 장시간의 집중적 독서를 하는 데는 적합하지 않다. 디지털매체는 정보 소스에 빠르게 접속하고 여러 곳을 유영할 수 있게 하는 대신 사용자의 시신경을 과잉 자극해서 주의력을 분산시키고 정신에너지를 한곳에 조용히, 길게 투여하기 어렵게 한다. 메시지들은 즉각적이고 짧아야 하며 자극적이고 재미있어야 한다. 이런 조건들이 갖추어지지 않으면 사이트 방문자는 잠시 하품하다가 텔레비전 채널 바꾸듯 삼 초 안에 다른 주소로 이동한다. '지루하게 하지 말라.' 이것은 디지털매체의 엄격한 명령이다. 인터넷 웹진에 작품을 올리는 사람들은 이 명령을 무시하기 어렵다. 그 명령에 복종하기 위해 작품의 길이는 짧아지고("안심하시라, 내 얘기는 아주 짧다네. 메뚜기 앞다리보다 더 짧지") 서두 문장은 손님을 끌기 위한 서커스 광대의 언어처럼 재미와 흥미를 순간적으로 자극할 표현들로 시작되며("기대하시라, 나는 십 초 안에 당신을 기절시켜줄 거다"), 이야기는 단 한 번의 빠른 읽기만으로도 충분히 내용을 파악하고 만족감을 느끼게 할 정도의 즉각성을("봤지, 나는 이렇게 쓰는 사람이야. 다음에 또 오시라!") 갖는다.

이것은, 말하자면, 디지털매체환경에 문학이 적응하고 그 매체 조건을 활용할 때 일어날 수 있는 일의 다소 희극적인 한 예이다. 물론 다 그런 것은 아니다. 다른 적응과 활용도 가능하다는 반론이 있을 수 있지만, 지금 여기서 우리의 관심은 다른 가능성을 무시하자는 것이 아니라 변화한 매체환경에 문학이 적응의 묘를 살려간다고 할 때 어떤 비용을 지불해야 하는가의 한 예를 보여주자는 것이다. 그 비용은 적응자 자신의 변모와 활용자의 타협, 곧 조건 수락이다. 적응이건 활용이건 공짜가 아니다. 문학이 디지털매체를 어떤 방식으로 활용하건 간에 거기에는 문학 자체의 자기변모가 요구되고 매체 조건과의 타협이 필요하다. 변모하고 타협하기 위해 문학은 그 자체의 성립 조건들 가운데 어떤 것은 수정하고 어떤 것은 희생시켜야 한다. 장편의 경우를 제외했을 때, 작가는 디지털매체의 조건과 수용자의 요청을 만족시키기 위해 작품의 의미 있는 전개에 필요한 일정한 길이, (반전 등의) 복합적 구성, 심미적 효과를 높이기 위한 에둘러가기와 연기의 기법 등을 희생해야 할 때가 있다.

주로 단편 이상의 작품에 해당되는 얘기지만, 소설은 속도전의 명수가 아니라 늦추고 둘러가고 느리게 가는 지연술의 대가이다. 어디로 가려는 것인지 아무도 모르게 출발하고, 부산으로 가는 듯하다가 광주로 빠지고, 광주인가 싶으면 워메, 삼천포로 갔네가 소설이다. 소설이 이래야 하는 이유는 발견, 깨침, 의외성 같은 소설의 특징적 장기를 살리는 데는 서술과 묘사에 필요한 충분한 길이, 단순하지 않은 구성, 에두르기, 머뭇거림과 만족의 연기 같은 장치가 필요하기 때문이다. 마치 인생 그 자체처럼 소설은 이야기가 끝날 때까지는 아무도 그 결말을 알 수 없고 무슨 진실이 숨겨져 있는지, 어떤 뜻밖의 의외성이 기다리는지 짐작할 수 없게 짜여진다. 이 점에서 소설은 그 내용에서만이 아니라 구성형식에서도 인생의 진실을 재현한다.

3. 변하는 것과 변하지 않는 것

지금은 문학이 축복받는 시대는 아니다. 그렇다고 문학이 통째로 지옥에 빠진 시대냐면 그런 것도 아니다. 이 어정쩡한 진술은 두 극단을 피한 중간쯤 어딘가에 진실이 있다고 말하기 위한 절충의 수사가 아니라 시대와 문학 사이의 교섭의 다면성과 복잡성을 존중하려는 비평적 판단의 표현이다. 문학은, 문학이라는 형태의 글쓰기가 몹시 어려운 시대에도 마치 지옥의 지붕을 뚫고 나오는 꽃대처럼 솟아난다. 문학의 이런 힘과 생명력은 시대와의 편안한 관계에서 나오는 것이 아니라 그 반대, 곧 불편한 관계에서 나온다. 앞에서 나는 이 시대와 문학의 불편한 관계에 대해 말했지만 그 불편한 관계는 시대가 문학에 제기하는 도전이기도 하다. 문학은 시대의 그 도전에 대응할 것을 요구받고 있다. 시대 속에 있으면서 시대를 위해 시대를 거슬러 움직이는 것이 문학예술이다. 문학하기를 어렵게 하는 시대적 조건들은 역으로 문학의 가능성을 키우는 조건이 될 수도 있다. 지금은 문학이 시대의 가장 나쁜 조건들을 가장 좋은 조건으로 바꾸어낼 것을 요청받고 있다. 또 문학은 고정적 실체가 아니다. 시대 변화의 요청이 성숙할 때에는 새로운 표현 형식이 나오고 새로운 장르도 출현한다. 소설 자체가 근대적 변화의 산물이다. 문학이 발휘하는 유연성 자체가 인간 정신과 현실 사이의 교섭의 한 양상을 이룬다. 서사문화의 전통 속에는 소설 말고도 풍부한 장르적·형식적 자원들이 있고 그 자원의 문학적 활용은 얼마든지 가능하다. 시대가 아무리 바뀌어도 서사에 대한 사회적 요구는 줄어들지 않는다. 시의 경우도 그러하다.

시대가 아무리 바뀌어도, 라는 말은 시대가 아무리 바뀌어도 문학이 희생할 수 없는 것들이 있다는 사실을 동시에 환기시킨다. 문학 전통이 지금까지 성취해온 예술적·문화적 성과도 있고, 문학이 대면하는 항구한 인간 조건과 경험의 조건들도 있다. 장르적 구별이나 소재, 내용의 차이를 떠나서 말하면, 문학은 무엇보다 언어예술이다. 문학의 이 언어예술적 성격은 시대가 바뀐다 해서 희생시킬 수 있는 것이 아니다. 인간의 언어구사력과 언어적 표현력을 정상의 수준에 끌어올려 실현해보려는 것이 언어예술이며, 이 의미에서의 문학은 호메로스 서사시 이후 수천 년 동안 과학기술 못지않게 인간 문명을 떠받쳐온 토대이자 문명의 절정이다. 인간이 언어를 사용하고 언어로 자기를 표현하는 동물이라는 사실의 진정한 중요성은 언어가 인간존재를 실현하고 그의 창조적 가능성을 확장한다는 데 있다. 사람들에게 모국어가 중요한 것은 그래서이다. 문명은 인간이 자신의 가능성을 실현해온 과정이며 언어예술은 그 문명의 한 토대이자 성과이다. 예컨대 은유와 제유를 포함한 비유 언어들, 아이러니와 역설, 내포와 상징의미―언어의 이 같은 문학적 사용은 삶을 유쾌하게 하는 즐거움의 한 기원일 뿐 아니라 새로운 발견(여기에는 과학적 발견도 포함된다)과 창조의 가능성을 열게 하는 상상력의 물줄기이다.

인간 정신의 내면 드라마를 캐고 든 것은 근대문학, 특히 소설의 큰 공로 가운데 하나이다. 문학의 이 성취 역시 시대가 바뀐다고 해서 희생할 수 있는 것이 아니다. 인간의 내부성에 주목하고 그 내적 현실을 이야기 마당에 펼쳐 보이려는 근대 소설의 시도는 문학이 이룩한 중요한 문명사적 기여의 하나이다. 과거의 어떤 문명이나 문화도 공적 영역 너머 인간의 내밀한 사적 세계를 들여다보려는 서사문학을 본격적으로 발전시킨 일이 없다. 공개된 서사 공간에 정신의 내면 이야기를 펼친다는 것은 인간이 가진 담론 형식들 가운데 문학만이 할 수 있는 일이다. 인간의 내면은 맑고 투명하지 않다. 그 내면을 주목함으로써 문학은 인간 정신이 그 자신을 향해 회귀하고 자기를 성찰하고 타자를 이해하게 하는 독특한 문화형식을 만들어냈을 뿐 아니라 그 작업에 필요한 소설적 도구들을 개발하여(이를테면 자유연상기법, 일인칭 서술, 전지적 시점) 영화, 만화, 연극 등 다른 장르의 문화형식들이 활용할 수 있는 계기를 제공하게 된다. 지금은 시각 쾌락을 자극하고 껍데기에 홀릴 것을 과도하게 부추기는 가시성의 문화 품목들이 비가시성의 내면 서사를 압도하는 시대이나. 이 시내적 현상을 역류하는 것은 문학이 포기할 수 없는 일의 하나이다.

．

　　시대가 아무리 바뀌어도 문학이 결코 외면할 수 없는 항구한 인간 조건과 경험의 조건들도 있다. 문학은 변화에 대응해야 하지만 그 항구한 것들에 대한 대응도 멈출 수 없다. 인간의 한계와 유한성은 그런 항구한 조건들을 대표한다. 문학을 포함한 인간 예술 행위의 거의 전부는 그 한계 조건에 대한 대응 방식이자 반응 형식이다. 문학은 인간이 자신의 유한성에 가하는 저항과 보복의 한 방식이며 그것과 체결하는 화해의 한 형식이다. 우리는 문학현상이 왜 생겨나고 문학이 무엇을 해야 하는가라는 질문 앞에서 종종 이 사실을 망각하고 있다. 시대가 바뀌고 생존의 사회적 조건이 제아무리 바뀌어도, 사천 년 전 메소포타미아 서사시 『길가메시 서사시』에서부터 지금까지 문학이 대응해온, 그리고 대응하기를 멈출 수 없는 인간존재의 근본 조건들은 변함없이 남아 있다. 자기보다 더 큰 어떤 것, 선하고 아름다운 것, 지금 여기를 넘어서는 어떤 초월적인 것에 자기를 연결시키고자 하는 인간의 갈망은 그런 존재 조건에 대한 대응의 방식들이다. 변화를 말하기 좋아하는 사람들은 또 인간의 경험 형식에도 항구한 조건들이 있다는 사실을 자주 망각한다. 인간 정신과 세계 사이에 진행되는 교섭의 내용이 경험이다. 사랑과 증오, 분노와 슬픔, 좌절과 실망, 선과 악, 진실과 비진실의 경험 같은 것은 어느 시대를 사느냐에 관계없이 인간이 겪어야 하는 항구한 경험 조건들을 대표한다. 이런 문제들은 문학이 무엇이고 왜 존재하는지, 시대 변화 앞에서 문학이 변함없이 무엇을 할 수 있고 또 해야 하는지를 생각해볼 때의 근본적이고 요긴한 참조사항들이다.

문학수첩 2009. 여름

디지털시대의 독서론

지금은 누구나 입에 달고 다니듯이 '정보의 시대'이고 '정보화의 시대'입니다. 지금처럼 치열한 시장세계화의 시대에는 아닌 게 아니라 '정보'가 뒤지는 순간 경쟁에 처지고 무너지고 도태될 수 있습니다. 그런데 '정보'의 성격에 대해 생각해본 일 있는지요? '짧은 수명'이 정보시대의 '정보'를 규정하는 가장 큰 특성의 하나입니다. '몇 초, 몇 분, 길어야 몇 시간 후면 이미 정보가 아닌 것'이 이 시대의 정보입니다. 속도, 단명성, 일회성, 비지속성─이것이 정보시대의 정보의 가치, 더 정확히는 정보의 '가격price'을 결정합니다. 이 가격은 정보의 단명성에 비례하지요. 얼른 노후해질수록 정보의 가격은 높아집니다.

그런데 사람은 이런 종류의 정보만으로 사는 것도 아니고 살 수 있는 것도 아닙니다. 줄여 말씀드리면, 사람에게는 '돈'과 관계없는 정보, 경험, 판단, 지식이 절대적으로 필요합니다. 이를테면, 문학을 포함한 예술이 보전하고 표현하는 진실 같은 것은 '돈 되는' 정보들이 아닙니다. 그 진실은 또 학원에서, 수험준비서, 실용서, 교과서 같은 데서 얻는 지식과도 다릅니다. 엄밀히 말하면 그것은 과학적 지식과 별 관계 없고 어떤 실용적 목적에도 별 쓰임새가 없는 지식, 그러니까 지식이라 부르기도 어려운 종류의 지식이지요. 시장가치가 지배하는 시대에는 돈 되지 않는 지식은 지식이 아닌 것으로 여겨집니다. 우리는 이런 사정이 우리의 일상, 우리의 현실적 삶이 영위되는 시장의 현실원칙이라는 것을 잘 압니다. 그러나 우리는 동시에 인간과 그의 삶이 그런 시장의 현실원칙으로만 지탱되지 않는다는 것도 '경험과 기억'으로 잘 알고 있습니다. 삶의 한쪽에 시장의 현실원칙이 있다면, 다른 한쪽에는 그 현실원칙을 부정하거나 적어도 그것의 위력이 인간의 삶 전체를 지배하지는 못하게 견제하는 다른 원칙들이 있습니다. 이 다른 원칙들 중의 하나가 '정서적 진실emotional truth'입니다. 지식, 이성, 정보, 계산 등으로 구성되는 현실원칙이 인간의 삶을 완전히 장악할 때 종종 '인간의 죽음'이 발생합니다. 이 죽음을 방지하고 그 죽음에의 경도와 매혹으로부터 인간을 방어하는 것이 제가 '정서적 진실'이라 부른 것의 힘이고 역할입니다.

톨스토이의 어떤 짧은 이야기에는 "사람의 안에는 무엇이 있는가"라는 질문이 나옵니다. 사람에게는 사람을 사람이게 하는 그 어떤 힘과 진실이 틀림없이 있을 것이다, 그 힘과 진실은 사람의 '바깥'에 있지 않고 '안'에 있을 것이며 따라서 우리가 찾아보기만 한다면 그것은 우리의 안에서, 우리 내부 깊은 곳에서, 발견될 것이다―톨스토이의 질문은 이런 생각을 담고 있는 듯합니다. 톨스토이는 그 힘과 진실을 '타인에 대한 배려, 연민, 공감'이라는 의미에서의 '사랑compassion'으로 생각했던 것 같습니다. 사랑의 가장 높고도 진실한 차원이 대상의 '획득과 전유'에 있지 않고 '연결'에 있다는 것을 우리는 알고 있습니다. 이 연결은 돈으로, 지식으로, 정보로, 계산으로 달성되는 것이 아니라 타자에 대한 배려와 관심과 돌봄, 그리고 정서적 공감에 의해서만 가능한 일이라는 것도 우리는 알고 있지요.

석가모니는 이런 연결을 '자비'라 말했고 맹자는 '측은지심'이라 불렀습니다. 문학의 관점에서 보면 자비나 측은지심은 지체 높은 사람이 낮은 사람에게, 강자가 약자에게 베푸는 자선이 아니라 사람이 남의 입장, 지위, 처지로 자신을 '집어넣고' '이동'시켜 자기와 타자를 '연결'시켰을 때에만 가능해지는 느낌의 나눔과 공유, 곧 '같이 느끼기sympathy'입니다. 같이 느끼기의 힘에 의해서만 사람들은 서로의 사랑과 기쁨, 슬픔과 고통, 분노와 절망의 진실을 알고 이해합니다. 이 이해가 사람들을 '연결'하지요. 사람들은 쉽게 연결되지 않고 쉽게 남을 이해하지 않습니다. 거기에는 어떤 진실이 투입되어야 하고 연결의 기술과 능력이 가동되어야 합니다. 이 '연결의 기술'을 가능하게 하는 것이 같이 느끼기, 곧 정서적 진실의 투자와 공유입니다. 나사렛 예수는 인간을 사랑하기 위해 '가장 높은 곳'에서 '가장 낮은 곳'으로 내려왔다고 기독교도들은 말합니다. 다시 문학의 관점에서 말하면, 사랑한다는 것은 무엇보다도 연결하기이며, 그가 가장 높은 곳에서 가장 낮은 곳으로 내려왔다면 그것 자체가 하늘과 땅의 연결일 겁니다.

문학이, 예술이, 인문학이 퍼뜨리고 강조하는 것은 이 연결의 기술입니다. 다들 아시다시피 상실, 고통, 죽음—이런 것들은 이상하게도 문학의 오랜 주제들입니다. '이상하게도'라고 말씀드리는 것은, 사람들이 사실은 상실이나 고통, 죽음 같은 걸 좋아하지 않는데 문학은 사람들이 좋아하지 않는 그런 주제들을 붙들고 씨름하기 때문입니다. 작가라 해서 상실, 고통, 죽음을 좋아할 리 없습니다. 그런데도 문학이 그런 주제들을 놓지 못하는 이유는 무엇일까요? 이를테면 우리 작가 박완서의 단편에 「한 말씀만 하소서」가 있는데, 이 소설은 죽음이라는 이름의 상실과 그 상실이 가져다주는 고통의 문제를 다룹니다. 많은 독자가 이런 소설을 읽습니다. 왜 작가들은 그런 주제를 다룰까요? 고통의 이해를 통해서만 보이는 진실의 길이 있기 때문입니다. 그 진실이 가슴과 가슴을 잇고 사람과 사람을 연결하지요. 제가 앞서 '정서적 진실'이라 부른 것도 바로 이런 진실입니다. 그 진실은 돈의 모습으로는 오지 않고 돈을 통해서는 발견되지 않습니다. 그것은 시장에서도 살 수 없습니다. 그러나 인간의 삶에서 그보다 더 귀하고 소중한 진실은 따로 없기 때문에 그 진실을 발견하고 그 진실을 통해 사람과 사람을 연결하는 기술을 '연결의 예술the art of relating'이라 불러도 됩니다. 제가 보기에, 모든 예술은 궁극적으로 연결의 예술이 되려고 합니다.

'이야기하다'랄 때의 영어 동사 '내레이트narrate'는 라틴어 '나라레narrare'에서 나왔는데, 이 '나라레'는 '연결하다'라는 의미입니다. 모든 이야기는 '연결하기'입니다. 이야기는 하늘과 땅을 잇고 인간과 신을, 인간과 인간을, 인간과 다른 모든 존재자들을 연결합니다. 인간 서사문화에서 가장 오래된 신화, 전설, 설화 들을 보세요. 그것들은 모두 세계와 연결되기 위한 인간의 시도를 대표합니다. 이 점에서 '이야기'는 다리 만들고 길 내는 토목공사와 닮았습니다. 신과 인간을 잇는 대표적 서사 형식은 신화인데, 하늘과 땅을 잇는다는 점에서 신화가 하는 일은 종교의 그것과 유사한 데가 있습니다. '종교'라는 말의 서양어 줄기가 된 '렐리기오religio'도 '연결한다'는 뜻이거든요. 동화, 우화를 포함한 민담설화들, 마법담과 모험담들은 인간과 마법사와 요정과 괴물, 인간과 동물과 식물 들, 인간과 무생물들을 이어줍니다. 무생물들도 마치 생명을 갖고 있고 언어와 생각과 표현의 기술을 가지고 있다는 듯이 말입니다. 인간이 언어를 쓰는 방법들 중에 이처럼 세상 만물을 이어주는 담론 방식은 오직 '이야기'뿐입니다. 그리고 인간의 어떤 제도보다도, 어떤 종교적 실천보다도 더 오래된 것이 '이야기'의 역사입니다. 또 이야기의 역사에서 가장 오래된 이야기는 지금부터 약 사천오백 년 전 수메르에서 만들어진 것으로 추정되는『길가메시 서사시』입니다.『일리아드』『오디세이아』같은 호메로스 서사시들보다도 무려 천칠백 년이나 앞서는 작품입니다. 히브리 경전의「창세기」보다도 천오백 년은 더 오래된, 그리고「창세기」에 나오는 것과 너무도 유사한 '대홍수' 이야기를 담고 있어 발견 당시 서양 사람들을 깜짝 놀라게 한 이야기지요. 주인공 길가메시의 여러 모험담이 서사시의 내용을 이루는데, 그 모험담 중에 단연 압권을 이루는 것이 '불멸성'을 찾아 길 떠나는 길가메시의 여행입니다. 이 여행을 촉발시킨 것은 그가 사랑했던 친구 엔키두Enkidu의 죽음입니다. 친구의 죽음 앞에서 그는 고통에 찬 소리로 절규합니다.

> 내가 어찌 가만히 있을 수 있는가? 어찌 입다물고 있겠는가?
> 내 사랑했던 친구가 흙으로 돌아갔으니
> 나도 언젠가는 저 친구처럼 땅에 몸을 누이고
> 영영 다시는 일어나지 못할 것인가?

친구의 죽음과 그것이 안겨주는 고통을 통해 그가 본 것은 그 자신의, 인간의, '유한성'입니다. 죽음이 언젠가는 그 사신에게도 찾아올 수 있다는 것을 그는 알게 됩니다. 이것이 죽음과의 만남이라는 사건이지요. 이 사건은 이중의 고통을 안겨줍니다. 친구 상실의 고통이 그 하나이고, 다른 하나는 친구에게 일어난 일이 그에게도 발생할 수 있다는 사실의 '예기豫期'에서 오는 두려움의 고통입니다. 이런 고통으로부터 벗어나기 위해 그는 '영생'을 얻기 위한 모험길에 오릅니다. 이처럼, 인간 역사상 가장 오래된 서사시에서부터 상실, 고통, 죽음의 주제들은 이미 등장하고 있습니다. 그 주제들은 수천 년 전 메소포타미아에 살았던 사람들과 현대인을 이어줍니다. 사천오백 년 전의 이 서사시는 결코 우리와 관계없는 먼 이질적 과거의 이야기도, 딴 나라 사람들의 이야기도 아닙니다. 이 연결을 통해 길가메시는 현재에 살아 있지요. 그는 그가 찾고자 했던 '불멸성'을 그 자신이 남긴 이야기를 통해 성취하고 있습니다.

책을 읽고 이야기를 들려주고 이야기를 한다는 것은 이런 '이어주기'의 몇 가지 형태들입니다. 그 이어주기가 인간에게 왜 그토록 소중한 것인지는 지금 여기서 말하지 않겠습니다. 그 이어주기는 서로 다른 시간들을 연결하고 공간과 공간을 연결하며 인간과 인간을, 인간과 인간 이외의 존재자들을 연결합니다. 우리가 과거와 만나고 미래와 조우하는 것도 그런 연결에 의해서이며, 과거의 위대한 정신들과 부단히 대화할 수 있는 것도 그런 연결에 의해서입니다. 이런 연결의 소중함은 누가 가르쳐주는 것이 아니라 우리의 인생살이가, 경험과 기억과 성찰이, 우리에게 알려줍니다. 자녀를 길러본 사람이면 누구나 다 아는 사실이 하나 있지요. 그것은 아이들이 이야기에 대한 말할 수 없는 욕구를 가지고 있다는 것, 엄마 아빠에게서 무한히, 날이 새도록, 이야기를 듣고 싶어한다는 것, 아이 키우는 데는 이야기가 너무도 중요하다는 사실입니다. 괴테의 어머니가 매일 밤 이야기를 들려주며 아들 괴테를 키웠다는 이야기는 그 자체로 널리 알려진 유명한 이야기입니다. 이 '아들의 셰에라자드'가 남긴 회고담을 보신 적 있지요?

"바람과 불과 물과 땅—나는 이들을 아름다운 공주들로 바꾸어 내 어린 아들에게 이야기로 들려주었다. 그러자 자연의 모든 것들이 훨씬 깊은 의미를 띠기 시작했다. 밤이면 우리는 별들 사이에 길을 놓았고 위대한 정신들을 만나곤 했다. 이야기를 듣는 동안 아이의 눈은 잠시도 내게서 떠나지 않았다. 그가 좋아하는 어떤 인물의 운명이 그가 원하는 대로 나가고 있는지 어떤지 나는 금세 알 수 있었다. 원치 않는 쪽으로 사건이 진행되면 아들의 얼굴에는 분노가 서리고, 그가 눈물을 내비치지 않으려 애쓰는 것을 볼 수 있었기 때문이다. 그가 중간에 이야기를 끊고 들어올 때도 있었다. '엄마, 공주는 그 못된 양복쟁이하고 결혼하면 안 돼. 양복쟁이가 악당을 처부순다 해도 말야.' 그럴 때면 나는 거기서 이야기를 멈추고, 결말은 다음날 밤으로 미루었다. 그런 식으로 내 상상력은 가끔 아들의 상상력과 자리를 바꾸었다. 어떤 때는 바로 다음날 아침 그가 바라던 대로 주인공의 운명을 고쳐 이야기해주면서 나는 이렇게 말하곤 했다. '그래, 넌 벌써 알고 있었지? 결과는 네가 생각한 대로 된 거야.' 그러면 그의 얼굴은 흥분으로 빛났고, 나는 그의 어린 가슴이 뛰는 소리를 들을 수 있을 것 같았다."

"밤이면 우리는 별들 사이에 길을 놓았고 위대한 정신들을 만나곤 했다"라고 괴테의 어머니는 말합니다. 이것은 글자 그대로 연결하기, 이어주기, 만나기입니다. 별과 별을 잇고 세상 만물을 이어주기 위해 괴테의 어머니가 쓴 연결의 기술은 사람 아닌 것을 사람처럼 만들어 말하고 행동하게 하기, 곧 '의인화

personification'의 기술입니다. "바람과 불과 물과 땅, 이 모든 것을 아름다운 공주들로 바꾸어 나는 아들에게 이야기로 들려주었다." 바람, 불, 물, 땅은 '세상 모든 것'의 상징이자 은유입니다. 괴테의 어머니는 그것들을 '공주'로 바꾸어 '이야기'의 인물들로 등장시킵니다. 그녀는 문학교수도, 문학 전공자 출신도 아닙니다. 그녀는 그저 아들에게 매일 밤 재미난 얘기를 들려준 한 사람의 '스토리텔러', 이야기꾼에 불과합니다. '불과'하다고요? 아니죠, 그렇게 말하면 안 됩니다. 그 이야기꾼이 바로 '위대한 연결의 예술가'이고 '위대한 어머니'이기 때문입니다. 위대하다는 것은 그녀가 꼭 천재를 길러내서가 아닙니다. 물론 괴테는 탁월한 개인이었습니다만, 중요한 것은 그의 탁월성이 '인간으로서의 탁월성'이었다는 점입니다. 그러니까 그 어머니가 키운 것은 그저 사람다운 한 사람, 인간 같은 인간이고 그래서 그녀가 위대한 것이지요. 지금 우리의 젊은 어머니들은 아이들을 영재로, 다른 아이들 제치고 앞서가는 똑똑한 아이, 성적 더 잘 받는 아이로 키우는 일에 온갖 정성을 쏟고 있습니다. 그래서 사람 같은 사람, 인간 같은 인간을 키워내는 일쯤은 대한민국에서 절대로 '위대한' 것의 목록에 끼지 못합니다. 그건 위대하기는 커녕 '바보짓'이지요. 그 결과 우리는 사람 같은 사람, 인간 같은 인간을 만나기 점점 어려운 사회를 만들고 있습니다. 부모들은 "너, 절대로 바보 되면 안 돼! 어떤 일이 있어도 이겨야 해!"라고 아이들을 다그칩니다. 그래서 우리의 불쌍한 아이들은 바보가 되지 않기 위해 온갖 꾀를 내고 백방으로 뛰다가 정말로 볼품없는 영악한 바보, 석 달 가문 자갈밭의 조랑감자만한 인간으로 끝나고 말지요.

　　"사람은 무엇으로 사는가"라고 톨스토이가 물었다면, 그의 질문 방식을 빌려 우리는 '사람은 무엇으로 만들어지는가'라고 물어볼 만합니다. 요즘의 생물학자들이라면 인간을 만드는 것은 말할 것도 없이 DNA와 유전자라고 대답할 겁니다. 인간이 육체의 차원에서 생물학으로 되어 있는 것은 사실이지요. 그러나 인간은 육체의 유전정보만으로 사는 것은 결코 아니기 때문에 인간이 생물학'만으로' 되어 있다고 말할 수는 없습니다. 예컨대 나에게는 삶의 기억과 경험이 있습니다. 이 기억과 경험은 그것들의 아주 적은 부분만이 유전자와 관계될 뿐 생물학적 진실과는 별 관계가 없습니다. 기억과 경험은 무엇보다도 유전자의 결과물이 아니고 유전자의 지배에 종속되는 것도 아닙니다. 몸의 탄생 이후에 우리가 알게 되고 겪게 된 비유전적 정보의 총체가 기억이고 경험입니다. 우리의 기억과 경험이 몸의 유전자에 별 영향을 주지 못하듯이, 생물학적 유전자도 기억과 경험에 별 영향을 주지 못합니다. 그러므로 사람은 생물학으로만 되어 있는 것이 아니라 기억과 경험으로도 되어 있다고 말해야 합니다. 사랑과 죽음도 사실은 기억과 경험의 카테고리입니다. 그런데 기억과 경험은 '이야기'의 형태로 존재하고, 이야기로 전달되고 표현됩니다. 생각해보세요. 사람은 이야기 속에 태어나 이야기로 성장하고 이야기를 만들며 살다가 이야기를 남기고 죽습니다. 그러므로, '사람은 무엇으로 만들어지는가'라는 질문에 대한 우리의 대답은 '이야기로 만들어진다'입니다. 이야기가 사람을 만듭니다. 어떤 이야기 속에 태어나 어떤 이야기를 들으며 자라고 어떤 이야기의 주인공이 되어 사는가, 그것이 인간의 모습입니다.

이런 관점은 왜 우리가 '독서'에 주목해야 하는기를 잘 말해줍니다. 영국 철학자 앨프리드 노스 화이트헤드는 교육에 관

41

한 한 저술에서 자라는 아이들에게는 '위대성에 대한 감각sense of greatness'이 도덕교육의 바탕이 된다고 말합니다. 어떤 것이 위대한 것인가를 가슴으로 느끼고 경험하는 것이 '위대한 것에 대한 감각'입니다. 그런 감각이 길러질 때에만 인간은 도덕적·윤리적 인간으로 성장한다는 것이 그의 생각입니다. 그런데 그 위대성의 감각은 어디서 얻어지고 어떻게 길러지는 것인가? 도덕책이나 수신 교과서로는 결코 길러지지 않는다고 화이트헤드는 말합니다. 이성적 토론의 결과로 얻어지는 것도 아닙니다. 논리 훈련으로 아이들이 도덕적 감각을 키울 수 있는 것은 아니라고 그는 지적합니다. 그렇다면? "이야기를 읽게 하라", 이것이 이 철학자의 권고입니다. 위대한 인간들의 모험담, 전기, 영웅담, 신화 등등의 이야기를 아이들에게 들려주고 읽게 하라, 그러면 아이들은 인간적 위대성이란 무엇이며 위대한 것이 어떤 것인가를 '직관적으로' 알게 된다, 라고 그는 말합니다. 이 직관은 경험적 직관이지 공부해서 얻어지는 지식도, 누가 머리에 주입한 지식도 아닙니다. 인간이 윤리적 존재로 성장하는 것은 그 경험적 직관의 힘, 그 직관적 감각을 기초로 해서입니다.

우리 사회에서 '인성'이니 '인성교육'이니 하는 말들이 쓰이고 강조되기 시작한 것은 이미 상당히 오래된 일입니다. 어른들은 자라는 세대의 인성교육이 제대로 되지 않아 아이들이 잔인하고 이기적이고 충동적인 청소년이 되어가고 있다고 혀를 찹니다. 그런데 그 '인성'이란 무엇입니까? '인간본성human nature'을 의미하는 것이라면, 우리는 금년 연말까지 이 세미나를 계속해야 할 겁니다. 인간에게 '본성'이라 부를 어떤 정해진 성질이 있는가 없는가는 학계의 뜨거운 논쟁거리입니다. 우리는 그 문제로 시간을 낭비할 필요가 없습니다. '인간의 인간다움'을 '인성'이라 부르기로 하지요. 인간의 인간다움을 구성하는 데는 두 가지 큰 능력이 개입한다고 저는 생각합니다. 하나는 앞서 우리가 타자에 대한 배려, 연민, 이해, 동정, 자비, 측은지심 등의 어휘로 표현하고자 한 '사랑compassion의 능력'이고 또하나는 정의正義를 인지하고 실천하려는 '윤리적 능력'입니다. 앞의 것이 '정서적 진실'을 통해 강화되거나 길러지는 능력이라면, 뒤의 것은 '경험적 직관'을 기초로 해서 길러지거나 강화되는 능력입니다. 물론 이 두 가지 능력만이 인간에게 필요한 능력의 전부라고 말할 수는 없습니다. 합리적 판단, 비판적 사고, 목표의 효율적 추구 등을 가능하게 하는 이성적 능력도 아주 중요하지요. 그러나 지금 제가 초점을 두어 말하고 있는 것은 사람을 사람답게 하는 능력들 중에 머리의 능력보다는 가슴의 능력, 더 정확히는 '사람이 사람에게 가슴을 여는 능력'입니다.

연민의 능력과 윤리적 능력은 모두 '상상력'과 깊은 관계가 있습니다. 타인에 대한 이해, 동정, 사랑의 능력은 내가 타인이 되어 타인의 자리에 서서 생각해본다는 위치 이동의 상상력, 동양인들이 예부터 '역지사지易地思之'라 불러온 그 위치교환의 상상력입니다. 물론 동양에만 그런 표현이 있는 것은 아닙니다. 영어에도 '다른 사람의 신을 신어보라'는 말이 있습니다. 다시 톨스토이 얘깁니다만, 그가 쓴 또다른 민화에 「에사르하돈Esarhaddon」이란 것이 있지요. 아시리아 왕 에사르하돈은 전쟁에서 사로잡은 적국의 왕을 어떻게 처형할까 궁리하다가 최대한 고통을 많이 주는 방식으로 죽여야겠다고 생각합니다. 그런데 그날 밤 그는 자신이 바로 그 죽음을 기다리는 적국의 왕이 되어보는 경험을 하게 됩니다. 자리 바꾸기지요. 다음날, 그는

43

처형을 포기하고 포로를 놓아줍니다. 톨스토이의 것은 아니지만, 「왕과 거지」도 잘 알려진 이야기입니다. 왕은 밤마다 거지가 되는 꿈을 꾸고 거지는 왕이 되는 꿈을 꾼다는 얘기 말입니다. 이런 역지사지의 상상력은 '만약 내가 왕이라면' 혹은 '만약 내가 거지라면'의 상상력, 어쭙잖게 영어로 표현하면 가정법적 '만약What if'의 상상력입니다. 아이들이 가장 좋아하고 그들을 가장 잘 사로잡는 것은 바로 이 '만약'이라는 상상적 상황입니다. 아이들은 그런 상상의 상황 속에 자신을 투입하고 이야기 속의 인물이 됩니다. 「에사르하돈」을 읽는 아이는 그 자신이 에사르하돈이 되고, 에사르하돈의 경험을 자기도 따라 경험하면서 적국의 왕을 풀어줍니다. 말하자면 아이들은 그들 자신이 이야기 속 인물들의 행동을 경험함으로써, 화이트헤드가 지적하듯, 위대한 행동이 어떤 것인가에 대한 직관을 얻습니다. 이런 경험과 직관은 마술처럼 아이들을 바꿔놓을 수 있습니다. 이야기는 사람을 '바꿔놓는 힘'을 갖고 있지요. 경험 이후 아이들은 어떤 행동을 보는 순간 누가 가르쳐주지 않아도 직관적으로 '저건 위대한 행동이다/아니다'를 알게 됩니다. 역지사지의 능력과 윤리적 능력이 결합하는 순간입니다. 그리고 이것이 바로 '인간의 인간다움' 곧 우리가 '인성'이라 부르는 것이 자라는 모습이지요. 이야기는 그런 식으로 아이들을 키우고 아이들을 사람으로 만듭니다. 아이들에게 좋은 이야기를 들려주고 좋은 이야기를 읽게 하는 방법을 통하지 않는다면, 우리 사회가 그토록 강조하는 소위 '인성교육'은 원천적으로 불가능합니다.

기이하게도, 우리의 교육학자, 정치인, 사회과학자, 경제인 등 사회를 이끌어가는 주력 세력들은 이처럼 이야기가 아이들을 키운다는 사실을 잘 모릅니다. 모르기 때문에 그들은 엉

뚱한 곳에 돈 퍼붓고, 국민 세금을 낭비하면서 아이들을 사람답게 키우기 위한 시설을 만들고 프로그램을 짜는 일에는 별로 관심이 없습니다. 학부모들도 잘못하고 있는 일이 많습니다. 한국에서 가장 심하게 '인권'을 유린당하고 있는 것은 아이들입니다. 아이들은 시험 성적 때문에 시달리지 않을 권리, 살인적 경쟁환경에 내몰리지 않을 권리, 공부 못한다고 '왕따'당하다가 '엄마 아빠 미안해요'라며 유서 써놓고 자살하지 않아도 될 권리를 갖고 있습니다. 아이들은 그들만의 방식으로 놀고 숨쉴 권리, 성장을 방해받지 않을 권리, 그들이 자라는 데 필요한 환경과 시설들을 누릴 권리를 갖고 있습니다. 나무들처럼, 자라는 아이들에게도 햇살과 바람이 필요합니다. 아이들은 산과 들과 개펄로 뛰어다니고 또래들과 놀고 별과 나무와 이야기할 권리, 아무 부담 없이 즐겁게 책 읽고 그림 그리고 노래할 권리를 갖고 있습니다. 이 권리들을 우리는 아이들에게 되돌려주어야 합니다. 아이들은 망가지고 깨어지면서도 아프다고 말하지 못합니다. 가슴이 답답하고 쓰려도 그렇다고 말하지 않습니다. 그러므로 그들을 아프게 하지 않고 망가지지 않게 할 책임은 어른에게 있습니다. 아이들이 울면서 골목을 도는 일은 없게 해주어야 합니다. 아이들의 권리를 존중하고 아이들을 배려하는 환경과 시설을 만들어줄 때에만 아이들은 자기가 태어난 나라, 자기가 자란 사회를 신뢰하고 높은 긍지를 갖게 됩니다. 자기가 사는 사회에 대해 아무런 신뢰도 긍지도 가질 수 없을 때, 그렇게 자란 아이들이 '자신감'이란 걸 가질 수 있을까요? 어른들이 깊이 생각해봐야 할 문제입니다.

아이들을 학원에서, 입시지옥에서, 압력밥솥 같은 경쟁환경에서 해방시켜주어야 합니다. 어린아이들에게는 좋은 이야기 들려주고 책 읽어주고, 스스로 읽을 줄 아는 나이가 되면 좋은 책을 읽도록 안내해주어야 합니다. 엄마 아빠에게서 이야기를 들으며 자라는 아이들만이 가장 잘 자라는 아이들입니다. 아이들에게 엄마 아빠의 목소리를 들려주세요. 아빠의 눈빛과 손짓과 얼굴을 보여주세요. 아이들이 즐거워할 환경을 만들어주세요. 아이들이 아무 부담 없이, 누가 시켜서가 아니라 그들 스스로 읽고 싶어서, 숙제 때문이 아니라 그들 스스로 알고 싶고 궁금해서 책을 찾게 하세요. 마음놓고 아무데나 다닐 수 없는 아이들에게 책은 가고 싶은 나라, 만나고 싶은 사람들, 이상하고 재미난 세계입니다. 말은 하지 않지만 아이들에게는 성장의 두려움과 불안이 있습니다. 그들은 자기가 누구인지 늘 궁금하고 어떻게 자라야 잘 자라는 것인지 남몰래 고민합니다. 그런 아이들에게 책은 그들이 닮고 싶은 모델, 따르고 싶은 안내자, 친해지고 싶은 친구를 줍니다. 책에서 그들은 타인을 만나고 자기 자신을 만납니다. 책은 그들에게 창이고 거울입니다. 무엇보다도 책은 아이들에게 남을 향한 따스한 가슴과 타인을 향해 열린 마음을 갖게 합니다. 책은 아이들에게 불평등과 차별이 불의不義라는 것을, 인종, 직업, 종교, 성차, 계층 같은 것으로 사람들을 나누고 배척하고 편 가르고 따돌리는 것이 잔인하고 어리석은 일이라는 것을 가슴으로 알고 느끼게 합니다.

그런데 아이들에게만 책과 책 읽기가 중요한 것일까요?

국립중앙도서관 사서 연수 과정 강연록 2003. 06월

영상시대의 문학의 힘과 가능성
―서사문학의 입장에서

1

"그림도 없고 말(소리)도 없는 책을 무엇에 쓰지?" 이것은 루이스 캐럴의 『이상한 나라의 앨리스』에서 주인공 소녀 앨리스가 책을 향해 내뱉는 볼멘소리이다. 그림과 소리가 없기로는 문학도 마찬가지이다. 그 물질적 존재 형식을 지배적으로 문자와 책에 의존하는 문학은 '영상으로의 전환'이 일어나고 있다는 이 이미지문명의 시대에 아무 그림도 보여주지 않고 소리도 들려주지 않는다. 영상중독자의 눈에는 작고 새까만 문자들이 죽은 개미떼처럼 수백 페이지에 걸쳐 대책 없이 일렬로 박혀 있는 책이라는 물건은 답답하고 우둔한 벙어리 매체 같아 보인다. 그런데 문학이 계속 그 답답한(또는 답답해 뵈는) 문자매체를 고집하고 책이라는 구식 매체에만 의존할 경우 그 문학에 미래가 있을까? 문학은 조만간 영상에 밀려 구텐베르크 은하 박물관의 유물로 전락하지 않을까? 벙어리 매체는 매체인가? 지금의 이십대 소설 독자들이 환갑 나이에 이를 때쯤이면 손자들을 무릎에 앉혀놓고 "얘들아, 우리 때엔 소설책이란 게 있었어"로 시작되는 옛날옛날 한 옛날 호랑이 담배 먹던 시절의, 아니, 사람들이 소설책 읽으며 울던 시절의 이야기를 들려주게 될지 모른다. 발 빠른 시대의 예언자들, 이를테면 마셜 매클루언 같은 무당들이 이런 종류의 예측을 내놓기 시작한 것도 벌써 근 반세기 전의 일이다. "그림도 없고 소리도 없는 책을 무엇에 쓰지?"라는 앨리스의 불만을 "그림도 소리도 없는 문학을 무엇에 쓰지?"로 바꿀 때, 그 질문은 이 영상의 역사 계절에 문자문학을 옹호하려는 모든 시도가 일단 상대하지 않으면 안 되는 도전들을 요약한다.

서사문화의 오랜 전통에서 보면, 문학이 반드시 문자와 함께 시작되었던 것은 아니다. 지금은 대체로 문학과 문자, 문학과 인쇄매체의 관계가 불가분의 것으로 여겨지고 있지만 사실 그 관계는 그리 오래된 것이 아니다. 개념으로서나 용어로서의 '문학literature'은 무엇보다도 문자해독력literacy의 보편화와 인쇄문화의 확산이라는 문화 변동의 산물이며 이 변동은 아주 근대의 것이다. 문학의 이 근대성을 기억할 때 문학이라는 것의 사회적 성립을 19세기 사건으로 보는 미셸 푸코의 관점은 틀리지 않다. 그러나 용어의 근대사를 떠나 서사문화의 오랜 전통 자체를 '문학 전통'으로 보았을 때의 문학은 문자-인쇄매체의 전유물이 아니다. 구비문학의 단계에서 서사 일반이 기댄 매체는 문자가 아닌 '소리(음성언어와 운율)'이다. 소리가 문자로 정착되고 문자문학이 인쇄매체라는 새로운 문화기술과의 결합을 통해 탄생시킨 것이 근대문학이다. 문학의 매체 형식이 겪어온 이 역사적 변화를 감안할 때, 미래의 문학이 반드시 문자매체에 고정되어 있어야 한다는 명령은 성립하지 않고 작가들이 '오로지 문자'에의 영원한 충성을 다짐하는 서약서에 도장을 찍어야 하는 것도 아니다. 영상서사로서의 영화는 이미 그런 변화의 추이를 보여주고 있다. 적어도 서사narrative에 관한

한, 영상은 인간의 이야기문화 전통에 끼어든 막내둥이 매체이면서 오늘날 문자서사 못지않게, 아니 수용자에 따라서는 문자서사보다도 더 유효한 것으로 여겨지기도 하는 서사양식이다. 허구서사 일반을 문학이라는 범주에 포함시킨다면 허구서사의 새로운 매체이자 양식인 영상서사는 당연히 문학의 일부라고 말해야 한다. '영화문학' 또는 '영상문학'이라는 말은 이미 상당한 유통력을 얻고 있다. 근대 서사문학이 문자매체로 이행하면서 소리를 잃었다면, 오늘날의 영상문학은 다시 소리를 들려주고 그림을 보여주며 문자까지도 곁들인다. 소리, 문자, 그림을 결합하는 영상서사는 '그림도 소리도 없는 책'에 대한 앨리스 유의 불만을 해소한다.

영상을 새로운 서사양식으로 볼 때, 영상시대의 문학의 가능성이라는 문제를 다룸에 있어 먼저 언급해야 할 것은 문자문학(이하 영상과 구별을 위해 문자문학을 그냥 '문학'으로 지칭함)의 옹호가 곧바로 영상에 대한 폄하나 영상의 적대시 정책을 채택해야 하는 것은 아니라는 점이다. 영상과 문학은 상호 적대적 관계에 있지 않다. 문학이 영상을 적대시한다면 그것은, 움베르코 에코의 지적(「문자해독의 미래」)처럼 적 아닌 것을 적으로 돌림으로써 '가짜 적'을 만드는 어리석은 짓이다. 영상서사와 문자서사는 서로 같은 이야기를 교환할 수 있고 또 부단히 교환해왔다는 점에서 그 관계가 가장 가까운 서사양식들이며, 이미 말했듯 영상서사 역시 광의의 문학 전통 속에 있다. 영상과 문학의 관계가 적대적이지 않다는 것은 동시에 양자의 어느 하나가 다른 하나를 대체하거나 소멸시킬 수 없다는 관점의 표현이기도 하다. 이 단계에서 아주 간단히 말하면, 문자가 영상을 대체할 수 없는 것과 마찬가지로 영상은 문자를 대체하지 못한다. 이 대체 불가성의 관점에서 보면 영상이 문학을 대체할 수 있다는 생각은 일종의 망상이며 영상에 의한 문학소멸론은 그 망상에 근거하고 있다. 그러므로 영상시대의 문학론이 제시해야 하는 것은 영상과의 상대적 대비관계에서 본 문학의 힘과 가능성에 대한 확인이다. 영상언어와 문자언어는 무엇보다도 그 속성·기능·잠재력이 서로 다른 매체들이며, 이런 매체적 특성들은 두 매체에 의한 서사 생산물의 제시와 효과에 커다란 차이를 발생시킨다. 따라서 영상시대의 문학론은 우선 이 제시 방식과 효과의 차이에 주목하고 그 차이의 심미적·지적 중요성을 드러냄으로써 문자매체 특유의, 또는 문자매체가 다른 어떤 매체들보다도 상대적으로 높은 적합성을 지니는 기능과 영역들을 제시해보지 않으면 안 된다. 이 글은 지면의 한계로 시를 배제한 소설서사를 중심으로 논의를 전개코자 한다.

매체기술의 변화가 서사문학에 끼치는 영향은 적지 않다. 예컨대 고대 구비문학시대의 서사시epic가 운문 형식을 취한 것은, 여타의 문화적 결정인자들을 일단 배제할 때, 텍스트의 유통과 수용이 근대적 문자 읽기(독서)가 아닌 낭송과 듣기에 의존해야 했다는 사실에 크게 연유한다. 호메로스의 『오디세이아』에는 이를테면 "태양이 이른아침 그 장밋빛 손가락을 펼칠 때"라는 식의 표현이 여러 차례 반복되는데, 이런 동일 표현의 반복은 운율구조와 마찬가지로 청자의 귀를 즐겁게 해주면서 동시에 낭송자의 기억을 도와주는 기술적 장치의 하나이다. 신화나 민담설화 등의 전통서사들이 동일 문화권 안에서도 조금씩 다른 이야기 내용들을 가질 수 있는 것 역시 서사가 문자로 고정되지 않은 상태에서는 이야기꾼의 능력과 동기, 서사 전

달 상황 등에 따른 첨삭 가감과 변조가 언제나 가능했기 때문이다. 근대에 들어와서도 매체기술의 변화는 여타의 사회변화들 못지않게 문학 생산에 지대한 영향을 주게 된다. 인쇄기술의 등장은 서사문학의 생산, 유통, 소비의 양식들을 바꿔놓는 결정적 인자의 하나로 작용한다. 구비전승되던 전통적 서사들은 문자로 정착되고 서사문학은 개인 작가들에 의한 문자 텍스트의 형태로 생산되어 인쇄매체를 통해 유통되고 독서라는 행위로 수용된다.

그런데 문학 생산과 수용에 발생한 이 근대적 변화에서 많은 논자들이 놓치고 있는 것은 '근대 산문prose의 등장'이라는 극히 중요한 발전 부분이다. 인쇄된 텍스트의 생산과 그 텍스트 읽기라는 근대적 문화 실천은 공동체적 서사 거래 상황을 개인적 거래 상황으로 바꿔놓는 일종의 소외현상을 수반하기는 하지만, 동시에 그것은 서사문학의 긴 전통에서 일찍이 인간이 경험할 수 없었던 새로운 산문 형식과 문장 형태, 놀라운 서술과 정치한 묘사를 시도하는 산문 생산기술을 획기적으로 발전시킨다. 근대적 서사문학과 그 이전의 서사문학을 갈라놓는 중요한 변화의 하나는 바로 이 근대 산문의 출현이다. 이 새로운 산문 형식의 등장 이후 현대 서사문학은 단순한 이야기의 차원을 넘어 언어예술의 차원으로 발전하고, 세계를 포착하고 재현하고 구성해내는 인간의 언어적 기술 능력은 과거에 볼 수 없었던 절정의 순간들을 산출하기에 이른다. 영상과 문학의 대비관계에서 우리가 다른 어떤 요소나 측면들보다도 중시해야 하는 것은 근현대문학을 통해 성취된 이 언어적 기술 수준의 고도화라는 부분이다. 언어 수준의 고도화는 문학이 포기할 수 없고 인간이 포기할 수 없는 문화적 성취이고 자산이며 인간적 잠재력이다. 영상매체에의 과도한 경도가 제기하는 위협은 바로 그 성취, 자산, 잠재력의 파괴와 상실—더 정확히 말해 그 것들의 전면적이고 돌이킬 수 없는 폐허화 가능성이라는 문제이다. 언어의 폐허화는 미래 문명에 '신야만의 시대'를 가져올 수 있다.

2

영상기표와 문자기표를 갈라놓는 매체적 특성들 가운데서 가장 근본적인 것은 전자가 지배적으로 이미지에 의한 대상 재현적 미메시스mimesis의 언어임에 반해 후자는 지배적으로 문자에 의한 사건 서술과 대상 묘사에 치중하는 디에게시스diegesis의 언어라는 점이다. 미메시스/디에게시스의 구분은 물론 플라톤에게서 유래하는 오래된 개념쌍이다. 현대 서사론의 한 갈래에 차용되었을 때의 미메시스는 주지하다시피 사건의 직접적 제시인 '보여주기showing'라는 개념에 연결되고, 디에게시스는 화자-서술자에 의한 간접적 사건 서술이라는 의미에서의 '말하기telling'라는 개념에 연결되어 사용된다. 지금 이 글의 목적을 위해 우리는 일단 이 대목에서 미메시스라는 말로 영상기표에 의한 사건-대상의 직접적 제시와 묘사를, 디에게시스라는 용어로는 언어적 매개를 거치는 사건 서술과 대상 묘사를 각각 의미하는 것으로 사용코자 한다. 영상은 언어적 개입과 매개를 불필요하게 하거나 잉여화하는 영상 그 자체의 탁월한 서술력과 묘사력을 갖고 있다. 이미지로 제시되는 사건-대상은 언어적 매개를 배제하고 무용지물로 만든다. 이를테면 영상은 '곧

52

드레가 된 그는 갈지자로 걸었다' 같은 서술 대신 빨간 코, 풀린 넥타이, 갈지자 걸음의 남자를 그림으로 보여준다. 이 영상기표는 이미 그 자체로 대상의 행동과 상태를 여실하게 시각화함으로써 언어가 개입할 여지를 남기지 않는다. 이 종류의 영상기표는 세 가지 이유에서 문자기표를 압도하는 효과를 갖는다. 첫째, 그것은 언어적 제시가 아닌 '그림'의 직접 제시이기 때문에 문자에 비해 현실 재현성의 강도가 훨씬 높다. 둘째, 그것은 언어적 번역을 필요로 하지 않는 일종의 보편기표이다. 술 취한 남자가 미국 영화에 나오건 한국 영화에 나오건 관객은 그가 술 취한 남자라는 것을 인지하는 데 아무 어려움이 없다. 셋째, 이 종류의 영상기표를 보고 이해하는 데는 문자해독력이나 어떤 특별한 언어적 훈련이 필요하지 않고 언어능력의 수준도 문제되지 않는다. 이 차원에서 영상기표는 읽기 아닌 순수한 보기의 대상이다. '눈 가진 자는 누구나 볼 수 있다'는 것은 영상이 지닌 강력한 대중적 매력의 한 근원이다. 영상기표의 이런 재현성, 보편성, 직접성은 그것이 무엇보다도 미메시스의 언어라는 그 매체 특유의 성질에 연유한다. 영상의 이같은 매체적 성질과 능력에 대한 확신이 강한 영화작가들일수록 언어적 매개를 최대한 배제한다.

그러나 영상의 이 탁월한 대상 재현성에도 불구하고 영상기표는 문자기표를 결코 대체하지 못한다. 이 대체 불가성이 가장 두드러지게 나타나는 것은 문자언어가 지닌 디에게시스적 성질과 기능의 차원에서이다. '사건 – 대상의 문자적 매개 서술과 묘사'라는 것이 지금 우리가 사용하고 있는 디에게시스의 의미이다. 문학은 가장 재현적인 순간에도 지배적으로 그리고 특징적으로 디에게시스의 언어를 사용한다. "그녀는 마치 고인 물 속에 오랫동안 잠겼다 나온 시체처럼 퉁퉁 붓고 창백해 보였다. 그녀의 두 눈은 흰 밀가루 반죽에 박아놓은 두 개의 작은 석탄 같았다……" 이것은 윌리엄 포크너가 단편 「에밀리에게 장미를」에서 주 인물 에밀리를 묘사하고 있는 대목이다. 포크너가 묘사하고 있는 이 에밀리를 영상이미지로 재현해낸다고 할 경우, 어떤 탁월한 영상작가도 포크너의 문자적 묘사가 성취하고 있는 효과를 영상 제시를 통해 거둘 수 있는 방법은 없다. 영상이 보여줄 수 있는 것은 두 개의 까만 눈동자가 괴이하게 반짝이고 있는 푸석하게 부은 여자의 얼굴 이미지이다. 그러나 이 이미지로서의 영상기표는, 그 현실적 핍진성의 정도가 아무리 높다 해도, "고인 물 속에 오랫동안 잠겼다 나온 시체처럼"이라든가 "흰 밀가루 반죽에 박아놓은 두 개의 작은 석탄 같은" 등의 특수한 언어적 묘사가 거두고 있는 효과를 산출하지 못한다. 그 영상이미지를 보는 관객의 머릿속에는 '거참 괴상한 얼굴이군'이라거나 '찐빵 같아' 등등의 인상이 형성될 수는 있어도 포크너가 내놓고 있는 식의, 혹은 그것과 동일한, 문자적 묘사가 자동적으로 만들어지는 것은 아니다. 영상이미지가 지각 주체에게 생성시키는 것은 현실적 대상을 대했을 때와 마찬가지로 어떤 느낌과 인상이지 그것에 대한 묘사는 아니다. 영상에 의한 대상 묘사는 묘사로서가 아니라 그 자체지각의 대상으로 파악되고 이 대상에 대한 해석이나 읽기로서의 이차적 디에게시스는 별개의 노동을 요구한다. 말하자면 관객이 이미지를 지각하는 일과 그 이미지에 대한 특정의 묘사를 생산하는 일은 서로 다른 작업이다. 이 점에서 영상적 묘사는, 영상작가가 제아무리 묘사로서의 이미지를 시도한다 하더라도, 지배적으로 미메시스의 기표이지 디에게시스적 언어는 아니다. 문제는 이 경우 영상적 미메시스를 위해 언어적 디에게 시스가 완전히 포기되거나 희생될 수 있는가라는 점이다.

포크너가 시도해 보인 예의 그 묘사 대목은 재현 대상을 비유언어로 '매개'하고 특정의 방식으로 '해석'하고 있다는 점에서 문자서사만이 생산할 수 있는 디에게시스의 언어이다. 비유장치들 중에서 직유는 영상의 경우 완벽한 절망이며, 영상의 은유적 사용은 불가능하지는 않으나 그 사용 범위와 효과는 문자언어의 가능성에 비하면 몹시 협소하고 지난하다. 부단히 새롭고 놀라운 은유들을 만들어내는 것은 문학(서사와 시)의 주요 사업 가운데 하나이지만 영상의 경우 주 사업은 시각이미지의 생산이지 은유 생산이 아니다. 영상이 제시하는 시각이미지는 문자에 의한 이미지(심상)보다 훨씬 강렬하고 직접적이지만 이미지가 촉발하는 연상의 밀도와 범위는 문자이미지의 경우가 더 강하고 풍부하다. 문자는 그림을 보여주지 않음으로써 상상력의 범위를 확대하는 반면, 영상은 특정 그림에 시각을 고정시키기 때문에 오히려 상상력의 작동을 제한한다. '꽃 fleur'이라는 단어 하나만으로도 수많은 향기, 모양, 연상이 촉발된다고 말한 것은 말라르메이다. 그러나 영상화면에 뜨는 꽃은 반드시 특정의 꽃(장미, 개나리 등)이지 '꽃'이 아니다. 영상화면에 꽃은 없다. 언어적 꽃은 현실에 존재하는 수많은 개별 특수의 꽃들로부터 사상되고 그것들을 포함한다는 점에서 디에게시스적이다.

상징의 경우에도, 영상에 의한 상징 혹은 특정 이미지의 상징적 사용이 얼마든지 가능하지만(이미 현실세계 자체가 상징으로 가득차 있으므로) 문자적 상징은 영상적 상징으로 곧장 번역되지 않는다. "고인 물 속에 오랫동안 잠겼다 나온 시체처

55

럼"에서 '고인 물'이라는 표현은 움직임, 흐름, 시간의 작동 등
이 정지된 세계(이것이 포크너 소설에서 정확히 에밀리라는 여
자가 살고 있는 세계이다)를 암시하고 상징하는데('시체처럼'
이라는 표현 역시 정지된 시간 속에 갇혀 있는 에밀리의 상징
적 직유이다) 이 상징을 영상화하기 위해 화면에 고인 물이나
거기 잠긴 시체를 보여준다는 것은 영상의 논리상 전혀 효과적
이지 않다. '고인 물'과 '시체'는 에밀리의 삶과 세계에 대한 작
가-서술자의 해석을 수반하고 있다는 점에서 디에게시스적이
다. 이 디에게시스의 차원은 영상기표라는 미메시스의 언어로
는 전달될 수도 표현될 수도 없다. 이는 영상 묘사가 문자 묘사
보다 열등하기 때문이 아니라 두 묘사-서술양식의 성격과 기
능이 근본적으로 다르기 때문에 발생하는 차이의 문제이다. 이
차이는 영상적 미메시스와 언어적 디에게시스가 서로 별개 차
원에 있다는 것, 그리고 그 두 차원의 상호대체나 환원은 불가
하다는 사실을 보여준다. 언어적 묘사로부터 영상이 번역할 수
있는 것은 그 언어적 묘사의 미메시스적 요소일 뿐 그것의 디
에게시스가 아니다. 영상적 미메시스는 언어적 디에게시스로
다시 해석되고 번역될 수 있어도 언어적 디에게시스가 영상이
미지로 번역되지는 않는다. 영상이미지는 언제나 디에게시스
적 읽기와 해석을 기다린다.

　　문자언어의 디에게시스적 차원이 영상언어로 번역되지 않
는다는 사실은 문자서사를 영상서사로 옮길 때 영상기표가 왜
허다한 좌절의 순간들을 만나게 되는가를 설명해준다. 다음의
예들을 검토해보자.

　　a. 소년은 가게 선반에 진열된 치즈며 통조림 깡통들을 보

고 있었다. 그 깡통들이 생선 통조림이라는 것을 그는 알아보았다. 상표에 쓰인 문자들을 보고 안 것이 아니라(문자는 그에게 아무 의미도 없었다) 깡통에 그려진 은빛 생선 그림들을 그의 밥통이 읽었기 때문이다. 소년의 위장은 치즈 냄새를 맡았고 생선 통조림에서는 생선 냄새를 맡았다.

b. 날아온 창이 그의 옆구리에 박혔다. 그는 귀한 물건을 뺏기지 않으려는 사람처럼 두 손으로 창자루를 꽉 움켜쥐었다.

우선 예시문 a는 '소년'에 대한 두 개의 주요 정보를 간접화의 방식으로 전달하고 있다. 하나는 소년이 글을 읽을 줄 모른다("문자는 그에게 아무 의미도 없었다")는 것이고 또하나는 지금 소년이 몹시 허기진 상태(상표를 읽는 밥통, 그리고 "위장은 치즈 냄새…… 생선 냄새를 맡았다")라는 것이다. '소년은 글자를 읽을 줄 몰랐다'라는 식의 직접 서술이 미메시스적이라면 그런 직접성을 "문자는 그에게 아무 의미도 없었다"로 둘러치기 하는 것은 간접 서술이라는 점에서 디에게시스적이다. 또 '소년은 배가 고팠다'라는 식의, 습작기의 작가 지망생 또는 삼류 작가나 씀직한 직접 묘사가 거부되고 "밥통이…… 생선 냄새를 맡았다"라는 간접 서술이 쓰인 것도 디에게시스적이다. 문제는 이 디에게시스적 언어를 영상화하려는 시도는 사실상 불가능하다는 점이다. '깡통의 상표를 읽는 밥통'이나 '생선 냄새를 맡는 위장'이란 영상의 영역이 아니다. 그것은 거의 전적으로 언어적 기출과 서술의 영역이다. 밀봉된 깡통에서 생선 냄새가 날 리 없으므로 '생선 통조림 통에서 생선 냄새가 났다'라는 식의 문자적 서술은 깡통을 보며 냄새를 느끼는 지각 주체의 어떤 내적 상태에 대한 묘사 기능을 수행하면서 동시에 독자에게 모종의 해석적 욕망을 자극하고 촉구한다. '이 소년은 가난하고 그래서 늘 배가 고픈 모양이다. 그러나 그 밖의 가능성은 없는가?' 이런 해석적 의심은 작품에 등장하는 '피 냄새'와 연결되어 문자적 서술–묘사의 넓은 암시성을 확인하게 한다. 소년의 내부성에 대한 암시는 그의 외적 상황과도 연결되는 것이다.

내부성의 묘사나 서술은 직유의 경우와 마찬가지로 영상의 절망이다. 영상의 전문 영역은 외부성exteriority이지 내부성inferiority이 아니기 때문이다. 가게 선반에 진열된 생선 깡통들을 영상이 제아무리 그럴듯하게 화면에 제시해도 그 방법으로는 '냄새를 맡는' 지각 주체의 내부성이 표현되지 않는다. 이 경우 영상이 취할 수 있는 방법은 화면 밖으로부터의 내레이터에 의한 진술이나 등장인물의 언어적 표현('배가 고프다')뿐이다. 재현대상의 내–외부를 넘나들면서 양자를 가장 기민하고 효과적으로 연결할 수 있는 것은 여전히 언어이며, 영화를 포함한 서사양식들 중에서 이 기능을 가장 잘 수행하는 것은 소설서사이다. 카메라의 눈은 모든 곳, 모든 각도에 설치되어 대상에 대한 다각적 초점화를 성취할 수 있다는 점에서 전방위적panoptical이고 편재적omnipresent이다. 그러나 카메라는 인간의 머리와 가슴 속으로 들어가지는 못한다. 그것의 시각은 편재적이지만 전지적omniscient인 것은 아니다. 카메라의 눈은 지각적perceptual이되 개념적conceptual이지는 않다. 지각이 미메시스적이라면 개념은 디에게시스적이다. 내부성이 외부성 못지않게 인간의 극히 중요한 '현실'이랄 때, 이 현실을 포착·재현·구성하는 것은 서사의 포기할 수 없는 기능이자 역할이며 소설은 내부와 외부, 지각과 개념을 연결함에 있어 다른 어떤 서사양식이나 예술형식

보다도 압도적으로 우세한 위치에 있다. 물론 영상서사의 경우
에도 내-외부의 연결이 불가능한 것은 아니다. 그러나 그 연결
은 언제나 외적 행위 또는 인물 자신의 언어적 독백을 통해서
만 달성된다. 위에 든 예시문 a는 포크너의 잘 알려진 또다른
단편 「헛간 불태우기」의 첫 대목에서 따온(약간의 수정을 보태
어) 것인데 실제로 이 단편은 최근 말레이시아의 한 영상작가
가 '방화자'라는 제목의 영화로 번안하여 국제영화제에서 꽤
높은 평가를 받은 것으로 전해지고 있다. 영화를 보지 못해 원
작의 서술 부분이 어떤 효과적인 영상 처리를 얻었는지 알 수
없지만, 짐작건대 생략되거나 무시되고 어떤 다른 방식으로 처
리되었을 것이 확실하다. 그것은 영상이 다룰 수 있는 가능성
의 영역이 아니기 때문이다.

예시문 b는 조지프 콘래드의 소설 『암흑의 핵심』에 나오는
한 대목을 역시 이 글의 목적을 위해 축약한 것이다. 주지하다
시피 이 소설은 대영제국 또는 서유럽의 제국주의를 배경으로
하고 있다. 우리가 자꾸 소설로부터의 예시를 끌어들이고 있는
것은 영상이 문자서사를 대체할 수 있다는 식의 주장이 어떻게
망상에 근거한 것인가를 보이기 위해서이다(이 소설도 상황을
월남전이라는 현대적 문맥으로 옮긴 영화 〈지옥의 묵시록〉의
원작이 된다). 문제의 예문 대목은 화자 말로가 작중 주요인물
커츠를 만나러 가는 선상에서 원주민들의 습격을 받아 동료 한
명이 창을 맞고 죽는 장면의 서술이다. 여기서도 우리가 눈여
겨볼 것은 등장인물이 옆구리에 박힌 창을 두 손으로 움켜쥐는
행위에 대한 놀랍고 기이한 서술적 제시이다. 마치 무슨 "귀한
물건을 뺏기지 않으려는 사람처럼" 창자루를 움켜쥔다는 이 서
술 방식은 이미 앞에서 본 예시문들과 마찬가지로 근대 산문이

터놓은, 혹은 그 산문 형식에 의해서 가능해진, 언어적 표현의 무한한 잠재력을 보여준다. 예의 서술이 성취하는 것은 역설과 모순의 놀라운 복합 효과이다. 생명을 앗아가는 창은 귀한 물건일 수 없다. 또 등장인물이 창을 뽑으려 들지 않고 누가 뺏어갈까 두렵다는 듯 단단히 움켜쥔다는 것은 사건 장면의 역설적이고 모순적인 제시 기법이다. 이 단위 장면의 역설적인 언어적 제시는 이미 디에게시스의 차원에 있기 때문에 영상으로 옮겨지지 않는다. 영상은 옆구리에 박힌 창자루를 움켜쥐는 남자를 그림으로 제시할 수는 있어도 그로부터 "귀한 물건을 뺏기지 않으려는 사람처럼"이라는 언어적 매개 표현의 효과를 산출할 수도 기대할 수도 없다.

이 매개성은 작품의 전체적 관계에서 볼 때 간과될 수 없는 상징적 중요성을 갖고 있다. 배경에 있으면서도 작품의 실질적 주 인물인 커츠는 아프리카 한구석에 자신의 식민왕국을 건설해놓고 있는데 그곳의 원주민들은 그 외부 식민세력인 커츠를 떠받들고 추종하며 그를 놓치지 않으려 한다. 말하자면 그들은 아프리카에 박힌 창(식민주의)을 무슨 귀한 물건인 양 뺏기지 않으려 드는 것이다. 그러므로 예의 창자루 대목의 역설과 모순은 식민지 상황에서 역설/모순을 보는 작품 전체의 또는 작가의 매개적 시각과 구도에 연결되어 있다. 이는 문제의 대목이 소설에서 단순 우발적인 에피소드가 아니라 흥미롭고도 중요한 상징성을 지니고 있음을 말해준다. 그러나 그 대목을 영상으로 처리한다고 할 때, 그 처리 방식이 이런 상징성을 살려낼 길은 없다.

소설의 한 국소적 사건이나 장면이 시대, 역사, 사회 등의 넓은 외적 문맥과 연결되고 그 문맥에 대한 작가의 논평을 암시하는 일은 근대소설서사의 장기 가운데 하나이다. 물론 영상 서사도 이런 기능을 수행하는 많은 단위 장면들을 삽입할 수 있다. 그러나 특정 장면의 경우 사건 서술이나 상황 묘사가 전체적인 매개 시각과 상징적으로 연결되는 일은 소설에서는 언제나 가능하면서도 영상에서는 반드시, 모든 경우에 가능한 것은 아니다. 영국 이론가 제레미 호손에 따르면 디킨스 소설 『어려운 시절』이 텔레비전용으로 극화된 적이 있는데, 호손이 주목하고 있는 것도 소설의 한 대목을 텔레비전 영상이 어떻게 처리하는가라는 문제이다. 문제의 대목은 '통계와 사실의 시대'를 신봉하는 작중인물 바운더비가 딸 루이자를 사무실로 불러 정혼 사실을 통보하는 장면이다. 통계의 우상을 떠받드는 바운더비의 사무실에는 "무시무시한 통계의 시계가 벽에 걸려 있고 그 시계는 관뚜껑에 못 박는 소리처럼 매초 매초를 똑딱똑딱 재고 있었다". 영상이 벽시계를 보여줄 수는 있지만 그 시계와 '통계'를 어떻게 연결할 것인가? 시청자가 벽시계를 보며 통계의 시대를 자동적으로 연상해주길 바랄 수는 없다. 그러나 그 장면과 작품 전체의 관계는 중요하다. 소설 독자가 그 관계를 포착하는 것은 어려운 일이 아니지만 영상 관객의 경우 영상 자체가 특별하고 유효한 연결기법을 사용하지 않는 한, 그런 연상관계는 이루어지지 않는다.

문학이 갖는 넓은 암시성과 다양한 언어적 제시 기법들의 사용 능력, 표현의 무한한 가능성 등을 일일이 예시하자면 한이 없다. 우리의 관심은 영상서사에 대한 문자서사의 일방적 우위성이라는 옹졸하고 방어하기 어려운 주장을 내놓는 일이 아니라 두 서사양식의 대체 불가성을 몇몇 제한된 예시를 통해서나마 검토하고 문학의 가능성이 영상을 위해 희생될 수 없다는 것, 문학의 잠재력과 가능성이 영상시대라 해서 위축될 이유가 없다는 것, 그리고 영상과 문학은 아직도 각자 자기 가능성을 개발해야 하는 도전들 앞에 놓여 있다는 것 등을 확인해보자는 것이다. 앞서 언급했듯 두 서사양식은 적대적 관계에 있지 않고 양자의 특징적 가능성의 차원들은 별개성을 갖고 있다. 문학과 영상이 교환하는 것은 원칙상 서사 그 자체이며, 서사의 조직 논리와 제시 기법에도 상당한 상호유사성과 차용이 없지 않다. 특히 근대 산문이 열어놓은 표현의 가능성과 현실 탐구의 방법적 쇄신들은 현대 영화의 현실 재현과 탐구에 중요한 모형을 제공해왔다는 사실이 기억되어야 한다. 그러나 두 양식의 매체적 특성에 입각할 때, 문학과 영상은 다른 어떤 차원에서보다도 제시representation의 차원에서 가장 현저한 독자성과 대체 불가성을 갖고 있다. 우리가 미메시스와 디에게시스라는 개념쌍을 구태여 구분 적용해본 것은 그런 독자성을 강조하기 위한 것이다. 하지만 문학이 전적으로 디에게시스의 언어라거나 영화가 전적으로 미메시스의 언어라는 주장은 성립하지 않는다. 언어와 영상이라는 두 매체의 특성상 문학은 '약弱 미메시스, 강强 디에게시스'의 서사양식이고 영상은 '강 미메시스, 약 디에게시스'의 양식이라 말할 수 있다.

근대로의 이행을 '그림시대로의 이행'이라는 관점에서 파악한 사람들 가운데 하이데거가 있다. 「세계 그림의 시대」라는 글에서 그가 편 논지는 근대로의 결정적 이행이 발생한 것은 '세계에 대한 그림의 변화'가 아니라 '세계가 그림으로 바뀐' 순간이다. "근대의 근본적 사건은 그림으로써의 세계 정복이다." 하이데거의 글에서 의미하는 '그림'은 세계에 대한 모사적(미메틱) 재현이 아니라 '재현-제시 주체의 구성'으로서의 그림이며, 예술과 과학의 진리는 이들로부터 드러나고 계시되는 내적 가치가 아니라 그냥 주관적 '재현의 모형'이다. 이 대목에서 하이데거의 요점은 '객관적'인 것으로 지각되던 세계로부터 주관적으로 구성되는 세계로의 이행이 곧 근대의 시발이라는 것이다. 우리가 사용한 미메시스로서의 그림이라는 관점은 하이데거의 그림과는 별 관계가 없고 오히려 우리의 디에게시스가 그의 그림과 다소 연결된다면 연결되는 부분이 있다. 그러나 하이데거의 경우 이미지/언어/개념은 다 같이 주관적으로 제시되는 그림이다. 하지만 그림 자체가 주관적이라면 이미 주관적인 그림이 어떻게 주관적으로 제시되는가?

지금은 상론할 자리가 아니지만, 하이데거에게서 다소 유용한 통찰이 있다면 그것은 '영상의 시대'라는 표현이 단순히 영상의 지배적 문화형식화라는 의미 이상의 차원, 다시 말해 인간이 '세계를 그림으로 바꾸고 그 그림을 정복하는 시대'라는 의미 차원을 가질 수 있다는 점이다. 우리는 이 공식을 다소 바꾸어 영상시대란 인간이 '세계를 이미지로 바꾸고 그 이미지를 소유하는 시대'로 파악할 수 있다. 그 시대는 시각 쾌락의 시대, 시각에 의한 세계 소유의 시대, 시각의 권력화 시대이다. 영상시대의 문학은 시각의 노예가 아니라 시각 쾌락의 시대에 대한 반역이다. 그 반역이 아니고서는 인간존재의 확장과 심화가 불가능하고 존재의 부단한 확장과 심화를 시도하지 않는다면 문학은 어디에서도 그 심미적 차원을 확보하고 유지할 길이 없을 것이기 때문이다.

현대문학 1998. 1월

문학전집, 왜 읽는가

　문학은 이상하다. 나온 지 수천 년 수백 년 된 책들을 사람들은 지금도 읽는다. 기원전 700년의 『오디세이아』를 지금도 읽고 17세기의 『실낙원』을, 19세기의 『안나 카레니나』를 지금도 읽는다. 왜 자꾸 읽는가? 작년에 읽은 시를 나는 금년에 또 읽고 십 년 전에 읽은 소설을 오늘 다시 읽는다. 친구가 읽은 책을 내가 읽고 내가 읽은 책은 친구들이 읽는다. 내 인생 속으로 걸어들어와 이리저리 얽힐 기약이야 있건 없건 나와 함께 한 세월 이 지상을 걸으며 삶을 꾸려가는 사람들, 일하고 장 보러 다니고 가끔 꽃집에 가고 카페에 앉아 사랑과 음모의 저녁 시간을 나누는 사람들, 크고 작은 상실과 배반에 가슴이 멍든 사람들—그들이 나처럼 문학을 읽고, 또 기이하게도 종종 같은 책을 읽는다. 문학은 꿀통인가? 오르페의 연주장인가? 한겨울 모닥불? 왜 사람들은 꿀통에 벌 모이듯 문학의 집으로, 오르페의 숲으로, 문학의 모닥불 앞으로 모이는가?

　문학은 이상하다. 같은 작품인데도 읽을 때마다 다르다. 고등학생 때 읽었던 소설을 십 년, 이십 년 후에 다시 읽으면 같은 소설이 다른 얼굴, 다른 메시지, 다른 주파수로 다가온다. 이십대에 만난 카프카, 도스토옙스키, 발자크는 중년에 또는 노년기에 만나는 카프카, 도스토옙스키, 발자크가 아니다. 그들은 보물 감추듯 내게 무엇을 감추고 있었던가? 세월이 내게 다른 눈을 주었는가? 내가 더 예민한 가슴의 탐정이 되었는가? 이상한 일은 또 있다. 같은 작품인데도 읽는 사람에 따라 반응, 수용, 해석이 다르다. 내 친구 김개똥이 읽은 개츠비 이야기는 또다른 친구 이소똥이 읽은 개츠비 이야기와는 다를 수 있다. 이십대 여성 독자가 『폭풍의 언덕』에서 만나는 폭풍은 같은 연배의 남성 독자가 만나는 폭풍이 아닐 수 있다. 좀 튀겨서 말하면, 하나의 작품에 대한 읽기와 반응의 가짓수는 읽은 독자의 수만큼이나 많을지 모른다.

사람들이 문학작품을 읽고 또 읽는 이유는 사람을 끌어당기는 강한 자력이 문학에 있기 때문이다. 그 매혹의 비밀을 단숨에 말할 수 있는 방법은 없다. 사람들은 문학작품을 읽다가 문학에 끌리는 것이지 매혹의 비밀을 미리 알고 문학을 찾는 것이 아니다. 그 비밀의 열쇠를 건네주는 것은 문학연구자도, 비평가도, 편집자도 아닌 나 자신의 '읽기의 경험'이다. 한번도 먹어본 적 없는 음식을 좋아할 수 없듯 한 번도 문학을 접해본 일이 없는 사람이 문학을 좋아할 방법은 없다. 읽기의 경험이 '문학적 경험'이며, 사람들이 문학세계의 이상한 매혹을 알게 되는 것은 '읽는다'는 구체적 경험을 통해서다. 이 경험의 풍요화를 위해 만들어지고 향수되는 것이 문학전집이다. 전집 중에서도 세계문학전집은 인간의 손에서 문학이란 것이 창조되기 시작한 이후 지금까지 이 작은 유성의 동서남북으로부터 건져올려진 최상급의, 그래서 사람들이 흔히 고전, 명작, 혹은 걸작 등등의 이름으로 불러주는 작품들을 선별적으로 집성해놓은 문학 컬렉션이다. 그것은 문학의 숲이고 문학의 나라이며, 가장 작은 이름으로 불러도 '문학의 집'이다. 그 숲, 나라,

집에 발을 들여놓을 때에만 우리는 문학이 가진 매혹의 비밀들을 알게 된다.

그러나 이렇게만 말하는 것은 좀 무책임하다. 문학은 시간과 장소에 충실하면서도 동시에 높은 이동성을 갖고 있다. 나온 지 오랜 작품들을 사람들이 지금도 찾아 읽는 것은 시간을 건너뛰고 장소를 넘나드는 문학의 '마술적 이동성' 때문이다. 이 이동성이 문학의 몇 가지 큰 특성들의 집합에서 발휘되는 효과 같다. 우선 주목할 만한 것은 문학이 지식 전수를 목적으로 하는 학문체계가 아니고 과학의 경우처럼 진眞이냐 위僞냐의 검증에 종속되어야 하는 가설의 구축도 아니라는 점이다. 이를테면 학문으로서의 과학은 '참'을 추구하고 이 추구 작업은 진/위의 판별을 요청한다. 참이 아닌 것으로 판명된 지식이나 가설은 즉시 폐기되어야 하고 오류는 반드시 수정되어야 한다. 문학은 그런 의미에서의 지식의 추구가 아니다. 문학에서는 많은 경우 오류조차도 진실이다. 중세가 막을 내리고 있었던 시대에 중세적 기사도의 길에 올라서고자 한 것은 돈키호테의 시대착오이며, 시계를 과거로 되돌려 옛날의 연인을 되찾아올 수 있을 것이라 생각한 것은 개츠비의 환상이다. 그들은 그 착오와 환상의 오류 때문에 죽는다. 보바리 부인과 안나 카레니나 같은 여성 인물들은 사랑과 욕망의 강렬한 불길에 휩싸여 파멸한다. 그 불길을 선택한 것은 그들의 오류다. 그러나 이런 오류와 실패, 착각과 패착 때문에 문학 속 인물들의 이야기가 폐기처분되는 것은 아니다. 그들의 이야기가 초시대적 생명을 획득하는 것은 오히려 오류의 진실 때문이다. 오류의 진실이란 오류를 통해서 드러나는, 경우에 따라서는 오류를 통해서만 드러나는, 인간 경험의 진실성이다. 이 진실성은 인간이라는 나약

66

한 존재(예나 지금이나 나약하지 않은 인간은 없다)가 뿜어내는 눈부신 광채다. 문학의 시공간 초월성의 비밀 하나를 말해주는 것은 그 진실의 광채다.

경험의 진실성이라는 말은 다소 애매한 느낌을 줄 수 있다. 인간은 그의 소망이나 의지에 상관없이 반드시 맞닥뜨려야 하는 항구한 경험의 조건들 속에서 살아간다. 그가 죽어야 하는 유한한 존재라는 사실은 그런 경험의 조건들 가운데 가장 대표적인 것이다. 인간은 이 유한성이 발생시키는 경험들로부터 전혀 자유롭지 못하다. 그는 세 가지 전형적인 유한성의 조건들을 경험해야 한다. 무한히 살 수 없다는 생의 유한성, 무한한 자원을 가질 수 없다는 자원의 유한성, 모든 일을 다 할 수 없다는 능력의 유한성이 그것이다. 유한성은 인간 공통의 보편적 조건이다. 상실, 좌절, 이별, 배반, 실망 같은 고통의 경험도 그 조건으로부터 나오고 사랑과 욕망, 기쁨과 성취조차도 그 조건에서 나온다. 그런데 그 유한성의 공통 조건에 대응하는 방식은 사람마다 다르다. 사는 법이 다르고 죽는 법이 다른 것은 그런 대응 방식의 차이 때문이다. 이 차이가 경험의 특수성을 구성한다. 유한성의 조건들은 항구하고 일반적이되 그 조건에 맞서는 개인들의 이야기는 일반적이지 않고 추상적이지 않다. 우리가 삶에서 마주치는 유한성의 조건들은 모든 사람에게 공통적이고 보편적인 것이지만 그 조건에 맞서는 한 사람한 사람 개인들의 이야기는 특수하고 특이하다. 문학이 다루는 것은 그런 특수하고 구체적인 경험이다. 우리가 경험의 진실성이라 부르는 것은 바로 그 개인적이고 특수한, 그리고 많은 경우 모순적인 인생 경험의 거부할 수 없는 진실성이다. 삶의 고비고비에서 사람들이 겪는 난관과 딜레마와 선택의 어려움에

관한 개인적 경험의 치열성으로부터 발산되어 나오는 광휘, 그
것이 경험의 진실성이다. 이 진실성은 특정의 문제에 대한 모
범답안이 아니고 시효를 가진 지식도 아니다. 사람들이 문학을
읽고 또 읽는 이유는 읽을 때마다 그 이전에 보지 못했던 새로
운 진실의 광휘를 만나고 발견하기 때문이다.

내 생각에 문학은 기본적으로 그리고 본질적으로 '알레고
리'다. 어떤 특정한 것의 알레고리가 아니라 많은 것들의 알레
고리일 수 있는 것, 그것이 문학이다. 이것은 논란을 일으킬 수
있는 과감한 진술이지만 나는 그 진술을 포기하지 않는다. 가
장 사실적인 소설도 알레고리라는 광주리에 담길 수 있을 때에
만 '문학'이 된다. 『모비 딕』은 미국의, 백인 문명의, 욕망과 죽
음의 알레고리다. 『동물농장』은 소비에트, 전체주의, 혁명의 알
레고리이면서 동시에 역사의 알레고리다. 『파우스트』 서사는
무한 욕망에 대한 알레고리이면서 동시에, 좀 우습게 들릴지
모르지만, '돈'에 대한 알레고리이기도 하다. 나는 시간과 공간
을 뛰어넘는 문학의 마술적 이동 가능성의 또다른 중요한 비밀
이 문학의 이 알레고리적 성격에 숨겨져 있다고 생각한다. 이
천 년 전 오비디우스의 신화시집 『변신 이야기』에는 '에리식톤
이야기'라는 것이 있다. 자본주의와 관계없었던 시대에 나온
그 에리식톤 이야기가 21세기 독자에게는 영락없는 자본주의
알레고리로 읽힐 수 있다. 이런 방식으로 읽으면 『파우스트』 서
사도 우리 시대의 자본주의 문명과 그 문명의 굴레 속에서 살
아가는 인간들의 운명에 대한 알레고리가 된다.

문학작품은 완결된 최종 텍스트가 아니라고 사람들은 곧
잘 말한다. 맞는 말이다. 문학은 냉장고, 자동차, 진공청소기
같은 완성품 생산체제가 아니다. 문학의 이런 비결정성은 문학

자체가 알레고리라는 넓은 암시성의 언어적 구조물이라는 사실에, 그리고 문학이 생산의 시간과 수용의 시간이라는 두 시간대를 모두 포괄한다는 사실에 연유한다. 알레고리는 열대의 우림과도 같다. 그것은 수많은 읽기를 가능하게 한다. 작품은 완성품의 형태로 생산되어 독자에게 전달되는 일방적 유통체계가 아니고 특정의 의미를 특정의 방식으로 읽어내도록 설계된 닫힌 회로도 아니다. 문학 읽기에서 오늘날 상식처럼 되어 있는 것은 읽기 자체가 창작 행위이고 생산 행위라는 주장이다. 독자가 작품을 완성한다는 말은 이 주장을 요약한다. 그러나 독자가 자기 혼자 작품을 완성하는 것은 아니다. 작품이 최종성을 거부한다면 독자의 읽기에서도 종결성은 거부된다. 문학이 비종결적이라는 말은 읽기 자체가 비종결적이라는 말과 사실상 같은 의미다. 어떤 탁월한 독자도 한 작품에 대한 그의 읽기가 최종적 읽기라고 천하에 자랑할 수 없다.

문학의 나라에는 최소한 네 종류의 구성원이 참여한다. 작가, 작품, 독자, 그리고 시대가 그 구성원이다. 이 구성원들이 문학의 공동체를 이룬다. 문학을 읽는다는 것은 이 네 구성원 사이의 대화, 협상, 경청의 과정이다. 동일한 작품에 대한 읽기의 내용이 사람마다 다르고 시대마다 다를 수 있는 것은 구성원들 사이의 대화와 교섭의 결과가 다르기 때문이다. 독자라는 구성원 하나만 놓고 봐도 그렇다. 독자 그 자신도 바뀐다. 그의 경험, 감성, 사유의 능력은 세월과 함께 바뀔 수 있고 이런 변화는 읽기의 변화를 독촉한다. 십 년 전에 읽은 작품이 지금 달리 읽힌다면 그 변화에는 '나의 변모'가 개입해 있다. 나의 읽기에 변화를 일으키고 나의 문학 경험을 풍요하게 해주는 것은 다름 아닌 당신의 읽기, 그 여자의 읽기, 그 남자의 읽기다. 나와 당신과 그가 같은 작품을 놓고 각각 다른 방식으로 읽어낼 수 있다는 사실 때문에 문학공동체는 대화의 공동체, 마음의 공동체, 소통과 이해와 공감의 공동체가 된다. "넌 이 작품 어떻게 읽었어?"라고 서로 묻는 것이 그 공동체 사람들의 습관이다. '그 사람은 어떻게 읽었을까?'라는 것도 그 문학의 나라 구성원들이 갖고 있는 깊은 궁금증이자 관심이다.

왜 그럴까? 이건 순수 바보의 질문이다. 문학공동체 사람들은 함께, 그러나 서로 다른 눈으로, 문학 읽기에 참여한다는 것이 인생 경험을 심화하고 인간 이해와 공감의 가능성을 확장시킨다는 것을 잘 알고 있다. 삶을 기쁘고 즐거운 것이게 하는 비결의 하나는 바로 이런 종류의 심화와 확장의 경험이다. 읽는다는 것은 삶 그 자체이고 우리네 인생이며 이 지상에 살아 숨쉬는 동안 우리가 누릴 수 있는 짧은 영광의 순간이 아닌가. 이 책은 바로 그런 즐거움과 영광을 위해 이런저런 방식으로 이런저런 작품들을 읽어낸 이런저런 독자들의 작은, 그러나 값진 기여다.

한국 작가가 읽은 세계문학(문학동네, 2013)

왜 고전을 뽑고 고전을 읽는가

세월호 침몰 사건이 한국인에게 던지고 있는 질문들은 엄중하다. 우리는 누구인가? 수백의 인명을 실은 배가 물속으로 가라앉는 동안 전신이 마비된 것처럼 그 침몰을 지켜보는 것 외에는 아무 일도 하지 못한 우리는 우리 자신에게, 그리고 희생자들에게 도대체 누구란 말인가? 국가는 또 무엇인가? 재난 앞에서 국민의 인명 하나 구해내지 못한 국가는 어떻게 국가이고 나라인가? 지난 수십 년 동안 비슷한 인재성 사고를 수없이 겪고도 사고공화국에서 벗어나지 못하는 한국 사회는 도대체 어떤 사회인가? 2014년 4월 16일 사건 이후 진도 팽목항에는 죽어간 아이들을 향한 절절하고도 가슴 아픈 절규의 쪽지들이 바람에 흩날리고 있다. "얘들아, 이 사회를 절대로 용서하지 마라." "누가, 무엇이, 너희들을 죽였는가?" "이것은 우리가 죽을 때까지 지고 가야 할 죄다."

이런 질문과 절규들은 세월호 참사 이후 우리 사회가 무엇을 해야 하는지, 어디서부터 무슨 일을 시작하고 어떻게 해야 할 것인지에 관한 요청과 명령들을 제시하고 있다. 해야 할 일은 많다. 그러나 일의 목록을 누가 어떻게 짜건 간에 거기 반드시 필요한 것은 실패를 성찰하고 그 실패의 재연을 막아낼 방법을 모색하는 일이다. 사회는 어느 때 실패하고 왜 실패하는가? 무엇이 잘못되었는지를 살피는 것이 성찰이고 문제 해결의 방법과 비전을 찾아보는 것이 모색이다. 세월호 사건은 우리가 성찰과 모색이라는 두 가지 작업부터 진지하고 성실하게 수행할 것을 요구하고 있다. 사회가 재난의 가능성 앞에서 자기를 지켜낼 원천적 능력은 거기서부터 키워진다.

한겨레 창간 26주년 기념 특집의 하나가 '고전 선정'과 '고전 읽기'에 바쳐진 것은 세월호 사건이 제기하는 이런 성찰과 모색의 요청에 응답하기 위한 것이라고 나는 생각한다. 이 시도는 절대로 한가한 것이 아니다. 기본은 번쩍거리지 않고 화려해 보이지 않는다. 그런데 그 기본을 내팽개치는 순간 사회는 실패를 예약한다. 돌아보면 우리 사회는 기본을 소홀히 함으로써 끊임없이 실패를 예약해오지 않았는가? 그 기본 중에서도 기본적인 것이 '생각할 줄 아는 사회'를 만드는 일이다. 생각이 없고 생각하기를 거부하는 사회는 거기서부터 이미 재난을 내장한 위험사회다. 그런 사회에서 아이들은 끊임없이 죽고 어른들은 병들고 사회적 삶의 고통은 늘어난다. 생각할 줄 아는 사회를 만들어나가고자 할 때 거기 요구되는 중요한 시민적 프로그램의 하나가 고전 선정과 고전 읽기다.

고전이란 무엇인가? 세월호 참사는 한국인들에게 어떤 텍스트가 고전으로 선정될 만한 것인지 다시 생각해볼 것을 요구한다. 우리가 잊고 있었던 질문들 앞으로 사정없이 우리를 소환하는 책이 지금 우리에게 고전이다. '너라면 이런 배를 타겠느냐?' '너라면 이런 나라에 살겠느냐?' '너라면 어떤 사회를 만들고 싶은가?' 오래된 질문들을 마치 처음인 것처럼 대면하게 하는 책이 지금 우리에게 고전이다. '가치가 물구나무설 때 사회는 어찌 되는가?' '무엇이 가치인가? 삶은 어느 때 의미를 획득하는가?' '문명의 목표는 무엇이겠는가?' '너의 인생에서 가장 중요한 일은 무엇인가?' 자신이 하고 싶은 말을 아직 다 하지 않은 책, 자기 발언의 의미를 자기 시대에 다 소진시키지 않은 책, 어둠 속의 섬광처럼 한순간 우리를 전율하게 하는 책, 그런 책이 지금 우리에게 고전이다. 우리를 향해 얼음을 깨는 도끼처럼 불편하고 불안한 질문 던지기를 멈추지 않는 책, 우리가 중요하다고 생각하는 질문들에 정답을 주고자 하지 않고 다만 길을 안내하는 책, 생각을 자극하고 생각과 생각을 연결하게 하는 책이 지금 우리에게 고전이다.

『논어』에는 마구간에 불이 났을 때 공자의 언행을 기록한 대목이 한 군데 나온다. 마구간에 불이 났는데 공자가 퇴근하여 그 이야기를 듣고 묻기를 "사람이 다쳤느냐?" 그러곤 말에 대해서는 한마디도 묻지 않았다. 참 멋대가리 없는 이야기다. 그래서 뭐가 어찌되었다는 거냐? 공자의 제자들은 왜 그런 맹물 같은 이야기를 『논어』에 기록해두었는가? 사람값보다 말값이 더 비쌌던 것이 공자 시대의 가격체계이고 가치 서열이다. 그 시대에 사람의 안위부터 먼저 걱정한 것이 공자다. 세상의 가치 서열을 무시한 그는 바보다. 그런데 세월호 참사에서 한국인이 뼈에 사무치도록 절감한 것은 사람보다 돈이 더 중요하게 여겨지는 사회의 '비참'이다. "인간들아, 인간을 욕되게 하지 말라"는 것은 『사회계약론』의 저자 장자크 루소가 21세기 한국 사회에 던지는 절절한 당부다. 권력을 가진 자들과 부유한 자들은 어째서 동료 인간들의 불행에 그토록 무감각한가? 그 루소가 한국인들에게 던지는 질문이다.

한겨레 창간 26주년 기념 특집은 스물여섯 권의 책을 이 시대 한국인의 사유의 식탁에 올릴 텍스트로 선정하고 텍스트

하나하나로부터 정치, 사회, 경제, 문화, 역사, 문명, 인간 등에 관한 질문 하나씩을 뽑아내고 있다. 물론 스물여섯 권이라는 숫자는 은유적인 것이며 질문 스물여섯 개도 그러하다. 그러나 이것은 고전의 의미와 그 선정 방식에 대한 새로운 접근법이다. 고전은 통상적으로 고전 반열에 오르는 책들이어서 고전인 것이 아니라 지금 이 시대 한국인의 삶에 어떤 질문을 던지는가라는 관점에서 선정되고 있다. 질문은 텍스트가 명시적으로 던지는 것일 때도 있고 암시적·잠재적인 것일 때도 있다. 독자가 텍스트를 향해 던지는 질문도 중요하다. 시민은 누구인가? 세월호 이후 한국인에게 이 질문이 중요해졌다면 사회의 몰락을 막아내는 자가 바로 시민이라는 생각이 그에게 절절한 것이 되었기 때문이다. 작가 버지니아 울프는 『3기니』에서 어떤 인간형을 길러내는가라는 질문이 교육의 핵심부에 놓여야 한다고 말하고 있다. 이것은 지금의 한국인, 한국 사회에 너무도 필요한 질문이고 지적이다. '어떤 사회를 만들 것인가'라는 질문과 '어떤 인간을 길러낼 것인가'라는 것은 지금의 우리에게 불가분으로 연결된 질문들이다. 어떤 나라를 만들고 어떤 문명의 문법을 구축해나갈 것인가라는 질문도 마찬가지다.

지금은 생각을 거부하는 것이 유행처럼 된 시대다. 사회는 생각하지 않고 비판은 냉소의 대상이 되고 윤리적 사유에는 모라토리엄이 걸려 있다. 생존의 공포에 짓눌린 사람들은 짜증내며 반문한다. 누가 모르나? 그래서 어쩌라고? 생각이 밥 먹여주나? 그런데 이런 짜증과 함께 우리는 죽어간다. 그 '우리'에게 함석헌 선생은 말한다. "생각하는 백성이라야 산다."

한겨레 2014. 05. 04.(고전 특집 머리글)

비평은 무슨 일을 하는가

　비평은 무엇인가? 이것은 누구도 단숨에 수습하기 어려운 질문이다. 인간이 하는 모든 실천에는 반성이 필요하다는 것은 인간사의 한 진실이다. 이 진실에 기대어 넓은 의미의 정리를 시도한다면 비평은 '문학에 대한 성찰 행위'다. 그러나 이런 정리 방식은 이미 그 안에 다른 많은 질문의 발생 가능성을 안고 있고 구체화의 요구도 내포하고 있다. 비평이 문학을 성찰한다고 할 때, 그 성찰 대상인 문학은 무엇이며 성찰은 무엇인가? '비평이 무엇인가'라는 질문은 '문학이 무엇인가'라는 질문과 분리되지 않는다. 두 질문은 함께 붙어 있다. 자동차 비평의 대상은 자동차이고 울릉도 호박엿에 대한 비평적 평가의 대상은 울릉도 호박엿이다. 그런데 문학은 자동차도 호박엿도 아니다. 문학은 정의에 좀체 나포되지 않고 선명한 규정을 별로 환영하지 않는다. 문학적 실천 또는 문학현상(문학의 생산과 수용)이 발생하고 전개된 역사는 오래지만 문학에 대한 결정적 정의를 내놓을 수 있었던 시대는 없다. 문학을 이리저리 규정하는 일이 없었다는 얘기가 아니라(오히려 그런 정의는 아주 많다) 그이떤 정의도 신과 인간과 악마를 두루 만족시킬 수 없었다는 얘기다. 그렇다면 문학은 유령이고 비평은 유령을 성찰하는가? 문학을 성찰한다고 할 때 비평이 맞닥뜨리는 첫번째 난관은 이

것이다. 비평은 자기 작업의 대상을 잡으려는 바로 그 순간 딜 레마에 봉착하는 것이다.

글이 제대로 시작되기도 전에 기운을 잡아 빼고 정신을 어 지럽게 하는 난제부터 들고 나오는 것은 글쓰기의 예의가 아니 다. 문제를 난삽하게 풀지 않아도 될 다른 방식이 있다면 그 방 식을 선택하는 것이 현명하다. 그런 선택지가 없지 않다. 문학 은 정의를 싫어하고 비평은 정의의 그물을 문학에 부단히 둘러 씌우고 싶어한다. 한 가지 정의는 또다른 정의를 자극한다. 비 평이 문학에 대한 많은 정의를 내놓았다는 것은 비평이 문학 의 경계를 그만큼 확장한 것이 아닌가? 그것은 문학이 어떤 형 태의 정의에도 사로잡히지 않는다는, 말하자면 문학의 '해방추 구본능' 같은 것을 보여주는 일은 아닐 것인가? 그렇다면 비평 은 딜레마에 봉착하는 것이 아니라 자기 작업의 역설적 성격을 알고 출발하는 것이 된다. 문학은 정의로부터 달아나고 비평은 문학을 지적·개념적 정의의 그물 속에 가두려고 한다. 성격상 비평은 그래야 하기 때문이다. 문학을 규정하려는 이론적 시도 를 가장 최근에 내놓은 것은 테리 이글턴이다. 그에 따르면 사 람들이 어떤 글을 '문학'이라 부를 때 그들의 마음속에는 무엇 이 문학인가에 대한 다섯 가지쯤의 생각이 들어 있다. 문학은 허구적 구조물이라는 것, 신문기사나 경험적 진실에 관한 글들 과는 달리 인간 경험에 대한 의미 있는 통찰을 담은 글, 비유적 ·자의식적 언어처럼 특별히 고양된 방식으로 언어를 사용한 글, 쇼핑 리스트와 같은 의미에서의 '실용성'은 없는 글, 높은 가치를 갖고 있다고 인정받는 글—이런 글들이 '문학'이다.*
사람들은 이런 다섯 가지 아이디어 중 어느 하나를 가지고 혹 은 다섯 가지를 모두 결합하는 방식으로 문학을 이해한다고 이

76

글턴은 말한다. 이것은 이글턴의 문제 해결 방식이다. 어느 하나의 정의를 고수하기보다는 누구나 인정할 만한 정의들을 내놓고 문학은 이런 종합 속에 있다고 말하는 것이 안전하지 않겠는가. 문학을 허구적 구조물이라 말하는 것이 틀린 소리는 아니지만, 그러나 '논픽션'처럼 그 정의에 들어맞지 않는, 그러면서 문학으로 여겨지고 대접받는 글은 어찌되는가? 하나의 그물로 문학을 사로잡을 수 없다면 여러 개의 그물을 던져 광역 포획을 시도해보자는 것이 이글턴의 '꾀'다.

그런데 지금 이 글의 관심사는 문학이 무엇인가라는 질문을 추적하자는 것이 아니라 '비평은 무엇인가?'라는 질문을 다루어보자는 것이다. 문학이 무엇인가라는 문제 못지않게 비평은 무엇인가라는 질문도 비슷한 딜레마를 제기한다. 그러니까 여기서 우리가 사용할 만한 선택지는 비평에 대한 본질론적 논의보다는 비평이란 것이 주로 무슨 일을 수행하는가라는 문제—곧 비평의 '기능function'을 중심에 두고 비평을 이해하는 것이다. 이 경우 비평이란 무엇인가라는 질문은 '비평은 무슨 일을 하는가' 혹은 '비평의 기능은 무엇인가?'라는 질문으로 바뀐다. 질문의 이런 전환이 비평을 배반하는 것은 아니다. 비평이 본질 따로 있고 기능 따로 있다고 말하면 오히려 그것은 본질론의 수습할 수 없는 구렁텅이에 빠지는 일이 된다. 그 구렁텅이는 '병 속의 파리 건지기'처럼 불필요한 위기를 조성한다. 그런 위기를 피하자면 비평이 '수행하는 기능'으로 비평을 고찰하는 것이 안전하다. 의자를 의자이게 하는 것은 의자의 기능이다. 비평을 비평이게 하는 것은 비평이 수행하는 일 또는 일들 그 자체다. 예이츠의 시에서처럼 "춤추는 사람은 춤과 분리되지" 않는다.

비평은 어떤 일들을 수행하는가? 우리가 이미 알고 있는 지식의 범위 안에서 비평이 수행하는 일들의 목록을 짜는 일은 가능하다. 비평이라는 것이 인간사에 처음으로 머리를 드러내던 시점, 그러니까 비평의 '출발 지점'에서 있었던 두 가지 사건은 지금 우리에게 시사하는 바가 크다. 비평에 출발선을 제공한 것은 플라톤이다. 비평의 기원 지점에서 플라톤이 수행한 것은 문학에 대한 '질문'의 제기다. 그 질문은 문학의 존재 이유 혹은 문학의 정당성에 관한 것이다. '이 세상에 문학이라는 것이 있어야 하는가?' '이 세계에 문학이라는 것이 필요한가?' 우리는 지금 문학이라는 말을 사용하고 있지만 플라톤 시대의 문학에 해당한 것은 신화로 대표되는 '지어낸 이야기fabulation', 요즘 용어로는 거의 정확하게 '허구적인 글fictional writing'이다. 잠시만 생각해도 플라톤의 질문은 그의 철학체계 안에서나 중요했던 낡은 문제제기가 아니다. 플라톤이 그 질문을 던진 것은 문학의 존재 이유를 부정하기 위해서였지만, 문학에 곤욕의 순간을 안기고자 했던 그 질문이 지금은 오히려 문학비평을 부단히 활성화하는 근원적 질문이 되어 있다. 문학은 존재할 이유가 있는가? 있다면 시인들이여, 그 이유를 대보라. 플라톤의 이런 도전은 이천사백 년을 넘은 지금 이 시점에 너무도 여실하다. 오늘날 문학은 어디서 어떻게 그 존립의 필요성과 존재의 정당성을 확보하는가? 시장바닥에서? 텔레비전에서? 인터넷에서? 대학에서? 우리가 주목할 것은 플라톤의 질문이 문학에 대한 최초의 철학적 사유이자 최초의 비평적 기능수행이었다는 점이다. 그 질문은 지금도 유효하다. 시장과 과학의 시대인 지금, 문학은 여전히 자신의 존재 이유를 질문받고 있다. 문학의 정당성 확보 방식을 묻는 그 질문을 비켜나면 오늘날 문학비평은 중요한 일의 하나를 잃고 비평 자체의 자기 질문('비평이란 무엇인가?')에도 답하기 어려워진다.

비평의 기원 지점에서 발생했던 또다른 사건은 문학의 존재 이유를 묻는 도전에 비평이 대응한 사건이다. 그것은 문학에 대한 부정적 비판(고발, 힐난, 부정)세력과 문학을 옹호하려는 긍정적 변호세력이 맞부딪친 사건이며, 문학사에 본격적인 문학론 혹은 비평의 성립을 실현한 사건이다. 이 사건의 핵심부에는 아리스토텔레스에 의한 '시학의 구성'이 자리잡고 있다. 『시학』은 플라톤의 도전에 대한 응답이다. 플라톤이 문학의 비진리성을 문제삼았다면(지어낸 이야기에 무슨 진리 근거가 있는가?), 아리스토텔레스는 거꾸로 시의 진리성을 드러내 보임으로써 진리의 근거 위에서 문학 옹호에 나선다. '시학poetics'은 요즘의 표현으로는 문학론이다. 그리스 고전시대의 시학을 다시 친숙화하자는 것이 지금 우리의 관심사는 아니다. 우리가 주목할 것은 문학의 존재 이유를 비판적으로 질문하는 비평의 기능수행이 전개된 바로 다음 순간에 문학의 정당성을 옹호하기 위한 비평의 또다른 기능이 발동되었다는 사실이다. 정당성 비판과 정당성 옹호라는 두 가지 일이 비평 전통의 기원 지점에서 비평의 기능으로 전개된 것이다. 문학의 정당성을 둘러싼 공방은 (공방의 내용은 시대마다 달라진다 할지라도) 지금 이 시대에도 진행되고 있다. 『시학』 이후 수많은 시학 또는 문학론이 생산되어 나왔다는 사실이 보여주듯 시학의 구성은 한 번으로 끝난 작업이 아니라 이천 년 넘게 지속된 사업이다. 문학이

* Terry Eagleton, *The Event of Literature*, New Haven: Yale University Press, 2012.

존속하는 마지막 순간까지 비평은 새로운 문학론을 구성해내도록 요구받을 것이 틀림없다(비평 자체도 시학의 일부다). 문학에 대한 생각, 독자의 수용 태도, 판단과 평가의 기준은 시대적 변화에 종속되고, 이런 변화는 그때그때 새로운 시학의 탄생을 요청한다. 물론 문학에는 변화에 저항하고 변화를 거부하는 항구성의 본능도 존재한다. 이런 항구성의 유지는 문학의 경박화를 막는 내적 강건성이 되어주기도 하며 문학을 옹호하는 작업에서 불가결의 요소가 될 수 있다. 대체 문학의 무엇이 이런 항구성의 요청을 촉발하는 것일까? 서구문학 위주로 말하면 지난 이천사백 년의 문학사는 문학의 자기변호의 역사이다. 이 변호 작업에서 주역을 담당해온 것이 비평이다(이 글이 다룰 수 있을 것 같지는 않지만 내친김에 이런 질문도 던져놓고 가자. '문학을 왜 옹호하는가?').

우리가 어떤 식으로 문학을 정의한다 해도 결코 빼놓을 수 없는 것이 있다. 이글턴의 문학론 다섯 개 항에 포함되었듯이 문학은 언어적 구조물이라는 사실이 그것이다. 한국 비평에서는 언어구조물로서의 문학에 대한 관심이 그리 높은 편은 아니다. 이것은 우리말 자체와 관계된 것이기도 하고 창작 방법과 문학교육 방식(페다고지)에 관계된 일 같기도 하다. 그러나 언어는 문학의 육체이며 문학을 문학이게 하는 제1의 물질적 조건이다. 이 육체성과 물질성 덕분에 문학은 유령 이상의 것이 된다. 이때 비평은 무슨 일을 하는가? 비평은 문학작품의 물질적 현실로서의 언어에 주목하고 그 현실의 구성 원칙, 구성 방법, 작동법을 관찰, 평가, 성찰의 대상으로 삼는다. '문학의 언어'는 어디 따로 있는 것이 아니다. 언어의 독특하고 고유한 '문학적 사용'이 문학의 언어를 탄생시킨다. 언어의 독특하고 고유한 사용에는 어휘 선택과 배치, 운율 조직과 소리(고저장단, 강세와 약세), 비유 표현의 마법적 사용, 미학적으로 고양된 표현, 개성적 스타일 등이 포함된다. 시냐 소설이냐에 따라 차이가 있지만, 문학 텍스트 하나하나는 이런 언어적 고유성과 유일성의 달성을 자신의 예술적 목표로 삼는다. '그 작품에만 있다'는 것이 고유성이며 세상을 다 뒤져도 그와 동일한 언어 사용법을 발견할 수 없다는 것이 유일성이다. 이 유일성은 소멸의 요청(죽음)에 대한 문학의 예술적 저항을 실현한다.

비평이 언어적 표절을 문제삼는 까닭은 반드시 도덕적 이유 때문만은 아니다. 타인의 텍스트로부터 변형도 가공의 노력도 없이 무단 이식된 표현은 그것을 이식한 작품 자체에 타격을 가해 해당 작품의 예술적 고유성을 훼손하고 유일성의 원칙을 파괴한다. 이것은 문학 그 자체의 존재 이유에 대한 부정이기도 하다. 언어적 표현의 표절은 상투어cliches나 '죽은 은유dead metaphors'의 반복 사용처럼 이미 있는 것의 무반성적 베끼기여서 (동어반복과 순환논리가 그러하듯) 새로운 발견, 기쁨, 경험의 고양을 수반하지 않는다. 그것은 정체의 지속이다. 거기에는 예술적 필연이 없다. 러시아형식주의자들의 완강한 주장을 받아들인다면 문학은 '상투어에 대한 영원한 투쟁'이다. 이 점에서 문학의 언어 사용법은 상투어구를 무한히 사용해야 하는 (이를테면) 정치 연설의 언어와는 정반대의 것이다. 비평이란 무엇인가? 문학작품이 실현하는 언어의 미학적 매력을 포착하고 드러내는 것은 비평적 실천의 과제 가운데 하나이다.

문학작품을 읽고 해석하는 것은 비평이 수행하는 근본적인 일의 하나다(물론 비평민이 읽고 해석하는 것은 아니디). 문학작품은 만인의 읽기와 해석에 노출되어 있다. 눈 달린 사람이면 누구나 영화를 볼 수 있듯이 말을 알고 글을 읽을 줄 아는 사람은 누구나 문학을 읽고 의미를 생산할 수 있다. 그러나 말하고 읽을 줄 안다고 해서 문학작품을 잘 읽어낼 수 있는 것은 아니다. 읽기는 단순한 문자해독력literacy의 문제가 아니다. 언어능력은 자연적·생래적인 것이지만 문학 읽기의 능력은 훈련을 통해서만 얻어지는 후천적 능력이다. 이 훈련에는 두 가지 조건이 필수적이다. 문학 읽기의 경험을 지속적으로 쌓는 일, 그리고 문학공동체(문학의 생산과 수용이 일어나는 생태환경)에 친숙해지는 일이 그것이다. 문학작품은 사막의 나무 한 그루로 태어나기보다는 나무들의 공동체('문학의 숲')에서 만들어지고 태어난다. 노스럽 프라이는 "문학은 문학에서 나온다"고 말했는데 문학과 역사 사이의 교섭관계를 크게 고려하지 않는다는 점을 제외하면 그 발언에는 진실이 없지 않다. 문학이 문학의 숲이다. 소설을 한 번도 읽은 적 없는 사람이 하루아침에 신뢰할 만한 소설 독자가 되는 것은 아니다. 시도 마찬가지다. 문학 독자도 문학의 숲에서 유능한 독자로 태어난다. 그 숲은 문학적 읽기의 전통이 이어지고 있는 독서공동체다. 그 공동체에서 과거의 읽기는 현대의 읽기와 만나고 국경을 넘어 의견들이 소통되고, 읽기와 읽기가 비교되며 '더 나은' 읽기가 걸러져 나온다. 나보다 더 잘 읽어내는 사람이 있다는(혹은 있을 수 있다는) 사실은 문학적 경험의 경이다. 비평은 문학의 숲, 독자공동체, 문학적 생태환경에서 의존할 만한 판단과 분별을 공급한다. 비평가가 일반 독자보다 언제나 더 잘 읽어낸다고 말할 수는 없다. 그러나 비평적 읽기는 분별력이 행사된 숙고된 읽기, 타인의 생각을 참조한 읽기, 검토와 테스트를 거친 읽기라는 점에서 몇 점의 신뢰 포인트를 획득한다. '신뢰'란 어떤 읽기가 남들의 공감과 동의를, 혹은 수긍을 얻어낼 수 있을 정도의 것인가 아닌가에 달려 있다. 공감과 동의가 아니더라도 탁월한 읽기는 그 탁월성으로 문학공동체에 기여한다.

문학 읽기에는 언제나 오독의 위기가 따라다닌다. 오독은 특정 텍스트의 어려움이나 읽는 이의 교육의 정도와 관계될 때도 있지만 그러지 않을 경우도 많다. 소위 '쉬운' 텍스트의 경우에도 오독은 발생할 수 있다. 비평은 오독을 점검하고 오독 판정의 텍스트적 근거를 찾아내며 읽기가 어떻게 작품을 '완성'하는가를 보여준다. 지난 세기 후반 이후 비평은 읽기와 해석 행위가 문학작품의 수동적 소비에 그치는 것이 아니라 텍스트를 '완성'하는 적극적 의미생산 행위라는 데 거의 합의해놓고 있다. 실제로 1960년대 이후 다종의 비평/문학이론들은 허구적 구성물로서의 문학작품이 어떻게 '의미'를 생산하는가를 집요하게 탐구했는데, 이때 개발되어 나온 독법들이 모두 유효하다고 말하기는 어렵지만(해석의 난센스적 과잉과 오독이 초래된 경우도 없지 않다), 독법의 다양성은 비평적 실천의 경이로운 다양성을 반증한 것이기도 하다. 이론의 시대가 한풀 물러간 지금에도 비평은 타당하고 설득력 있고 의미 있는 읽기를 지향한다.

여기서 다시 한국 비평의 문제점으로 눈을 돌리면, 읽기와 관련해서도 우리 비평은 다음 세대의 독자들을 길러내는 일에 비평이 어떻게 기여할 것인가라는 문제, 곧 문학교육 또는 문학 페다고지의 문제에는 별 관심이 없어 보인다. 지금의 한국 대학에는 문학교육이 없다. 대학의 문학교육은 '교수'를 길러내는 것이 주요 목적이 아니다. 그린데 한국 대학의 문학 전공 학과들은 마치 특정 문학 분야의 전문연구자/전공교수를 양성하는 것이 문학교육의 목적이라 생각하는 착각에 빠져 있다. 지금 대학 문학교육에서 가장 시급한 일의 하나는 문학을 사랑하고 문학을 이해하며 문학작품에 대한 분별력과 판단력을 가진 차세대 독자들을 길러내는 일이다. 이 일을 위해 극히 중요한 것이 독자공동체의 형성이다. 미래의 독자가 길러지지 않는다면 한국문학에 미래가 있을 것인가? 문학의 활성화가 가능할 것인가?

한국 비평에서 가장 문제가 많이 발생하는 대표적 지점은 판단과 평가의 영역이다. 앞서 오독의 문제가 잠시 언급되었지만, 오독이 발생하는 무시할 수 없는 이유 중에는 인간에게 고의적 오독의 재능이 있다는 것, 비평 종사자들의 판단에 영향을 주는 문학 외적 이해관계의 얽힘과 세력 형성, 외부 압력의 상업적 유혹 등이 포함된다. 이런 문제는 비평적 판단과 평가의 경우에도 적용된다. 비평적 판단과 평가란 예를 들면 어떤 것인가? '이것은 좋은 작품인가? 좋은 작품이랄 수 있는 것인가?' '이 작품에 상을 줄 만한가?' '이 작품은 독자에게 권할 만한 것인가?' 이런 것이 말하자면 비평적 판단과 평가에 관계되는 질문이다. 비평적 판단/평가를 왜곡하는 요소들로는 친소관계에 따른 정실주의, 부족주의, 친밀집단에 대한 충성, 상업적 이해관계 등이 있다. 이상적으로 말하면 한 나라의 비평 커뮤니티는 비평적 판단을 오염시킬 수 있는 문학 외적 이해관계들을 통제하고 비평 종사자에게 가해지는 유무형의 압력을 견제할 수 있어야 한다. 여기서 결국 중요해지는 것은 문학작품에 대한 판단과 평가가 수행될 때의 원칙과 기준의 문제다. 그런데 이 문제는 간단하지 않다.

그것이 간단한 문제가 아닌 이유의 하나는 첫째, 문학적 판단에서 객관성, 공정성, 독립성 같은 통상적 기준들을 관철시키기 어렵다는 점이다. 예를 들어 객관성은 인간사에서 중요한 것이지만 과학적 판단의 경우와는 달리 문학에 관한 비평적 판단에서는 아무때나 객관성의 원칙을 고집할 수 없을 때가 많다. 문학은 과학이 아니기 때문이다. 문학이 과학적 기준들을 무시해도 좋다는 소리가 아니라 과학에서 중요한 판단기준이 반드시 문학에서도 중요한 기준이 되어야 하는 것은 아니라는 소리다. 비평적 판단자는 디킨스 소설 『어려운 시절』에 나오는 '숫자 물신주의자' 토머스 그래드그라인드와는 다르다. 이를테면 말이라는 짐승을 기술할 때 그래드그라인드에게 치명적으로 중요한 것은 말의 이빨이 몇 개이고 그중에 어금니는 몇 개 앞니는 몇 개인가, 키는 몇 인치인가 등등의 객관적 수치다. 이런 확실하고 객관적인 수치가 주어졌을 때에만 말에 대한 '기술description'로 믿을 만한 지식이 된다. 비평적 실천에서 이런 식의 객관주의는 쓸모가 없다. 비평이 다루는 것은 과학 논문도 데이터도 아닌 문학이라는 예술이다. 과학과는 달리 예술에서는 객관적 지식 못지않게 느낌, 감정, 가치, 인간관계, 삶의 복잡성 같은 것에 대한 인문학적 이해와 통찰의 종합이 중요하다. 비평적 판단은 순수하게 객관적일 수 없고 대학입시 성적 평가처럼 숫자적 공정성의 기준을 마냥 적용할 수도 없다. 비평가의 판단에는 그 개인의 경험과 양식, 문학관, 이론적 선호 같은 개인적·주관적 요소들이 개입할 수 있다.

그러나 이런 개입이 반드시 비평의 추문을 조성하지는 않는다. 주관적 요소들의 개입 때문에 그의 판단이 반드시 정실에 좌우되고 부속주의에 끌려다니고 친밀집난에 내한 충성을 제1의 가치로 내세우게 되는 것은 아니며, 판단이 존중해야 하는 객관성-공정성의 기준을 허공으로 날려버리는 것도 아니다. 비평은 개인적 실천임과 동시에 사회적·공적 실천이다. 비평적 판단과 평가에는 전국적 비평 커뮤니티, 독자, 예술공동체, 문화집단, 경우에 따라서는 사회 전체가 참여한다. 비평이 공적·사회적 실천이 되는 것은 이런 이유에서다. 비평적 실천의 이런 성격을 의식하는 순간 비평 종사자는 자신의 판단과 평가 행위가 자기 개인의 이해관계를 넘어선 공적 가치와 공공성의 원칙에 연결되어 있다는 사실을 외면하지 못한다. 이 외면할 수 없는 능력, 그것이 말하자면 비평적 '분별'이다.

그런데 문제가 되는 것은 비평적 실천의 공적 성격이라는 부분이 비평가의 의식의 표면에 늘 떠올라 있다가 필요할 때 즉각 가동되어 그의 판단을 안내하는 것은 아니라는 사실이다. 한국의 경우는 비평적 판단이 비평 행위의 사회적·공적 성격을 존중하기 어렵게 되어 있다. 동지적 우정이나 친밀집단에의 충성 같은 것은 소중한 공동체적 가치일 수 있다. 문제는 이런 가치들이 비평의 공공적 판단에서 존중되어야 할 다른 더 본질적인 가치들을 압도해버릴 때 발생한다. 가치들 사이의 선후성과 위계에 대한 분별이 몰수되었을 때 비평은 엎어진다. 우리 비평은 내가 보기로는 (나 자신의 경우를 포함해서) 두 종류의 설득에 흔히 이끌린다. 하나는 '천사의 설득'이고 다른 하나는 '악마의 설득'이다. 악마의 설득은 타당성도 설득력도 없어 보이는 '순수한 악의'가 비평 행위를 지배하는 경우다. 앞서 읽기를 얘기하는 부분에서 잠시 언급했지만, 이런 악의는 고의적 오해, 오독, 오판을 유발한다. '천사의 설득'은 '순수한 선의' 같아 보이는 것이 비평적 판단을 오도하는 경우이다. 순수한 선의는 '나 좋고 너 좋고 매부 좋으면 만인에게 다 좋다'는 철학을 갖고 있다. 그런데 그것은 순진무구한 선의가 아니라 바보 천사의 선의다.

이 글의 마무리 단계에서, 비록 길게 다루지는 못하지만, 비평의 기원 지점에서 제기되었던 근원적인 질문의 전통을 상기하면서 글의 말미에 붙여놓고 싶은 마지막 질문이 하나 더 있다. '비평의 목적은 무엇인가?'라는 질문이다. 이것은 이 글의 주제('비평은 무슨 일을 하는가?' 혹은 '비평이란 무엇인가?')와 쌍을 이루어야 하는 질문이다. 비평이 무슨 일을 한다면 그 일을 왜 하는가? 목적이 무엇인가? 비평은 무엇을 위해 이런저런 일을 하고 이런저런 기능을 수행하는가? 한국 비평은 이 질문을 진지하게 검토해보아야 한다고 나는 생각한다. 우리가 문학비평과 관계해서 오랫동안 잊어버리고 있는 것은 문학비평이 인문학의 일부라는 사실이다. 비평이 인문학의 일부라면 인문학의 사회적 실천에 봉사하는 것이 비평의 목적이 아닐 것인가? 이 관점은 사실 일찌감치 1950년대에 월터 잭슨 베이트가 『비평서문Prefaces to Criticism』에서 제시한 것이다. 나는 베이트의 관점이 지금 이 시대의 한국 비평에 소중한 방향을 시사한다고 생각한다. 지금 인간, 세계, 문명, 자연은 거의 수습할 수 없는 위기 국면을 맞고 있다. 몰가치 자유시장주의와 혼을 잃어버린 과학지상주의scientism가 한국인의 삶을 지배하고 있는 시대에 비평의 목적은 무엇일 수 있는가? 이 질문을 문학 외적 관심사로 따돌리고도 우리가 한국 비평과 문학의 활성화를 시도할 수 있을 것인가?

문학동네 2015. 가을

비평의 위기와 비평의 활력

소위 '비평의 종언'이라는 문제제기는 지난 십 년 혹은 십오 년간 국내외 평단, 저널리즘, 아카데미 등에서 논의되어온 다수의 '종언론'들과 연결되어 있다. 그 종언론들의 어떤 것은 문학연구나 비평에 종사해온 사람들이 말해온 것이고 어떤 것은 역사, 철학, 정치학 등 문학과 꼭 직결되지는 않는다 하더라도 문학과 사촌, 육촌, 혹은 팔촌의 관계에 있으면서 문학담론에 상당한 영향을 주는 학문 분야와 사상의 갈래들에서 제기되어온 것들이다. 통틀어 이들 종언론의 가짓수는 맥도날드의 햄버거 종류만큼이나 많다. 문학이라는 것의 최후를 알리고 싶어하는 소위 '문학 종언론', 문학 그 자체까지는 아닐지 몰라도 근대적 산물로서의 '근대문학'은 끝났다고 말하는 근대문학 종언론, 근대문학을 대표하는 '소설'의 종언론, 그리고 문학현상에 관한 사유형식이자 담론으로서의 '비평'의 종언론 등이 있고, 이들과 연관해서는 역사 종언론, 인간 종언론, 근대 종언론, 이데올로기 종언론, 국가 종언론 등이 출몰하고 있다. 이처럼 많은 종언론들의 세기말적 대두는 한꺼번에 수십 개의 관이 밀려든 집단 장례식장의 혼란과 북새통을 생각나게 한다. 그 혼란스러움은 비극적이기도 하고 희극적이기도 하다. 어느 것이 누구의 관인지, 관이 진짜인지 가짜인지, 조사를 읊는 자들이 누구인지, 이런 것들이 잘 판별되지 않기 때문이다. 비평은 무엇보다 분별의 작업에서부터 출발한다. 비평 종언론이건 '종언론을 넘어서'의 논의이건 간에 우리가 먼저 착수해야 할 것은 이런 혼란부터 최대한 정리하는 일이다.

우선 구별해야 할 것은 문학 종언론과 근대문학 종언론이다. '문학'이라는 용어 자체의 역사는 길지 않지만 '문학현상'의 역사는 오래다. 인간이 이야기를 만들고 시를 짓고 무대에 연극을 올려온, 표현과 소통 방식으로서의 문학현상은 문자 이전 시대의(그러나 기록으로 남은) 구비 전통까지 포함하면 그 역사가 인류 문명사만큼 장구하다. '근대문학'은 오천 년이 넘는 이 오랜 문학현상의 역사 가운데 '한 토막'을 이루는 근대 시기의 문학, 그것도 주로 서구 근대에 출현한 새로운 문학 장르와 표현형식들, 그리고 '신문학' 이후의 한국문학처럼 서구 근대문학의 영향을 받아 전개된 세계 여타 지역의 문학을 지칭한다. 근대문학을 대표하는 특징적 장르를 '소설Novel'이라 한다면 근대소설이 등장한 것은 가장 길게 잡았을 때가 『돈키호테』의 출간 연도인 1604년이다. 이 통상적 상한선을 기준으로 하면 근대소설, 혹은 소설로 대표되는 근대문학의 역사는 사백 년에 불과하다. 물론 사백 년은 한 역사시대를 특징짓는 어떤 독특한 문학형식의 출현과 소멸을 말할 수 있을 만큼은 긴 시간이다. 여기서 분별의 핵심은 문학 종언론을 말하는 일과 근대문학의 끝장을 말하는 일은 그 성격과 차원이 같지 않다는 것이다. 일부 근대문학 종언론자들의 주장대로 근대문학이라 지칭되는 어떤 특정의 장르나 표현형식이 설혹 쇠락 단계에 접어들었다 해도, 그 사실만으로 문학현상 그 자체의 종언을 말할 수는 없다. 근대가 소설이라는 독특한 서사 장르를 산출했듯이 모든 역사 시기는 자기 시대에 요청되는 새로운 문학 장르와 표현법들을 만들어내어 '문학현상'을 지속시키기 때문이다. 여기서 문학현상이라 함은 인간이 이야기와 표현을 만들고 유포하고 즐기는 행위의 범문화적 보편을 의미한다.

그러나 문학현상의 문화적 보편성과 장구한 생명력에도 불구하고 근년 들어 문학 종언론이 심심찮게 대두되는 까닭은 좀 다른 데 있다. 문학은 언어기호에 의한 의미조직의 한 방식이다. 구비문학시대를 지나고 근대 시기에 들면서 그 언어기호에 의한 의미조직으로서의 문학의 생산과 유통을 거의 절대적으로 지배하게 된 것은 인쇄매체, 문자기호, 책이다. 문학 종언론자들이 주목하는 것은 현대적 '매체의 교체' 현상이다. 매체 교체란 정보기술 혁명이 가져온 각종 신매체들이 마치 세대교체의 경우처럼 구매체(인쇄매체, 책)들을 급격히 노화시켜 문화의 변방으로 몰아냄으로써 의미의 조직, 생산, 유통의 전 과정에 큰 변화를 발생시킨 현상을 지칭한다. 이 교체현상은 부정할 필요가 없는 우리 시대의 현실이다. 지금은 영화, 텔레비전 방송, 게임 등의 영상매체가 문자 의존형의 구매체들을 압도하고 디지털에 의한 의미 생산, 유통, 향수의 새로운 방식들이 고정적 인쇄매체들을 주변화하고 있는 시대이다. 매체교체는 매우 자연스럽게, 또 당연하다면 당연하게, '문학 독자'의 인구학적 감소를 초래한다. 독자란 '책을 읽는 사람'이다. 나라마다 조금씩 차이가 있긴 해도 '책 읽는 사람'으로서의 문학 독자는 전체적으로 보면 세계 거의 모든 비문맹사회에서 해마다 감소 경향을 보이는 것으로 조사되고 있다. 이것 역시 부정할 수 없는 우리 시대의 현실이다. 문학 인구의 감소는 분명 문학의 위기이며, 문학 종언론은 그 위기를 극화하고 위기감을 극대화하는 표현의 하나일 수 있다. 나중에 다시 언급되겠지만 문학 독자의 감소가 초래하는 문학의 위기는 비평이 외면할 수 없는 문제이다. 그것은 비평 그 자체의 위기이기도 하기 때문이다.

문학 종언론과는 좀 달리, 근대문학 종언론은 (논자에 따라 입론의 초점이 조금씩 다르지만) 대체로 서구 근대에서 태동하고 세계 여타 지역의 문학 생산에 크게 영향을 주게 된 특정의 서사 장르와 표현양식들이 20세기 후반, 더 정확히는 그 후반의 후반에 와서 문학 독자를 사로잡고 감동시킬 만한 힘과 매력을 크게 상실했다는 판단에 근거하고 있다. 물론 이 계열의 논자들 중에는 근대문학만이 아니라 문자예술로서의 문학 전반의 위기를 근대문학 종언론에 포함시키는 축도 있다. 그들에게 근대문학의 종언은 문학의 끝장과 사실상 같은 의미이다. 그러나 그런 논자들을 제외하면, 종언론자들은 대체로 인간 사회에 유구하게 지속되어온 문학현상 그 자체의 종말을 감히 말하기보다는 그들이 '근대문학'이라 부르는 특정의 문학 형태, 곧 근대 시점 이후에 생산되고 향수되어온 것으로서의 '어떤 문학'의 종언을 말하고 싶어한다. 그들이 근대문학이라는 말로 지칭하고자 하는 그 '어떤 문학'은 서사 갈래상으로는 주로 '소설'이고 표현양식상으로는 '사실적이거나 사실주의적인 소설'이며 시기적으로는 (상당한 모순에도 불구하고) 18세기 이후의 재현적 소설문학에서부터 20세기 초반의 비재현적 모더니즘 소설문학까지를 포괄한다. 종언론자들의 주장을 정리하면 다소 거칠지만 이런 요약이 가능하다.

1. 근대소설은 그 주제의 적실성, 소재의 매력, 표현의 호소

력, 사회적 영향력을 상실함으로써 '종언' 단계에 들어와 있다. 근대문학 혹은 근대소설은 포기하거나 폐기해야 할 대상이다.

2. 현대는 근대소설을 산출했던 시대와는 사회·역사적 배경, 문학 생산의 동기, 관심과 유통과 향수의 방식, 세계관과 '시대정신'이 전혀 다른 시간대이며 따라서 근대소설은 지적, 감성적, 미학적으로 현대('contemporary'의 의미에서)에 맞지 않다.

3. 현대의 문학 독자는 서사의 구성 차원인 조직과 표현 차원인 제시의 두 층위에서 근대소설과는 다른 새롭고 다양한 형식들을 요청한다.

이 요약은 정밀한 비평적 점검을 위해 준비된 것은 아니지만 이 단계에서만 보아도 근대문학 종언론자들의 '막장' 캠프에 스며든 막심한 혼란을 목격할 수 있다. 우선 그들이 근대문학이라는 말로 지칭하는 것은 단연 시기적 개념으로서의 근대문학, 곧 근대라는 역사 시기에 등장하고 발전한, 그래서 한 시대의 도장이 분명하게 찍혀 있다고 그들이 생각하는 그런 문학이다. 문학작품들에 그 생산 시점의 시대적·역사적 도장이 찍힐 수 있다는 관점은 틀린 것이 아니다. 실상 모든 문학작품에는 정도의 차이는 있을지라도 시대가 도장 찍고 역사가 날인한 흔적들이 남아 있다. 무엇보다도 문학 생산자 자신이 역사적 문맥의 산물이기 때문이다. 그러나 그런 사실 때문에 한 시기의 문학이 전면적으로 그 적절성, 호소력, 감동을 상실하는 것은 아니다. 특히 '읽기'라는 수용 차원에서 더욱더 그러하다. 시대의 도장 때문에 폐기하려 한다면 현대 독자는 호메로스를 내던지고 베르길리우스를 쓰레기통에 넣고 오비디우스를 버려야 한다. 이들은 근대문학보다도 더 오래된, 근대소설이 나오기 훨씬 이전의 서사시적 혹은 신화서사적 이야기 작가들이다. 근대문학의 경우에도 시기적 구시대성을 이유로 현대 독자가 반드시 『보바리 부인』『고리오 영감』『아버지와 아들』을 폐기처분하는 것은 아니다. 이런 근대 작품들은 여전히 그것들을 읽는 즐거움과 읽어야 할 이유를 제공한다. 문학작품은 시대성과 탈시대성을 동시에 갖고 있고 그 두 차원은 제각기 그 나름으로 즐거운 발견의 기회와 신선한 통찰의 세계를 현대 독자에게 선사한다.

논의의 단계상 아직은 그럴 때가 아니라고 생각되지만 이왕 얘기가 나온 김에 '비평'의 문제와 관계 지어 그냥 내달리기로 하면, 근대문학 종언론을 내놓는 일부 평론가들이 주로 관심을 가진 부분은 수용 측면보다는 생산의 측면이다. 현대 작가는 근대 작가의 손을 움직이게 했던 것과 동일한, 혹은 그 비슷한 작품 생산 동기나 제작의 문법에 더는 기댈 수 없다는 생각이 그것이다. 우선 동기의 경우, 근대소설을 지배한 생산의 동기는 '국민국가 건설'이라는 정치사회적 과제와 불가분의 관계에 있었던 반면 현대소설에서는 국민국가 건설이 더이상 작가적 관심사가 될 수 없고 문학이 지닐 만한 사회적 영향력의 기원도 될 수 없기 때문에 '근대문학은 끝났다'는 주장을 그 예로 들 수 있다. 지금의 작가들은 근대 작가들처럼 사회적으로 의미 있는 문제나 의제들을 사회적으로 영향을 줄 만한 방법으로 작품 속에 다루어낼 방도가 없다라든가, 비평가들도 '문학비평'을 통해서는 더이상 의미 있는 사회적 담론을 생산하기 어렵게 되었기 때문에 '문학을 떠나고 있다'는 식의 주장들도 거기 덧붙는다.

이런 주장에 전혀 일리가 없는 것은 아니다. 근대문학이 무엇보다 시기적으로 서구 근대의 산물이라는 데는 이론의 여지가 없다. 가장 길게 잡았을 때 '시기적 근대'는 15세기 말 북부 이탈리아 도시국가들에서 터져나온 르네상스를 출발점으로 해서 이후 오백 년간 유럽 일원에 걸쳐 진행된 과학혁명, 종교개혁, 산업혁명, 정치혁명(영국 청교도혁명과 프랑스혁명), 사상혁명(계몽철학), 사회혁명(세속화) 등의 전개 시기를 포괄한다. 그것은 중세 천 년의 유럽을 지배했던 세계관, 인간관, 우주관을 새로운 패러다임들로 전환시키고 생산양식과 사회 관계를 바꾸고 가치, 제도, 정신상태, 태도에 심대한 동요를 발생시킨 시기이다. 이런 일련의 전환과 혁명, 변화와 동요가 근대문학을 태동시킨 역사적 문맥이며 그것의 발생 모태이다. 변화의 시대는 변화를 담아내고 변화에 반응할 새로운 형식의 문학을 요청한다. 고대사회가 '서사시'를 탄생시키고 중세가 '로망스' 장르를 발전시켰다면 근대는 대표적으로 '소설'이라는 형태의 새로운 서사 장르와 그 장르 특유의 표현양식들을 발생시킨다. 근대 이전에도 산문에 의한 허구서사들이 있었지만, 근대소설은 서사의 조직과 제시 두 층위에서 그 이전의 서사형식들과는 근본적으로 다른 생산의 문법들을 발전시켰다는 점에서 특징적인 근대 장르이다. 근대소설은 새로운 세계의 도래에 대한 문학적 반응이며, 새로운 시대의 정치적 열망과 사회적 요청들에 대한 서사문학의 지적·정서적·심리적 응답이다. 그 열망과 요청들 속에는 정치적 상승을 향한 부르주아지의 꿈과 개인 자유의 확대를 향한 시민 대중의 꿈이 포함된다. 프레드릭 제임슨이 '정치적 무의식'이라 부른 것에 포함될 만한 이 꿈들의 지향점은 '새로운 사회'이며, 부르주아자유주의와 시민민주주의 체제로서의 '국민국가'는 그 새로운 사회의 한 형태이다. 이 점에서 보자면 사회적 열망에 대한 한 반응으로서의 근대소설이 국민국가 형성에 어떤 형식으로건 기여했다든가 적어도 그 형성과 무관하지 않다고 말하는 것이 전혀 틀린 소리는 아니다.

그러나 근대소설의 지배적 특징을 국민국가 형성이라는 주제에만 맞추어 규정하는 것은 그 타당성의 수준이 별로 높지 못하다. 근대소설은 그 주제, 소재, 표현방식 들이 매우 다층적이고 주요 작가들의 작품 생산의 동기도 다양하기 때문에 그들의 작품 제작을 지배한 동기의 문법을 어떤 종결적 진술로 뭉뚱그려 일반화하기는 어렵다. 근대소설의 효시로 여겨지는 『돈키호테』의 주요 관심은('주요' 관심이 있었다면) 한 시대(중세)의 문화적 이상에 매달리는 것의 불가능성과 새로운 문화적 이상의 모호성에 관한 것이다. 리처드슨, 플로베르, 체호프 같은 근대 작가들의 경우에도 주요 관심은 사회와 개인의 대립, 전통적 권위와 인간적 품위 사이의 길항, 도덕적으로 타락한 사회에서 도덕적 타락의 방식(예컨대 '간통')으로 진정성을 추구하는 행위의 딜레마 같은 것이다. 이런 문학적 주제나 관심이 반드시 근대적 국민국가 형성의 의제와 '직접적으로' 연결되어 있다고 말하기는 어렵다. 더구나 그 국민국가가 부르주아적 국가 건설을 의미한다면 더욱더 그러하다. 근대소설의 어떤 것은 부르주아계급의 역사적 상승을 배경에 깔고 있기도 하고, 어떤 것은 부르주아사회의 대두와 그 타락에 대한 반감을 주제화하고 있기도 하다.

물론 국민국가 건설을 지기 문학의 명시적·의식적 목표로 삼았던 근대 작가도 없지 않다. 19세기 미국 시인 월트 휘트

먼은 그 대표적인 경우이다. 신생독립국이면서 남북내전을 치른 미국의 국민 분열을 봉합하고 상처를 치유하며 국가 전망에 민주주의의 비전을 주어 미국, 미국인, 미국 역사에 강한 동질성을 부여하려 했던 것이 휘트먼식의 '국민문학national literature'이다. 그러나 멜빌, 호손 같은 동시대의 주요 미국 작가들이 동일한 관심을 공유하고 있었던 것은 아니다. 멜빌의 관심은 초월적 선악의 문제였고 호손의 관심은 청교도사회의 도덕적 타락과 위선에 관한 것이다. 영국의 경우, 부르주아국가(정확히는 '사회') 건설이라는 문제에 가장 가까이 접근했다고 말할 수 있는 것이 영국판 근대소설의 출발선에 서 있는 대니얼 디포의 『로빈슨 크루소』이다. 이 소설의 유명한 주 인물은 공식교육이나 유산의 혜택 없이도 혼자 힘으로, 개인적 재능의 자유로운 발휘를 통해 부를 창출하고 성공에 이르는 인물이다. 이 소설은 개인의 자유와 자본주의적 성공을 불가분의 관계로 묶었다는 점에서 부르주아적 사회 건설의 주제에 연결된다고 말할 수 있다. 그러나 디포가 제시하고자 한 것은 청교도사회의 비전이지 부르주아 정치민주주의 체제로서의 국민국가 그 자체는 아니다. 물론 이런 지적은 '국민국가' 형성을 중요한 문학적 주제로 삼는 소설이 현대에 더는 가능하지 않다는 뜻은 아니다. 지역에 따라 그런 소설은 지금도 생산되고 있다. 근본적인 차원에서 말하면 근대나 근대성은 단순한 시대 개념이 아니라 탈시대적 가치의 개념이며, 이 점에서는 우리도 근대적 가치의 실현으로부터 아직 먼 거리에 있다.

근대소설의 생산 문법과 관련해서, 탈근대주의자들을 비롯한 종언론 계열의 비평가들이 근대소설의 끝장을 말하기 위해 가장 자주 내놓는 주장은 이른바 '사실주의소설의 종언'이라는 것이다. 사실주의소설이라지만 이 경우 종언론자들이 '사실주의'라는 말로, 또는 '사실' 혹은 '현실'이라는 말로 무엇을 의미하느냐에 따라 종언론의 지시 대상은 두 갈래로 나뉜다. 첫째는 '현실의 충실한 반영과 묘사'를 소설 생산의 문법으로 삼았다고 여겨지는 소설들을 통틀어 사실주의 계열의 소설로 보는 경우이다. 이때의 '현실'은 흔히 '있는 그대로의 현실'이라 표현되곤 하는 현실, 곧 작가의 눈에 관찰되고 포착된 사실적factual 경험세계로서의 현실이며, 사실주의소설이란 스탕달의 말처럼 그런 현실을 '비추는 거울'이다. 실제로 대부분의 근대소설 종언론자들은 스탕달의 '거울론'이 사실주의소설의 제작 원칙을 요약한다고 생각한다. 물론 이런 관점만 있는 것은 아니다. 사실주의 종언론자들 중에는 마르크시즘 비평이 '리얼리즘'이라 규정한 것으로서의 사실주의를 명시적으로 지목해서 비판과 배척의 표적으로 삼는 경우도 있다. 이때의 사실주의는 마르크시즘 비평가들 자신이 애써 확립하고자 했던 '리얼리티'의 의미를 떠나서는 성립하지 않는다. 그 리얼리티는 눈에 보이는 외피적 경험세계가 아니라 역사 발전의 내재적 법칙성 그 자체, 우연한 사고를 배제한다면, 혹은 그런 사고의 부단한 발생 가능성에도 불구하고, 종국적으로는 인간 역사가 반드시 그 방향으로 움직여가서 마침내 실현시킬 것이 확실한 필연적·객관적 귀결점으로서의 현실, 그리고 그 필연성에 대한 전망을 씨앗처럼 배태하고 역사를 추동해가는 '리얼'한 힘의 현장으로서의 현실이다. 이 의미에서의 리얼리티는 단순한 반영이나 묘사의 대상이 아니라 인식과 서술의 대상이다. 비유하자면, 달걀의 리얼리티는 그 외부 생김새에 있지 않고 병아리를 나오게 하는 내부의 힘에 있다. 리얼리즘소설이란 이런 식으로 인식된 리얼리티를 사건 조직emplotting과 서술narrating을 통해 구성하고 제시해내는 소설이다. 그런데 이 방식의 리얼리즘소설은 지금 이 시대에도 가능하고 유효하고 적절한가? 종언론자들이 내놓은 답변은 '아니다'라는 것이다.

근대소설이 대체로 '현실의 충실한 반영과 묘사'를 소설의 주요 생산 문법으로 삼은 것은 사실이다. 근대 작가들이 반영과 묘사의 원칙에 충실하고자 한 것은 신생 장르인 소설의 세계가 그 이전의 서사형식인 로망스의 세계(귀족, 궁정, 기사)와는 전혀 다른, 그리고 로망스에서는 완전히 배제되었던 소시민, 하층민 같은 '보통 사람들'의 현실적·심리적 일상세계였기 때문이다. 새로운 세계를 다루려는 문학에는 새로운 생산 문법이 필요하다. '진실 같음verisimilitude' '현실 같음life-like' '우리와 비슷함like you and me'을 조건으로 하는 사실성, 개연성, 내면성 등이 소설의 문법으로 등장한 것은 그런 요청 때문이다(개연성과 내면성도 이 차원에서는 사실적 충실성의 요구를 충족시키는 요소들이다). 그러나 이 사실성은 종언론자들이 흔히 간과하듯 현실의 기계적 반영 원칙만을 의미한 것은 아니었다는 점이 아주 중요하다. 근대과학이 자연의 디테일에 주목함으로써 자연의 진실을 드러내고자 했듯이, 일상 현실의 세부사항들에 눈을 돌림으로써 그 현실의 다면성과 복잡성을 자유롭게 탐구하고 숨겨진 진실을 드러내고자 한 것이 근대소설이다. 이 자유로운 '현실 탐구'는 사실성, 내면성과 함께 근대소설이 이루어낸 '문학의 혁명' 가운데 일부이다. 참으로 중요한 것은 근대소설의 이런 혁신적 제작 문법들이 한 시대의 문학 장르에만 필요했던, 그래서 그 시기 이후에는 쓸모없게 된 한시적 덕목이 아니라 그 이후의 어떤 서사문학도 외면할 수 없게 된 소중한 유산이자 기본 문법이라는 점이다. 공상소설, 판타지, 마법담 등 극단적인 비경험적·비사실적 서사 장르들의 경우에도 사정은 마찬가지다. 판타지가 중력법칙을 이탈하고 경험세계를 지배하는 현실원칙들의 적용을 받지 않는 '딴나라'로 날아갈 때에도 그 이탈을 의미 있게 하고 그 비상을 가능하게 하는 것은 여전히 사실성, 개연성, 내면성, 탐구성 같은 근대소설적 문법이다. 이런 사항들을 충분히 고려한다면 '근대소설은 끝났다'고 말하는 종언론적 주장은 문학사의 진실을 외면한 것이며, 이런 외면은 비평담론의 온당한 실천 방식이 아니다.

　　마르크시즘비평의 소위 '리얼리즘문학론'에 대한 종언론의 비판과 공격에 대해서는 별도의 긴 논의가 필요하다. 다만 여기서 우리는 비평의 활력 회복이라는 문제와 관련해서 몇 가지를 확인하고 넘어갈 필요는 있다. 첫째, 비평은 도그마가 아니다. 비평은 어떤 독선적인 진리를 주장하거나 진리를 독점하는 행위가 아니라 독선과 독점을 거부, 비판, 해체하고자 하는 담론 행위이다. 둘째, 비평은 특정의 이론과 체계를 가질 수 있고 또 마땅히 가져야 할 때도 있다. 그러나 그럴 경우의 이론이나 체계는 비평적 사유와 설득에 필요한 지적·논리적 정합성의 체계이지 그 자체가 '진리임'을 주장하는 계시의 체계가 아니다. 셋째, 비평은 문학 창작을 자극하고 안내하기 위한 이론이나 방법론을 제시할 수 있다. 그러나 비평은 의료 행위가 아니고 보건학도 아니다. 무슨 권위적 처방전 발행하듯 비평이 특정의 이론과 방법을 들고 나와 모든 창작 행위를 계도하고 지배하려 든다면 그것은 한때 소비에트 사회주의문학에서나 하던 '즈다노프주의'의 실천이지 비평적 실천은 아니다. 이런 지적은 그간 국내외 리얼리즘문학론의 부분적 전개 양상이 보여온 문제점에 대한 것이기도 하고 비평 행위 전반에 대한 성찰의 필요성과 관계된 것이기도 하다. 그러나 종언론자들이 알아야 할 것은 마르크시즘문학비평이 다양하다는 것, 리얼리즘론은 그 다수의 비평적 실천 가운데 하나이며 이 비평의 핵심적 관심은 진리 독점에 있지 않고 문학작품의 생산과 수용을 역사 현실에 대한 총체적 파악의 필요성에 연결시키려는 방법적 노력에 있다는 점이다. '총체성'은 루카치의 경우에도 도그마가 아니라 '방법'이다. 이 방법이 지닌 최선의 가능성을 인정하는 일은 비평의 수치가 아니다. 루카치의 리얼리즘문학론을 비판적 관점에서 점검했던 아도르노도 총체성 개념의 유용성을 인정했는데, 까닭은 역사 현실의 인식, 제시, 설명이 일단은 어떤 총체적 문맥 구도 안에서 진행되어야 한다는 필요성을 그가 알고 있었기 때문이다. 다만, 총체성은 완강하고 견고한 전체성일 수 없으므로 '만들었다가 허물고, 허물었다가 다시 만들어' 그것의 전체주의적 화석화를 경계할 방법적 유연성을 가져야 한다는 것이 아도르노의 생각이다. 지금 우리의 관심사인 비평의 활성화 문제에 연결 지을 때, 아도르노의 이런 비평적 사유는 아주 소중하다.

근대문학 종언론과의 관계에서 우리가 마지막으로 점검해야 하는 것은 소설 장르의 운명에 관한 것이다. 소설비평이 문학비평의 주종을 이루어왔다는 점에서 소설의 운명은 비평의 운명과 직결되는 문제이다. 근대 장르인 소설은 지금 같은 빠른 변화의 시대에도 생명력을 이어갈 수 있을 것인가? 시대 변화는 소설의 죽음을 가져오지 않을 것인가? 일찍이 이 문제를 숙고했던 바흐친은 '그렇지 않다'는 결론에 도달한다. 소설은 변화에 대처하고 변화에 적응하는 놀라운 유연성을 갖고 있다는 것이 바흐친적 예단의 근거이다. 우리는 소설문학이 역사상 몇 번의 '위기'를 겪고 발전해왔다는 사실을 알고 있다. 모더니즘소설은 그런 위기 극복의 한 대표적인 경우에 해당한다. 근대소설이 전성기를 넘기면서 서사의 조직과 제시의 차원에서 일종의 매너리즘(직선적 사건 배열, 낡은 표현방식 등)에 빠지고 산업화된 도시환경과 대중사회의 급격한 도래 앞에서 적절한 대응력을 잃고 있을 때 모더니즘 작가들은 '소설의 예술화'라는 방식으로 그 위기 국면을 타개한다. 모더니즘문학은 두 개의 다른 얼굴을 갖고 있다. 모더니즘은 고도의 실험성과 독자적 예술성을 추구했다는 점에서는 근대정신의 전통 속에 있다. 그러나 그것은 동시에 근대화의 진전, 특히 산업근대화가 몰고 온 사회 변화와 가치의 서열 변동, 감성 구조의 변화 등에 대해서는 혐오, 반발, 저항의 충동을 갖고 있었던, 그래서 '반근대적'이고 '전근대적'이라 할 형식들(예컨대 서사 조직상의 비직선 시간 형식)과 표현방식을 발전시킨 문학이기도 하다.

　　그러나 모더니즘소설이 한때 소설문학의 정체를 극복했다고 해서 그 위기 타개 방식이 지금도 유효하다고 말할 수는 없다. 모더니즘은 20세기 전반에 소설의 한 시대를 열었다고 할 만한 성과를 거둔 대신 소설을 지적·예술적 정예성의 정점에 세워보려는 충동 때문에 점점 대중 독자를 잃고 대학 강의실로 후퇴해야 하는 결과를 초래한 것이 사실이다. 헨리 제임스, 조이스, 프루스트, 만, 울프, 카프카, 포크너 등 주요 모더니즘 작가들의 소설을 읽자면 한 달은 연락두절하고 골방에 틀어박혀야 한다. 한국문학의 경우에도 모더니즘적 예술소설의 전통을 잇고자 한 작가들의 소설은 읽기가 쉽지 않다. 탈근대론지들이 근대소설만이 아니라 모더니즘문학까지도 근대문학에 포함시켜(물론 이는 틀린 일이지만) 그 종언을 선고하는 주된 이유는 모더니즘적 정예주의가 대중민주주의시대에는 맞지 않다는 판단 때문이다. 그러나 대중민주주의시대에도 고도의 예술적 감성은 소중하고 언어적 표현의 최대 가능성을 탐색하는 예술소설은 필요하다. 그런데 지금 우리가 당장 점검해보아야 하는 것은 탈근대론에 의한 모더니즘 배척의 타당성 여부가 아니라 소설 그 자체의 미래라는 문제이다. 바흐친의 주장대로 소설이 변화에 대처하는 고도의 유연성과 신축성을 가졌다면 그 적응력은 지금의 변화한 환경에서도 발휘될 만한 성질의 것인가? 앞에서 말했듯 모든 문학 장르는 시대적 산물이며 각 역사 시기는 그 시기에 맞는 문학 장르를 요청하고 만들어낸다. 장르의 역사에서 보면 서사시, 비극, 로망스, 소설을 비롯한 문학의 여러 갈래들이 출현했던 시기는 각기 다르고 발전과 쇠락의 역사도 다르다. 문학 장르는 한번 출현하고 나면 아주 드문 경우를 제외하고는 좀체 소멸하는 일 없이 생명을 이어간다는 특징을 갖고 있다. 지금은 서사시의 시대가 아니지만 서사시가 사라진 것은 아니다. 한때 '비극의 죽음'이라는 문제가 열심히 논의된 적이 있으나 비극 장르가 소멸해 없어진 것은 아니다. 그러나 어떤 장르가 시대 변화에도 불구하고 생명을 이어간다는 사실은 여기서 주요 사안이 아니다. 중요한 것은 그것이 지배적 문학 장르로서의 활기를 유지할 것인가, 아니면 어떤 신생의 장르에 자리를 내주고 뒷전으로 물러나게 될 것인가의 문제이다. 소설의 미래와 관계된 당장의 질문은 이런 것이다. 바흐친의 낙관적 예측에도 불구하고 소설을 대체할 어떤 새로운 서사 장르나 형식이 출현할 가능성은 없는가? 지금 단계의 비평은 그런 가능성을 상상할 수 있는가? 아니, 상상해야 하는가?

현대비평은 시, 소설, 희곡, 비평의 장르들을 모두 포함한 것으로서의 '문학'의 종언을 맘놓고 말하거나 상상할 수 있는 단계에 있지 않다. 그 주된 이유는 사람들이 시를 쓰고 이야기를 만들어 유포하는 행위로서의 '문학현상'은 이 글의 앞부분에서 짧게 언급했듯 인간 사회의 문화적 보편이기 때문이다. 이 보편의 근거는 하늘에 있지 않고 인간이 가진 심리적·정서적 소통 욕구의 보편성에 있다. 소설을 쓰고 읽는 것이 문학현상의 일부이고 그 현상이 보편적인 것이라면 근대적 소설이건 모더니즘적 소설이건 소설의 끝장을 상상하는 일은 '가능한 것의 상상'에 속하지 않는다. 그러나 지금 사안의 핵심은 소설의 종말 아닌 '위기'이며, 이 위기는 역시 앞에서 말했듯 문학이 대면하고 있는 전반적 위기의 일부이다. 이 지점에서 우리는 문제를 일단 이렇게 정리해볼 수 있다.

1. 비평은 문학의 종언이나 소설의 종언을 상상하지 않는다. 그러나 종언과 위기는 같은 문제가 아니다. 종언은 장례식을 요청하는 사안이고 위기는 장례식을 거부하는 것과 관계된 사안이다.

2. 문자서사이자 언어예술로서의 소설은 독자 감소와 경쟁적 매체형식들에 의한 문화환경의 변화 속에서 지금 위기 국면을 맞고 있다. 비평은 문자서사·언어예술로서의 소설이 살아남을 것이라는 전망을 유지한다. 문자소설의 예술적·정신적·사회적 중요성은 지대하다. 문자서사는 그것만이 가장 잘 발휘할 수 있는 힘과 장점을 갖고 있다. 그러나 비평은 문자소설이 한때 가졌던 영향력을 대체할 새로운 형태의 경쟁적 서사형식과 매체형식이 등장할 수 있다는 가능성을 상상해야 한다.

3. 그런 형식들은 이미 등장하고 있다. 향수와 유통의 면에서 오늘날 문자소설의 힘을 압도하는 대중적 서사 공급자로 나서고 있는 것은 디지털시대의 혼합매체적 서사형식이다. 영화, 만화, 그래픽노블은 그런 혼합매체적 서사형식을 대표한다. 영화는 서사와 동영상을, 만화는 그림과 서사를, 그래픽노블은 만화의 그림과 소설의 언어를 결합한다. 이 신종의 매체형식들은 서사를 제공한다는 점에서는 문자소설과 사촌관계에 있고 상호 간 서사의 교환도 가능하다. 그러나 그것들의 생산방식은 문자소설의 방식과 다르고 기호조직 방식도 서로 다르다. 이 새로운 서사형식들은 소설 자체의 유연성에서 나온 것이 아니라 표현매체 간의 융합의 산물이다.

4. 문자소설이 그것 이외의 다양한 서사형식들과 경쟁해야 한다는 것은 소설문학이 처한 환경의 대변화를 요약한다. 이 변화된 환경에서 문자소설이 어떤 유연성과 적응력, 어떤 강건성을 발휘하는가에 주목하고 그것의 효과를 점검하는 일은 비평의 몫이다. 변화에 적응하기 위한 형식 파괴, 장르 혼성, 디지털소설 같은 실험들은 이미 진행되고 있다. 그러나 적응만이 소설의 장기는 아니다. 시대와 함께 있고 시대 속에 있으면서 시대에 맞서고 시대를 역류하기도 하는 것이 예술로서의 소설이 발휘하는 창조성이다. 비평은 그 혁신적 창조성의 옹호자이다.

이상의 논의를 비평의 활성화라는 관점에서 정리하면, 우리는 현대비평이 그 대상 영역들을 재정의하고 작업 구역들 사이의 관계를 새로 규정할 필요가 있다는 사실을 발견한다. 소설이 환경 변화에 반응하고 대응해야 한다면 비평도 마찬가지이다. 이미 수차 언급한 것처럼 현대는 서사의 생산과 공급, 수용과 향수의 방식에서 막심한 변화를 일으키고 있는 시대이며, 이런 변화는 그에 대한 비평의 대응 방식에도 변화가 필요하다는 사실을 환기시킨다. 그 대응 방식의 변화에는 비평의 작업 구역들을 새로 정의하고 그 대상 영역을 확대하는 일, 비평 담론의 방식을 바꾸어 문학비평의 사회적 소외를 극복하는 일, 문학비평과 인문문화적 가치를 연결하는 일 등이 포함된다. 비평의 독자 상실과 사회적 소외는 심각한 문제이다. 오늘날 누가 문학비평을 읽는가? 소수의 '꾼'들을 제외하면? 비평이 사회적 소통력을 잃게 되는 것은 무엇보다도 비평담론이 독자 대중의 삶과 가치의 문제에 연결되지 않고 독자의 관심과 비평의 관심 사이에 '현해탄'이 가로놓일 때이다. 오늘날 비평이 그 무력증에서 벗어나 활력을 되찾자면 이런 문제들, 다시 말해 비평의 위기를 몰고 오는 요인들에 대한 비평 자체의 성찰이 필요하다. 이런 문제들을 고려하면서 비평을 활성화하기 위한 어떤 화살표를 하나쯤 만들어보기 위해서는 우선 비평의 대상 영역들부터 새로 규정할 필요가 있다. 말하자면 '비평의 지도' 같은 것이 필요하다. 그 지도에서는 비평의 대상 영역이 다음의 세 가지로 확대된다.

1. 문학 영역
2. 매체 영역
3. 서사문화 영역

문학 영역: 비평의 전통적인 직업 구역이 문학 영역이다. 이 영역은 문학 또는 문학예술이라는 이름의 비교적 선명한 간

판이 달린 울타리로 경계 지어져 있다. 이 영역은 때로 '문학의 숲'이라 불리는데, 까닭은 약 삼천 년에 걸쳐 생산되어 나온 각종의 장르별 문학작품들이 하나의 숲을 이루듯 거기 모여 있기 때문이다. '문학이 문학을 낳는다'는 동종교배적이고 근친상간적인 믿음도 문학 영역을 '숲'의 은유로 표현하게 하는 이유의 하나이다. 숲의 왕은 삼천 년 동안 몇 번 바뀌다가 지금은 '소설'이 왕이다. 작품은 거의 전부 문자 텍스트의 형태로 존재하며 매체형식은 종이책이거나 전자책이다. 비평은 그 텍스트들을 대상으로 해석, 기술, 분석, 비판, 평가, 매개 등의 작업을 수행한다. 비평 작업도 대체로는 문학의 숲 안에서 교육, 전통 기타의 방법으로 전수된 일정한 방식에 따라 진행된다. 비평의 방법과 언어들 사이에는 차이가 있지만 전체적으로 보면 비평을 포함한 문학 영역의 소통 언어는 매우 높은 수준의 동질성을 갖고 있다. 이 영역에서는 서로 다른 장르들 사이에 경쟁이 발생하거나 이해관계가 충돌하는 경우가 별로 없고 있어도 미미하다. 경쟁이나 갈등은 주로 동일 장르의 작품과 작품, 작품 생산자들, 비평과 비평 사이의 것으로 한정되어 있다.

매체 영역: 지금 문학은 유례를 찾기 어려울 정도의 다종다양한 매체들이 서사 공급권을 놓고 치열하게 경쟁하는 새로운 환경에 놓여 있다. 누가 가장 강력하고 매력적이고 지배적인 서사 공급자가 되느냐는 것이 그 경쟁의 내용이다. 경쟁관계에 있는 매체들 사이에서는 이해관계의 충돌도 발생한다. 대개 20세기 전반까지 사회에 '이야기'를 공급해온 것은 문학, 그중에서도 소설이다. 그러나 소설이 의존하는 문자 텍스트와 인쇄매체는 대중적으로 그리 친근하고 매력적인 것이 아니다. 문자 텍스트는 한 자 한 자 읽어야 하는 느린 매체이며 읽는 데

많은 시간과 에너지의 소비가 요구되고, 읽어도 무슨 소리인지 잘 알 수 없을 때도 많기 때문이다. 문자매체의 이런 성질 때문에 서사 공급 경쟁에서 소설은 시각매체들에 밀리게 되어 있다. 영상과 그림은 다른 어떤 매체형식보다도 빠르고 쉽게 서사를 공급한다. 시각 쾌락과 이야기의 즐거움을 결합하는 것이 그림매체의 장기이다. 특히 영화와 텔레비전은 이야기를 보여주고 또 들려준다. 소비자는 소파에 벌렁 누워 눈과 귀만 열어놓고 있으면 된다. 문학비평은 매체비평이 아니다. 그러나 서사는 비평의 대상이다. 시각매체가 서사를 결합하는 한 그 이종교배적 결합의 양상, 서사의 품질, 서사의 조직과 제시의 방식, 시각서사의 장점과 한계, 소설과 영상이 서사를 상호교환할 때의 득실—이런 문제들은 비평의 정당한 작업 구역이 될 수 있다. 특히 그림에다 수준급의 언어표현을 결합하는 '그림소설'은 조만간 비평이 작업 대상에 포함시켜야 할 새로운 형태의 서사형식이다.

서사문화 영역: 비평은 사회를 이끌고 지탱하고 변화시키는 가시적·비가시적 서사들에 대해서도 눈감고 침묵할 수 없다. 개인적으로나 집단적으로 사람들의 삶에 가장 큰 영향을 주는 것은 그 보이지 않는 서사들이기 때문이다. 지금 한국 사회는 크게 네 종류의 '사신死神'에 지배되고 있고 그들이 들려주는 이야기에 흠뻑 빠져 있다. 시장Market의 신, 탐욕Greed의 신, 효율Efficiency의 신, 선망Envy의 신—이들이 그 네 마리 사신이다. 이들은 조선시대 사람들의 의식과 공간지각 방식을 지배했던 좌청룡, 우백호, 북방현무, 남방주작보다도 더 매혹적인 이야기꾼이고 강력한 서사체계이나. 그들이 들려주는 것은 다언 '행복의 서사'이다. 그러나 그 행복의 서사 뒤에 감추어져 있

는 것은 '죽음의 서사'이다. 사신들은 행복의 마스크를 쓰고 와서 인간의 삶에 가장 중요한 것들을 파괴하고 추종자들의 죽음을 거두어간다. 비평이 주목해야 하는 것은 사람들의 삶이, 그리고 사회가, 빵만으로 지탱되지 않고 사실은 이야기로 지탱된다는 사실이다. 이것이 이야기의 힘이고 서사문화의 위력이다. 사회가 어떤 이야기를 만들어 공급하는가, 어떤 이야기에 매달리는가가 그 사회에 사는 사람들의 개인적·집단적 운명에 결정적인 영향을 준다. 문학의 운명도 그 사회적 서사문화의 영향권 안에 놓여 있다. 위에 언급된 네 마리 사신과 그들이 유포하는 서사는 문학을 쪼그라들게 하고 위협하는 가장 강력한 경쟁자이자 적대 세력이다. 인간은 듣고 싶은 이야기만을 듣는 경향을 갖고 있다. 사신의 서사가 강한 경쟁력을 가지는 이유는 거기 있다. 비평은 그 서사의 경쟁력과 정면으로 맞서지 않으면 안 된다. 그것이 시대와 함께, 시대에 맞서서, 그러나 궁극적으로는 시대를 위해 비평이 할일이다.

　　이런 얘기는 통상의 비평적 담론 방식들로부터 크게 이탈한 것일 뿐 아니라 비평적 실천 영역의 확장을 주장한다는 점에서 당혹감을 주기에 충분하다. 그러나 이미 지적했듯, 비평은 전통적인 문예비평적 담론 방식에만 묶여 있을 이유가 없다(그렇다고 해서 문예비평이 무용하다는 소리는 아니다). 비평의 위기는 문학의 위기에서만 오는 것이 아니라 비평담론 자체의 사회적 소외에서 온다. 이 소외를 타넘는 일은 비평의 활력을 회복하는 가장 절실하고 중요한 절차이다. 비평은 가능한한 그 관심 영역을 확장하고 사회적 삶의 위기와 인문문화적 가치의 위축에 대응해야 하며 현단계 비평의 쇄신을 위해 무엇이 필요한가를 심사숙고해야 한다. 지금까지 '소설'에 집중되어온 문학비평은 소설의 범위를 넘어 '서사'로 확대되어야 한다. 소설만이 유일한 서사형식이 아니고 유일한 서사 장르인 것도 아니다. 물론 이런 확장에 동의하는가 하지 않는가는 비평 종사자들의 선택과 결정에 달린 문제이다. 위에 시론 삼아 제시된 비평의 지도는 이 시대가 문학비평에 요청하고 있는 작업의 범위를 그려보기 위한 것이며, 비평이 각 영역들과 어떻게 활발한 관계를 맺을 수 있을 것인지는 더 숙고해볼 문제이다.

오늘의문예비평 2007. 겨울

누구를 위하여 종은 울리나
─통합학문적 문학교육을 위한 제언

1. 대학 문학교육의 위기 상황

대학에서의 문학교육이 심각한 위기 국면에 직면해 있다
는 소리들이 동서남북에서 들려오고 있다. 대충 종합해보면 그
우려의 목소리들이 나오는 것은 대개 다음과 같은 위협과 도
전이 대학 문학교육 담당자들을 향해 제기되고 있기 때문이
다. 지금이 대체 어느 땐데 아직도 문학교육 타령을 하고 있는
가, 국내외 사회문화환경의 변화를 감안할 때 현실성도 실용성
도 없는 문학교육은 대학 교과목에서 대거 '퇴출'되어야 한다.
외국어문학 분야의 교육목표는 해당 '언어기술' 교육에 초점을
두어야 하며 문학과목은 다만 부차적 지위 정도로만 그 의의가
축소되어야 한다. 어문학교육도 시장원리에 따라 수요자 중심
으로 재편되고 수정되어야 하며 퇴출될 것은 퇴출되어야 한다.
국어국문학이건 외국어문학이건 간에 대학 어문학 분야에 진
학하는 학생들의 대다수는 해당 분야의 전문적 연구자, 학자,
창작자가 되기 위한 인력이 아니지 않은가, 그런데 학부 문학
교육의 내용과 방법은 여전히 유구하게도 '전공 인력 배출'을
위한 기본 정향에서 벗어나지 못하고 있다. 그러므로 문학교육
은 이제 그 목표에서부터 방법까지를 전면 재검토하지 않으면

안 된다, 기타 등등. 이런 위협, 도전, 주장 들 가운데 어떤 것은 어문학 외부로부터 제기되고, 어떤 것은 어문학부 내부에서 제기되고 있기도 하다.

학교에 따라, 또는 단위 대학의 학과나 학부에 따라 조금씩 차이가 있겠지만, 대학에서의 문학교육이 전대미문의 위기를 맞고 있다는 인식은 문학교육 담당자들 사이에 지금 상당히 널리 공유되고 있는 것으로 보인다. 이 위기 인식의 직접적 계기는 지난 이 년간 국내 거의 대부분의 대학들이 '학부제'로 편제를 개편하고 이 개편과 함께 대학교육에도 '시장원리'가 도입되면서부터이다. 학부제 실시와 함께 외국어문학부에서는 학생들이 많이 몰리는 영어영문학 분야만이 성시를 이룰 뿐 기타 외국어문 분야들은 전공 지망자가 없어 사실상 소멸 혹은 준소멸의 사태로까지 내몰리게 되었고, 문학전공 교수들이 교양 수준의 해당 외국어 강좌나 맡아야 하는 쪽으로 위상이 추락한다. 학생들이 집중적으로 몰리는 영어영문학의 경우에도 교육 초점은 '언어 도구 과목의 강화, 문학 과목의 상대적 축소'라는 일반적 현상이 발생하고 있다. 어떤 대학에서는 학교 당국이 영어영문학부 교수들에게 '제발 문학 과목은 줄여달라'는 주문을 내놓기까지 하고 있다. 또 과거의 '학과 체제' 때에는 '영어영문학 전공'이라는 단일 전공만이 존재했으나 학부제로의 이동과 함께 복수전공제가 도입되고, 영어영문학부 안에서도 영어영문학 외에 영미문화 전공, 통·번역 전공, 응용영어 전공 등의 다른 전공 프로그램들이 설치되기에 이른다. 영어영문학부 진학자들은 과거처럼 '영어영문학 전공'이라는 유일 전공에 묶이지 않아도 되고 따라서 문학 과목들에 대한 '전공 필수적' 이수 부담으로부터 해방되게 된 것이다. 국어국문학의

111

경우는 아직 외국어문 분야와는 다소 사정이 다르지만, 이를테면 '인문학부' 같은 통합 학부 안에 국어국문학이 포함된 경우는 역시 시장원리의 압박을 피할 길이 없고, 또 국어국문학과라는 단위 학과로 존속하는 경우에도 문학교육이 지금까지의 그것과는 다른 어떤 내용과 방법을 찾아야 한다는 요구를 외면하거나 피해 가기 어렵다.

문학교육의 위기가 최근 발생한 대학 편제 변화의 결과라고만 말하는 것은 옳지 않다. 문학교육의 위기는 어제오늘의 것이 아니라 발생한 지 이미 상당히 오래된 문제이다. 최근의 환경 변화는 이 오래된 위기를 노출시키고 절감하게 한 하나의 계기에 불과하다. 나는 이미 여러 해 전에 한국의 대학 문학교육이 '적절성relevancy의 위기'를 안고 있다는 것, 문학교육이 인문학교육으로서의 활력을 상실한 '낭비'에 빠져 있고 현실적 요구를 떠나 '헛돌고' 있다고 여러 차례 지적한 바 있다. 그러므로 문학교육의 위기는 이미 존재한 지 오래되었으나 그 위기에 대한 인식의 확산은 한참 늦었다고 말하는 편이 더 정확하다. 위기와 그 인식 사이의 이 시간 격차는 무엇에 연유하는가? 그것은 위기에도 불구하고 위기를 느끼지 못하거나 인식하기를 거부해온 특수한 둔감증, 그리고 관행에 끌려가면서 그 관행에의 성찰을 거부하는 것으로 자기 행복을 정의하는 사람들의 특수한 지적 나태에 크게 연유한다. 미안한 얘기지만, 이 둔감증과 나태는 다른 사람 아닌 문학교육 담당자들 자신의 것이다. 지금 이 글에서도 나의 주요 관심은 인문학 경시 경향에 대한 우려의 목소리들에 새삼 가세하거나 문학교육 퇴출론, 혹은 실용성 위주 교육론 같은 단견들을 반박하는 데 있지 않고 대학 문학교육의 적절성, 유효성, 중요성을 회복(회복할 '전통'이

없으므로 '회복'이라는 말은 사실 적절하지 않지만)하기 위한
문제제기와 위기 대응 방법을 다시 한번 모색해보자는 데 있
다. 외적 위협과 도전에 대응하는 일 못지않게, 혹은 그 이상으
로 절실한 것은 문학교육 자체의 내부적 반성을 통한 자기쇄신
일 것이다.

　　1980년대 이후 대학교육이 대중화하면서부터 대학 인문
학 계열 학과들은 전공교육과 동시에 광의의 대중적 인문교육
을 실시해야 하는 부담을 안게 되었는데, 문제는 이 '대중교육'
의 목표를 어디에 두어야 하고 내용은 어떻게 바꾸고 교육방
법은 어찌할 것인가에 대한 모색이 없었다는 데서 많은 교육
적 낭비가 초래되기에 이른다. 예컨대 국어국문학, 영어영문학
등의 내외 어문학과들에서 교육 수요자의 대다수가 해당 분야
의 전문적 연구자가 되기 위해 입학한 사람들이 아님에도 불구
하고 교육의 목표와 내용은 여전히 '전공'에 두어져 있었던 것
이 사실이다[영어영문학의 경우는 영문학 외에 (특수한 한국
적 현상으로) '언어학'이 끼어들어 학부 교육목표가 마치 '언
어학 전공자'의 배출에 있다는 듯한 목표 착종현상까지 보이기
도 했다]. 물론 지망자의 전공 선택이 어떤 비합리성과 비자발
성에 지배된 것이건 간에, 또 그가 장차 무슨 일을 하고자 하건
간에, 일단 특정 분야에 입학한 이상 선택 분야에서 '전공의 경
험'을 쌓아보는 일은 의미 있다. 그러나 대학교육의 대중화는
문학교육이 문학에 대한 어떤 흥미도, 소질도, 동기도 없으면
서 타율적 요인 때문에 그 분야를 선택해서 들어온 다수 수요
자를 교육 대상으로 삼아야 하는 어려운 현실을 낳게 되고, 이
런 난국은 문학교육의 목표, 내용, 방법상의 일대 쇄신을 요구
하기에 이른다. 하지만 그 요구는 존중되지 않는다. 가장 큰 실

113

패는 대학에서의 문학교육을 동시에 유효한 인문교육이 되게 하는 방법이 모색되지 않았다는 데 있다. '유효한 인문교육'으로서의 문학교육이란 학생들의 인생 설계가 무엇이건 간에 그들이 지금 살고 있는 세계에서 그들이 느끼는 현실적이고 구체적인 문제와 고민, 그들이 의식하거나 의식하지 못하는 문명의 모순과 딜레마—이런 것들이 흥미롭게, 날카롭게, 그리고 '문제'로서 문학교육에 연결되고 다루어지고 토론되는 교육이다. 그것은 단순히 문학의 예술적·수사적 '높이'만을 다루지 않고 그 높이와 학생들의 '일상세계'가 어떻게 결합하고 연결되어 있는가를 보여주는 교육, 문학의 화두가 곧 삶의 현실과 직결된 것임을 체감하게 하는 교육이다. 현실 문제로부터 떠날 때 문학교육이 치러야 하는 대가가 학생들의 흥미 상실이다. 수요자의 눈으로 보아 문학교육이 도대체 '적절하지도 절실하지도 않다'면 이미 그것은 죽은 교육이다. 내가 문학교육에 발생한 '적절성의 위기'라 부른 것은 바로 그 위기이다.

대학 문학교육은 이 적절성의 위기에 대응할 방법을 아직 강구하지도 못한 단계에서 지금 또다른 도전에 직면하고 있는데, 그것은 '실용성의 요구'라는 도전이다. 실용성의 요구를 대표하는 것이 대학교육의 시장원리, 혹은 시장원리에 따라 교육 목표, 내용, 방법을 개편해야 한다는 요구이다. 이 요구의 배면에는 시장성이 없거나 허약한 학문 분야들은 도태되어 '마땅하다'는 교육의 다위니즘이 도사리고 있다. 이런 도태 현상은 학부제 실시와 함께 이미 가시화하고 있고, 앞에서 언급했듯, 문학교육도 일부 대학 경영자들의 눈으로 보면 조만간 도태되어야 할 멸종 대상의 하나이다. 정보사회의 '정보', 지식기반국가의 '지식', 첨단기술의 '첨단' 혹은 '기술'과 문학이 무슨 관계가 있는가? 사실, 문학은 실용적 정보도 지식도 첨단산업적 기술도 아니다. 문학 자체가 타산성, 상업성, 실용성으로부터 여러 걸음 비켜나 있고 이 '비켜남' 혹은 '벗어남'의 인문적 가치를 놓치지 않으려는 정신 자세의 하나가 문학이랄 때, 문학의 실용성은 어떻게 정의될 수 있는 것이며 문학교육은 '실용성의 요구'에 어떻게 대응해야 하는가? 이 새로운 도전적 상황은 문학교육 담당자들이 외면할 수 없는 또다른 차원의 문제들을 제기하고, 문학교육의 의의, 중요성, 필요성에 대한 아폴로지를 내놓도록 요구한다. 우리가 앞서 거론한 '적절성'이 곧바로 도구적 목적성이나 상업성을 의미하는 것은 아니기 때문에, 지금 제기되고 있는 실용성의 요구는 적절성의 위기와는 또다른 형태의 위기를 문학교육에 안기고 있다.

문제를 좀더 크고 본질적인 국면과 연결시킬 때, 대학 문학교육의 난점은 문학이 현존 문명의 움직임과는 반대 방향에서, 혹은 적어도 그것을 거스르는 저항적 지점에서, 자기 위치와 존재 의의를 정의한다는 점이다. 현존 문명의 진행 방향은 (여기서는 추상적 용어가 필요 없다) '돈벌이'를 향해 있고 그것의 목표는 '돈을, 더 많은 돈을'이라는 것이다. 조지 오웰의 『동물농장』식 어법을 차용하면 '인간은 고귀하다. 그러나 돈 잘 버는 자는 더 고귀하다'라는 서열체계, 아니 그보다 더 정확하게 '돈 못 버는 자는 똥이다'라는 평가체계를 극단적으로 보편화하고 있는 것이 지금 세계를 장악하고 있는 문명의 성격이다. 대중적 소비재 생산의 경우를 제외할 때 문학의 상업적 실용성은 한정되어 있고 다소 '돈벌이'가 된다 해도 그것이 반드시 돈 자체를 추구한 결과는 아니다. 돈이 될 정보와 지식, 돈을 벌게 할 실용수단 등으로부터 거리를 유지하면 할수록, 그리고 대학이 실용성의 요구에 함몰되면 될수록, 문학/문학교육은 넓게는 현존 문명의 가치체계 안에서, 좁게는 단위 사회의 실용적 명령체계 내에서, 점점 더 '주변화'되고 '사소화'할 운명에 놓이게 된다. 문학교육 또는 인문교육이 문명의 이 거대하고 도도한 보편문화에 맞설 수 있을까?

2. 통합학문적 문학교육을 향하여

발터 벤야민은 이미 육십 년 전에 쓴 에세이 「이야기꾼The Storyteller」에서 이야기꾼이 소멸하고 있는 현상에 주목하고 정보와 이야기의 차이를 애써 언급한 적이 있다. 이야기꾼의 소멸이 의미하는 것은, 벤야민이 보기로는, 경험을 교환할 수 있는 인간 능력의 소멸이다. 경험의 교환능력은 지금까지 인간이 가장 확실하게 갖고 있다고 생각했던, 그리고 끊임없이 발휘해온 능력의 하나이다. 이 능력이 쇠퇴 또는 소멸의 운명에 빠진 것은 경험이라는 것의 가치가 추락했기 때문이라 벤야민은 진단한다. 현대 세계에서 경험은 소중하지 않다. "경험은 바닥없는 나락으로 계속 추락하고 있는 것 같다. 신문을 볼 때마다 우리는 경험이 하루가 무섭게 더 낮은 곳으로 굴러떨어지고 있는 것을, 그리고 우리들 자신의 그림, 외부 세계만이 아니라 도덕적 세계의 그림까지도 예전에는 결코 상상할 수 없을 만큼 하룻밤 사이에 변해버린 것을 발견한다." 경험의 가치를 추락시키고 그것을 대체하는 것은 '정보'이다. 정보에 미친 세계는 경험 교환양식으로서의 '이야기'의 소중함에 주목하지 않는다. 그 세계는 정보와 이야기의 차이를 모르고, 설혹 안다 해도 그 차이를 극히 사소한 것으로 간주하기 때문이다. 정보라는 것은 "그것이 새로울 수 있는 순간을 지나면 가치를 상실한다". 그러나 이야기는 다르다. "이야기는 자기를 소비하지 않는다."

벤야민의 '이야기'를 '문학'으로 바꿔놓을 때, 육십 년 전 한 섬세한 비평가가 내놓은 관찰은 당대적 진단을 넘어 문명 전반의 진행에 대한 우울하고도 비관적인 예견으로서 '문학과 세계의 관계'에 대한 지속적 문제를 제기한다. 문학이 이를테면 주식시장 정보와 경쟁할 수 있는가? 이 경우 정보와 문학의 '수명 비교'는 적절한 것인가? 현대 문명의 가치체계 안에서 수명의 장단에 근거한 가치판단은 완벽하게 전도되어 있다. 이 전도된 체계에서는 수명 긴 것이 반드시 가치 있는 것이 아니고 짧은 것이 반드시 비가치인 것이 아니다. 오히려 그 반대이다. 정보의 수명이 제아무리 짧다 해도 바로 그 '단명성'이 정보의 가치를 높이고 사람들로 하여금 새로운 정보를 찾아 헤매게 하는 이유이며, 벤야민적 '이야기'의 수명이 제아무리 길다 해도 바로 그 '장수성'이 이야기 또는 문학의 가치를 사소화시키는 이유이다. 아무도 길게 가는 것을, 내구성을, 소중한 가치로 받아들이지 않는다면 내구성 혹은 비소진성을 자랑하거나 내세운다는 것 자체가 우스꽝스러운 일이 된다.

경험의 가치 추락이라는 문제에서도 사정은 비슷하다. 생산양식과 삶의 양식에서 과격한 사회적 변화가 발생하는 시대일수록 경험의 가치는 급격히 추락한다. 이를테면 창과 활, 덫으로 멧돼지 잡던 시절 사냥꾼의 경험은 총기가 등장하는 순간 거의 쓸모없는 것이 된다. 사계의 순환에 의존하던 농사꾼의 경험은 농업공장화 시대에는 전수될 이유도 교환될 이유도 갖지 못한다. 경험의 가치 추락이라는 문제와 연결했을 때 지금 우리 사회에서 가장 쉽게 발견되는 변화 사례는 '소통의 수단과 방식'에 발생한 변화, 곧 정보의 교환, 저장, 사용의 방식 변화이다. 신매체의 등장은 구매체적 경험을 요구하지 않을 뿐 아니라 오히려 그 경험의 폐기를 요구한다. 오늘날 우리 사회에서 신/구세대를 갈라놓는 상당히 극명한 분계선, 경험과 정보의 위계서열을 극단적으로 첨예화하는 지점이 바로 매체정보 분야이다. 신매체 정보양식은 인간과 인간 사이의 직접적 경험을 간접적·추상적 관계로 바꾸고, 이는 인간관계의 경험양식 자체에 변화를 초래한다. 구경험은 새로운 경험양식 속으로 전수되거나 교환될 필요가 없어진다. 경험은 마치 정보 그 자체처럼 급속히 '노후화'한다. 정보와 경험 사이의 차이 자체가 소멸하는 것이다.

　이상의 소략한 문제 지적은 지금 대학 문학교육이 국지적 차원에서만이 아니라 세계적 차원에서 어떤 근본적인 문제들과 연계되어 있는가를 예시하기 위한 것이다. 분명한 것은 적어도 대학 차원에서의 문학교육은 그 담당자들로 하여금 어떤 형태의 지적 나태도 허용하지 않는다는 사실이다. 세계는 여전히 문제투성이이며, 변화의 모든 발생 지점은 동시에 많은 문제들의 발생 지점이기도 하다. 그 문제들은 문학의 가치가 점점 주변화되는 이 세계에서 문학의 가치와 효용은 무엇인가, 문학교육은 무엇을 할 수 있고 또 해야 하는가라는 어려운 질문들을 제기한다. 우리의 대학 문학교육이 적절성의 위기에 내몰렸던 것은 이런 질문들을 문학교육 자체의 질문으로 다루지도 수용하지도 않았기 때문이다. 물론 이 지적은 문학교육이 '오로지' 그런 질문들, 지금의 세계와 문학의 관계에 대한 질문들에만 매달려 있어야 한다는 뜻이 아니다. 그러나 학부 문학교육이 무슨 문제를 다루건 간에 교육의 관심은, 그것이 적어도 학부교육인 한, 당대성의 화두와 연결되어 있지 않으면 안 된다. 당대를 살아가는 사람들에게 자기 시대의 문제와 상황에 대한 정의定義력을 길러주고, 대응력, 비판력, 대안적 상상력을 길러주지 않는다면 문학교육의 효용은 무엇인가? 여기서 우리는 문학교육의 '실용성'을 '효용성'이라는 말로 재정의해내고 그것을 다시 적절성의 회복이라는 문제와 연결시킬 수 있는 어떤 접지점을 발견한다. 문학교육의 실용성은 그것의 인문교육적 효용성에 있고, 이 효용성은 미래 세대가 기존 질서와 체제에 한편으로 적응하면서 다른 한편으로는 적응을 넘어 '바꾸기'로 나아갈 수 있게 하는 비판적 · 대안적 상상력을 살려두는 데 있다. 이 점에서 효용성의 교육은 곧 문학교육에서의 적절성의 회복이기도 하다. 또 비판적 · 대안적 상상력은 그 가장 기본적 의미에서 '창조적'이며, 모든 창조적 능력은 실용적이다.

미래 세대를 위한 인문교육의 하나라는 점에서 지금 대학 문학교육이 심각하게 검토해봐야 할 방향, 곧 그것의 새로운 방법적 선택은 '통합학문적 문학교육'이라는 것이다. 지금의 젊은 세대를 둘러싸고 있는 모든 국지적 · 세계적 문제들은 상호 연관되어 있고 이 연관성은 이미 단위 학문 분과들의 좁은 영역 울타리 안에서는 유효하게 파악되지도 다루어지지도 않는다. 또 문학만큼 인간의 총체적 실천으로부터 나오고 그 실천의 총체성을 반영하는 종합적 교육자료는 드물다. 이 종합적 실천과 자료로서의 문학은 문학교육이라는 이름으로 좁디좁은 울타리 안에 가둘 수 없고 가두어지지도 않는다. 그러므로 문학교육이 일차적으로 고려해야 할 것은 문학교육 그 자체의 '탈영역화'이다. 이 탈영역화는 첫째, 문학교육이 최소한 세

가지 층위 또는 세 가지 관심 분야로 교육 내용을 확대하는 것을 의미한다. 그 확대된 관심 분야는 언어, 문학, 문화이다. 여기서 이 확대안이 강조하려는 것은 문학교육이 동시에 언어교육이며 문화교육이어야 한다는 점이다. 문학이 언어를 제1형식 소재로 하는 한 이미 지금까지 문학교육은 언어교육으로서의 기능을 수행해온 것이 사실이다. 그러나 문학교육으로서의 언어교육은 언어 구사력의 함양이라는 도구적 목표 이상의 것을 시도한다는 점에서 단순한 언어기술교육과는 크게 다르다. 지금 이 자리에서 상론하기 어렵지만 이 문학적 언어교육의 가장 큰 특징은 언어기술 외에도 언어에 대한 창조적 비판력을 키워주는 데 있다. 예컨대 세상의 모든 언어, 모든 구체적·추상적 어휘들은 이미 모종의 고정관념을 담고 있다. 문학 자료의 교육적 효용은 문학작품이 이 고정관념의 세계 안에서 나오고 그것을 활용하고 반영하면서도 언제나 그 고정관념에 시비 걸고, 따지고, 문제를 제기한다는 데 있다. 문학의 수사장치들은 단순한 언어적 기술 수준을 넘어 세상의 말을 바꾸고 고정관념을 깨고 명제를 변환시키는 작업에 사용된다. 동시에 문학 텍스트는 정합적이고 단언어적 구조물이 아닌 이질성의 텍스트라는 사실도 언어교육적 문학교육의 관심사이다. 문학교육이 주목해야 하는 새로운 언어적 영역들은 바로 이런 것들이다.

문화교육으로서의 문학교육이라는 개념도 종래의 관점에서는 별로 새로운 제안일 수 없는 것처럼 보일지 모른다. 국내외 문학작품이 그 생산의 모태 문화를 반영한다는 식의 이해법은 모든 문학교수들이 갖고 있는 상투적 인식이기 때문이다. 그러나 여기 제안되는 문화교육은 문학교육의 예술적·심미적·수사적 차원들을 현실세계의 '사회적 세력'들과 연결시키는 교육, 단순히 어떤 문화적 자료를 반영하는 것으로서의 문학작품이 아니라 이질적 갈등 세력들의 충돌로부터 나오고 그 충돌의 현장에 살아 있는 실천으로서의 문학을 보게 하는 교육, 텍스트를 고정적이고 초월적인 지식의 대상으로서가 아니라 강의실 수용자들 자신의 대화 대상으로 삼는 교육이다. 이 강의실 환경은 교수가 일방적으로 자신의 텍스트적·문헌학적 지식/해석/평가를 학생들에게 전달하는, 그래서 파울루 프레이리의 표현을 빌리면 은행에 돈 갖다 넣는 '뱅킹'식 교육환경이 아닌, 이미 그 자체로 대화적 공동체 환경이다.

　이 대화적 공동체는 바보들의 마을이 아니므로 의견 일치를 기도하지 않고 모두 같아지기를 목표로 하지 않는다. 그것은 교육 수요자들 각자가 자기 의견을 내놓는, 그래서 많은 경우 치열하고 활발한 토론이 벌어지는 이질적 반대 담론들의 공간이다. 여기서 강의실 환경은 벌써 그 자체로 이질적 사회 세력들이 충돌하는 문화환경이 되고, 이 문화환경은 문화를 객체 대상으로 파악하는 수동적 방식을 넘어 학생들 자신의 이해관계가 살아 숨쉬는 현실적 환경으로 부상한다. 이것이 문학 강의실에서 진행됨직한 문화교육의 한 모습이다. 이 공동체적 환경 속에서 수요자들은 자기들이 어떤 고정관념, 이해관계, 이데올로기, 가치관의 포로가 되어 있었던가를 발견하며 자기와 다른 '타자'의 소리들을 접하게 된다. 타자와의 조우는 수강자가 스스로 의식하지 못했던 자기모순과 문제를 인지할 수 있게 하고, 이런 경험은 그에게 아주 중요하게도 관용tolerance의 문화적 능력을 키울 수 있게 한다. 문학의 거대한 교육적 효용 가운데 하나는 그것이 무엇보다도 '관용의 체계'라는 사실에 있다. 이 효용을 살리는 것이 문화교육으로서의 문학교육이다.

문학은 관용의 문화체계이면서 동시에 타자의 공존을, 관용과 공존의 정의를 불가능하게 하는 모든 편협성, 배제와 배척의 정치학, 억압과 박탈과 청소의 메커니즘에 의해 사분오열되고 사람들이 죽고 희생되는 이 기이한 세계의 '인간 분할'에 대한 가장 치열한 저항이자 고발이기도 하다. 문학의 이 특성을 제거하거나 그것에 무관심할 때 문학교육은 사실상 아무것도 아니다. 세계를 괴로운 '이지메'의 장소이게 하고 사람들을 따돌리고 죽이고 억압하는 그 '분할의 도구'들은 무엇인가? 구체적으로 그것은, 이미 '문화연구Cultural Studies'가 오래전부터 제시하고 있듯, 계급, 성별gender, 인종, 이데올로기, 국적 같은 범주들이다. 이것들은 서구판 문화연구, 혹은 지난 사십 년간 이런저런 서구 이론들이 찾아내고 규명한 범주들이라는 이유 때문에 우리가 외면해도 되는, 혹은 우리의 대학 문학교육이 활용할 가치가 없는 것들인가? 천만의 말씀이다. 그것들은 우리 자신의 사회문화적 문제들에도 깊이 연결되어 있고 따라서 '우리의 의제'를 정의하는 데도 높은 적절성과 타당성을 갖고 있다. 그 분할의 도구들에 우리는 이를테면 신분, 언어, 종교, 지역을 더 첨가할 수 있다. 무엇보다도 한민족 근대사 백 년은 바로 그런 분할과 지배의 권력도구들에 의한 고통의 역사라는 사실이 망각되어서는 안 되고 해방 이후의 사정도 마찬가지이다. '민족이산diaspora'의 주제는 유대인들만의 것이 아니다. 우리 근대문학은 이런 분할과 지배의 도구들이 연출한 역사의 고통에 대한 기록이고 이야기이다. 또 그것들은 매우 오래된 역사를 갖고 있어서 모든 시대의 문학에 적용할 만한 활용성을 갖고 있다. 그런데 우리의 대학 문학교육은, 부분적으로 페미니즘의 경우를 제외하고는, 그 분할의 메커니즘들을 교육의, 텍스트 읽기와 토론의, 유용한 분석적·비판적 범주들로 좀체 활용하지 않고 활용할 생각도 하지 않는다. 그 덕분에 문학교육은 죽은 교육, 학생들이 자신의 현실적 의제들과 교육을 연결시킬 아무 접점도 발견하지 못하는 진공의 교육, 사회 세력이 보이지 않는 뜬구름 교육으로 추락한다. 뜬구름의 세계로 비상하는 것이 문학교육의 '추락'이다.

이 몇 가지 지적들은 내가 문학교육의 한 영역으로 왜 '문화교육'을 제안하는지, 그리고 그 문화교육이 어떤 의미의 것인지, 충분히 전달하고 있으리라 생각된다. 중요하게도, 이 의미의 문화는 문학교육의 '문학'과 별개의 것이 아니라 그것을 생략하고서는 문학을 말할 수 없는 긴요한 구성요소이다. 그렇다면 우리가 앞서 말한 문학교육의 '탈영역화'란 사실은 탈영역이 아니라 문학교육이 당연히 다루어야 하는 영역의 재발견이라 해야 옳다. 이 경우 탈영역은 '오로지 문학'이라는 협의의 대상 한정으로부터 벗어나기라는 의미의 것이다. 그러나 '통합학문적 문학교육'이라는 말의 두번째 의미는 문학교육이 언어, 문학, 문화로 영역을 넓히는 일뿐만 아니라 문학 이외의 '타 학문들과의 연계'를 모색해야 한다는 것이다. 우리는 이미 현대 문학이론이나 비평이론들이 협의의 형식주의적 문학에 대한 담론이 아니라는 것을 알고 있고, 이들 이론으로부터 많은 통찰, 분석, 해석, 판단의 도구들과 자원들을 공급받고 있다. 그 이론들의 기원 지점은 이런저런 분과 학문들로 환원되기도 하지만 더 정확히는 그것들 자체가 환원을 거부하는 통합학문적 담론실천이라는 성격을 갖고 있다. 문학교육은 그 자원들을 활용할 필요가 있다. 그것은 이론을 위해서가 아니라 무엇보다도 교육의 활성화를 위해서이다. 문학교육의 통합학문적 전환은

역으로 교육의 내용과 목표, 그리고 문학교육의 포괄적 목적에
대한 우리의 생각을 정비하는 데에도 극히 중요한 시사를 주고
있다.

문예중앙 1998. 겨울

문학과 문화연구의 미래

— 21세기 인문학교육의 방향을 생각하기

인문학의 앞날에 대한 불안이 깊습니다. 불안의 원인은 불안 그 자체처럼 깊고 모호할 때가 많아서 어떤 불안이든 그것의 원인을, 또는 원인들을 남김없이 선명하게 파악하는 일은 언제나 불가능해 보입니다. 그러나 우리는 근래 한국의 인문학 종사자들을 마치 겨울 초입의 들판에서 집으로 돌아갈 길을 잃어버린 농사꾼처럼 안절부절못하게 하는 불안의 원인이 어떤 것들인지에 대해서는 조금씩 아는 바가 있습니다.

우선 우리가 사는 이 시대는 결코 인문학의 시대가 아니고 인문학의 목소리에 귀기울이는 시대가 아닙니다. 지금은 아주 수상한 시대입니다. 현대 한국인의 삶을 지배하는 것은 시장근본주의, 개발주의, 기술결정주의의 원리와 가치들입니다. 시장근본주의는 과거의 정치전체주의 못지않은, 아니 오히려 그보다도 더 정교하고 세련되고 부드러운, 그러므로 훨씬 더 효과적인 방법으로 현대 한국인의 삶을 지배하고 있습니다. 사회적 삶의 거의 모든 영역들이, 정치는 말할 것도 없고 언론과 교육 같은 공영역들조차도 시장가치와 시장원리에 따라 재편되고 있습니다. 문제가 되는 것은 시장 그 자체가 아니라 시장원리, 시장논리, 시장가치를 삶을 지배하는 유일의 원리, 가치, 논리로 올려세우는 시장근본주의이며, 이 체제는 오늘날 시장전체주의라 불러야 할 정도의 위력과 속박의 힘으로 우리의 삶을 포위하고 있습니다. 개발제일주의와 기술제일주의도 그러합니다. 현대 한국인 가운데 경제성장과 개발제일주의의 이데올로기에 정신을 저당잡히지 않은 사람은 사실상 없다고 해도 과언이 아닙니다. 경제성장과 개발이 중요하지 않다는 소리가 결코 아닙니다. 성장제일주의와 개발제일주의 이데올로기가 그보다 더 근본적이고 본질적인 가치를 시궁창에 몰아넣고 있는 것이 문제입니다. 현대 한국인의 삶과 정신상태, 그의 가치체계와 지향을 점점 강한 힘으로 지배하고 있는 이런 외적 상황들은 인문학, 인문교육, 인문적 가치에 심대한 위협을 제가하고 있습니다.

시대가 수상할 때는 어떻게 행동하는 것이 지혜로운지 우리는 문학의 전통 속에서 배워 알고 있습니다. "물이 맑으면 귀를 씻고, 물이 흐리면 발을 씻지"라고 굴원屈原은 「어부사」에서 읊었습니다. 그 「어부사」의 방식대로라면 우리는 '시대가 귀를 열거든 그대도 말하라, 선지자의 입처럼. 그러나 시대가 귀를 닫으면 그대도 입을 다물라, 친구여, 벙어리처럼'이라고 말하면 될지 모릅니다. 시대의 물결을 아는 것은 매우 중요한 일입니다만, 그러나 우리는 시대가 물결치는 대로 그 물결에 맞춰 흘러가는 것이 인문학의 자세는 아니라는 것도 알고 있습니다. 시대에 맞서서, 시대를 거슬러, 시대와의 불화로부터 자기 존재의 정당성을 찾아오기도 한 것이 인문학이라는 것을 우리는 압니다.

그러나 지금 인문학을 둘러싼 이런저런 위기 상황이 반드시 외적 상황과 환경 변화의 탓이라고만 말할 수는 없습니다. 우리가 짚어야 할 것은 인문학의 내적 약화라는 문제입니다.

인문학의 목소리가 힘을 잃기 시작한 것은 어제오늘의 일이 아니고 최근의 한국에서만 일어난 사건도 아닙니다. 그것은 오늘날 세계 도처에서의 사건이고 도처에서 발견되는 현상입니다. 이 현상의 밑바닥에는 인간 자신이 자기에 대한 믿음을 상실했다는 더 근본적인 원인이 깔려 있습니다.

인문학은 무엇보다도 '인간과 그의 성취'를 연구하는 학문입니다. 동서양 어느 쪽에서건 인간에 대한 연구가 시작된 것은 인간이 인간 자신을 발견하고 깜짝 놀란 순간부터였다는 것을 우리는 알고 있습니다. 인간은 신이 아니면서 신성神性의 일부를, 혹은 신성에 대한 놀랍고도 이상한 지향과 그리움을 갖고 있다는 것이 고대 그리스인들이 발견한 인간입니다. 인간은 자연의 질서 속에 있으면서도 동물과는 참 다르게 살고 다르게 행동하는 존재라고 생각한 것이 고대 중국의 인간관이 발견한 인간입니다. 그러나 인간의 경이로움에 대한 발견만으로 고대 인문학이나 고대 휴머니즘이 출발했던 것은 아닙니다. 그 경이로움 못지않게 인간의 한계, 혹은 '한계존재'로서의 인간을 생각했던 것도 고대 인문주의의 중요한 특징입니다. 인간의 영광과 함께 그의 한계와 비참을 인간이라는 존재의 무게를 재는 저울추에 나란히 얹어 균형을 유지하려고 했던 것이 고대 인문주의입니다.

그러나 우리가 알다시피, 인간에 대한 이런 균형감각을 버리고 인간의 영광, 인간의 탁월한 재주와 기술, 인간이란 자의 놀라운 힘 같은 것에 점점 더 많은 저울추를 얹기 시작한 것이 적어도 서양의 경우 르네상스 이후의 근대인문학과 근대 인문주의의 주류입니다. 한계의식을 잃어버린 자, 그가 전형적 근대인의 모습이며 그 근대 인간의 성취를 예찬하고 그의 불가피한 성공을 예측하는 일에 몰두했던 것이 근대 인문학입니다. 그 근대인문학의 전통이 20세기 후반에 들어와 어떤 곤경을 겪게 되었는지는 인문학의 현대적 전개, 더 정확히 말하면 현대인문학의 반인문적 자기파괴 과정이 잘 보여주고 있습니다.

현대인문학이 보여온 반인문적 경향은 자기가 살아 있다는 것을 보여주기 위해 삶을 반납하기로 하는 자의 결단처럼 고귀하면서도 쓸쓸한 풍경들을 만들어내기에 족한 데가 있습니다. 근대인문학이 인간에 투여했던 과도한 자신감에 대한 철저한 반성이라는 점에서 20세기 후반의 현대인문학은 성찰과 반성의 오랜 인문학적 전통을 이어받고 있습니다. 인간의 영광 대신 그의 한계를 일깨우고 오만 대신 겸손의 필요성을 환기하고자 했다는 점에서 현대인문학은 오히려 고대 인문주의 전통의 일면을 계승합니다. 문제는 근대인문학, 특히 자유주의 전통의 인문주의에 대한 이런 반성과 성찰과 비판이 그 자체로 극단주의에 빠져 '인간'과 그의 '가능성'에 대한 신뢰에 회복하기 어려운 균열을 일으키고 근대 전통이 현대에 넘겨준 포기할 수 없는 유산들을 파탄 지경으로 몰아넣게 되었다는 점입니다. 더 역설적인 것은 현대인문학의 이런 성찰적 작업들이 아카데미와 담론의 세계 너머에서 '현대인'들을 겸손하게 한 것이냐면 그게 아니라는 사실입니다. 현대사회는 동서양을 막론하고 현대인문학 덕분에 더 인간적인 사회가 된 것이 아닙니다. 현대인은 현대인문학의 성찰 덕분에 더 겸허한 삶의 태도와 방식을 획득하게 된 것이 아닙니다. 오히려 그 반대입니다. 인문학의 자기파괴적 약화가 진행되는 동안 현실세계는 시장근본주의, 성장-개발제일주의, 과학기술에 대한 맹신, 전쟁, 탐욕 등의 반인간적이고 비인간적인 '악성의 가치'들에 거의 완전히 나포되었기 때문입니다.

　오늘날 역사를 공부하는 사람은 많아도 역사의 힘을 믿는 사람은 극소수입니다. 오늘날 철학을 연구하는 사람은 많아도 철학의 힘을, 또는 이성의 법정을 믿는 사람은 소수 중에서도 극소수입니다. 오늘날 문학을 연구하는 사람은 많아도 문학의 영광과 문학의 힘을 믿는 사람은 소수이거나 극소수입니다. 문학과 역사와 철학이 힘을 잃고 탈진했기 때문입니다. 역사가 힘을 상실한 가장 큰 이유는 역사를 만드는 자가 누구인지 알 수 없게 되고 역사의 의미와 진로에 대한 전망이 완전히 불투명한 것이 되었기 때문입니다. '인간의 역사'라는 말은 더 이상 역사의 주인 혹은 주체가 인간이라는 생각을 담고 있지 않습니다. 기억의 유용성은 사실상 휘발하고 없습니다. 과거에 대한 기억은 미래에 대한 전망과 연결될 때에만 의미 있고 유용합니다. 그러나 지금 기억과 전망을 이어붙일 방법은 거의 없어 보입니다. 과거를 알고 기억하는 일보다는 잊어버리는 것이 더 쓸모 있어 보일 때 인간은 역사적 기억이란 것의 용도를 폐기합니다. 그 인간은 이미 기억의 주체가 아닙니다. 이 시대의 인간은 판단의 주체도 아닙니다. 그는 그 자신의 판단을 믿을 수 없고 그 자신의 이성을 신뢰하지 못합니다. 그는 자신의 판단을 대신할 다른 판단의 주체가 있다고 생각하지 않으며 그가 의존할 궁극적 판단의 권위가 있다고 생각하지도 않습니다. 기억의 용도와 마찬가지로 이성의 용도 역시 그에게는 중요한 것이 아닙니다. 그에게는 진리나 이성에 대한 믿음이 없으므로 진리 주장의 근거를 따지는 일도 무의미합니다. 윤리라는 것에 대해서도 현대인은 시큰둥합니다. 윤리는 그에게 귀찮은 어떤 것, 먹고사는 일과는 전혀 관계없을뿐더러 오히려 생존을 방해하는 사치스러운 장애물이거나 위선에 불과합니다.

문학도 힘을 잃기는 마찬가지입니다. 오늘날 문학은 인간의 경험, 상상력, 진실의 존경할 만한 표현방식으로 여겨지고 있지 않습니다. 문학이 아니고서도 현대인을 매혹하는 다른 매체와 표현방식들은 얼마든지 있어 보이고 그를 즐겁게 하는 오락거리들이 부지기수로 널려 있기 때문입니다. 문학작품을 읽는다는 것은 경험과 훈련, 집중과 에너지 투자를 요구하는데, 이런 투자는 오늘날 많은 사람들에게 할 만한 가치 없는 것, 번거롭고 지루한 것에 대한 투자 이상의 것이 아닙니다. 문학작품을 읽고 즐길 줄 아는 능력으로서의 이른바 '문학적 능력'이나 작품 읽기로서의 '문학적 경험'이라는 것이 왜 중요한지 그는 이해할 수 없습니다. 무엇보다 그는 그런 것 없이도 자기 삶이 손해 볼 일 없고 구겨질 일도 없다는 확신을 갖고 있습니다. 그를 둘러싼 문화환경은 문학이 아니고서도 얼마든지 삶을 즐길 만한 다양한 수단과 방법들로 풍요로워져 있다고 그는 생각합니다.

더 길게 얘기할 시간이 없을 것 같아 이 지점에서 나는 오늘 이 발제의 궁극적 관심사, 곧 인문학의 위기 상황과 관련해서 한국에서의 문학과 문화연구가 어떤 미래를 개척해야 할 것인가라는 문제를 서둘러 말해야 할 것 같습니다. 인문학의 위기는 인문학 연구자들의 직업과 관계된 위기(분명 이 측면도 있지만)가 아니라 우리 사회가 보이고 있는 '근본적이고 본질적인 인문문화적 가치의 상실 위기'입니다. 근본적이고 본질적인 인문적 가치라 함은 어떤 본질론적 · 선험적 가치를 말하는 것이 아닙니다. 그것은 인간과 사회가 지키고 유지해야 하는 근본적인 가치들, 이를테면 생명의 존엄, 평화와 관용, 공존과 이해, 선의, 이성의 사회적 사용 같은 가치들입니다. 이런 것들이 '근본적이고 본질적'인 가치인 이유는 그것들의 부재 상태에서는 어떤 사회도 사람이 사람답게 살 수 있는 사람의 사회가 될 수 없기 때문이며, 사람의 사회가 아닌 사회는 어떤 의미에서도 '좋은 사회'일 수 없기 때문입니다. 내가 보기에 인문학의 위기라는 것이 이런 의미에서의 '좋은 사회'의 그림과 연결되지 않는다면 그 위기는 고작해야 인문학자의 위기, 또는 아카데미 인문학의 위기로 인식되는 선에서 그치고 말 것입니다.

인문문화적 가치의 함몰이 핵심적인 사회적 문제라면, 인문학 위기는 아카데미의 울타리 안에서의 위기로 끝나는 것이 아니라 근본적으로 '사회적 위기'입니다. 나는 문학과 문화연구가, 적어도 대학 학부의 수준에서는, 이 사회적 위기에 대한 대학 인문학의 대응이라는 방향으로 전개되어야 한다고 생각합니다. 여기서 핵심적으로 중요한 것은 이 시대에 필요한 '인문적 가치교육으로서의 인문학교육'이라는 문제입니다. 지금의 인문학 위기는 인문적 가치교육의 위기이며 그런 교육의 부실과 약화, 혹은 그런 교육의 부재에서 오는 위기입니다. 인문학의 한 분과로서의 문학이나 문화연구가 그 학문적 전문성과 수월성을 포기할 수 없다는 것은 사실입니다. 그러나 동시에, 지금의 우리나라 학부교육에서는, 그 어떤 전문적 수월성 못지 않게 인문적 가치의 사회적 필요성, 적실성, 타당성에 접맥되고 사회생활을 준비하는 학부생들의 현실적 관심사들과 직결된 인문학교육이 필요합니다.

이 관점에서 나는 한국 대학에서의 문학연구, 특히 학부 문학교육이 우선 무엇보다도 언어language, 문학literature, 문화culture의 세 갈래 방향을 동시적으로 포괄하는 종합적이고 학제적인 교육이어야 한다고 생각합니다. 이것은 해당 학과나 학부가 그 세 갈래 방향을 각각 분리된 형태의 전공 트랙으로 유지해야 한다는 의미이기보다는(그럴 수도 있지만) 더 근본적으로는 학부 문학 과목 하나하나가 언어, 문학, 문화에 대한 교육으로서의 포괄성을 유지해야 한다는 주장입니다. 예를 들어 언어 과목은 언어 과목이면서 동시에 문학-문화 과목의 내용을 지니고, 문학 과목은 동시에 언어와 문화를 포괄하며, 문화 과목 또한 언어와 문학을 그 내용 속에 담아야 한다는 얘기입니다.

둘째, 나는 학부에서의 문학교육이 몇몇 한정된 전문적 경우를 제외하고는 소설, 시, 희곡, 비평 등의 장르 구분이나 시대별 구분을 넘어 어떤 흥미로운 '주제'나 '문제'를 중심으로 장르와 시대를 종횡으로 오르내리고 가로지르는 탈장르적·탈시대적 교육일 수도 있어야 한다고 생각합니다. 이 방식의 접근법에서 매우 요긴한 것은 '이야기에 의한 교육' 곧 '서사적 접근'입니다. 문학교육이 소설과 시에 크게 할당되어 있는 것은 우리 학부 문학교육의 크나큰 맹점입니다. 산문의 경우 문학교육의 본령은 '서사교육'에 있습니다. 소설만이 주요 서사 형식이 아닙니다. 소설의 발생 이전에 인류사에는 오랜 서사문화 전통이 있었고 표현양식의 변화에도 불구하고 인간은 언제나 '이야기하는 동물'로 존재해왔습니다. 그러므로 서사교육은 동시에 언어와 문화에 대한 교육이 됩니다.

나는 서양 발원의 소위 '문화연구Cultural Studies'가 빠져들게 된 수렁과 함정에 대해 여기서 긴 지적을 할 수가 없습니다. 문화연구의 출발 지점에는 문학, 역사학, 사회학, 철학, 이론 등의 학제적 결합이 있었지만, 문화연구자들 중에는 문학의 위상 축소를 만회하거나 문학교육을 대체하기 위한 한 방법으로 문화연구를 끌고 들어온 사람들이 있습니다. 대학 문학부에서 문화연구는 문학의 대체 과목이 아니라 문학과 언어교육을 포함하는 인문교육의 하나입니다. 나는 문화교육 과목이 무엇보다도 한국이라는 땅과 이 시대라는 시공간적 문맥에 뿌리를 두고 이 시대를 살아가는 사람들의 삶의 문제를 다루면서 동시에 이곳에서 살아온 사람들의 개인적·집단적 꿈과 소망, 욕망과 좌절의 이야기를 다루는 서사교육이어야 한다고 생각합니다. 특히 개화기 이후 우리 사회의 가치관의 변동, 근대 도입을 둘러싼 갈등, 민주주의, 시민사회, 서구 근대와 세속주의, 계몽주의의 사상적·제도적 유산, 근대 헌법의 정신과 이념, 현대 문화와 문명들 사이의 갈등, 시장의 세계화—이런 토픽들은 우리 학부에서의 문화교육에 필수적인 내용이 되어야 한다고 생각합니다.

언어, 문학, 문화를 포괄하는 것으로서의 문학 과목이나 문화 과목에서는 궁극적으로 '리터러시literacy'의 함양이 목표가 됩니다. 여기서 리터러시는 단순한 문자 해독력을 의미하지 않습니다. 그것은 인간이 자신의 가치를 실현하고 표현하는 능력, 의미를 생산하는 능력, 타인과 소통하고 타 문화를 이해하는 인문적 능력입니다. 그것은 언어 이해력이면서 동시에 인간에 대한 이해력이고 문화에 대한 이해이며 각종 매체를 통한 소통의 능력입니다. 그것은 문자 해독을 넘어 책을 읽을 줄 아는 능력, 책 읽기를 통해 타자를 만나고 정신근육을 조련하며 비판할 줄 아는 능력이기도 합니다. 리터러시의 함양은 결국 교육의 궁극적 목표입니다.

cm비평이론학회 2006년 학술대회 기조발세 원고 2006. 11월

2부

이론은
문학을
죽이는가?

이론은 문학을 죽이는가?

폴란드 시인 비스와바 쉼보르스카의 발언 몇 개에 의탁해서 제 얘기를 시작하겠습니다. 노벨문학상을 받았을 때 쉼보르스카는 시인으로서의 자기 운명을 어떻게 특징짓고 싶은가라는 기자들의 질문에 '환희와 절망rapture and despair'이라고 대답했습니다. 환희의 신과 절망의 신이 유독 시인의 운명에만 깊이 개입한다고 말하기는 어렵습니다만, 우리는 시인의 환희가 부동산 투자 성공 같은 사건과는 별 관계 없고 그의 절망 역시 주식 가격의 폭락에 따라다니는 그런 종류의 절망은 아니라는 것을 대체로 알고 있습니다. 시가 그에게로 올 때 그는 즐겁고 시가 오지 않을 때 그는 절망합니다. 시가 무엇이길래? 시에 관한 여러 발언들 중 비평가 존 웨인의 것이 얼른 생각납니다. "시란 천사의 언어와 동물의 언어에 가장 가까이 다가설 때의 인간의 말소리The sound of human speech at those times when it comes closest to the speech of the angels and the speech of the animals"라는 것이 웨인의 정의입니다. 이 정의를 빌려 말한다면 시인은 천사의 언어와 동물의 언어에 인간의 언어를 접근시킬 때 즐겁고 그 접근에 실패할 때 절망합니다.

시인의 운명에 환희와 설망이 있다면, 시를 포함해서 이른바 '문학'이라는 것을 공부하고 가르치는 '문학교수'의 운명에

137

도 환희와 절망이 있을까요? '영어'의 가격권을 떠나 문학교육 일반으로 문제를 확대하면 '문학전공'으로 학부를 졸업하는 학생들이 그 전공 덕분에 취업이 되는 것은 아닙니다. '문학전공자'라는 자격은 취업에 별 의미가 없으므로, 학생들의 취업 전망에 관한 한 문학교수들의 운명에 환희는 없고 절망만 있다고 말할 수 있습니다. "시집을 내고 그 결과를 기다리는 것은 나이아가라폭포에 꽃 한 송이를 던지고 그로부터 메아리를 기다리는 것과 같다"고 말한 냉소주의자가 있습니다. '문학교육'으로부터 어떤 성과를 기대한다는 것 역시 많은 경우 절망적인 일 같아 보입니다. 그러나 문학교수에게 절망만 있는 것은 아니라는 사실 또한 분명해 보입니다. 저를 포함해서 많은 문학교수들이 절망 때문에 요절하거나 직장을 떠나는 일 없이 아직 살아 교육 현장에 서 있다는 사실이 우선 그 증거입니다. 또 우리의 선배 교수들 중에는, 다른 분야의 사람들이라면 진작 치매에 걸리고도 남았을 깊은 연배에도, 정정한 몸과 맑은 정신으로 교육적 열정을 쏟는 분들이 계신 것을 보면 문학교수의 운명이 절망은커녕 오히려 모종의 환희로 가득차고 어쩌면 '노망을 막는 힘'의 축복까지도 받고 있는 것 같아 보입니다.

그 환희의 기원, 성질, 구조는 무엇일까요? 저는 그 환희가 필경 문학이라는 것의 가치와 즐거움에 뿌리를 두고 있을 것이라 생각합니다. 가치에 대한 확신을 가지고 확신에 찬 일을 한다는 것만큼 즐거운 일은 없고, 즐거운 일을 한다는 것만큼 즐거운 일은 없으니까요. 하지만 문학의 가치란 무엇입니까? 가치라는 말을 자꾸 쓰는 것은 문학이 최소한 가격의 범주 아닌 가치의 범주라는 것을 우리는 믿고 있기 때문입니다. 마침 쉼보르스카가 '시의 가치'에 대해 한 말이 있습니다. 시의 가치는 무엇인가? 이 질문이 제게 떨어진다면 저는 지금도 백 리 밖으로 달아날 궁리부터 할 것입니다. 제겐 그 질문이 서울 남산보다 더 커 보이고 그래서 한 오백 년 생각해도 그럴듯한 답을 내기가 어려울 듯합니다. 그런데 쉼보르스카는 아주 젊어서부터, 그러니까 칠십 평생을 오직 이 질문을 기다려온 사람처럼 선뜻, 그것도 픽 간명한 세 마디 말로 시의 가치를 요약해 보이고 있습니다. "쓰는 즐거움, 보존의 힘, 유한한 손의 복수Joy of writing/ Power of preserving/ Revenge of a mortal hand"라고 말입니다.

  제가 지금 쉼보르스카의 말을 인용해보는 것은 새삼스레 시의, 또는 문학의 가치를 논하고 확인해보자는 의미에서가 아닙니다. 문학교육을 오랫동안 담당해온 사람들은 문학의 가치에 대해 다들 아는 바가 있다고 말할 수 있습니다. 문제는 그 가치에 대한 생각의 종류나 깊이 또는 다양함이 아니라 "문학교수는 문학의 가치에 대해 어떤 방식으로건 말해야 한다"라는 '요청'에 있습니다. 질문을 피해 백 리 밖으로 달아나고 싶어도 그는 문학교수이기 때문에 달아날 수가 없습니다. 이것이 교육자에게 안겨지는 요청이며 이 요청에의 응답이 부실할 때 그는 위기에 봉착합니다. 그가 그 가치에 대해 말할 수 없다면 그는 자기 자신도 잘 모르고 말할 수도 없는 것을 공부하고 가르치고 꼴이 되기 때문입니다. "문학은 구름 같은 것이다"라고 말할 때에도 우리는 구름의 미학, 또는 구름의 가치에 대한 어떤 생각을 표현하고 있습니다. "문학의 가치를 말하라고? 그럼 난 더듬거릴 테야"라고 말하는 매력적인 교수의 경우에도, 그는 그 더듬거려야 하는 이유를 대야 합니다. "문학의 가치? 난 그런 거 몰라"라고 말하는 사람도 예컨대 "문학은 냉장고 같은 거야"라거나 "문학은 폭력이야"라고는 좀체 말하지 않습니다. 그는 모른다고 말하면서도 사실은 문학이 냉장고나 폭력은 아니라는 것을 이미 '알고' 있습니다. 문학이 가격 아닌 가치의 범주라는 주장에 동의하는 사람은 벌써 가격과 가치를 분간하고 있습니다. 문학은 지식이 아니라고 말하는 사람 역시 지식 아닌 것으로서의 문학의 '가치'를 염두에 두고 있습니다. 이처럼 문학교수는 문학의 가치에 대한 생각과 그 생각을 명제화해야 한다는 요청을 거부할 수가 없습니다.

문학교육에 이론 또는 이론적 사유가 필요해지는 아주 근원적인 순간은, 제가 보기로는, 바로 이 같은 사유의 요청이 교육자의 의무로 제기되기 때문입니다. 이것을 저는 '이론에의 요청'이라 부르고 싶습니다. 어떤 것의 가치를 생각하고 그 생각을 일관성 있게 말한다는 것은 이미 이론적 작업이기 때문입니다. 문학교수로서의 우리는 말하자면 아주 근원적이고 근본적인 층위에서부터 이미 이론의 요청 앞에 서 있습니다. 학생들에게 특정 텍스트를 '문학'의 이름으로 읽히고 가르쳐야 하는 이유가 무엇이며 그 가르침의 가치는 무엇인가라는 질문은 어느 문학교수도 피할 수 없는 근원적 질문입니다. 이 질문에 답하기 위해 문학의 가치를 생각하고 분별하는 순간부터 우리는 이미 이론적·비평적 사유를 진행하고 있고, 그 사유에 근거하여 문학교육에 임하는 순간 우리는 이미 이론의 권역에 들어서게 됩니다.

시인이 '시의 가치'에 대해 말한다면, 문학교수는 문학의 가치와 함께 '문학교육의 가치'도 말해야 합니다. 앞서 저는 문학교수의 환희가 문학이라는 것의 가치와 즐거움에 뿌리를 두고 있을 것이라 말했습니다만, 문학 자체의 가치와 즐거움이라면 그것은 구태여 공식 교육을 통하지 않고서도 얼마든지 경험하고 인정하고 향유할 수 있습니다. 즐거움이란 것이 '가르쳐 질 수 있는' 것입니까? 설혹 가르쳐질 수 있다 하더라도 그 즐 거움이 왜 즐거움인지, 다른 많은 즐거움들과는 어떻게 구별될 수 있는 것인지가 또 문제가 됩니다. 그렇다면 시인이 '쓰는 즐 거움'과 '보존의 힘'과 '유한한 손의 복수'를 시의 가치로 내세 울 때 문학교수는 구체적으로 무슨 즐거움, 무슨 힘, 무슨 복수 를 '문학교육의 가치'라고 말할 수 있을까요? 물론 우리는 쉼보 르스카식의 발언에 의탁해서 '문학교육의 가치'를 말할 수 있 을지도 모릅니다. 이를테면 "문학을 알게 하는 즐거움, 문학의 가치를 보존하는 힘, 문학/문학교육으로 유한성을 뛰어넘는 존 재의 확장"이 문학교육의 가치라고 말입니다.

　그러나 교육자에게 문제는 그리 간단하지 않습니다. 문학 교육의 가치는 문학의 가치를 가르치는 데 있고 문학교육의 즐 거움은 문학의 즐거움을 알게 하는 데 있다고 말하는 것은 쳇 바퀴 도는 다람쥐의 순환성을 보여주기는 해도 사유의 구체화 나 확장은 수행하지 않습니다. 여기서도 저의 관심은 문학교육 의 가치 그 자체를 다시 논하려는 것이 아닙니다. 저의 흥미는 문학교육이 왜, 무엇 때문에 부단히 이론의 요청 앞에 서게 되 는가를 말하는 데 있습니다. 이렇게 따져봅시다. 쉼보르스카 는 시의 가치로서 맨 먼저 '쓰는 즐거움'을 들고 있습니다. 그 게 무슨 소린지 우리는 대체로 압니다만, 그러나 '쓰는 즐거움' 이 문학만의 것입니까? 철학자는 철학 에세이 쓰는 일이 즐겁 고 연인들은 서로 편지 쓰는 일이 즐겁고, 고고학자는 유인원 의 턱뼈에 대해 쓰는 일이 즐거울 수 있습니다. 이 모든 글쓰 기와 문학적 글쓰기는 어떻게 다르길래 유독 문학이 '쓰는' 즐 거움을 말하는 걸까요? 문학적 글쓰기는 그 자체만의 어떤 독특한 성질, '글쓰기 일반'으로부터 자신을 틀림없이 속량해낼 그 자체의 고유하고 변별적인 특성을 갖고 있는 것일까요? 그런 변별적 성질을 가릴 수 없다면 문학적 쓰기는 다른 글쓰기와 구분될 이유가 없고, 이유가 없다면 '쓰는' 즐거움은 특별히 문학의 즐거움일 수 없을 것입니다. 이 구분의 요청, 그것이 바로 이론의 요청입니다. 그리고 바로 그 요청 때문에 이를테면 문학이론사에는 아리스토텔레스 이후 지금까지 문학적 글쓰기의 특성, 문학의 고유형식과 구성요소, 문학성 등의 문제를 따지고 연구하는 이론작업이 형식시학의 이론적 전통을 이루며 이어져오고 있습니다. 러시아 형식주의, 구조시학, 기호시학, 그리고 이것들의 도움으로 성장한 서사학 역시 이 같은 형식시학을 계승하고 있습니다. 거듭 말씀드립니다만, 제가 강조하는 것은 이런 이론들에 대한 지지 또는 동조의 문제와 관계없이, 이론이 대두되게 하는 원초적 필요성 그 자체입니다.

우리는 또 시인처럼 '보존의 힘'을 문학의 가치라고 말할 수 있습니다. 그러나 여기서도 우리는 이론의 요청과 질문을 피할 수 없습니다. 보존은 '보존할 만한 것의 보존'일 때에만 가치 있고 의미 있습니다. 보존은 망각이 아닌 기억의 문제이기도 합니다. 망각은 보존의 형식이 아니기 때문에 보존은 '잊지 않고 기억할 가치가 있는 것의 보존'이라는 의미가 됩니다. 문학은 또 공적 소통의 한 형식이기 때문에 문학이 보존하려는 것은 사적 가치이면서 동시에 공적 가치여야 합니다. 하지만 무엇이 그런 보존할 만하고 공유할 만한 가치일까요? 물론 우리는 사랑과 우정과 헌신, 이해와 관용 같은 것이 그런 가치라는 걸 알고 있습니다. 아름다움이나 즐거움의 경험 또한 그런 가치일 것입니다. 상실과 배반, 고통과 실패의 경험 역시 기억할 가치가 있는 것들입니다. 이밖에도 우리의 삶에는 보존과 기억을 요하는 것들이 많습니다. 제가 말씀드리려고 하는 것은 보존과 기억의 대상이 많다는 사실 자체가 아니라 왜 문학이 특정 가치를 보존하고자 하는가, 그 보존의 이유와 목적과 근 거는 무엇인가라는 질문을 문학교수는 피할 수 없다는 사실입 니다. 이 부분에 대한 우리의 사유가 확실하지 않다면 인문학 으로서의 문학교육은 그 가치의 근거를 확보하지 못합니다. 이 것 역시 이론의 요청이 대두하는 대목입니다. 인문학은 인문학 의 가치이론 위에 서 있습니다.

　문제는 또 있습니다. 문학이 보존하려고 하는 대상은, 그 게 사랑이건 헌신이건 아니면 상실과 고통이건 간에, '삶의 구 체적 경험과 체험들'로부터 건져올려진 가치들입니다. 문학이 '가치'로서 보존하려고 하는 것은 문학적 글쓰기의 특성이나 구성요소 등등 형식시학의 전통이 문학의 고유 자질/속성이라 고 생각하는 것들만이 아니라 '기억할 만한 삶의 내용이고 경 험의 내용'들입니다. 이는 형식시학의 전통 이외에 왜 다른 이 론들, 이를테면 문학을 역사에 연결짓고 사회문맥에 위치시켜 읽고 연구하고 가르치려는 비평이론들이 왜 필요해지는가를 말해줍니다. 문학은 삶의 구체적 내용들로부터 나온 체험의 언 어입니다. 문학이 체험의 언어이고 표현이라는 사실은 문학텍 스트를 형식시학의 이론적 관심만으로 접근할 수 없게 하는 가 장 큰 이유입니다. 인도 출신 이론가 호미 바바는 "우리가 기억 할 만한 가장 귀중한 교훈은 종속, 이산, 뿌리 뽑히기, 박탈 등 역사의 고통스러운 선고 때문에 시달림을 받아온 사람들의 입 에서 나온다"고 말하고 있습니다. 종속과 이산, 뿌리 뽑히기와 박탈, 바바가 '역사의 선고'라고 부른 이 고통은 역사가 인간에게 가하는 폭력입니다. 이 폭력에 정당성이 있는 것일까요? 그 역사의 폭력들을 우리는 관용하고 용서할 수 있을까요? 역사의 폭력을 어떤 식으로든 정당화하거나 용서할 수 없다면, 그 폭력으로부터 희생된 사람들의 삶은 어디서 그 희생의 의미를 얻을 수 있을까요? 역사와 문학의 문제가 불가피하게 연결되는 것은 이론을 위한 이론의 열정 때문이 아니라 바로 이런 질문들이 문학의 문제로서, 교육의 문제로서 대두하기 때문입니다. 근년 서구 비평이 성gender, 인종, 계급, 이데올로기 같은 것을 비평의 이론적 범주로 내놓고 있는 것도 바로 그런 문제들에 접근할 방법과 도구의 필요성 때문입니다. 페미니즘까지도 포함해서 이 계열의 비평적 작업을 우리는 '역사시학'이라는 말로 요약할 수 있습니다. 형식시학의 입장에서 보면 '역사시학'이란 용어는 모순입니다만(역사사회적 요소들을 '컨틴전시'로 배제할 때에만 형식론적 의미의 '시학'이 성립하므로), 비평의 관점에서 이 역사주의적 문맥비평의 이론적 중요성과 생산성은 막대합니다. 영미 대학들에서 사용하는 대학 초급학년용 『영문학 입문』 앤솔러지들은 대부분이 아직도 형식시학의 범주들에 따라 편집되고 있고 우리도 그런 교재들을 수입해 쓰고 있지만, 저는 이 관행에 변화가 필요하다고 생각하며 조만간 그런 변화가 올 것으로 보고 있습니다. 말하자면 성, 인종, 계급, 신분, 이데올로기 같은 역사시학적 범주들은 인간의 삶을 지배하고 조건 짓는 구체적 현실적 문맥이고 상황이며 속박이고 권력이기 때문에 문학의 이해, 연구, 교육에도 더없이 요긴할 뿐 아니라 문학교육을 '살아 있는 교육'이 되게 하는 데 필수적인 것들입니다.

쉼보르스카가 시(문학)의 가치로서 '유한한 인간의 복수'

144

를 들고 있는 대목도 흥미롭습니다. 여기서 '복수'란 일단, 유한한 인간의 손이 문학적 완벽성의 형태로 성취하는 어떤 영원성, 항구성, 불멸성의 실현이라 볼 수 있겠습니다만 이러한 방식의 이해는 좀 고루한 데가 있습니다. "시는 영원하다"라는 소리는 이천 년 전 오비디우스에서부터 셰익스피어를 거쳐 현대에까지 연면히 이어지는, 그래서 시나 문학에 관한 발언치고는 신선미 제로의 어법입니다. 그러나 시만 영원한 것이 아니라 지옥도 영원하며, 단테의 '지옥' 문전에 쓰여 있듯("이 문으로 들어오는 자여, 모든 희망을 버릴진저") 지옥의 절망도 영원합니다. 물론 문학의 불멸성은 지옥의 영원성과는 다릅니다. 무엇보다도 그것은 절망의 영원성이 아니라 희망의 영원성이기 때문입니다. 앞서의 '보존'과 연결지어보면, 문학이 '보존할 가치가 있는 것을 보존하고 기억'한다는 것은 이미 그 자체로 문학의 시공간적 초월 가능성, 다시 말해 특정 시간과 장소의 한계를 뛰어넘을 수 있는 시공간적 이동의 능력과 자질을 문학(작품)이 가지고 있다는 말이 될 수 있습니다. 이것도 분명 인간이 문학의 형식으로 자신의 유한성을 넘어서는 한 가지 방법이고, 그것은 성취일 것입니다. 그러나 과거의 문학작품을 읽는 현대 독자가 단지 그 작품이 표현의 형태로 '보존'하고 있는 것 때문에 그 작품을 읽는 것일까요? 또 지금의 문학을 읽는 미래 독자가 있다면 그는 그 작품이 명시적으로 기술하고 보존한 가치 때문에만 그걸 읽게 될까요? 아닙니다. 우리 자신의 독서 경험이 말해주듯, 우리는 과거의 작품들이 보존하고 있는 어떤 것 때문에 그것들을 읽기도 하지만 '보존하지 않고 성취하지 못한 것' 때문에, 침묵당한 희망과 싱취되지 아니한 꿈(이것이 '한'이라는 겁니다) 때문에, 그리고 그 희망과 꿈의 소중함 때문에, 그것들을 즐겁게 읽기도 합니다. 이것이 문학이 갖는 '미래성futurity'의 한 모습입니다. 역설적으로 말하면 문학은 그것의 완결성이나 완벽성, 의미론적 풍요성, 통찰의 깊이 때문에도 시공간적 이동성을 갖지만, 동시에 그것의 유한성 때문에, 그것의 한계와 성취되지 않은 내밀한, 혹은 감추어져 당대에는 보이지 않던, 그런 욕망의 흔적 때문에 미래성을 갖고 시대를 초월하기도 합니다. 바로 이런 기이한 현상 때문에 문학 읽기는 거의 언제나 과거와 현재의 만남이자 대화이고 융합이며, 이 경우 현대 독자는 자신의 읽기를 통해 과거의 작품을 '완성'합니다. 그러나 이 완성은 항구한 완성이 아닙니다. 읽기가 수행되는 시점, 그 역사적 문맥에 따라 작품은 여러 번 완성되고 읽기는 수정됩니다. 여러 다른 읽기가 나오는 것은 읽기의 문맥이 사실상 무한하기 때문입니다. 더구나 언어예술로서의 문학은 인간이 인간을 상대로, 또는 신을 상대로 행사할 수 있는 독특한 거짓말이자 유혹의 형식입니다. 독특하다 함은 그 거짓말이 이중삼중의 겹을 갖고 있고 많은 경우 작가/시인 자신이 자기가 쓴 거짓말의 깊은 진실을 의식하지 못한다는 뜻입니다. 그 진실은 후대에 가서야 진실로 발견되거나 인정되는 일이 허다합니다. 이것이 작품 읽기의 역사성이며 이 역사성은 곧 미래성을 내포하고 있습니다. 여기서도 우리는 문학연구와 교육에 어째서 역사적 읽기나 정신분석학적 접근, 해석학, 수용이론 같은 비평의 안목과 범주들이 필요한가를 보게 됩니다.

물론 저는 문학예술의 가장 큰 힘이 '존재의 확장'에 있다고 생각합니다. 예술은 사방 둘러막힌 유한환경 속에 내던져진 초라한 인간존재를 표현의 힘으로 확장합니다. 문학의 이 힘이 문학의 가치 가운데 으뜸가는 가치일 것입니다. 절망과 슬픔이 존재의 위축과 관계된다면, 환희와 즐거움은 궁극적으로 존재의 확장과 관계되는 정서입니다. 우리 시인 정현종씨가 좋아하는 스페인 시인 페데리코 가르시아 로르카의 시에 「숲」이라는 것이 있습니다. 숲 위의 높고 푸른 하늘로 새들이 날아가다가 포수의 총에 맞아 몇 마리가 땅으로 추락합니다. 시인은 새들의 추락과 함께 발생하는 이 세상의 갑작스러운 변화를 이렇게 포착합니다.

새들이 상처를 운반한다.
숲이 낮다.

이 갑자기 낮아지고 납작해진 숲, 이것이 존재의 위축입니다. 그런데 이상한 것은 존재의 위축을 보여주는 이 스산한 풍경 앞에서 독자는 위축만을 경험하는 것이 아니라 고양과 확장의 기쁨을 경험한다는 사실입니다. 이 기쁨은 시가 성취하는 독특한 표현의 힘에서 옵니다. 문학적 글쓰기가 즐거움이 되는 까닭은 이런 확장 때문일 것이고 문학의 가치 보존으로서의 문학교육이 주는 즐거움의 일단도 거기 있을 것입니다. 그러나 문학에 대한 '이해의 확장'도 존재의 확장 가운데 하나이며 이론은 이런 확장을 수행합니다. 비극이 비극적 사건을 다루면서도 어째서 관객들에게 기쁨을 경험하게 하는가라는 것은 오랫동안 사람들을 궁금하게 해온 질문입니다. 그러나 저는 그 질문에 대한 답변 하나가 이미 이천사백 년 전 아리스토텔레스의 『시학』 속에 있다고 생각합니다. 요약하면 "비극이 보여주는 운명의 극적 '반전peripeteia'은 사람들을 두렵게 하고 슬프게 한다. 그러나 비극은 동시에 무지로부터 발견으로 나아가는

147

'인지anagnorisis'의 구조를 갖고 있다." 여기 약간의 해석을 붙이면, 무지로부터 발견으로의 이행은 기쁨을 동반합니다. 그러니까 비극은 추락과 고양, 위축과 확장의 동시적 이중운동 구조를 갖고 있는 셈이지요. 아리스토텔레스는 비극의 이러한 이중 구조를 드러냄으로써 비극에 대한 우리의 이해를 확장하고 있습니다. 이것이 이론에 의한 확장의 한 예입니다. 저는 이론이 문학에 대한 이해, 경험, 사유를 넓히고 깊게 함으로써 예술과 함께 존재의 확장에 기여한다고 생각합니다. 이런 확장이 결국 '유한한 손들의 복수'가 아닐까요? 거기에는 시인의 손만이 아니라 교육자의 손, 이론가의 손도 포함됩니다. 창작으로서의 문학만이 존재를 확장하는 것이 아니라 문학교육도 인간 존재를 확장하니까요.

물론 이론의 도식적이고 기계적인 적용이 문학을 죽이는 때가 없지 않습니다. 그러나 이것은 이론의 목적도 목표도 아닙니다. 창작과 마찬가지로 읽기에도 '실패작'이 있을 수 있습니다. 그러나 실패를 겁내 창작을 그만두지 않듯 실패가 두려워 이론을 내팽개칠 필요는 없습니다. 움베르토 에코는 『소설의 숲으로 여섯 발자국』이라는 저술에서 "이론/방법이 문학을 죽인다는 신화가 있다. 그러나 나의 경우 이론은 언제나 작품에 대한 이해를 깊게 하고 더 큰 즐거움을 얻게 해주었다"고 말하고 있습니다. 저는 저의 문학강의와 세미나에서 여러 차례의 '실험'을 통해 에코의 말에 동조해도 될 근거를 발견했다고 생각하고 있습니다. 저의 당면 관심은 형식시학의 이론적 성과들을 역사시학 또는 비평의 지평 속으로 끌어들여 두 전통의 협상지점을 모색하는 일입니다. 제가 아주 절망에 빠지지 않고 환희의 신으로부터 약간의 에너지나마 계속 공급받을 수 있다면, 제 그 모색의 결과도 조만간 세상에 공표할 생각입니다. 경청해주셔서 감사합니다.

영문학회 겨울 연찬회 발제 1997. 1월

퇴행문화시대의 예술

—최근 예술의 문제적 성격: 그 이론적 근거와 시대적 의미

1. 이완의 시대와 시대정신

"지금은 이완의 시대이다"라는 선언은 리오타르의 『포스트모던의 조건』에서 우리가 기억할 만한 거의 유일한 언명이다. 후기자본주의 사회에 대한 여러 상이한 시각들 사이의 차이는 이 시대를 이완과 와해의 시대로 보는가, 긴장·통합의 시대로 보는가에 따라 그 편향을 일차 식별할 수 있다. 단순화는 언제나 위험한 것이지만 어지러운 상황일수록 인간은 단순 명료한 상징적 그림을 요구하며, 이 이상한 요구는 무시될 수 없는 심리적·정서적 중요성을 지니고 있다. 리오타르의 견해는 일단 후기자본주의 사회의 통합성보다는 이완 경향을 보려는 패러다임에 속해 있다. 이 시각은 특별히 리오타르 혼자의 것도 아니고 그에게서 처음 주장된 것도 아니다. 그런데도 그의 선언이 인상적인 것은 첫째, "지금은 이완의 시대이다"라는 단순한 문장의 간결성이 그 문장의 진술 내용, 혹은 그것이 지시하는 시대('지금')의 '이완'의 이미지와는 맞지 않는 긴장을 담고 있기 때문이다. 이완의 이미지에 따라붙는 연상은 긴장의 해이, 모든 결속과 통합을 유지해온 조임쇠들의 느슨한 풀어짐, 스스로 열리는 레다의 허벅다리, '오색잡놈'들이 제각각의

모양과 목소리를 자랑하는 등가성의 혼란스러운 축제—이런 것들이다. 그러나 이 긴장의 풀어짐을 전달하는 리오타르의 문장은 느슨함을 거부하는 긴장을 갖고 있다. 둘째, 통합성의 패러다임을 배격하고 이질적 소서사들의 우주를 주장하는 리오타르가 단순화된 하나의 통약 문장으로 '이질성과 배리의 시대'를 요약하는 것도 인상적이다. 이완의 시대를 표출하는 그의 방식 자체가 이완되지 않은 통합적 진술에 의존하지 않으면 안 되는 것이다. 셋째, 이완의 시대라는 규정은 리오타르의 손에서 되풀이되기에는 너무 오래된 고전적 관찰—이미 오래전에 마르크스와 엥겔스가 내놓았던 통찰("모든 견고한 것들은 자취도 없이 사라진다")의 새삼스러운 되풀이이다. 그러나 마르크스가 자본의 행진 속에서 이완과 함께 긴장의, 해체와 함께 통합의 이중 기제를 포착한 반면, 이완의 측면만을 강조하려는 것이 리오타르의 이해관계이다. 리오타르가 마르크스적 통찰의 한쪽을 빌려 이 시대를 포괄하는 조감도를 내놓고 있는 것은 '날개 한 짝만으로 날아보려는 재능'이라는 점에서 '인상적'이다. 이 재능의 발휘는 아슬아슬한 십오 분간의 비상 끝에 바다로 추락하는 이카루스를 생각나게 하기 때문이다.

이완의 시대에 관한 흥미로운 진술들 중에서 또하나 빼놓을 수 없는 것은 해체와 이완이 이 시대의 '시대정신Zeitgeist'이라는 주장이다. 국내외 일부 포스트모더니스트들이 곧잘 내놓는 이 주장에는 사람을 '겁주는' 데가 있다. 거기에는 '이게 시대정신인데, 당신은 이 정신을 거역하려는가?'라는 은근한 위협이 있는가 하면, '다들 그렇게 말하니까 그게 사실임에 틀림없다'의 '따라가기' 논법이 들어 있고 '지금은 모두들 그게 시대정신이라잖아? 그러니까 그건 시대정신이야, 잔말 말고 따라

와'로 몰고 가는 '휘몰이' 전술이 들어 있다. 그러므로 시대정
신론은 누구든 그 시대정신이란 걸 따르지 않을 경우 '석기시
대 인간'으로 낙후할지 모른다는 일종의 공포 효과를 조성하고
이 효과를 대중적으로 확산한다. '이완'이라는 말의 의미를 충
족시키는 데는 '공포의 조성'보다는 '공포의 제거'가 더 어울림
직한데 '시대정신론'은 흥미롭게도 그 정반대의 심리적 효과를
노리고 있는 것이다. 그러나 우리를 결정적으로 흥미롭게 하는
것은 '시대정신'이라는 말 자체가 제정신 박힌 탈근대론자라면
결코 사용할 수 없는 용어인데도 바로 그 탈근대론자들 자신
이 그 말을 쓰고 있다는 사실이다. 시대정신이라는 용어로부터
는 '정신의 자기구현'이라는 헤겔적 의미를 제거할 수 없고 따
라서 헤겔 철학의 함의와 완전 분리된 의미로 그 용어를 쓸 수
가 없다. 그런데 헤겔 철학을 형이상학적 사변서사니 근대적
통합서사니 해서 공격해온 탈근대론자들이 헤겔의 정신서사에
서 중요한 의미를 지닌 바로 그 '시대정신'을 가져다 마치 이완
의 시대를 끌어가고 연출하는 통합적 배후정신이 있기라도 한
듯 '시대정신'을 말하고 있는 것이다. '시대정신'을 부정해야
할 사람들이 그 정신의 권위에 의존해야 한다면 이는 극히 흥
미로운 일이 아닐 수 없다. 그것은 "십오 분 동안만 유명해졌
다가"(미국 비평가 존 엘드리지가 다른 문맥에서 사용한 표현)
이내 망각되는 자의 운명을 생각나게 한다.

비평의 책임과 과제는 유행성 사조, 주장, 논법을 뒤쫓아
가는 일이 아니라 그것들을 따져 엄밀성의 심판대에 올리는 일
이다. 이완시대의 사고양식 중에서 우리가 단연 주의해야 할
것은 엄밀성이라는 가치 자체가 이완의 시대에는 무용지물이
되었다는 믿음의 유포이다. 엄밀성의 희생 자체는 가치인가?

앞서 '시대정신론'의 경우처럼, 논의의 엄밀성이 희생된 사회에서의 정보 전달과 판단은 객관성의 확인보다는 '다들 그렇게 말하니까 그게 진리다'의 방식에 더 많이 의존하고 정보는 이 방식을 통해 '진리 효과'를 획득한다. 요즘 유행하는 '지금은 새로운 시대이다'라는 주장 역시 따져볼 겨를도 없이 '모두들 지금은 새로운 시대라고 말한다. 그러므로 이건 새로운 시대이다'의 순응주의 방식으로 진리치를 얻는다. 베이컨이 아주 오래전에 '시장의 우상'이라고 부른 이 진리 생산의 방식은 데이비드 리스먼 등이 이미 1950년대에 '타인지향성'이라는 말로 개념화한 대중사회의 순응주의 충동에 힘입고 유행성 판단이 지니는 사회적 모방의 전염 효과로부터 상승력을 얻어 지금 이 '새로운' 시대의 진리 생산 메커니즘이 되고 있다.

우리의 최근 문학에서 발견되는 일련의 '새로운' 경향들은 지금 이 시대를 '새로운 시대'로 파악하는 인식에 근거하고 이로부터 '그러므로 예술도 달라져야 한다'라는 당위를 끌어내고 있는 것으로 보인다. 그러나 이 시대는 어떻게 새로운 시대이며 무엇이 새로운가? 새롭다는 주장의 근거는 무엇이고 예술이 그 근거로부터 변화의 당위를 끌어내는 것은 변명이 허용될 만한 일인가? 비평이 유행성 판단을 넘어 이 시대의 진리 생산 메커니즘과 진리 효과, 예술적 반응의 문제에 당연히 개입해야 하는 이유는 이런 점검 절차가 무엇보다도 비평의 소임이기 때문이다. 1980년대 말, 1990년대 초에 발생한 일련의 국제적 기후변화, 구질서를 대체하면서 나타나고 있는 신질서의 투명성과 불투명성, 국내 현실 지형의 부분적 변화, 중산층 문화소비력의 향상, 대중문화 영역의 팽창 등등의 내외적 상황은 최근의 우리 문학에 어떤 '새로운 것'에 대한 갈구를 일으키고 있는 것으로 보이고 이 갈구는 우리의 젊은 작가들 사이에 갈구 이상의 '요구'가 되어 '문학도 바뀌어야 한다'라는 명령을 전파하고 있기도 하다. 이 글은 이 같은 갈구의 현실적 요인들을 점검코자 하지 않는다. 그 작업은 다른 기회로 미루고, 여기서는 그 '새로운 것'에의 갈구를 표출하는 듯한 소설형식의 신경향들이 어떤 이론적 근거를 갖고 있는가라는 문제만을 다루기로 한다. 흥미로운 것은 이 신경향들이 '비판성'을 내세우는 현대적 이론의 아방가르디즘으로부터 상당한 영향을 받으면서 동시에 그로부터 이론적 지원을 얻고 있다는 점이다. 그러므로 '새로움'을 향한 갈구의 밑바닥에 어떤 이론적 충동이 작동하고 있는지, 그 충동의 문장구조와 현실적 동기를 읽어내는 일이 우선 필요하다.

2. 서사의 와해―파편화와 나르시시즘

1960년대 이후 서구의 실험소설들에서 발견되는 아방가르드적 충동은 '이론의 아방가르디즘'과 불가분의 관계에 있다. 여기서 '이론'은 전통적 의미의 문학이론이나 문학론 아닌 '비평이론'을 지칭한다. 비평이론, 문학이론, 문학론 사이의 경계를 필요 이상으로 엄밀화하는 것은 번거로운 일일지 모른다. 그러나 이 번거로움 때문에 이들의 성질과 기능상의 차이가 전면 무시될 수는 없다. 문학이론과 비평이론은 문학에 관한 이론적 담론이라는 성질을 공유하고, 이 공통성 때문에 비평이론은 분명 광의의 문학이론에 포함된다. 그러나 문학이론이 창작이론과 깊이 관계되는 반면 비평이론은 엄밀히 말해 창작이론은 아니다. 비평이론은 문학현상에 대한 사후적 메타 담론이고 문학을 가능하게 하는 조건, 성질, 형식에 대한 이론이며, 따라서 비평이론의 중요한 과제는 '창작이론'의 제시가 아니라 문학현상의 '연구'에 필요한 학문적 이론과 방법의 제공이다. 그것은 무엇보다도 '읽기'의 이론이고 방법이다. 또 '문학론'은 문학이론이나 비평이론과는 달리 '이론'으로서의 체계성, 일관성, 동질성을 반드시 지향하지는 않는다는 점에서 유사 이론이지 '이론'은 아니다. 모든 작가, 시인, 독자는 그들 자신의 개인적 '문학론'을 갖거나 가질 수 있다. 문학론은 문학에 관한 창작자 또는 향수자의 견해, 관점, 태도의 총합이고 이 총합이 꼭 이론적 체계성을 지닐 필요는 없다. 창작자의 경우 문학론은 실천(창작 행위)을 지도하고 안내하는 이론의 성격을 띨 수 있고 이점에서 문학론과 문학이론은 창작이론적 성질을 공유한다. 이런 구분의 일차적 유용성은 그 구분 자체가 이제는 사실상 붕괴되었다는 점을 지적할 수 있게 한다는 데 있다. 이 붕괴를 촉진한 것은 비평이론 그 자체이다. 비평이론이 일종의 창작이론으로서의 강한 영향을 행사하게 된 것이 지난 삼십 년간의 서구 실험소설들에서 발견되는 가장 현저한 특징의 하나이다.

이것이 이론의 아방가르디즘이다. 가령 복제미학은 아우라의 파괴라는 초기 아방가르드의 충동을 정당화하는 '이론'으로 등장했다가 후기 아방가르드에서는 복제 행위를 미학적 실천원리로 변형시키는 일종의 창작방법론으로 작용한다. 패러디와 패스티시, 조립과 조합 등의 현대적 소설기법들은 복제미학의 이론에 의해 정당화되는 기법 차원의 현상만이 아니다. 더 중요한 것은 그것들이 복제이론의 '방법적 실천'이라는 사실이다. 예컨대 패러디의 기법 자체는 오래된 것이지만 과거의 패러디가 '기법' 차원에 머문 것인 반면 현대소설에서의 패러디는 단순한 기법이 아니라 이론의 실천, 또는 이론적 명제의 실천적 구체화라는 성질을 갖고 있다. 플라톤도 패러디기법의 대가 가운데 하나이다. 하지만 그의 패러디는 자신의 철학적 실재론이나 이에 입각한 그의 예술론을 스스로 뒤집어엎기위해 사용된 것이 아니었다. 그러나 현대의 패러디이론은 플라톤적 예술론을 정면에서 조롱하자는 이론적 이해관계를 갖고 있고 현대 패러디기법은 이 이론적 목표와 불가분리의 것이다. 복제품 또는 복사물을 예술작품으로 정당화하는 이론은 이론 자체의 요청상 원판과 복제 사이의 경계선을 허물어야 하고, 원판의 실재성, 기원성, 고유성을 부정해야 하며 이 방식으로 모든 예술작품의 원판 없는 '복제성'을 주장해야 한다. 말하자면 플라톤적 의미에서의 '기원origin' 또는 모방의 '원판the original' 개념(이와 함께 근대미학의 '독창성' 개념까지도)을 내동댕이침으로써 모든 예술작품을 순수한 등가성의 시뮬라크르로 존재하게 하자는 것이 복제미학의 핵심적인 이론적 이해관계의 하나이며 현대 패러디기법은 이 이해관계의 한 구체적 실천 양상이다.

최근의 우리 소설들에서 눈에 띄는 이른바 '새로운' 경향들에 대한 이론적 점검은 아직은 더 많은 실증적 작품 분석을 기다려야 할 형편에 있다. 그러나 비평적 주목을 받게 된 그 '경향'들의 대체적 윤곽은 이미 조금씩 드러나고 있다. 서사의 사슬을 이어가는 연결고리들이 극단적 이완을 보이면서 파편화의 경향을 띠게 된다든가 시각적 쾌락원칙이 서사의 추동력이 되고 있는 현상, 망각과 나르시시즘의 서사형식화 등이 그것이다. 소설서사의 파편화 경향 자체는 이미 모더니즘 소설의 한 특징으로 논의되었던 오랜 내력을 갖고 있고, 모더니즘에 앞서 자연주의소설에서의 비유기적 부분성의 물신화 경향에 대한 논의, 낭만주의문학이 지닌 파편화의 비전 등에 관한 비평적 검토 등도 이미 진행된 바가 있다. 나르시시즘에 대한 논의 역시 오래된 것이다. 근대미학으로서의 낭만주의 예술론 자체가 나르시시즘적 내향성의 충동을 갖고 있다. 조지프 헬러가 "내부를 향한 긴 여행"이라는 말로 요약한 이 내향성은 근대 예술 전반의 한 특징을 이룬다고 말할 수 있다. 그러나 현대소설이 보이는 파편화나 나르시시즘적 경향들은 과거의 유사 경향들과는 구분될 만한 독특한 성질을 갖고 있다. 이 '독특한 성질'은 앞에서 논의한 바처럼 이런 경향들 역시 이론의 아방가르디즘을 창작의 차원에서 구체화하는 예술적 실천이라는 점이다.

이론의 예술적 실천이라는 관점이 서구적 문맥을 떠나 정확히 우리 작가들에게도 적용될 만한 것인지 어떤지에 대해서는 약간의 유보가 필요하다. 왜냐면 우리의 경우 작가들이 서구적 이론의 아방가르디즘에 충분히 익숙해 있다고 보기 어렵고 이론적 이해관계에 대한 숙지의 정도도 확실치 않기 때문이다. 그러나 문제는 바로 그 점에 있다. 최근의 경향들로부터는 어떤 '자생성'을 식별할 수 있는 부분이 없지 않은 반면, 외부적 영향의 도입 또는 모방이라고 말해야 할 대목도 매우 큰 몫으로 존재한다. 영향의 도입 경로는 말할 것도 없이 서구 작품들이며 이들 작품의 특정 경향을 정당화하는 이론들이다. 그러므로 문제가 심각성을 띠게 되는 것은 이 외부 영향의 도입이 반드시 이론적 이해관계의 납득과 추종을 의미하는가라는 지점에서이다. 이론의 납득을 수반하는 것이라면 우리는 우리 문학의 경우에도 이론의 아방가르디즘에 입각한 문학현상이 있다고 말해야 할 것이고 그렇지 않다면 최근의 경향들은 이론과 관계없이 수행되고 있는 기법 차원의 일과성 모방에 불과하다고 말해야 할 것이다.

서사의 극단적 파편화를 정당화하는 전위 이론들은 서구 문학을 오랫동안 지배해온 서사의 사슬들이 억압, 폭력, 전체주의, 권력의지, 광기, 헤게모니의 문학적 구현이므로 이것들의 파괴와 해체가 필요하다는 매우 단호하고도 분명한 이해관계를 갖고 있다. 서사의 사슬이란 고전 『시학』 이후 서사 구성 원칙으로 여겨져온 개연성, 필연성, 유기성, 총체성의 요청들을 의미한다. 개연성은 서사적 사건 전개가 객관적 가능성의 원칙을 따라야 한다는 요청이고 필연성은 우연적 요소의 배제라는 요청이며 유기성은 부분과 전체가 합목적적·유기적 기능 관계를 유지해야 한다는 요청이다. 총체성은 서사가 개연성, 필연성, 유기성에 의해 조직·산출되는 구조적 총체여야 함을 요구한다. 이 요청들이 합리성과 인과 질서에 근거하는 가해성 intelligibility의 서사적 모델을 구성한다는 사실은 부정할 필요가 없다. 가해성의 모형에서는 서사요소들의 선택, 배열, 진행을 지배하는 심층적 조직 질서가 의미 생산의 조건이 됨과 동시에 심미성 혹은 미적 쾌감의 산출 조건이 된다. 의미와 심미성은 질서로부터 분리되지 않는다. 고전적 표현을 빌리면 서사란 기본적으로 '사건의 질서 있는 배열'이며, 의미와 미적 쾌감은 이 질서의 구현 수준에 따라 결정된다. 따라서 이 모형에서는 '혼란이 질서보다 더 의미 있고 더 심미적이다'라는 명제는 거부된다. 파편화의 비전을 가졌던 낭만미학이나, 서사의 파편화를 실행했던 모더니즘소설들, 모더니즘문학론의 미국적 변형이었던 신비평까지도 엄밀한 의미에서 이 합리적·유기적 서사 모형으로부터 벗어나 있지 않다. 그러므로 서사 질서를 파편화하는 현대적 충동은 무엇보다도 이 가해성의 모형 자체에 여러 가지 혐의를 둘러씌우는 이론적 파괴 작업에 근거하고 있다.

가해성의 파괴에 동원되는 이론적 아방가르디즘은 하나의 단일 이론으로 구성된 것일 때도 있고 다양한 이론적 입장들이 조합된 혼성물일 경우도 있다. 이를테면 서사의 합리성에 대한 거부는 서구적 이성성과 합리주의에의 혐오를 여러 갈래로 이론화해온 금세기 후반의 지적 기후와 관계있다. 이 지적 기후가 보여주는 것은 가장 좋게 말해서 서구 지식인에 의한 '서구의 자기반성'이고 비판적 안목으로 규정하면 '이성의 도살'이다. 주지하다시피 '이성'에 가해진 현대 서구 지식인의 반성적 점검은 계몽이성의 도구적 타락에 대한 프랑크푸르트학파의 비판이나 칼 포퍼의 낙원주의 비판이 보여주듯 처음부터 극단적 이성 도살의 충동으로 시작된 것은 아니었다. 프랑크푸르트학파와 포퍼 같은 이론가들에게는 여전히 이성의 비판적 기능과 반反폭력성에 대한 믿음이 있었다. 그러나 1960년대 이후 이론들에서는 상황이 거의 완전히 반전하여 이성은 폭력, 전체주의, 권력, 광기와 사실상의 동의어가 되게 된다. 이 극단성은 지금 이 글이 어째서 '이론의 아방가르디즘'이라는 용어를 구태여 선택하고 있는가를 잘 설명한다. 아방가르드적 충동을 만족시키는 데는 이성으로부터 광기의 요소를 지적해내는 것만으로는 충분치 않고 '이성 곧 광기'라는 등식을 만들어야 하는 것이다.

이 같은 아방가르디즘의 강도와 극단적 치열성이 잘 드러나는 것은 인과 질서의 파괴에서이다. 가해성의 서사 모형이

중시하는 인과 질서란 과학적 인과론이나 형이상학적 목적론과는 반드시 그 성질이 같은 것이 아니다. 그것은 일단 가장 평범하고 상식적이며 경험적인 질서이다. 가령 E. M. 포스터가 제시한 유명한 예에서처럼, "여왕이 슬퍼한다. 왕이 죽었다"라는 식의 사건 제시가 유효한 서사적 구조가 되지 못하는 이유는 거기 '때문에'가 빠져 있기 때문이다. 그 사건 진술만으로는 여왕이 슬퍼하기 때문에 왕이 죽은 것인지 왕이 죽었기 때문에 여왕이 슬퍼하는 것인지 알 수 없다. 그러므로 '때문에'를 공급하여 '여왕이 슬퍼한다. 왕이 죽었기 때문에'라거나 '왕이 죽었기 때문에 여왕이 슬퍼한다'로 만들어주는 것이 서사적 인과 질서의 과제이다. 사건 A 다음에 사건 B가 와야 한다는 개연성의 법칙도 A로부터 B로의 진행 순서를 설명할 수 없는 우연성의 연속적 계기로 제시하기보다는 설명 가능한(그래서 '합리적'인) 질서로 만들어주자는 요청에 지나지 않는다. 그러나 이같은 서사적 인과에 가해지는 파괴 작업들은 현대과학의 발견, 극단적 철학적 논의, 언어학의 성과 등에서 이루어진 인과 사슬의 교란을 서사 질서에 적용하여 '모든 인과는 깨어져야 한다'로 확대하고 있는 경우이다. 우연미학은 이 확대 작업의 이론적 총아이다. 개연성의 논리로 보면 무일푼의 거지가 비행기 여행을 떠날 수 있는 확률적 가능성은 제로에 가깝다. 그러나 우연미학의 관점에서 보면 그 가능성은 무한대로 열려 있다. '콩 심은 데 콩 나고 팥 심은 데 팥 난다'라는 말은 개연 질서의 가장 상식적인 표현이다. 그러나 '콩 심은 데 팥 나고 팥 심은 데 배추 난다'로 바꿀 수 있는 것이 우연미학의 힘이다. 초기 아방가르드의 우연미학이 기성의 상징질서에 대한 도전이었다면, 리처드 로티식의 현대적 우연미학은 창조와 자유의 가능성 자체를 우연성에서 찾고 있다. 여기서 우연성은 말하자면 모든 것을 가능하게 하는 '창조의 신'이 된다.

그러나 우연미학을 지배하는 더 깊은 이론적 충동은 인/과의 질서를 파괴함으로써 재현미학과 심층 논리를 공격하자는 것이다. 우연미학의 관점에서 보면 재현미학은 현실 또는 실재를 '인'으로, 그것의 표현을 '과'로 보는 기원/파생의 논리 위에서 있고 따라서 이 논리가 지배하는 한 예술은 객관성을 빙자한 진리 주장, 정확한 재현, 일치, 초월적 기의, 보편법칙 등의 '질곡'으로부터 풀려날 길이 없다. 그러므로 예술이 정확히 예술이 되는 것은 이 같은 질곡의 사슬을 끊고 그로부터 해방될 때이며, 이 해방을 위해 인/과의 위계서열은 파괴되지 않으면 안 된다. 보드리야르의 탈근대미학 역시 인/과 사이의 경계를 없앰으로써 실재와 표상, 객관성과 재현, 기의와 기표가 심층/표층의 구조로부터 해방되어 순수 시뮬라크르로서의 등가성을 지니게 하자는 이해관계를 갖고 있다. 심층/표층의 구조 속에 들어 있는 인과 질서를 깨는 일은 서사론으로부터 '형이상학적 잔재를 청산'하는 것이 되고, 이 잔재의 청산은 말할 것도 없이 폭력성과 억압의 제거—곧 자유의 실현이 된다.

모든 서사가 어떤 사건의 발단으로부터 그것의 개연적 결말로 향하는 운동이라고 할 때, 이 '결말지향성'을 '목적론적 지향'과 같은 것으로 보고 그 파괴에 나서는 것도 현대적 이론의 충동이다. 목적telos은 진리독점주의를 수반하고 진리 독점은 필연적으로 강제와 폭력, 억압, 희생을 강요한다는 것이 이 파괴 작업을 정당화하는 이론적 근거이다. 후기 아방가르드 계열의 소설들이 시작, 전개, 결말의 질서를 깨뜨리기 위해 시작도 끝도 없는 소설, 시-중-종의 구분을 불가능하게 하는 소설을

161

시도한 것은 인과성의 파괴라는 이해관계 외에 서사 구성 방식으로부터 목적론적 구조를 제거해보자는 관심을 담고 있다. 목적을 제거할 경우 서사의 모든 부분적 요소들은 '목적이라는 이름의 황제'에 봉사하는 종속성, 의존성, 부분성으로부터 해방되고, '목적이라는 이름의 중심성'에 의해서만 배급받을 수 있었던 의미와 기능으로부터도 풀려날 수 있다. 서사적 총체성의 요청이 거부되는 것도 이 문맥에서이다. 이 맥락에서는 '결말이 중요하다'라는 고전적 진술은 '목적이 전부이다'라는 주장과 같은 것으로 이해되기 때문에 '목적이 전부'인 한 총체적 서사구조는 목적론적 지향이라는 형이상학적 기획임과 동시에 '전체주의적 폭력'의 구조인 것으로 여겨지게 된다. 그러므로 목적을 제거하는 일은 서사구조 내부의 '전체주의'를 깨는 고결한 작업이 되고 이를 위해 서사는 부분과 부분, 부분과 전체의 유기적·총체적 관계를 절단하는 파편화의 전략을 구사하지 않으면 안 된다. 서사의 시작이 결말을 내포한다든가 결말이 시작을 반향한다는 식의 주장은 여기서 당연히 거부된다. 시작은 아무것도 내포하지 않고 결말 역시 아무것도 반향하지 않는다. 부분은 부분이 아니고 결말은 결말이 아니다. 이것들은 서사 공간 속에서 제각각 단절된, 자유로운 파편 또는 병렬적 절편切片으로 존재한다. 우연미학이나 탈근대미학에서 '기능'이라는 말이 기피되는 것은 이 절편들에 목적합리적이라 여겨질 만한 기능들을 부여하지 않기 위해서이다.

　　서사의 내적 구조와 구성 원칙들을 반성적으로 들여다보면서 서사 내부의 이른바 '폭력 요소'들에 주목하게 하는 이 일련의 이론들은 현대적 의미의 나르시시즘적 서사형식과도 직접적으로 연결된다. 여기서 '현대적 의미의 나르시시즘'이란 소설서사가 주제 면에서 나르시시즘을 다루거나 자기성애적 autoerotic 또는 자아중심적 인물을 등장시키는 등의 소재적 차원 보다는 소설이 저 자신을 되비추는 '자기 반영의 형식화' 차원 을 지칭한다. 물론 이 자기반영형식으로서의 나르시시즘도 주 체가 타자 아닌 자기 자신을 대상화한다는 점에서는 나르시 시즘 일반의 욕망형식에 포함된다. 그러나 자기반영의 나르 시시즘이 갖는 중요한 한 가지 특징은 욕망 주체가 서사 내부 의 인물이 아니라 형식 그 자체의 부정적 자기소비라는 점이 다. 주체가 주체 자신을 대상화하는 나르시시즘의 일반적 욕망 형식을 문장으로 표현하면 의미론적 층위에서는 주체와 객체 가 동일한 '나는 나를 욕망한다'가 되고 통사적 차원에서는 주 어subject와 목적어object가 똑같이 주어 형태를 취하는 비문의 형 식—'나는 나는 욕망한다' 또는 '나는 욕망한다, 나는'이 된다. 비문구조를 만든다는 점에서 나르시시즘은 근친상간의 경우 처럼 '틀린 문법'이다. 그러나 이 틀린 문법이 바로 나르시시즘 적 서사형식을 정당화하는 이론적 근거의 하나가 될 수 있다. 왜냐면 틀린 문법의 글쓰기야말로 문법적 정상성을 거부함으 로써 의미 질서를 파괴하는 파편화의 전략으로 여겨질 수 있기 때문이다. 이론적 아방가르디즘의 관점에서 보면 정상성의 문 법 질서는 이성의 한 형태이며, 따라서 이성이 광기와 폭력 구 조를 지닌 것인 한 그 이성의 구현 형태인 문법적 정상성을 파 괴하는 일은 이성의 도살 또는 이성적 담론 질서를 깨는 작업 이 될 수 있다. 가해성의 서사 모델에 대한 거부 방식이 그 모 형의 파괴인 것과 마찬가지로 욕망 구조의 정상성을 파괴하는 나르시시즘의 서사형식은 타자를 반드시 대상화해야 하는 이 성적 담론 질서에 대한 거부가 되는 것이다.

그러나 나르시시즘적 서사형식에 대한 이 고찰은 이 형식이 지닌 또다른 측면—곧 자기성애적 성격에 대한 언급으로 보완될 필요가 있다. 위에 진행된 분석이 현대적 나르시시즘 서사형식의 자기증오와 자기파괴 충동을 드러내 보인다면, 이에 못지않게 중요한 것은 그것이 동시에 자기애 또는 자기도취의 형식이라는 점이다. 나르시시즘적 욕망 주체가 자기를 대상화하는 데는 대상의 제거 또는 대상의 부재화不在化가 필요하다. 이 구조적 조건을 만족시킬 때에만 주체는 자기 자신에게로 에너지를 집중할 수 있기 때문이다. 그러므로 형식이 주체인 나르시시즘적 서사에서 형식은 외부성(타자)에 대한 모든 관심을 회수해야 하고 서사 내부로부터도 외부성을 비워야 한다. 이 외부성이 객체로서의 외부 세계이고 서사의 내용이다. 외부성을 제거함으로써 나르시시즘적 서사형식은 대상의 부재화를 달성하고 이 성취 위에서 '자기만을 되비추기'에 몰두할 수 있게 된다. 따라서 이 형식의 서사는 자기 이외의 그 어떤 대상에 대해서도 관심을 가질 필요가 없다. 그것은 '형식의 순수한 자기명상'이기 때문이다.

여기서 우리는 서사로부터 객체 대상을 추방하는 자기반영의 소설형식이 재현, 기의, 현실, 대상, 지향성 등을 거부하는 이론의 아방가르디즘과 어떻게 연결되는가를 보게 된다. 물론 이 연결관계는 서사의 파편화 경향까지도 포함한다. 서사란 반드시 '무엇에 대한' 서사이고 '어떤 것의' 서사이다. 이 지향성(현상학적 의미와 관계없이)을 욕망의 구조로 바꿔 표현하면 서사는 대상에 대한 욕망 실현의 한 형식이라 말할 수 있다. 주체가 자기 아닌 타자를 욕망 대상으로 삼는 이유는 이 대상이 그에게 '결핍'이기 때문이다. 이 관점으로부터 우리는 하나의 서사가 시작될 때 이 '시작'은 '결말을 욕망한다'고 말할 수 있게 된다. 시작이란 정확히 '결말의 결핍'이고 결말을 타자로 갖는 순간이기 때문이다. 따라서 이 결핍 대상인 '결말을 향한 욕망'이 서사의 욕망이라는 관찰이 가능해진다. 말하자면 서사는 시작되는 순간에 결핍을 만들고 이 결핍을 채우기 위한 운동을 개시한다. 이 점에서 서사란 결말에 이르기 위한 욕망의 긴 항로이다. 그러므로 결말을 지향하지 않는 소설, 시작과 전개와 결말이 따로 없는 소설, 서사적 연쇄가 와해되어 각 부분이 절편의 형태로 존재하는 소설의 파편화 방식은 '부분성의 자족적 물신화' 형식이 된다. 이 부분성의 자족적 물신화는 말할 것도 없이 나르시시즘의 한 형태이다. 서사의 파편화는 나르시시즘적 서사형식의 또다른 모습인 것이다.

3. 전위적 충동의 실패와 타락

예술이 사회의 지배적 상징질서와 맺고 있는 관계는 불안하고 문제적이다. 예술 행위의 정당한 목표는 권력의지가 아니라 그 의지의 폭력성에 대한 저항이며 현상 질서의 유지가 아니라 그 질서의 파열이다. 상징질서가 한 사회의 지배적 담론 질서를 구성하는 규범, 가치, 이념, 표상체계의 총체란다면 예술은 이 상징질서의 내부 공간에서 작동하는 불안한 위반자이다. 오이디푸스의 운명처럼 예술은 기존 질서의 밑바닥에 있는 혼돈과 오염을 부단히 환기한다. 예술이 사회적 상징체계 내부에 있으면서 그 내부를 훼손하고, 이 훼손을 통해 사신의 사회적 존재 이유를 확보한다는 것은 분명 예술의 '문제적 성격'이다. 그러나 예술의 이 문제성은 현상 질서의 화석화에 대한 거부이고 기존 질서의 파열과 전복을 통한 사회적 갱생의 시도라는 점에서 그 궁극적인 정당성을 확보한다. 예술 행위의 사회적 정당성은 흔히 간과되고 있는 예술의 이 같은 소생 제의적 성격에 의존한다. 소생 제의성이 소멸할 경우 사적 영역과 공적 세계, 특수성과 일반성, 구체성과 추상성 사이의 통로는 매몰되고, 미적 진술과 인식과 실천적 판단 사이에는 뛰어넘을 수 없는 장벽이 들어선다. 이 장벽은 예술의 사회적 죽음을 초래한다. 예술의 사회적 죽음은 지배적 현상 질서에 대한 예술의 문제적 성격에서 오는 것이 아니라 오히려 그 문제적 성격의 포기와 희생에서 발생한다.

지배적 상징질서에 대한 저항과 거부가 예술의 중요한 기능이라고 할 때 우리가 앞서 검토한 아방가르디즘의 예술적 실천 논리들은 바로 그 같은 저항과 거부의 형식들인가. 이론적 아방가르디즘은 거의 언제나 이론의 저항성과 전복성을 주장하고, 아방가르드 계열의 창작자들도 항용 저항성과 비판성을 얘기한다. 여기서 우리는 최근 '새로움'의 이름으로 등장하고 있는 예술적 경향들이 예술의 문제적 성격으로 규정될 만한 것인가 아니면 오히려 문제적 성격의 결핍을 문제성으로 지니고 있는 것인가를 따져보지 않으면 안 된다.

서구 예술에서의 모더니즘과 아방가르디즘이 세계적으로 확산하는 것을 보게 된 이후 형식 파괴를 포함한 예술적 실험성은 흔히 예술의 구체제와 신체제 사이의 충돌이라는 관점에서 이해되고 정당화되는 비평적 관례를 확립하게 되는데, 이 관습은 오늘날 예술에 관계된 문제들을 명료화하기보다는 오히려 막심한 혼란 속으로 빠뜨리는 결과를 낳고 있다. 이를테면 '실험은 예술의 정신이며 따라서 모든 예술은 근본적으로 전위적이다'라는 주장은 그런 혼란의 한 예이다. 예술이 경험의 새로운 표현양식을 추구하고 부단한 형식 실험을 해야 한다는 필요성 자체에는 아무도 심각한 이의를 달지 않는다. 그러나 이 필요성이 곧바로 아방가르디즘에 대한 무차별 지지를 정당화하는 것은 아니다. 이 무차별 지지의 혼란은 서구 예술사에 나타난 전기 아방가르디즘의 역사성과 후기 아방가르디즘의 몰역사성에 대한 이해의 결핍에 크게 연유한다. 제1차세계대전의 와중에서 터져나온 서구 예술의 초기 전위주의는 부르주아적 상징질서에 대한 문화적 도시 게릴라의 성질을 띤 것이었다. 그러나 아방가르드적 저항과 거부의 제스처 자체가 일정한 형식과 스타일로 고착화하면서 전위주의의 역사성은 그 '문제적 성격'을 상실한다. 부르주아 질서가 아방가르드를 흡수하고 예술의 아방가르드적 생산물들이 상징질서의 일부로 편입된 사정은 전위주의의 도전적 문제성이 어느 지점에서 그 효력을 잃게 되었는가를 잘 보여준다. 마르셀 뒤샹은 지금 '거부된 자의 천막 전시장'에서 상징질서에 도전하며 있는 것이 아니라 상징질서의 왕궁인 박물관/미술관에 '보존'되어 있다. 이 역사성의 상실은 서구의 역사적 아방가르디즘이 과거의 논리대로 지금 이 시점에 '되풀이될 수 없음'을 말해주는 것이다. 그런데 이 되풀이될 수 없는 것의 무의미한 되풀이, 이미 효력을 상실해버린 것의 효력에 대한 지속적 믿음은 '관습'으로 굳어져 제2차세계대전 이후 서구 예술의 상당 부분을 지배한다. 포스트모더니즘 예술은 이 관습화된 아방가르디즘, 이미 '이빨은 다 빠지고 없으면서도 무언가를 깨물 수 있다고 믿는' 무기력한 환각의 지루한 연장선 위에 있다.

그러나 역사성을 상실한 아방가르디즘의 맥빠진 연장과 반복을 설명하는 데는 되풀이할 수 없는 것의 '무의미한 되풀이'라는 관점만으로는 충분치 않다. 제1차세계대전 말기에 나온 역사적 전위예술이 제2차세계대전을 지나 현재까지 여러 형태로 지속되고 포스트모더니즘 예술로 발전하게 된 현실적 현상 자체에는 아무 의미도 없는 것인가? '전위성'의 진정한 의미가 불가반복성—다시 말해 전위예술이 특정의 형식과 스타일로 고정되거나 유형화될 수 없고 유형화를 통한 어떤 모방적 반복도 허용하지 않는 데 있다면, 관습화한 모방적 아방가르디즘의 '의미'는 정확히 그 불가반복성이라는 전위의 의미 자체를 부정하는 데 있다. 이 부정이 '전위'의 현대적 의미이다. 말하자면 현대적 전위의 의미는 불가반복성에 있는 것이 아니라 반복성의 실천에 있다. 백남준이 1975년 뉴욕 아방가르드 페스티벌에서 줄 달린 바이올린을 길바닥에 끌고 다닌 것이나 1992년 여름 서울에서 열린 그의 '비디오때 · 비디오땅Video Time Video Space' 전시장에 내건 〈줄 달린 바이올린〉은 고전적 아방가르드의 지루한 재연에 불과하지만 이 재연 행위의 밑바닥에는 이 같은 반복성의 원칙이 깔려 있다. 존 케이지의 '우연음악' 역시 취리히 다다Dada에서 시작되어 브르통 일파의 프랑스 초현실주의로 승계되었던 우연미학의 음악적 반복이고 연장이다. 뒤샹은 죽은 것이 아니라 반복성의 축제 속에서 '죽지 못해' 살아 있는 것이다.

이 반복성을 정당화하는 것은 벤야민적 의미의 '아우라'를 파괴하는 '복제의 미학'이다. 복제미학의 주장은 부르주아 예술의 '제도화'를 공격하기 위해서는 고유성/독창성의 미학이 예술에 부여한 아우라를 박탈해야 하고 예술적 고유성, 기원성, 창조성을 부정해야 하는데 복사, 복제, 반복은 바로 그 같은 박탈과 부정의 방법이 된다는 것이다. 이 논리를 적용하면 다다적 전위예술의 불가반복성을 주장하는 것은 그 전위예술 자체에 독창적 고유성의 아우라를 부여하는 일이 되며, 따라서 이를 방지하기 위해서는 전위예술에 부여됨직한 고유성을 반복과 복제의 방법으로 제거하지 않으면 안 된다. 여기서 전위예술의 불가반복성은 '반복의 필요성'으로 역전되고 반복과 복제는 후기 아방가르디즘의 주요 형식으로 올라선다. 예술적 아우라의 파괴가 전기 아방가르디즘의 중요한 충동이었다는 사실을 감안하면 후기 아방가르디즘의 이 복제 논리는 일면 '전위예술의 정신'을 계승하는 것으로 보일 수 있다. 그러나 이는 후기 아방가르디즘의 실패와 타락을 약속하는 논리이기도 하다. 복제미학의 '복제'는 정확히 현대적 상품생산의 형식과 일치한다. '복제'라는 형식 자체가 이미 지배적 상품생산 형식이 되어버린 시점에서 복제의 논리를 미학적 실천 원리로 제시함으로써 이 미학은 자기주장과는 반대로 상징질서의 전복은커녕 미미한 교란의 효과조차 기대할 수 없게 된 것이다. 이 실패는 그러나 실패로만 끝나지 않고 타락을 수반한다. 복제가 지배적 상품생산형식이 된 시대의 복제미학과 그에 입각한 예술적 생산물들은 불가피하게 상품 질서 속으로 편입되고 상품의 일부로 타락한다. 지배 질서 속으로 이미 흡수된 상태에서도 여전히 그 질서의 전위적 전복을 기도한다고 생각하는 후기 아방가르드의 자기최면—포스트모더니즘 예술을 포함한 후기 아방가르디즘의 '몰역사성'은 바로 이 자기최면에 있다. 상징질서는 아방가르드를 훨씬 앞질러가고 있는데 스스로는 아방가르드임을 자처하고, 복제의 형식화가 어떤 비판성도 지닐 수 없게 된 문맥 속에서 여전히 복제의 비판성을 들먹인다는 것은 '최면성 기만'이며, 이는 기만을 오히려 예술의 정상성으로 바꿔내는 특이한 정신상태를 형성한다. 최면성 기만 속에서는 기만이 '비판성'으로 위장되는데, 이 위장의 이해관계가 후기 아방가르디즘/포스트모더니즘 예술의 시대적 의미이다. 더 정확히 말하면 비판성의 위장을 통해 지배적 상징질서의 현상status quo 유지를 지원하고 그 질서를 추수하는 것이 현대적 전위예술의 시대적 의미이자 의의이다.

아방가르디즘의 역사성 상실에 대한 이 지적은 포스트모더니즘/후기 아방가르디즘의 예술이 어째서 '놀이' 또는 '유희'의 차원으로 내려서게 되었는가를 이해하는 데 필수적이다. 예술이 놀이의 성질을 갖는다는 데는 광범한 동의가 이루어져 있지만, 현대 예술론 일부에서 주장되는 '유희론'은 그 성질이 근본적으로 다르다. 이 유희론은 현대적 전위예술이 역사성의 상실을 정당화하기 위해 생각해낸 이론적 돌파구라는 성격을 갖고 있다. 예를 들어 리오타르는 문학서사로부터 기억과 역사성을 제거할 것을 주장하는데, 이는 분명 역사성의 상실을 처리하기 위한 한 가지 손쉬운 방편이다. 몰역사성이라는 비판이 제기될 때에는 기억, 역사성 등의 개념 자체를 내던지는 것이 비판에 대응하는 한 방법이기 때문이다. 기억은 억압적이라는 것이 기억을 내던져야 하는 이유이다. 하지만 리오타르식 논리가 노리는 것은 예술 전반을 순수한 몰역사적 아방가르디즘으로 바꿔놓자는 것이고, 이 방식으로 '역사의 모든 문맥에서 풀려난 놀이로서의 예술, 역사에 대한 어떤 책임으로부터도 완전 면제된 예술'이라는 관점에 이론적 근거를 마련해주자는 것이다. 이 시각에서 보면 특정의 역사적 상징질서에 대한 예술의 반란이라는 전기 아방가르드의 역사성은 증발한다. 여기서 중요한 것은 전기 아방가르드의 역사성을 증발시키는 것이 포스트모더니즘 예술의 몰역사성을 정당화하는 방법이라는 점이다. 리오타르가 포스트모더니즘을 특정의 역사적 시기나 범주 속에 가두기를 거부하는 한 가지 이유는 이 은폐된 정당화의 동기에 있다(그가 포스트모더니즘을 탈역사화하는 또하나의 이유는 역사적 인과의 사슬을 파괴하자는 것이다). 그러나 이 방법은 리오타르를 포함해서 탈근대론자들이 완강하게 주장해온 '보편의 거부' 논리와 정면으로 충돌한다. 예술 전반을 몰역사적 아방가르디즘으로 재해석하는 것은 몰역사성을 예술의 '보편'으로 올려세우는 모순에 빠지기 때문이다. 놀이가 반드시 탈역사적인 것이 아니듯이(놀이는 역사적 곤궁에 대한 인간의 제어양식이기도 하다), 모든 예술이 반드시 몰역사적 놀이가 되어야만 예술적 실험이나 새로운 것의 탐구가 가능해지는 것은 아니다. 오히려, 예술적 실험의 이름으로 생산된 후기 아방가르드의 유희성 작품들은 전혀 새롭지 않고 새로울 수도 없다. 제프 쿠닝 등의 경우에서 보듯이 그것들은 키치kitch의 수준에 머물거나 권태롭기 짝이 없는 관습성과 천편일률의 매너리즘에 빠져 있어 생산자의 이름을 바꿔놓아도 무방할 정도이다.

서사의 파편화를 정당화하는 논리들 중에는 이 파편화의 방식이 현대사회 자체의 파편화된 현실을 포착·반영하며 따라서 이 방식은 몰역사적 놀이라기보다는 오히려 역사적 의미를 지닌 새로운 서사형식으로 보아야 한다는 주장이 없지 않다. 이 주장은 1930년대 독일의 리얼리즘 논쟁 때 나온 한 관점의 되풀이이다. 당시의 논쟁은 파편화된 사회의 예술이 어떤 형식을 선택해야 하는가라는 심각한 문제를 건드리고 있었는데, 모더니즘적 파편화형식의 옹호자들이 제기한 논의 중의 하나는 유기적·총체적 형식이야말로 현실의 파편화를 오히려 망각하게 하는 '상징적 화해'이고 문제의 '상징적 해소'라는 것이었다. 이 관점이 아주 허망한 것은 아니다. 예술은 현실적 딜레마의 상상적이고 상징적인 해결이라는 성격을 분명 지니고 있기 때문이다. 그러나 예술이 현실적으로는 해결할 수 없는 딜레마의 상징적 해소 방식일 수 있다는 사실과, 파편적 현실에 대한 예술의 대응이 파편화의 양식을 선택해야 한다는 주장은 서로 다른 차원의 문제이다. 파편화의 형식이 궁극적으로 도달하는 것은 무매개적 모방과 반영이며 이 무매개성의 최종 형태(어쩌면 그것의 가장 '유효한' 형태)는 언어장애 또는 정신분열의 언어이다. 의미 질서와 문법성의 완벽한 파편화가 달성되는 것은 정신분열의 언어형식에서이기 때문이다. 모더니즘의 일부 시 작품들과 후기 아방가르드의 몇몇 소설이 바로 그 소통 불능의 정신분열적 장애언어를 실험했다는 사실은 이를 뒷받침한다. 또 무매개적 모방은 예술의 차원이기보다는 '유아적 모방'의 차원이다. 이를테면 텔레비전환경에서 사는 아이들이 '날아다니는 것 세 가지를 써보라'는 교사의 질문에 '슈퍼맨, 6백만 불의 사나이, 바이오닉 우먼'이라고 대답하는 것은 바로 그 무매개적 반영의 절정이 어디에 있는가를 보여준다.

정신분열의 문장구조가 비문법적 파편화를 특징으로 한다면 나르시시즘적 서사형식이 보이는 문장구조는 유아언어의 비문법적 파편화이다. 문법은 이성적 질서의 한 형태이고 상징질서는 사회적 문법이며 서사적 규범과 가치, 원칙 등은 서사의 문법이다. 아방가르드의 논리는 문법적 질서로부터의 이탈이 이성의 이름으로 진행된 비자유, 억압, 폭력에의 저항이 된다는 주장이지만 비문법성의 실천이 반드시 유효한 서사적 저항 전략인 것은 아니다. 상징질서에 도전하는 데는 여전히 이성적 전략과 질서가 필요하다. 서사적 '플롯'의 가치가 지금처럼 심각한 도전에 직면한 적은 일찍이 없었다. 그러나 사회적 상징질서에 대한 가장 탁월한 도전의 하나였던 소포클레스의 비극 『오이디푸스 왕』은 가장 치밀하고 합리적인 플롯을 동시에 구사하고 있는 작품이며 이 사실은 지금 충분히 환기될 필요가 있다. 현대 작가들이 모든 경우에 이 전범을 따라야 할 필요는 없다. 하지만 문학이 합리성, 가해성, 인과성의 문법을 파괴해야만 지배 질서에의 유효한 도전이 된다고 생각하는 것은 아방가르드의 자기도취적 환상이다.

최근의 우리 소설들에서 발견되는 신경향의 더 심각한 '문제성'은 소설이 지배적 질서와 맺고 있는 관계의 문제적 성격에 있는 것이 아니라 그 문제적 성격의 희생에 있다. 서사연쇄의 파편화에 대해서는 이런저런 이론의 뒷받침을 얻어 정당화의 구실이 모색되는 반면, 이 파편화가 실질적으로 수행하는 것은 지배적 질서에의 영합과 추종이기 때문이다. 이 경우 파편화의 전략은 가해성 모형의 파괴를 통한 문제제기보다는 오히려 극단적인 안이성을 추구한다. 조밀성과 치밀성의 희생 위에서 추구되는 것은 우연적 요소의 도입, 서사적 사슬을 이완시키는 분산, 서사적 논리보다는 시각 쾌락원칙에 입각한 장면미학 등이며 이것들이 성취하는 것은 대중문화적 요구에의 영합이다. 대중문화적 요구를 특징짓는 두 가지 사항은 망각과 쾌락원칙이다. 망각과 쾌락원칙은 에너지의 경제학, 다시 말해 에너지의 최소 투입을 통한 쾌락의 극대화라는 원칙에 입각하고 있다. 우연성, 분산, 장면미학 등의 파편화기법은 이 같은 에너지의 경제('쉽게 읽히기')를 실천하는 데 유용하다. 이는 파편서사의 논리를 정당화해주는 이론적 충동과 파편화의 실천을 지배하는 현실적 이해관계가 서로 다르다는 사실을 보여준다. 말하자면 이론적으로 모색되는 정당화 구실과 실천의 동기 사이에는 상당한 괴리가 존재하고 있다.

나르시시즘의 경향에 대해서도 유사한 논평을 가할 수 있다. 이 글에서는 '작가'의 나르시시즘이라는 문제는 다루지 않았지만 소설의 나르시시즘이 보여주는 전반적 특징은 형식과 내용 두 차원에서 모두 지배적 상징질서에 대한 근본적인 '뒤흔듦'이 아니라 그 상징질서의 보호막 속에서 이루어지는 퇴행성 놀이라는 점이다. 이는 포스트모더니즘 예술을 포함한 후기 아방가르드 예술 전반, 그리고 현대적 이론의 아방가르디즘이 갖고 있는 특징적 성격이기도 하다. 이 놀이는 자본주의 질서가 던져주는 풍요성의 보호막 안에서 진행된다. 구태여 비유를 동원하자면 그 보호막은 '어머니의 품' 같은 것이고 아방가르드적 예술/이론은 그 풍요의 품안에서 마음놓고 노는 유아의 즐거운 놀이와도 같다. 그 아이의 언어는 파편적이고 그의 세계는 어머니와의 2자 관계만으로 구성되는 나르시시즘의 세계이다. 아이가 어머니의 타자성을 인식하지 않듯 이 자족적 놀이의 세계에서는 상징질서의 타자성이나 억압성이 현실적으로 인지되지 않는다. 그 질서 자체가 놀이를 가능하게 하는 우주이기 때문이다.

타자성의 인식을 불가능하게 하는 것—자본주의적 상징질서의 힘은 이 점에 있다. 그 불가능성은 상징질서가 내리는 명령 또는 금제의 방법에서 오는 것이 아니라 유아적 퇴행성 유희의 무한 허용에서 온다. 타자성의 인식을 불가능하게 함으로써 이 상징질서는 그 내부로부터 타자적 존재의 발생 가능성을 봉쇄한다. 이는 허용을 통한 금제이며 금제를 금제로 인식하지 않게 하는 질서 지탱의 방법이다. 그러나 중요한 것은 이 질서 지탱의 방법이 '어른은 없고 아이만 있는' 퇴행성 나르시시즘의 문화를 조장하고, 유아적 퇴행을 부추기는 이 문화 속에서는 '다른 세계'의 가능성을 보여줄 성숙한 예술, 또는 예술적 성숙성이 나오지 않는다는 사실이다. 이것이 지금 우리가 심각하게 생각해보아야 할 이 시대 예술의 문제이다.

세계의문학 1994. 봄

종결의 정치담론과 문학적 상상력
―뉴욕 테러로 생각해보는 정치와 문학

뉴욕서 공부하고 있는 젊은 문학연구자 하나는 가끔 소식을 보내올 때마다 "제국의 심장에서"라는 말로 편지를 끝내곤 했는데, 9월 11일의 테러 이후에 날아온 인터넷 메시지를 보니 "벌벌 떠는 제국의 심장에서"라 쓰여 있다. '제국의 심장'이 어느 정도나 떨고 있는지는 잘 알 수 없지만, 미국 전역이 깊은 불확실성의 어둠 속으로 잠겨들고 있다는 것만은 확실해 보인다. 이 어둠은 두려운 것이다. 지금 뉴욕에서 가장 확실한 것은 내일 아침에도 해는 뜰 것이라는 사실 하나뿐인 듯하다. 세계무역센터 백십층 건물 두 동이 순식간에 없어져버린 것은 어제도 있었고 오늘도 있고 내일도, 백년 후에도 있을 것이라 믿어졌던 어떤 확실한 것의 사라짐, 곧 확실성의 허무화이다. 거대 빌딩의 도괴는 그러므로 단순한 의미의 건물 붕괴가 아니라 확실성의 붕괴이다. 이 붕괴 가운데 미국인이 지금 경험하고 있는 재난은 일상의 무너짐이다. 사람들은 비행기를 타지 않고 고층 건물을 기피하며 쇼핑몰에도, 바에도 모이지 않는다. 사람들은 먹는 것과 마시는 것을 의심해보아야 한다. 언제 어디서 무슨 일이 터질지 모른다. 바람조차도 안전하지 않다. 먹고 마시고 숨쉬는 것의 안전을 의심하지 않아도 되는 것이 삶을 지탱하는 일상의 확실성이라면, 그 확실성이 무너져내리는 것이 일상의 붕괴이다. 모더니즘 이후 예술에서 일상은 흔히 평범성, 반복성, 무료성의 다른 이름이다. 그러나 비상非常에 빠진 사람들에게 가장 그리운 것은 일상이며 가장 먼저 회복하고 싶은 것도 일상의 평범한, 그러나 위대하게 확실한 질서이다. 그런데 지금 뉴욕에서, 그리고 미국 전역에서, 그 질서는 무너지고 있다. 아프가니스탄에서의 전쟁이 어떻게 끝나느냐에 관계없이 미국은 상당 기간 불확실성의 시대를 건너가야 할 것 같아 보인다.

9·11 사건과 그 이후를 지켜보면서 세계 모든 사람들이 궁금하게 생각한 것은 대체로 세 가지이다. 1) 누가 그랬는가? 2) 왜 그랬는가? 3) 미국은 어떻게 대응하는가? 이런 궁금증과 질문의 어느 것도 사실 '문학'과는 관계없어 보인다. 그것들은 문학이 제기할 질문이 아니거나, 관심은 갖더라도 문학 쪽에서 다루어야 할 정당한 문제는 아닌 것 같아 보인다. '참여냐 아니냐' 식의 가짜 문제를 놓고 아직도 가끔 실랑이 벌이는 우리의 의식 수준에서 보면 미국에서 발생한 테러 사건과 문학 일반, 혹은 한국문학과의 관계를 생각해본다는 것은 비문학적 관심의 수상쩍은 정치적 확대로 여겨질지 모른다. 그러나 이런 관점을 가진 사람들조차도 지금은 미국행 비행기에 태연히 오르지 못하고 서울 바닥에서는 흰 밀가루만 보아도 놀라 자빠진다. 나딘 고디머는 "나는 정치를 좋아하지 않는다. 그러나 사람들의 이야기를 쓰자면 내 소설에 정치가 들어올 수밖에 없다"고 말한다. 문학적 상상력 자체는, 내가 보기에는, 정치적 상상력이 아니다. 그러나 이렇게 말하는 것이 문학의 탈정치성을 주장하거나 그런 주장에 이서하는 일은 아니다. 문학의 상상력은 정치적 상상력과 구분되지만 그러나 어떤 경우에도 문학은

정치와의 관계망 바깥에 있지 못하다. 이 부자유가 문학의 조건이다. 9·11 뉴욕 테러는 내가 보기로는 철저하게 '정치적인' 사건이다. 이 정치적 사건은 세계 모든 곳의 삶에 영향을 주고 한 시대와 세대의 경험을 특징짓고 상상력의 성격을 규정한다. 뉴욕 사건을 보면서 내 머리에 가장 먼저 떠오른 것은 존 던의 잘 알려진 시구절 하나이다. "묻지 말라, 누구를 위하여 종은 울리는가/ 종은 그대를 위하여 울리나니." 아무도 이 조종弔鐘의 울림을 벗어난 곳에 있지 않다. 그 종은 한국인을 위해서도 울리고 한국문학을 위해서도 울린다. 이 종소리를 들어야 하는 시대의 문학은 이미 당대의 정치와 불가피하게 대면한다. 그러나 문학은 '누가 그랬는가, 왜 그랬는가, 미국은 어찌하는가'라고 묻지 않는다. 이런 질문의 문학적 번역을 축약하는 것은 인간의 가슴과 행동을 지배하는 정서적 인지와 교통의 형식들— 곧 공포, 분노, 증오, 슬픔, 사랑이다. 사람들은 무엇을 두려워하고 무엇에 분노하며 무엇을 왜 증오하는가? 그들은 무엇을 슬퍼하고 상실의 아픔은 어떻게 처리하는가? '측은의 마음惻隱之心, compassion'이 문학적 상상력의 핵심에 있다고 할 때, 이 능력은 정치적 상상력과 어떻게 연결되고 그것의 정치적 의미는 무엇인가? 이런 것이, 9·11 사태를 중심에 놓고 문학과 정치의 관계를 생각해볼 때의 우리의 주요 관심사이다.

1. 슬픔과 분노

직장이 하필 그 건물 안에 있었다는 이유로 죽어가야 했던 사람들에게 그 죽음의 '이유'는 정당한 것이 아니며, 모든 부당한 죽음은 사람을 슬프게 한다. 희생자들 중에는 몇 푼의 월급에 매여 건물 허드렛일을 해온 가난한 이들도 있고 미국 사회에서 결코 화려한 직종이 아닌 소방직과 경찰직 종사자들도 많다. 사람 하나라도 더 구하기 위해 위험한 건물 속으로 뛰어들었다가 죽음을 만난 그 수백 명 소방관, 경찰관의 희생도 슬픈 일이다. 이들에게는 '미국의 진정한 영웅'이라는 칭호가 주어졌지만 워싱턴 권력의 회랑에서 놀던 자들과 뉴욕 증권가의 돈 주무르는 사람들이 평소 이들을 사람 취급이나 했을 것인가? 테러 이후 눈길을 끄는 것 하나는 미국인들 사이에서의 시詩의 돌연한 부상이다. 영국 시인 오든이 1939년 나치 독일군의 폴란드 침공을 보면서 쓴 시 「1939년 9월 1일」은 구구절절이 꼭 2001년 9월 11일의 뉴욕을 노래한 듯한 기이한 예언적 어조와 정황을 담고 있는데, 그 시에 나오듯 "9월의 밤을 어지럽히는 말할 수 없는 죽음의 냄새" 속에서 미국인들이 발견한 것은 '시의 세계'라고 현지 신문들은 전한다. 시인들은 다투어 위로의 시들을 소개하고 인터넷에는 이런저런 시들이 수없이 교환된다. 공공도서관에서의 시낭송회에는 사람들이 천 명씩 모여들고 시집 판매가 부쩍 늘어난다. 길가의 추모판에 꽂힌 메시지들은 거의 모두가 기억에 바쳐지는 시의 언어들로 되어 있다. 시에 대한 관심의 이런 증대 현상을 놓고 어떤 신문은 해석한다. "시를 낳게 하는 것은 사랑과 죽음이다. 그러므로 사람들이 지금 위로와 이해를 찾아 시에 눈 돌리는 것은 놀라운 일이 아니다."

　시를 '상실의 예술'이라 부른 것은 엘리자베스 비숍이다. 잃고 싶지 않은 것을 잃어야 하고 그 상실의 아픔을 견뎌야 하는 것이 인간의 공통 운명이라면, 상실에 관한 한 인간은 운명

179

공동체를 구성한다. 그 인간의 "가슴은 어떻게 상실의 축제와 화해하는가?"—작년도 미국 계관시인이었던 스탠리 쿠니츠의 어떤 시에 나오는 한 구절이다. '그라운드 제로'(무역센터 건물이 도괴한 자리)의 잿더미 근처를 걷는 뉴욕 시민에게는 상실을 처리하는 기술이 필요하다. 사신死神의 한바탕 잔치가 지나간 자리에 가을비는 무심히 내리고 가슴은 아프다. 시는 분명 유한성에 친숙해지게 하는 인간적 기술의 하나이다. 시는 말해준다. "죽음은 아무것도 아닐세, 그것은 내가 이 방에서 저 방으로 건너가는 것"(헨리 스코트 홀랜드), "사람이 죽을 때, 책의 한 장은 떨어져나가지 않고 다만 더 나은 언어로 번역될 뿐"(존 던), "모든 죽는 이들과 함께 우리의 일부는 영원 속으로 든다"(수로즈의 앤서니), "'이건 최악이야'라고 말할 수 있는 한/ 이건 최악이 아니다"(셰익스피어), "우리는 서로 사랑하든가 아니면 죽어야 한다"(오든)—이런 진솔하고 정확한 표현, 한순간의 강렬한 심미적 통찰, 짧고 정제된 언어의 마력 등은 다른 어떤 예술형식도 흉내낼 수 없는 시의 힘이다. 전자메일로 『전쟁과 평화』를 전송할 수는 없어도 시 몇 편 전송하는 일은 어렵지 않다고 누군가는 말한다. "시는 우리가 가진, 가슴의 유일한 역사이다." 금년도 미국 계관시인 빌리 콜린스의 말이다.

그런데 이 계관시인은 "이럴 때 미국 국민을 위해 시 한 편을 써줄 수 없겠는가"라는 요청을 받고 "안 돼!"라며 한마디로 거절한다. 19세기 제국주의 영국에서라면 '이럴 때' 시 한 편 써내는 것이 계관시인의 공적 임무 가운데 하나였을 것이다. 콜린스가 무슨 이유로 그 요청을 거부했는지 우리로선 정확히 알 수 없지만, 시인에게 국민주의적 봉사를 요구한다는 것은 위험한 일이라는 판단이 그에게 있었기 때문이라면 그 판단은 지지받을 만하다. 시의 애국적 기능을 기대하는 것이 정치의 관심일 수 있다면 그런 기대를 거부하는 것은 '인간의 가슴'에 대한 시의, 그리고 시인의 도리라고 콜린스는 생각했는지 모른다. 미국인의 가슴만이 인간의 가슴은 아니기 때문이다. 미국인의 가슴은 미국인 아닌 타자를 향해서도 열려 있는가? 미국인의 가슴과 타자의 가슴 사이에는 연결 통로가 있는가? 이런 질문의 관점에서 보면, 9·11 이후 이슬람에 대한 미국 사회의 관심이 폭발했다는 것도 괄목할 만한 현상이다. 거의 모든 대학들이 학부와 대학원에서 이슬람 문명과 역사, 언어와 문학, 정치, 서구와 이슬람의 관계 등을 주제로 한 학부 강의와 세미나들을 조직한다. 이슬람 연구자, 이슬람권 현지 출신 학자, 아랍 정치 전공자들, 이슬람 어문학자들은 세미나, 강연, 인터뷰에 불려다니느라 정신없다. 지난 삼십 년간 학생이 줄어 거의 '사경'에 빠졌던 정치학에도 전공 희망자들이 늘어나고 정치학 과목들에 수강자가 몰린다. 대학에서만 그런 것이 아니다. 대중적 관심도 부쩍 높아져 이전까지 별로 찾는 사람이 없던 이슬람 관련 서적들이 불티나게 팔려나간다. 텔레비전에서는 오프라 윈프리가 '이슬람 101'(101은 미국 대학들에서 각 분야 입문 과목에 붙여지는 번호)이라는 타이틀의 전문가 토크쇼를 내보낸다. 이슬람에 대한 관심의 이런 증대는 '당한 미국인'으로서는 당연한 반응일 것 같아 보인다. '그들은 대체 누구인가?'라는 의문을 9·11 이후 머리에 담아보지 않은 미국인은 없을 것이기 때문이다. 그들은 누구이길래 그토록 강한 적개심과 증오를 품고 미국을 향해 달려드는가? 그들을 알아야 하지 않겠는가?

흥미롭게도, 이슬람에 대한 관심의 이런 증대는 미국인이 '미국 말고도 다른 세계가 있구나'라는 사실을 거의 처음으로 깨치게 된, 매우 우스꽝스러워 보이는 발견과 연결되어 있다. 보통의 미국인들은 미국 이외의 나라와 지역, 자기가 사는 지방 이외의 다른 사회에 대해서는 거의 아는 것이 없고 평소에 관심도 없다. 미국 대학 1학년생들이 한국인 유학생들에게 던지는 질문의 80퍼센트 이상은 '너희 나라에도 맥도날드가 있느냐?'는 수준의 것이다. 이 국민적 무지와 무관심은 흔히 '미국인의 지방근성American parochialism'이라는 이름으로 불릴 만큼 유명한 것인데, 알렉시스 토크빌이 이미 백칠십 년 전에 "미국인은 행복하게 무식하다"는 관찰을 내놓고 있는 것을 보면 이 무지에는 유구한 전통도 있다. 그러므로 9·11 사건이 미국인에게 준 충격은 미국인의 머리에 든 세계지도의 돌연한 파탄과도 관계있다. '세계는 미국으로 되어 있다. 미국 이외의 세계는 존재하지 않는다'는 것이 평소 미국인의 뇌리에 박힌 세계 인식의 지도라면 이 지도가 2001년 9월 11일 이후 미국인의 머리에서 깨어져나간 것이다. 그러나 이것이 미국인에게 '타자의 발견'을 의미하는 것인지 어떤지는 아직 알 수 없다. 적의 발견과 타자의 발견은 같지 않다. 적의 발견이 '제거'를 목표로 한다면 타자의 발견이 도달하고자 하는 것은 '이해'이다. 이슬람에 대한 미국 사회의 관심 증대가 적의 발견이라는 차원에 머물 것인지 아니면 타자의 발견으로도 진전될 것인지는 더 두고 보아야 할 문제지만, 한 가지 분명한 것은 9·11 사태와 함께 미국인들은 자기네와 생각이 다른 사람들이 이 세계에 존재한다는 것, 그리고 이들이 미국인의 삶을 형편없이 구겨놓을 수도 있다는 사실을 거의 처음으로 발견한 것이다.

'거의 처음으로'라니, 과장 아닌가? 제2차세계대전 이후 세계세력으로 부상하고 냉전시대에는 서방의 맹주盟主를 거쳐 지금의 단극單極체제에서는 '세계의 경찰국'과 '시장세계화의 주도국' 노릇을 하게 된 나라가 미국인데, 그 미국의 국민 대다수가 세계를 모르다니? 수많은 젊은 목숨을 희생하면서 세계 모든 지역의 주요 분쟁에 깊숙이 개입하고, 세계 도처에서 비밀 정치공작을 벌이고, 반세기에 걸쳐 정치·경제·군사적으로 세계를 관리해온 나라의 국민들이 그처럼 단순한 지도에 의존해서 살아왔단 말인가? 이 의문은 9·11 사태 앞에서의 미국인의 충격과 분노를 이해하는 데 매우 긴요하다. 미국은 세계의 현존 단위 국가로서는 가장 많은 수의 대학과 연구소, 가장 많은 수의 지식인과 고등교육 이수자, 가장 많은 매체와 출판물과 다국적기업 들, 가장 많은 다인종－다민족 집단들, 가장 많은 공항과 여객기와 위성을 가진 나라이다. 그러므로 미국인이 정말 무식해서 세계지도를 모른다고 말할 수는 없다. 그가 무지한 이유는 딴 데 있다. 현실의 세계지도와 미국인의 머릿속 세계지도가 다르다는 것이 그 이유이다. 그의 머리에는 현실의 세계지도를 환상적 지도로 바꿔내는 특수한 '신화화神話化의 장치'가 들어 있다. 이 장치가 '미국적 세계 인식의 체계'이다. 이 인식체계에서 미국은 「창세기」에 그려진 '천지'(궁창과 땅)의 모습과 매우 흡사하다. 「창세기」의 신은 천지를 창조하는데, 그 천지는 상하上下 사방이 혼돈의 물로 둘러싸인, 물속의 공간이다. 신은 이 수중 공간의 윗부분을 궁창으로 둘러쳐 윗물을 막게 하고 아래로는 땅을 솟게 하여 아랫물을 막게 한다(노아의 홍수가 발생한 것은 윗물을 막고 있던 궁창에 큰 구멍이 뚫려 물이 세계로 쏟아졌기 때문이다). 미국인의 신화적 세계지도에서 미국은 물로 둘러싸인 그 「창세기」의 천지처럼 혼돈스러운 변방들에 둘러싸여 있다. 무질서한 사고와 사건, 갈등과 분쟁, 기아와 재난과 전쟁 등이 발생하는 것은 이들 변방에서이며 미국은 가끔, 때로는 자주, 그 변방에 정의롭게 출동해서 혼돈을 다스리기는 하되 미국 자체는 변방의 혼돈으로부터 튼튼한 궁창과 경계선들로 분리되고 신의 가호로 안전거리에 격리된, 그러므로 공격할 수 없는 성채, 축복의 땅, 울타리로 잘 막은 신성한 사유지enclosure이다. 역사라는 것이 갈등과 싸움의 기록이라면 그런 역사는 미국이라는 안전한 세계의 바깥에서만 일어난다. 미국은 혼돈스러운 역사의 소용돌이로부터 먼 거리에 떨어져 있는 탈역사의 섬이며 어떤 야만스러운 외적 혼돈도 이 세계로 뚫고 들어오지 못한다. 공격은 불가능하다. 그 미국의 하늘에 구멍이 뚫린다는 것은 노아시대의 궁창 정수리에 구멍 뚫려 홍수 난 것 이상으로 있을 수 없는 사건이다.

'그들은 누구인가?'라는 질문과 함께 고개를 드는 것이 '우리는 누구인가?'라는 물음이다. '그들'이 우리를 공격한다면 공격당하는 '우리'는 누구인가? 아닌 게 아니라 이슬람에 대한 관심 못지않게, 미국인이 자기를 재발견하려는 욕구가 증대한 것도 뉴욕 사건 이후의 주목할 만한 현상이다('나는 누구인가?'라는 것은 정치와 문학이 공유해온 주제의 하나이기도 하다). 우선 눈길을 끄는 것은 미국과 미국적인 것을 다시 확실하게 정의해보려는 정체성 규정의 요구이다. 미국인은 누구인가? 이 경우에도, 평균 미국인의 신화적 인식체계에 그려진 미국인의 자기 이미지는 지배적으로 '선량한 사마리아인'의 초상이다. 이 사마리아인은 변방의 굶주리는 사람들에게 노상 밀가루 보내주고 재해 지역에는 구호물자 실어보내는 가슴 따뜻하

고 친절하고 동정심 많고 관대한 인간이다. 박애주의적 실천에
서라면 그를 능가할 사람이 없다. 그는 남이 잘되는 것을 시기
하지 않는다. 그는 무엇보다 자유의 여신을 사랑하고 법 앞의
평등을 신봉하며 공정성의 정의를 존중한다. 그는 역사상 최초
의 정교분리로 근대적 정치세속주의를 실현시켜 종교와 사상
의 자유를 확보하고, 민주주의를 일구고, 그 자유와 민주주의
를 세계에 수출하여 인권, 다양성, 관용의 도덕적 패러다임을
세계에 제시한 국민이다. 그는 발명에 능하고 돈과 섹스와 단
순한 영화를 좋아하지만, 개인의 성공과 번영과 행복의 추구보
다 더 큰 낙원의 조건은 없다. 게다가, 그는 영혼과 정신의 건
강에도 사실 그리 게으른 편은 아니다. 거울을 들여다보며 아
무리 생각해보아도 이 미국인은 자기 얼굴에 미운 털이 박혀
야 할 이유가 없다. 그는 오히려 정의롭고 사랑받을 만한 존재
이다. 이 선량하고 정의롭고 사랑받을 만한 인간을 미워한다는
것은 미워하는 자의 수치이며, 그 증오는 선善에 대한 부당한
증오이다. 미국과 미국인에 대한 증오가 부당한 것일 때, 그 증
오의 발산 앞에서 미국인이 분노하는 것은 백번 정당하고 정의
로운 일이다.

　　미국과 미국인에 대한 미국인들의 이런 자기도취적 이미
지가 국민주의적 정치 수사와 결합되어 분노의 정치학으로 돌
변하는 것은 이 대목에서이다. 테러에 대한 세계 다른 지역 사
람들의 분노와 '미국인의 분노' 사이에는 한 가지 중요한 반응
의 차이가 존재한다. 테러리즘을 규탄한다는 점에서는 미국인
의 분노나 여타 지역 사람들의 분노는 별로 다를 것이 없어 보
인다. 그러나 양자 사이에는 결정적 차이가 있다. 9·11 대미 테
러를 자유와 정의와 선에 대한 공격이라 보는 도덕적 우월감의

정서가 미국인의 분노를 특징짓는 '플러스 알파'라면, 세계인의 정서는 그런 미국적 우월감이나 정의감을 공유하지 않는다. 9·11 테러에 대한 세계 다른 지역 사람들의 지배적 반응은 '테러는 나쁘다. 그러나······'로 얼버무리는 모호한 양가성兩價性의 것이었는데, 이 이중적 반응의 핵심에 놓여 있는 것은 프랜시스 후쿠야마가 지적한 '샤덴프로이데Schadenfreude'(남의 불행을 은근히 기뻐하기)의 감정이 아니라 미국적 정의감에 동조하지 않는 아이러니의 정서이다. 미국 정부가 자유, 정의, 공정성을 내세울 때마다 주장과 현실 사이의 격차를 느껴야 하는 이런 아이러니의 정서는 물론 미국인과는 거리가 멀다. 테러 이후의 대국민 연설에서 부시 대통령이 가장 많이 사용한 어휘는 자유, 정의, 문명, 그리고 '미국적 삶의 방식our way of life' 같은 어구들이다. 그의 규정에 의하면 대미 테러는 무엇보다 '자유에 대한 공격'이고 '우리식 삶의 방식을 파괴하려는 행위'이며, '문명에 대한 야만적 범죄'이다. 이런 규정들을 관통하는 것은 '자유'가 미국적 삶의 축복이고, 따라서 대미 테러는 바로 자유와 그 축복에 대한 부정이자 공격이라는 관점이다. 언론들은 열심히 이 관점을 지지한다. "바보 같으니, 이건 자유의 문제다It's Freedom, Stupid"라는 워싱턴포스트 신문의 한 칼럼 제목은 언론의 그런 지지를 잘 요약한다. 희생자를 위한 추모 집회들에서 미국인이 가장 많이, 가장 자주 불렀던 노래는 〈신이여, 미국을 축복하소서God Bless America〉이다. 신이 미국을 버린 것이 아니라 잠시 악의 세력이 침투한 것이고 이 악은 정의의 손으로 응징해야 한다. 나중에 바꾸기는 했지만, 부시 정부가 아프가니스탄 침공 작전에 '무한 정의Infinite Justice'라는 이름을 붙였던 것이나, 테러 응징의 국민적 결의를 촉구하면서 부시가 정의의 '십자군'이라는 용어를 쓴 것도 결코 무리가 아니다. "당신은 어느 편인가?"라고 부시는 국제사회를 향해서도 질문한다. 미국 편일 때 당신은 자유, 정의, 문명의 동맹이고 미국 편이 아니라면 당신은 오사마 빈라덴과 함께 영원히 동굴 속에 묻혀야 할 야만, 범죄자, 사탄이다.

미국에 대한 미국인의 나르시시즘은 20세기 후반 국가로서의 미국이 보여온 정치·경제·군사적 행적의 부도덕성에 대한 평균 미국인의 맹목이 왜 발생하는가를 잘 설명한다. 평균의 미국인은 자국 역대 정부들과 정치 세력이 행사해온 정치적 수사의 순진한 희생자이거나 암묵적 방조자이다(공격당한 나라의 국민이 '도사'처럼 가만히 앉아 있어야 하는가라는 것은 지금 여기서 논의의 초점이 아니다). 국가적 폭력의 역사에 대한 미 국민의 이런 광범한 인식 부재와 맹목 때문에, 평균 미국인으로서는 이슬람권 사람들이 어째서 미국에 분노를 터뜨리는지 이해하기 어렵다. 테러 소식을 듣고 환호하는 팔레스타인 사람들을 보며 '선량한' 미국인은 깊은 당혹에 빠지지만 그에게는 그 당혹감조차도 처리할 능력이 없거나 모자란다. 그들이 왜 그러는지 그로서는 이해할 수 없기 때문이다. 그는 자신의 이미지가 액면대로 받아들여지지 않는 데 분노하지만 타자들이 왜 미국에 분노하는지는 잘 모른다. 이럴 때 정치의 기능은 당황해하는 국민을 안정시키는 것이다. 국민주의적 애국의 수사가 가동되고 '그들'과 '우리'를 분할하는 정체성의 담론이 뜨고, 사태를 설명하기 위한 일련의 분석들이 제공된다.

2. 종결의 정치담론과 문학

이슬람권은 왜 미국을 증오하고 미국에 분노하는가? 9·11 이후 미국 정부, 대다수 언론, 보수 학계, 우익 연구소들이 이 질문에 대답하기 위해 내놓은 전략, 분석, 응답의 내용들은 한 시대의 정치적 상상력이 지닌 한계와 내부 풍경을 들여다보는 데 더없이 흥미로운 자료가 되어준다. 이슬람권의 대미 증오와 분노라는 데로 문제를 좁혀서 보면, 이 증오-분노에 대한 미국 측의 주류 분석들은 광신fanaticism, 무지ignorance, 실패failure라는 세 개의 핵심어로 귀결된다.

첫째, '이슬람은 미쳤다'라는 것이 '광신론'의 골자이다. 물론 이런 식으로 말했다가는 미국이 이슬람권 전체, 십오억 무슬림 인구 모두를 미국의 적으로 돌려세우는 일이 될 것이므로 신중한 어법과 분할의 전략이 필요하다. 여기서 광신론은 약간의 세련성을 갖추고 이렇게 말한다. '모든 이슬람 국가들과 무슬림 전체가 다 미친 것이 아니라 그중의 일부가 미쳤는데, 그 '일부'는 극단적 이슬람 원리주의자, 테러 조직, 정치적 불만 세력이다.' 이들의 대미 증오는 광적이고 맹목적이며 격렬하다. 증오의 뿌리는 딴 데 있지 않다. '비합리적 광기'와 '원리주의적 광신'이 그 뿌리이다. 둘째, '무지론'의 주장은 '이슬람은 무식하고 무지하다'로 요약된다. 이 경우에도 약간의 세련된 언어가 필요하다. '미국에 대한 분노가 이슬람 세계에 퍼져 있다면, 이는 미국에 대한 오해와 무지 때문이다.' 미국은 이슬람이나 이슬람권을 적대시한 적이 없음에도 불구하고 아랍-비아랍권을 통틀어 이슬람 세계에는 '미국 곧 반反이슬람'이라는 오해의 공식이 널리 퍼져 있다. 이런 오해는 주로 광적 원리주의 집단에 의한 반미 선전, 교육의 전반적인 빈곤과 부재, 제한된 정보, 대중매체의 대미 편견 유포 등에 기인한다. 이슬람 대중은 미국이 어떤 나라인지 거의 아는 것이 없고 외부 세계에 대한 객관적 사실 정보와 판단 정보에 접하지 못하며 접근할 길도 없다. 그들은 미국이나 현대 세계에 대한 균형잡힌 판단을 내릴 수 있는 조건에 있지 않다. 그러므로 분노의 뿌리는 오해와 무지에 있다. 셋째, '이슬람은 실패했다'고 '실패론'은 분석한다. 서구문명과 서방세계에 턱없이 뒤져버린 이슬람 사회 자체의 실패에 대한 내부적 분노가 외부 대상 특히 미국을 향한 증오로 응결되었다는 것이 이 계열의 분석들이 내놓는 결론이다. 이들에 따르면 이슬람의 실패는 깊고 광범하며, 교정의 희망은 보이지 않는다. 터키를 빼놓고는 이슬람 국가들 거의 모두가 아직도 권위의 세속화secularization를 거부하는 중세적 신정神政체제에 묶여 있다. 정치와 종교는 분리되지 않고, 분리의 외형을 갖춘 나라들에서도 정치는 권위주의 정권과 과두체제가, 종교는 이슬람이 각각 장악하여 상호의존적 정교지배의 관계를 유지한다. 정치, 경제, 사회, 문화의 모든 층위에서 이슬람 사회는 '근대modernity'를 성취하지 못했을 뿐 아니라 더 심각하게, 근대를 '거부'한다. 원리주의자들이 말하는 '순수 이슬람 국가'란 근대를 거부하고 7세기 무하마드시대의 이슬람으로 되돌아가려는 역사 퇴행의 프로그램이다.

이런 분석들과 함께 9·11 이후 다시 주목받게 된 것이 1990년대 미국 사회과학계가 내놓은 세 개의 가설이다. 첫째는 새뮤얼 헌팅턴의 '문명충돌론'이고 둘째는 프랜시스 후쿠야마의 '역사종언론', 셋째가 헌팅턴－해리슨의 '정치에 의한 문화결정론'이다. 1990년대 초 소비에트 사회주의 붕괴 이후 일단

의 미국 사회과학(주로 정치학) 종사자들은 '문화' 또는 '문명'
이라는 것에 주목하기 시작하는데, 이런 사회과학적 관심의 이
동을 대변하면서 학계와 사회에 상당한 논란을 불러일으킨 것
이 위의 세 가지 가설이다. 물론 이 주장들의 주요 내용은 한국
에도 비교적 잘 알려져 있지만, 우리가 주목할 것은 9·11 사
태 이후 미국 학계와 지식사회에 일고 있는 어떤 '의견의 변화'
이다. 이 변화란 서구문명 혹은 서구문화를 타 문명/문화로부
터 구분 짓게 하는 '독특한' 성격, 업적, 전통을 재확인하고 그
'정체성identity'을 당당하게 주장해야 한다는 의견들이 강하게
힘을 받게 되었다는 사실이다. 해체론, 탈식민주의, 다문화주
의, 페미니즘, 포스트모더니즘 등 지난 삼사십 년간 미국 학계
를 지배한 일련의 '이론'들이 정체성의 해체 혹은 그것의 성립
불가성을 주장하는 데 열정을 집중시켜왔다면 9·11 이후에 나
타나고 있는 의견 변화는 그 반대 방향의 것이다. 헌팅턴, 후쿠
야마, 해리슨의 가설들은 제각각 주장하는 바가 다름에도 불구
하고 서구 문화/문명의 독특한 성격을 강조한다는 점에서는 공
통성을 갖고 있다. 이들은 말하자면 9·11 이후 미국 사회에 일
고 있는 '우리는 누구인가'라는 정체성 확인의 욕구에 응답하고
있는 셈이다. 물론 헌팅턴의 경우 그의 문명충돌론이 새삼 각광
을 받게 된 것은 뉴욕 테러가 헌팅턴이 말한 '기독교 대 이슬람'
의 문명충돌적 성격을 갖고 있는가라는 데 사회적 관심이 쏠렸
기 때문이다. 그러나 헌팅턴의 주장이 갖는 훨씬 심각한 문제적
성격은 문명충돌론(이 가설은 황당한 것이므로)에 있다기보다
는 문명 분할을 통해 서구문명의 독자적 경계선을 그으면서 동
시에 그것을 세계적 '보편 문명'으로 올려세우는 데 있다.

　21세기의 주요 갈등은 국가 간의 충돌에서가 아니라 서로

다른 문명들 사이의 충돌로부터 발생할 것이고, 상이한 문화들 사이의 단층이 곧 전선이 된다는 것이 헌팅턴 가설의 잘 알려진 요지이다. 이보다 두어 해 앞서 나온 후쿠야마의 역사종언론은 갈등의 새로운 기원이 아닌 모든 '갈등의 종언'을 주장한다는 점에서 헌팅턴 가설과는 사뭇 달라 보인다. 모든 갈등이 끝나는 시대가 후쿠야마의 21세기이다. 서구체제와 소비에트 사회주의체제 사이의 칠십 년 경쟁과 갈등은 한쪽의 몰락과 한쪽의 승리로 판가름났는데, 후쿠야마의 주장인즉 승리한 서구체제에 다시 도전할 다른 체제의 출현 가능성은 이제 없다는 것이다. 서구체제에 도전하거나 그것을 대체할 다른 정치 - 경제체제를 생각할 수 없는 까닭은 이미 서구체제가 세계의 '유일 보편체제'로 올라섰기 때문이다. 그것이 유일의 보편체제가 될 수 있었던 것은 이를테면 군사력 덕분이 아니라 서구문화의 가치체계가 세계 많은 지역에서 진보와 발전을 가능하게 하는 '보편적 가치'로 받아들여지게 되었기 때문이라는 것이 후쿠야마의 논지이다. 그가 말하는 '서구체제'란 정치에서의 자유민주주의, 경제에서의 자유시장경제로 요약된다. 민주주의와 시장경제는 인류진보와 사회발전의 최종 단계이며, 이 단계를 향해 달려온 것이 역사이다. 이제 그 민주주의 - 시장경제가 보편체제로 올라선 이상 역사는 그 질주의 종점 혹은 '탈역사'의 지점에 도달한 것이다. 갈등은 끝나고, 갈등이 없어지는 곳에서는 역사도 끝난다. 세계의 선진 지역은 그렇게 해서 탈역사의 단계로 접어든 반면 변방에서는 아직도 부분적으로 갈등의 역사가 계속되고 있다. 그러나 이들 변방도 혜성의 꼬리처럼 결국은 보편체제를 따라오게 될 것이고 그것에 흡수될 운명에 있다.

헌팅턴의 생각과 후쿠야마 가설이 은밀한 공모자들처럼

서로 만나는 것은 바로 서구 문화가치의 세계적 보편화를 주장하는 지점에서이다. 헌팅턴이 로런스 해리슨과 함께 펴낸 세미나 논문집(『문화가 중요하다Culture matters』)은 사회과학자에 의한 일종의 '문화결정론', 더 정확히는 '정치에 의한 문화결정론'을 전개한다는 점에서 제3의 가설을 구성하는데, 여기서 헌팅턴 유의 사고와 후쿠야마식 논리는 상당한 일치점을 확보한다. 헌팅턴의 정의에 따르면 '인류발전'은 "경제발전, 물질적 복지, 사회-경제적 평등, 정치적 민주주의"이다. 이 정의의 속내는 결국 후쿠야마가 말한 정치적 자유민주주의, 경제적 자유시장체제와 다를 것이 없다. 헌팅턴에 따르면 '문화'는 "한 사회 내에서 우세하게 발현하는 가치, 태도, 신념, 지향점, 전제조건"인데, 이 문화가 중요한 까닭은 한 사회가 어떤 가치, 태도, 신념, 지향점 등을 갖는가에 따라 사회발전이 결정되거나 적어도 결정적 '영향'을 받기 때문이다. 그러므로 중요한 것은 사회가 인류진보-사회발전에 기여하는 문화가치는 북돋우고 장애가 되는 문화가치는 제거하거나 바꿀 수 있어야 한다는 것이다. 이 작업은 누가 하는가? 그것을 할 수 있는 것은 문화가 아니라 '정치'이다. '정치는 문화를 바꿀 수 있고, 문화를 문화 자체로부터 구제할 수 있다.' 경제발전과 정치민주화에 장애가 되는 문화적 요인들은 문화 자체의 힘으로는 제거되지 않는다. 사회발전을 가로막는 문화적 요인들을 제거하고 변화시켜 문화를 후진성의 수렁에서 건져낼 수 있는 것은 정치이다. 문화는 그러므로 독립변수가 아니라 종속변수이다. 그런데 지금 정치민주주의와 경제발전에 기여하는 문화가치들은 어떤 것인가? 헌팅턴-해리슨의 생각에 그 가치들은 적어도 아프리카, 중동 이슬람권, 일부 아시아 지역의 문화가치들은 아니다. 이들 지역에서 정치민주주의는 제대로 되지 않고 경제발전도 미미하다. 그렇다는 것은 이 지역들에서의 지배적 문화가치들이 정치발전과 경제발전에 기여하지 않는다는 반증이다. 문화의 변화가 필요하고 이 변화를 안내하는 데 모델이 될 문화는 서구가 발전시켜온 문화가치들이다. 여기서 헌팅턴‒후쿠야마‒해리슨의 가설들은 한 지점으로 수렴한다. 이를테면 정치민주주의가 어째서 하필 서구에서 발원했는가라는 질문에 대한 후쿠야마의 답변은 민주주의를 가능하게 한 '문화적 기초'(기독교 평등주의)가 서구에 있었기 때문이라는 것인데 이런 관점은 헌팅턴‒해리슨의 생각과 빈틈없이 일치한다. 이들의 가설은 그렇게 해서 서구적 문화가치의 세계적 보편화라는 주장으로 나란히 귀결한다.

이 논의들을 우리가 다소 길게 논의해본 까닭은 이슬람의 분노에 대한 앞서의 정치적 분석들(광신, 무지, 실패)과 1990년대의 사회과학적 정치담론들 사이에 존재하는 어떤 연속성에 주목하기 위해서이다. 이 연속성을 특징짓는 것은 성찰의 부재와 종결론closure이다. 앞서의 정치적 분석들을 보면 이슬람권이 미국에 증오 또는 혐오를 갖게 된 역사적 내력들은 성찰의 겨를 없이 모두 제외되고 모든 책임은 이슬람권으로 돌아간다. 바뀌어야 하는 것은 미국이 아니라 전적으로 이슬람이며, 이슬람의 저항은 변화에 대한 저항 이상의 것이 아니다. 이 저항은 요약하면 '모더니티'의 거부이다. 이슬람이 중세적 세계관, 체제, 믿음에서 벗어나 근대를 수용하고 자유민주주의와 시장경제라는 보편체제 속으로 이행하기만 하면 모든 문제는 해결된다. 처방은 이미 제시되고 있는데도 환자는 그 처방을 거부한다. 그러나 '다른' 처방은 없다. 다른 해법이 없으므로 그 처방은 최종적이고 절대적인 것이다. 여기서 드러나는 것은 미국의 정치적 상상력을 닫아버리는 종결의 울타리이다. 그 상상력에서 모더니티는 최종의 궁극적 지평, 곧 종결이다. 자유민주주의와 시장경제는 지금 이 지상에서만 아니라 미래의 세계에서도 그 '너머'가 존재하지 않는 역사의 종착점이며 궁극적 체제이며 이 세속세계의 최종 율법이다. '따라오든가 아니면 죽어라'라고 그 율법은 말한다. 이 종류의 정치적 상상력에 앞서 역사의 끝을 말했던 것은 주지하다시피 헤겔이고, 그 헤겔적 종언론에 대한 20세기의 비판적 진단은 '헤겔은 미쳤다'라는 것이다. 그런데 우리는 9·11 사태와 함께, 21세기의 출발 지점에서, 그 모습을 명확히 드러내고 있는 또하나의 종언론, 또하나의 궁극 지평론, 또하나의 종결론을 보고 있다.

이 종결의 정치담론 앞에서 문학적 상상력이 던져야 하는 질문은 그러므로 '누가 미쳤는가?'라는 것이다. 미친 것은 어느 쪽인가? 지금 이 자리에서 상론할 수는 없지만, 사회과학적 논의들을 포함한 미국의 정치담론들은 사실은 그 내부에 깊은 파열을 안고 있다. 이 파열을 보지 않는 것은 이들 담론의 광기이다. 기독교문명 안에서만 정치적 권위의 세속화가 가능했다고 후쿠야마 등은 믿고 있지만 사실은 세속주의에 가장 격렬하고 지속적인 저항을 보인 것은 역사적으로 기독교이며, 계몽주의 철학자들이 목 내놓고 싸웠던 대상의 하나도 '교회'이다. 서구사회에서 권위의 세속화를 촉진한 지성사적 주요세력을 꼽으라면 그것은 예술을 포함한 르네상스 인문주의, 그리고 과학적·철학적 이성주의이다. 이것들의 큰 뿌리는 기독교도 히브리도 아닌 그리스 전통에 있다. 정교분리라는 정치세속주의의 미국적 제도화에 기여한 토마스 제퍼슨은 기독교도가 아니라 이

194

성주의적 '디이스트_{deist}'이다. 헌팅턴식의 문명충돌론이 그 황당성을 지적받는 이유의 하나도 서구 사회의 역사적 변화를 가져온 내부 요인들에 대한 고찰을 그가 과감히 생략했다는 데있다. 기독교 문명과 이슬람 문명의 충돌이라는 공식을 내놓기 전에 그가 먼저 보아야 했을 것은 서구 사회 내부에서의 여러 이질적 세력들 간의 충돌, 대화, 협상이다. 달리 말하면, 헌팅턴은 서구문명을 '기독교 문명'이라는 이름 하나로 묶어내고있지만, 그 서구문명은 그렇게 미끈하게, 하나의 이름으로, 한데 엮일 수 있는 것이 아니다. 그 서구문명의 형성과 발전에 기여한 아랍과 이슬람 문화의 공로는?

오사마 빈라덴과 탈레반 정권을 결합시킨 이슬람 원리주의의 문제는 '누가 미쳤는가?'라는 질문을 던질 때의 문학적 상상력이 고통스럽게 씨름하지 않으면 안 되는 짐의 하나이다. 구약 「창세기」에 나오는 야곱(이스라엘)이 신과 씨름하고 동시에 인간과 씨름해야 했듯이 문학적 상상력은 한쪽으로는 미국적 종결의 담론과 씨름해야 하고 다른 한쪽으로는 이슬람의 원리주의적 종결의 믿음과 씨름해야 하는 처지에 놓인다. 오사마 빈라덴은 '이건 기독교─서구와 이슬람 사이의 대충돌이다'라는 수사를 전개하는데, 이 점에서 빈라덴의 정치 수사와 헌팅턴 유의 문명충돌론은 서로가 서로에게 분할과 종결의 거울상 이미지이다. 탈레반 집단의 '순수 이슬람주의'는 그것이 한작은 부족 집단의 경우에서처럼 평화로운, 그리고 간섭을 배제하는, 전통적 삶의 방식과 문화적 뿌리 지키기를 넘어 다수인의 운명을 지배하는 '국가' 모형으로 발전하는 순간 재난을 면할 수 없다. 탈레반 형법은 술, 담배, 음악, 노래, 영화, 영상, 텔레비전, 사진, 당구, 장기, 컴퓨터, 비디오 플레이어, 바닷게,

손톱 장식, 불꽃놀이, 동상, 크리스마스 카드, 기독교 선교, 이슬람 이외의 종교, 짧은 수염, 연날리기, 여성의 교육과 사회활동, 여자의 맨얼굴, 여자의 단신 외출 등을 금지한다. 이런 금지명령을 지키면 '덕'이고 어길 경우는 '악'이며, 덕을 선양하고 악을 누르기 위해 '선덕제악부宣德制惡部'라는 이름의 장관급 정부 부서를 설치하고 그 밑에 '종교경찰'을 두어 국민을 감시한다. 이슬람의 법(샤리아)은 탈레반 집단의 손에서 가혹하고 무자비한 '형법'으로 타락한다.

9·11 사태와 함께 문학의 상상력은 종결의 광기와 순수의 광기 사이에서 그 날개를 퍼덕여야 하는 부자유의 조건을 다시 경험한다. 그러나 그 상상력의 날개가 부자유의 조건을 인지하고 파열시키고 그것을 넘어 날아가지 않는다면 그것은 날개도 아무것도 아니다. 그 날개를 움직이는 힘은 나르시시즘적 자기애가 아니라 자신과 타자를 연결하는 컴패션에서 나온다.

문학동네 2001. 겨울

오바마의 스토리텔링

내가 얼마나 아름다운지 그들은 마침내 보게 되리라.
그리고 부끄러워 얼굴을 붉히리라.
나도, 나 역시도, 미국이다.
―랭스턴 휴즈

1. 미국인들의 눈물

버락 오바마가 대선에서 승리하고 제44대 미국 대통령으로 취임하기까지의 약 한 달 보름은 미국인들이 '역사'라는 것을 만나본 아주 드문 경험의 한 시기이다. 역사는 대체로 두 개의 얼굴, 혹은 두 개의 행보를 갖고 있는 것 같아 보인다. 하나는 정의롭고 정당한 것에 대한 인간의 열망과 기대에 응답하기 위해 마치 크리스마스이브의 산타 영감처럼 선물보따리 싸들고 방울 쩔렁거리며 달려오는 웃는 얼굴의 역사이다. 그는 적어도 '정의'의 관점을 인간과 공유한다. 인간에게 정의로운 것은 그에게도 정의롭다. 그러나 반대 얼굴의 역사, 인간에게 실패와 좌절을 안기기 위해 모든 기회를 엿보는 심술궂은 역사도 있다. 이 역사는 인간의 기대를 무너뜨리고 인간의 열망에 찬물을 끼

없는 인색하고 강퍅한 얼굴의 역사이다. 그는 인간의 성공을 눈 뜨고 보지 못한다. 오비디우스가 『변신』에서 그려낸 질투의 여신처럼 그도 인간이 성공하는 곳에서는 슬퍼하고 인간이 실패하는 곳에서는 즐거워한다. 인간에게 정의인 것은 그에게는 정의가 아니다. 역사가 이처럼 서로 다른 두 개의 얼굴로 나타나는 것은 역사의 한 몸뚱어리에 두 얼굴이 달려 있기 때문인지, 아니면 서로 다른 행보 방식을 가진 두 종류의 역사가 동서남북 따로따로 움직이기 때문인지는 아무도 알 수 없다.

2008년 11월 초 미국인이 본 것은, 혹은 만나보았다고 다수 미국인이 생각한 것은, 물론 '웃는 얼굴'의 역사이다. 대선 결과를 지켜보기 위해 뉴욕 공공도서관 '랭스턴 휴즈의 방'으로 달려간 한 인사는 "역사를 인터뷰하러 갔다"고 인터넷 칼럼에 쓰고 있다. "나는 오늘 역사가 제 모습을 드러내는 것을 보았다"고 말한 사람도 있고 "환호하는 사람들과 함께 역사도 환호하며 길바닥으로 뛰쳐나갔다"고 쓴 사람도 있다. 95세의 아버지를 둔 한 흑인 유권자는 "아버지가 살아생전에 흑인 후보에게 투표하고 그 후보가 대통령에 당선되게 해준 신에게 감사한다"고 감격해하다가 "그런데 아버지는 아직도 믿을 수 없다고 하신다"고 말한다. 물론 그가 말한 '신'이 반드시 역사의 신일 필요는 없다. 그러나 어떤 신이건 간에 그가 정의의 신이라면 그 신은, 많은 미국인이 만나보았다고 생각하는 정의로운 역사의 신과 다르지 않아 보인다.

그 칼럼니스트는 이렇게도 쓰고 있다. "오바마 상원의원의 대통령 당선 선언이 나오는 순간 미국의 모든 흑인 가정들, 흑인들이 사는 동네의 모임 장소와 길거리에서는 누가 미리 준비한 것도 아닌 자생적이고 즉흥적인 축제가 터져나왔다. 우리는 이런 일을 본 적이 없었다…… 우리는 언제나 이 순간을 기억할 것이며 역사가 만들어지는 것을 보라고 우리가 두들겨 깨우는 바람에 잠자다 일어난 우리 아이들도 영원히 그 순간을 기억할 것이다." 오바마의 승리는 그 혼자의 성취가 아니라 '역사의 긴 싸움' 끝에 얻어진 승리라는 말에도 많은 사람이 동조한다. '역사의 긴 싸움'이란 말은 물론 좀 모호하다. 서로 다른 두 종류의 역사가 엎치락뒤치락 싸우다가 한쪽이 다른 쪽을 이겼다는 소리 같기도 하고, 흑백을 통틀어 오랜 세월 많은 사람들이 억눌리고 얻어맞고 죽어간 역사상의 긴 투쟁에서 인내와 희생을 감내했던 자들이 마침내 꿈을 이루었다는 소리 같기도 하다. 그러나 어느 쪽이건 간에 2008년 대선 직후의 미국인들은 역사가, 또는 역사의 신이, 인간의 시도에 결코 무심하지 않다고 생각하고 싶은 '거대한 믿음의 공동체'를 만들어내는 데 성공한다. 그들은 역사를 '만나본' 것이다.

대통령 취임식이 있던 2009년 1월 20일, 쌀쌀한 한겨울 날씨도 마다않고 워싱턴 몰의 행사장 앞으로 몰려든 인파는 백팔십만 명에 달한 것으로 집계되어 있다. 대통령 취임식에 이처럼 많은 군중이 모인 것은 미국 역사상 초유의 일이다. 무엇이 오바마를 대통령이 되게 했는지, 또 무엇이 미국인들로 하여금 그의 당선에 그토록 열광하게 한 것인지는 적어도 앞으로 백 년간(그때까지 미국이 망하지 않고 존속한다면) 지금의 생존 세대 미국인은 물론 미래 세대도 노망들어 기억을 상실하는 날까지 끊임없이 입에 올릴 얘깃거리이자 학문적 연굿거리가 될 것이 확실하다. 오바마가 장차 어떤 대통령이 될지는 아무도 모른다. 1930년대 대공황기 이후 가장 참담한 시기에 난파선의 선장처럼 거의 망해버린 미국을 떠맡은 오바마의 정치적 미래는 지금 누구도 그 깊이를 알 수 없는 어둠에 싸여 있다. 다만 그의 당선이 촉발한 전국적 열광의 크기만으로 판단한다면 그는 벌써 신화이고 신화적 존재이다. 남북전쟁이 끝난 뒤 링컨의 어떤 연설장에 갔던 한 인사는 "그때 방으로 걸어들어오는 순간의 링컨은 인간이 아니라 신demi-god 같았다"는 메모를 남기고 있다. 미래의 이야기꾼들도 21세기 초의 미국인들 상당수가 오바마에게서 감히 신의 그림자를 보았다고 말할지 모른다. 오바마의 승리가 확정되던 날, 하염없이 눈물 흘리며 서 있었던 제시 잭슨 목사의 검은 얼굴은 마치 신을 본 자의 얼굴과도 같은 감격과 충격을 담고 있었다고 묘사될 만하다. 미국 전역의 철든 아프리칸-아메리칸들 가운데 오바마 당선을 보며 울지 않은 사람은 없었다고 말해도 된다.

흑인들만 운 것이 아니다. 취임식 전날 워싱턴시에서는 남북전쟁 당시 흑인 병사들만으로 조직되었던 제54 매사추세츠 연대를 재현한 의장 행진이 벌어졌는데 그때 사람들 사이에서 한 흑인 여성이 길바닥으로 달려나와 링컨 시절의 오래된 노래 한 대목을 부르기 시작했고 노래는 금세 군중의 합창으로 번졌다고 한다. "감사합니다 주님, 감사합니다 주님, 오 감사합니다 주님." 이 장면을 보고 있던 백인 시민들도 얼굴을 모자로 가리고 울었다고 어떤 칼럼니스트는 쓰고 있다. 이십 년 전 하버드 법대 시절의 대학원 초년생 오바마에게 조교 자리를 주고 그에게 헌법학을 가르쳤던 로런스 트라이브 교수도 오바마의 당선이 확정되던 날 밤 터져나오는 울음을 "멈출 수 없었다"고 고백한다. 그는 백인 교수이다. 이날 미국 전역에서 사람들이 흘린 눈물의 총량에 대한 통계 수치는 물론 나온 바 없지만 아마 플라스틱 바가지 수백만 개는 채울 정도의 것이었을 가능성이 있다. 오바마를 둘러싼 이런 종류의 많은 이야기는 아직 시퍼렇게 살아 있는, 그것도 나이 오십이 채 안 된 한 젊은 정치 지도자를 신화적 차원의 인물로 올려놓기에 족하다.

오바마의 등장에 바쳐진 미국인들의 이런 눈물과 열광을 어떻게 설명할 수 있을까. 물론 흑인 대통령이 나왔다는 사건의 극적인 성격 하나만으로도 오바마의 성공은 충분히 감격적이다. 아프리카에서 끌려온 최초의 흑인 노예가 미국 대륙에 발을 디딘 이후 삼백팔십구 년 동안, 한두 사람이 내놓은 소망충족적 예언이나 판타지를 빼고는 누구도 그 현실적 가능성을 상상할 수 없었던 '흑인 대통령'을 눈앞의 현실로 등장시켰다는 점에서 그 드라마는 상당한 설화적 요소를 갖고 있다. 그러나 오바마의 승리를 흑인의 승리라는 관점에서만 보는 것은 타당한 상황 파악이 아니다. 그런 관점은 흑인들이나 흑인 인권에 동정적이었던 사람들의 열광까지는 설명할 수 있을지 몰라도 대선에서 오바마를 지지해준 52퍼센트 유권자들 전체의 선택과 환호를 설명해주지는 못한다. 대선 때 오바마 마차를 밀어준 것은 흑인들만이 아니다. 오바마는 흑인 대통령이긴 하되 '흑인의 대통령'은 아니다. 흑인 티켓만을 정치자본으로 한, 그래서 흑인을 대변하는 흑인의 대통령이 되는 것을 목표로 했다면 그는 대통령 당선은커녕 민주당 대통령 후보 지명조차도 얻어내지 못했을 것이다. 다른 설명 방식이 필요하다. 흑인들의 감격만이 아니라 인종적 분계선을 넘어 다수 미국인이 보여준 눈물과 열광까지도 설명해줄 좀 다른 방식의 그림 그리기가 필요하다.

2. 오바마의 이야기—재생과 추구

버락 후세인 오바마는 미국사의 무대를 누볐던 저명 정치
인들 가운데서 비교 유례를 찾기 어려운 뛰어난 '이야기꾼'이
다. 그의 당선을 도운 요인은 물론 한두 개가 아니다. 그러나
그중에서도 가장 인상적인 것의 하나는 그의 '스토리텔링', 곧
그가 미국인들에게 들려준 일련의 매혹적인 이야기들이다. 물
론 그가 연설과 토론에서 보여준 실력은 탁월하다. 그러나 흑
인 후보에다 중앙 정치 무대 경력도 극히 짧은 초선 상원의원
이 경선과 대선 과정에서 힐러리 클린턴, 존 매케인 같은 강력
한 경쟁자들을 이긴다는 것은 언변만으로 될 일이 아니다. 불
리한 조건의 오바마가 판세를 뒤집고 승리할 수 있었던 비밀의
하나는 그가 들려준 이야기의 힘에 있다. 그는 이야기로 대통
령이 된 사람이다. 최근 미술사학자 사이먼 샤마는 『미국의 미
래The American Future』라는 책에서 "미래의 미국 대통령은 스토리
텔러일 것"이라 쓰고 있다. 정확히 오바마를 염두에 두고 한 소
리 같다.

오바마의 이야기꾼 자질은 그의 첫 저술 『내 아버지로부터
의 꿈Dreams from My Father』에서부터 이미 발휘되고 있다. 이 책
은 정치 지망생의 그렇고 그런 자전이 아니라(오바마가 이 책
을 낸 것은 연방 상원의원으로 전국 정치 무대에 등장하기 구
년 전인 1995년이다) 한 흑인 소년의 고뇌에 찬 방황과 모색을
담은 성장소설Bildungsroman의 성격을 갖고 있다. 모든 자서전은
개인의 이야기를 펼친다. 그러나 같은 전기적 이야기도 그것을
어떻게 조직하고 사건은 어떻게 배치하며 상황 묘사는 어떻게
하느냐에 따라 소설적 효과를 거두기도 하고 평범한 연대기적

전기에 머물기도 한다. 『내 아버지로부터의 꿈』은 "스물한번째 생일이 지나고 몇 달 뒤, 낯선 사람이 전화를 걸어 내게 그 사실을 알려주었다"라는 느닷없는 서술로 시작되는데, 이것은 독자의 호기심(그 사실이라니 무슨 사실?)을 단숨에 휘어잡으려는 듯한 소설적 '오프닝(서두 떼기)'이다. 서술, 관찰, 묘사는 소설의 기법을 더 많이 활용하고 있다. 사건들은 큰 틀에서는 시간적 발생 순서를 따르지만 세부적으로는 모더니즘소설처럼 들쑥날쑥 시간의 선후관계를 헝클어트리면서 새로운 내적 질서를 만드는 방식으로 배치되고 제시된다. 소설적 효과를 염두에 둔 것 같은 플롯 짜기의 기술이다.

물론 정치인 오바마를 탁월한 이야기꾼이게 하는 것은 그런 소설적 기술의 활용이라는 요소만은 아니다. 민주당 후보 경선 출마에서 대선 승리까지의 삼 년간 오바마가 줄기차게 채택한 '이야기의 전략'은 크게 두 가지 특징을 갖고 있다. 첫째는 개인의 꿈과 집단(미국)의 꿈을 어떤 공통의 비전 속에 절묘하게 이어붙여 미국이라는 운명공동체의 구성원들이 이미 잘 알고 있는, 그리고 미국인 누구나가 믿고 싶어하는 '미국의 이야기American story'로 용접해낸 연결과 융합의 전략이다. 흑인 후보가 그 개인은 물론 그가 속한 일차적 소수인종집단의 열망에만 매이지 않고 그 열망을 더 큰 다수집단(미국)의 꿈으로 확장해 다수에 의한 동일시의 효과를 거둔 것은 오바마 승리를 가능하게 한 결정적인 서사 전략이다. 이 전략이 아니었다면 그는 과거 제시 잭슨의 패배가 보여주듯 소수 흑인 후보를 구속하는 원천적 한계를 벗어나지 못했을 것이 확실하다.

오바마 서사 전략의 두번째 특징은 그 자신이 "우리 속의 더 나은 천사the better angels in our nature"를 이끌어내자는 말로 표현한 고양의 전략이다. 오바마의 편에 선다는 것은 좁고 누추한 것들의 속박에서 벗어나 정의롭고 고결한 것들의 편, 역사의 편, 신의 편에 서는 것이라는 상승의 느낌을 갖게 하기―이런 도덕적 상승감을 촉발하는 것이 고양의 효과이다. 진한 공명을 일으켜 사람들의 가슴을 열리게 하고 그 열린 가슴들이 그동안 잊었던 어떤 선하고 의로운 것, 신성한 것, 본질적이고 근본적인 것들의 가치세계로 이어지고 그 세계를 향해 올라간다는 느낌으로 전율하게 하는 것은 어떤 종교적 체험에나 견줄 만한 감동과 자기변모의 경험이다. 미국 정치가 대중에게 이런 유사종교적 경험을 준 것은 아마도 1863년 링컨의 노예해방선언 이후 처음일 것이다.

　　오바마의 이야기가 거둔 연금술적 효과의 예들은 열거할 수 없을 정도로 많다. "우리는 하나We are one"라거나 "하나의 미국" 같은 통합의 구호는 오바마 캠페인이 내건 주종 메뉴 가운데 하나이다. 사실 그런 구호는 지금까지 역대 대선주자들이 거의 빠짐없이 선거판 밥상에 올려온 진부한 차림판 속의 것이다. 그러나 조지 부시가 '우리는 하나'라고 말하는 소리를 들었다면 감동은커녕 몸서리쳤을 법한 사람들이 오바마의 동일한 구호 앞에서는 고개를 끄덕이고 환호한 것이다. '희망'의 메시지도 그러하다. 정치인치고 희망을 팔아먹지 않는 사람 없다. 오바마가 들고 나온 것도 희망의 정치학이다. 그런데 그 새로울 것 없는 수사가 오바마의 손에서는 동트는 새벽 햇살 같은 신선한 메시지로 바뀐다. 이야기꾼 오바마가 발휘한 이런 능력들은 분명 작가적 제시 기술의 차원을 넘어선 곳에서 대중적 열망의 심부에 대한 통찰, 인간과 사회의 복잡성에 관한 이해, 역사와 문명에 대한 인문적 성찰 등과 결합하여 그를 탁월한 이야기꾼이게 하는 데 기여한다.

오바마의 이야기들은 표면상 희망, 믿음, 변화 같은 정치적 수사들을 내걸고 있다. 그러나 속을 들여다보면 마치 건축물의 보이지 않는 기본설계처럼 몇 개의 핵심적 주제들이 그의 이야기 만들기를 이끄는 밑그림의 얼개를 짜고 있다. 링컨의 '게티스버그 연설'이 죽음, 부활, 불멸이라는 상징적 주제들을 밑그림으로 해서 짜여 있는 것과 유사한 원칙에서, 오바마의 이야기는 재생, 추구, 발견, 변모 같은 기본 주제들을 깔고 있다. 이 주제어들을 중심에 놓고 말하면 오바마가 들려준 이야기는 크게 네 개의 서사—재생의 서사, 추구의 서사, 발견의 서사, 변모의 서사로 구성되어 있다고 말할 수 있다. 말할 것도 없이 이 서사들은 '미국의 이야기'나 '미국의 꿈' 같은 집단신화에 불가분으로 엮여 있다. 미국적 집단신화란 미국인들이 자기 자신과 자기 나라 미국에 대해서 오랜 기간 집단적으로 만들고 믿고 전승시켜온 미국만의 특별한 이야기이다. 그것은 미국인에 의한, 미국인을 위한, 미국인의 신화이다. 대체로 신화는 한 사회 또는 한 시대의 사람들이 품은 집단적인 꿈과 무의식적 열망의 서사적 조직이다. 역사학은 이런 의미의 신화를 다루지 않고 기록으로서의 역사는 신화를 배제한다. 그러나 '일어난 사건'으로서의 역사의 발생문법은 사람들이 어떤 집단적 신화를 만들고 어떤 꿈에 지속적으로 심취하고자 했는가라는 문제와 깊게 연결된다. 니체가 잘 알고 있었듯이(오바마는 니체를 즐겨 읽은 것으로 알려져 있다) 논리의 외투 안쪽 깊은 곳에서 보이지 않게 사람들을 움직이는 욕망의 비밀, 대중을 열광하게 하는 극적 사건들의 발생과 전개의 비밀도 종종 거기에 숨겨져 있다.

'재생rebirth'은 미국인들을 거의 항구하게 사로잡는 강력한 신화적 주제의 하나이며, '미국의 이야기'의 핵심 테마이다. 잘 알려진 '미국의 꿈'이라는 것도 이 재생의 주제를 중심에 둔 많은 변주와 세속적인 꿈의 총합이다. 이 점에서 보면 오바마가 만들고 들려준 재생의 서사는 새로운 것이 아니고 그의 독창적 발명도 아니다. 재생의 주제는 구원, 부활, 승리 같은 기독교적 상징체계와 깊게 연결되어 있다. 미국의 이야기나 미국의 꿈이라는 집단서사들은 근대 서구문명의 서사적 성격이 그러하듯 기독교 서사의 세속화된 판본들이다. 물론 재생의 주제가 전적으로 기독교만의 독점물인 것은 아니다. 죽었던 것의 되살아남으로서의 '소생'이나 낡은 것을 새로운 것으로 바꿔내기로서의 '갱생'의 주제들도 재생의 신화적 모티프 군에 속하는 것들이며, 그것들은 기독교와 연결되기 훨씬 전부터, 그리고 기독교를 넘어, 거의 모든 문화권 사람들의 경험과 심리 내부에 잠재해 있으면서 신화와 문학, 예술과 민속의식들을 만들어온 상당히 보편적인 원형적 주제들이다.

　재생의 서사가 오바마 혼자의 발명품이 아니라면 오바마의 이야기에서 특별히 '오바마 서사'라 부를 만한 부분은 무엇인가. 앞서 잠깐 언급했지만 오바마의 특별한 재능은 무엇보다 그 자신의 특수한 이야기(출생과 성장, 방황과 모색, 발견과 결단)를 미국적 집단신화의 주제와 플롯에 맞게 구성하고 그렇게 구성된 그의 개인서사를 미국인 공통의 집단서사인 미국의 이야기 속으로 통합시켜낸 데 있다. 물론 그의 경우 이 통합이 용이했던 것은 아니다. 소년 시절의 오바마를 괴롭히고 방황하게 한 번민은 그가 흑/백 어디에도 완전히 속하지 못하는, 그래서 아프리카나 미국 어느 쪽에서도 고향을 찾을 수 없는 '쪼개진 아이divided child'라는 것이다. 그러나 '나는 누구인가' '나는 어디에 속하는가' 같은 정체성의 질문들 앞에서 오바마가 마침내 성취한 것은 '자기의 재발명reinvention of self'이다. 자기 재발명은 미국적 집단서사의 핵심에 있는, 그러므로 가장 미국적인 재생신화의 주제 가운데 하나이다. '미국에서 사람들은 자기를 새로 만들고 재발명할 수 있다. 이름도 바꾸고 운명도 바꾸고 일도 바꾼다. 그리고 성공한다'는 것이 자기 재발명 혹은 재창조re-making의 신화이다.

오바마는 이 신화의 틀 안에서 자기 이야기를 만들고 자신의 전기를 재창조한 사람이다. 그는 신화를 새로 발명한 것이 아니라 『위대한 개츠비』의 개츠비처럼, 랠프 앨리슨, 리처드 라이트, 제임스 볼드윈, 토니 모리슨 같은 흑인 작가들의 소설에서 자기를 찾아나가는 위기의 인물들처럼, 자신의 전기를 다시 발명한 것이다. 그리고 그 재발명된 오바마 이야기는 모든 미국인에게 친근한 미국 이야기의 일부가 된다. 오바마는 오바마 자신이 재창조해서 미국의 이야기 속으로 밀어넣은 '아메리칸 캐릭터'이다. 이 캐릭터는 미국인 누구에게도 낯설지 않고 미국땅 어디에서도 이방인이 아니다.

오바마 이야기가 개인서사와 집단신화의 통합이라는 수준에만 머문 것은 아니다. 그는 그 서사를 대선 캠페인의 강력한 전략의 하나로 활용한다. '미국 되찾기'라는 호소가 그것이다. 미국을 되찾아 다시 살려내야 한다는 주장은 재생신화에 충실한 주제이다. 대선 기간의 여론조사를 보면 미국 유권자의 85 퍼센트가 '지금 미국은 잘못되어 있다'고 생각하고 있었던 것으로 나와 있다. 그 잘못된 미국을 원래 모습의 미국, 미국인이 생각하는 미국으로 되돌리자는 것이 미국 '되찾기reclaiming'이다. 뉴욕타임스 같은 진보계 신문들이 오바마 당선에 보낸 환영사의 골자는 '이제 미국을 되찾게 되었다'는 것이다. 부시 정부 팔 년의 실정에 대한 불만이 팽배했던 유권자들에게 오바마가 들고 나온 미국 되살리기의 호소는 강한 위력을 발휘한다. 정당성 없는 이라크전쟁, 아부 그라이브와 관타나모 같은 포로수용소에서의 인권유린, 민주주의 원칙을 어기는 무수한 권력남용, 부자 감세정책 등에 의한 불평등의 항구화, 국제사회로부터의 고립, 기후변화 등 환경문제에 대한 무시와 오만, 그리고 경제 파탄─부시 정권의 실정에 대한 이런 비판들이 오바마의 입에서만 나온 것은 아니다. 오바마가 유권자 대중을 끌어당긴 매혹의 비밀은 그 망가진 미국을 "되살릴 수 있다Yes, we can"는 자신감 넘치는 이야기를 들려줌으로써 믿음과 희망을 회복할 길을 열어준 데 있다. 오바마의 하버드 법대 스승 트라이브 교수가 대통령 당선 직후의 오바마를 만나고 나와서 했던 말이 있다. "그들 부부는 나를 얼싸안으며 고맙다고 말했다. 그러나 정작 감사해야 할 것은 나였다. 희망을 버리지 않으려는 모든 미국인을 위해 미국을 되찾는 여정에 나서준 것은 바로 그들이었기 때문이다."

오바마 이야기의 두번째 내용은 '추구Quest의 서사'이다. 목표를 정하고 그 목표한 것을 성취하기 위해 힘든 모험 여정에 나선다는 것이 추구서사의 골간 플롯이다. 추구서사는 크게 세 개의 요소로 구성된다. 모험길에 나서는 주체, 그가 얻고자 하는 대상, 목표 달성이 그것이다. 그러므로 추구라는 주제 자체는 새로운 것이 아니다. 모험과 사랑의 이야기로서의 로망스는 추구서사이며, 어떤 목표를 세우고 그것을 추구하는 사람은 누구나 추구서사의 주인공이다. 그러나 추구라는 동일한 주

208

제 위에서도 누가 무슨 목표를 세우고 그 목표를 어떻게 추구하는가에 따라 이야기의 플롯 라인은 달라진다. 청소년 시절의 오바마에게는 자기 정체성('나는 누구인가')을 찾고 인생 목표('무엇을 하며 살 것인가')를 세우는 일이 시급한 목표였다면 변호사가 되고 나서 시카고 공동체운동에 뛰어들었을 때의 그의 관심은 자신의 사적 목표와 흑인공동체 건설이라는 공적 목표를 연결하는 일이었다고 할 수 있다. 개인과 공동체의 연결, 이것은 오바마의 추구서사를 특징짓는 아주 중요한 부분이다. 변호사 오바마가 시카고대학으로부터의 법학교수직 제의도 사양하고 월 천 달러 정도의 수입만으로 빈궁을 견디며 흑인 유권자 등재운동과 흑인공동체 권익신장에 헌신하는 쪽을 선택한 것은 그가 자신에게 내린 그 연결의 명령 때문이었다고 말해도 된다. 풍족한 삶의 전망을 내버리고 차별과 억압에 시달리는 소수인종집단을 위해 일하기로 한 그 어려운 선택은 오바마의 추구서사적 인생 여정에서 결정적으로 중요한 대목이다. 그 선택이 아니었다면 오늘의 오바마는 없었을 것이고 흑인 대통령의 출현은 필시 연기되었을 것이기 때문이다.

대선에 나섰을 때의 오바마의 목표가 '대통령'이었음은 말할 것도 없다. 그러나 어떻게, 어떤 대통령이 될 것인가의 방법론에서 그가 생각한 것은 미국 사회의 '통합'이라는 목표이다. 흑인공동체 건설이 시카고 시절의 그의 주 관심사였다면 대선 출마 이후의 그의 목표는 흑백 통합만이 아닌 더 넓은 의미에서의 미국 사회 전체의 통합이라는 쪽으로 확대된다. 그의 대선 캠페인 전략은 인종 분할선의 고수가 아니라 그 분할선 지우기이다. 이것은 그가 민주당 후보 경선에 뛰어들던 때부터 대선 승리의 순간까지 시종일관 견지한, 오바마 캠페인의 대원칙이다. '오바마는 흑인이야'라며 인종문제를 들먹이다가 오히려 표를 갉아먹은 것은 공화당 후보 존 매케인 쪽이다. "백인의 미국, 흑인의 미국, 히스패닉의 미국, 아시아계의 미국이 따로 있지 않고 오직 '하나의 미국'이 있을 뿐"이라는 오바마의 유명한 연설은 사회통합의 과감한 희망을 잘 표현한다. 물론 '하나의 미국'이라는 비전은 '여럿이면서 하나E pluribus unum'라는 자유주의적 다원주의의 오랜 신화에 입각해 있다. 그러나 그 비전은 다인종·다문화사회의 갈등을 경험해온 미국 유권자들이 인종, 민족, 문화, 종교의 분할선을 넘어 오바마 밀어주기에 나선 강한 요인의 하나이다.

오바마가 세운 통합의 목표 속에는 분열과 분할의 미국 정치를 통합과 화해의 정치로 바꾸어야 한다는 비전도 들어 있다. 경선 기간에 나온 두번째 책『담대한 희망The Audacity of Hope』에서 오바마는 미국 정치가 큰 것은 놓치고 작은 것들에 목매어 사분오열 이권 쟁투와 사소한 이슈 투쟁을 벌이고 있는 것에 넌더리를 내고 있다. 통합과 화해의 정치가 필요하다. 사회정의, 민주주의, 민생, 인권, 빈부격차, 환경, 노동 등 본질적인 것들의 중요성을 놓치지 않는 정치, 시민과 사회 전체를 생각하는 큰 스케일의 정치로 재편되어야 한다는 것이 오바마식 정치통합론의 골자이다. 어느 사회에나 긴장과 갈등은 있다. 갈등은 사회관계의 복잡성에서 연유하는 긴장의 결과이다. 그러나 사회가 갈등으로 폭발하지 않게 하기 위해서는 반대자의 말에 귀기울이는 열린 마음, 타인의 신발을 신어보는 입장 교환의 자세, 부단한 민주적 대화와 토론과 화해의 정치학이 필요하다—이런 얘기는 사실 무슨 새로운 정치학이기보다는 자유주의 정치학의 재확인이다. 오바마의 정치학도 큰 틀에서는 자유주의 서사의 전통 속에 있다. 그러나 오바마 서사에서 특징적인 것은 통합과 화해의 정치학이 타자, 타집단, 타 문화들 사이의 차이를 인정하고 존중하는 선에서만 만족할 것이 아니라 차이를 넘고 단순 관용주의의 무심한 한계를 넘어 사람들을 하나로 묶어줄 '공통의 끈과 바탕'을 찾아내야 한다고 말하는 부분이다. 이것은 중요한 제안이다. 그런데 그 공통의 끈과 바탕은 무엇이며 어디에 있는가? 여기서 오바마의 추구서사는 또하나의 새로운 차원으로 진입한다. 그의 추구서사가 '발견 Discovery의 서사'로 이어지는 대목이다.

3. 오바마의 이야기—발견과 변모

청년 시절의 오바마가 골몰했던 것은 그가 가진 두 개의 '뿌리'를 어떻게 이어붙이는가라는 문제이다. 그의 아버지 쪽 뿌리는 아프리카에 있고 어머니 쪽의 뿌리는 미국에 있다. 두 뿌리를 연결한다는 것은 흑/백 두 색깔을 얼버무려 이것도 저것도 아닌 회색의 초상을 그리는 일 이상의 것이다. 어느 한쪽을 완전히 버리는 것도 해결책은 아니다. 미국에서 태어나고 미국에서 자란 오바마로서는 아프리카를 잊고 아버지의 뿌리를 포기할 수도 있었을 것이다. 그러나 아비의 나라 케냐를 찾아가 그쪽의 어머니, 이복형제들, 일가친지들을 만나고, 그리고 무엇보다 '아프리카'를 만나면서 오바마는 아비의 뿌리 아프리카를 버릴 수 없다는 깨침에 도달한다. 아버지는 이미 죽고 없다. 그 없는 아비 대신에 오바마는 친척들, 아버지의 친구들, 루오족 이웃들이 전해주는 '이야기'를 통해 아비를 만난다.

211

오바마가 미국인이면서 동시에 아프리카인, 아프리카인이면서 동시에 미국인이라는 두 형식의 공존 가능성을 찾아낸 것은 아버지와의 그 서사적 조우를 통해서이다.

그 가능성은 '아버지의 꿈'이다. 케냐를 사람이 더 잘살 수 있는 나라로 바꾸어내고 아프리카를 평등, 자유, 품위가 살아 있는 땅으로 만들자는 것이 오바마가 만나 알게 된 아버지의 꿈이다. 이 꿈은 미국인의 꿈과 다르지 않고 모든 인간의 꿈과 다르지 않다. 아프리카와 미국, 그리고 인간의 세계는 모두 이 동일한 꿈의 끈으로 연결된다. 아비 오바마의 꿈이 아들 오바마의 꿈이고 동시에 어머니가 품었던 꿈이기도 하다─이것이 오바마의 '발견'이다. 발견은 깨침이기도 하다. 소설에서 주 인물이 그를 뒤흔들고 바꿔놓는 어떤 진리를 알게 되면서 깨침의 희열에 잠기듯 오바마는 아버지의 무덤을 찾아가 오열한다. 자기 정체성을 찾고 아비를 찾기 위해 헤맨 그의 긴 방황이 그 발견과 깨침으로 마침내 종착점에 도달한 것이다.

미국의 흑인 아이들과 비백인 가정의 아이들이 학교에 입학했을 때 느끼는 혼란과 당혹감의 하나는 벽에 걸린 '아버지들'(미국 건국의 아비들)의 초상이 모두 백인의 모습을 하고 있다는 점이다. '나는 흑인인데 내 조상이 백인이라고?' 이 혼란에 대한 다문화주의자들의 수습책은 백인 조상에 관한 이야기를 비백인 아이들에게 강요하지 말라는 것이다. 오바마의 접근법은 다르다. 백인이건 흑인이건 또 무슨 다른 인종이건 간에 사람들 사이에는 그들을 연결하고 이어붙이는 공통의 끈과 바탕이 있다. 그러므로 중요한 것은 그 공유의 것, 공통의 것을 찾아내어 사람들을 묶고 연결하는 일이다─라는 것이 오바마의 생각이다. 그 연결의 끈은 인간이라면 누구도 거부하거나 부인할 수 없는 공통의 자명한 가치, 목표(꿈), 인간성이다. 이 방식으로 오바마는 미국 역사에서 흑/백을 가리지 않는 '공동의 조상'을 찾아낸다. 그 공동의 조상에는 백인 링컨도 있고 흑인 마틴 루터 킹 목사도 있다. "모든 인간은 평등하게 태어났다"는 선언과 함께 "이것은 자명한 진리다"라고 말하는 미국 헌법도 그 공동의 아비에 포함된다. 링컨의 게티스버그 연설이나 킹 목사의 '꿈'의 연설은 모든 인간이 평등하게 태어났고 이것은 자명한 진리라고 말한 헌법 아비의 말을 계승하는 그 아비의 후손들이다. 이런 대목에서 오바마의 이야기는 그 자신의 전기만이 아니라 아비의 전기, 미국 건국자들의 전기, 링컨과 킹 목사의 전기를 서사적으로 '재발명'하고 있다. 이것은 정체성의 서사적 확립이고 미국사의 서사적 재해석이다. 그리고 이 작업의 중심에는 오바마가 케냐 방문에서 구성한 발견의 서사가 자리잡고 있다. 서로 다른 것들 사이에서 공통의 것을 찾아내어 그 다른 것들을 연결하는 것은 시적 은유의 방식이며, 오바마의 발견도 그 방식을 원리로 삼고 있다.

미국 대통령이 취임사에서 '무슬림'을 언급한 것은 오바마가 처음이다. 이슬람 과격파와 테러 진영을 향한 그의 메시지는 경고와 화해 제의의 두 방향을 취하고 있다. 화해의 제스처를 보내면서 그는 미국과 이슬람이 '공통의 인간성'으로 연결될 수 있다고 말한다. 그의 이런 접근법은 무슬림 진영만이 아니라 미국 내의 흑인 인권운동에도 적용된다. 흑인 인권운동은 대체로 W. E. B. 듀보이스나 맬컴 엑스처럼 과격한 저항과 투쟁의 노선을 취한 쪽과 부커 T. 워싱턴의 현실주의나 킹 목사의 평화주의 노선을 따르는 전통으로 대별된다. 오바마가 선택한 것은 흑인들이 그들 자신의 실력과 품위를 높여 백인들의 존경을 얻을 수 있어야 한다는 실용주의 노선과 킹 목사의 평화적 투쟁 노선을 따르는 것이다. 물론 이 노선은 백인들에게 완전히 복속해서 그들의 선의와 온정에 기대는 이른바 '엉클톰주의'와는 다르다. 오바마는 뛰어난 화해의 기술자이면서 동시에 상당한 투사이다. 그는 흑인이 대통령이 되었다고 해서 미국 사회의 인종차별과 편견이 하루아침에 사라질 것이라고는 생각하지 않는다. 백인 사회가 변해야 한다면 흑인공동체도 변해야 한다. 그래야 미국 전체가 더 나은 사회를 향해 '변모'할 수 있다고 오바마는 생각한다.

오바마 이야기의 마지막 부분은 '변모Transformation의 서사'이다. 여기서는 긴 설명이 필요하지 않다. 대선 기간 중 그가 유권자들에게 거듭 강조한 대목은 "미국을 바꾸어야 하고 우리는 그 일을 할 수 있다"는 변화의 메시지이다. 그 메시지가 단순히 전임 정권의 실정에 대한 비판의 맥락에서만 제시된 것 같지는 않다. 그의 취임사는 부시 정권이 추구해온 노선, 정책, 접근법에 대한 단절을 선언하고 있다. 이것은 부시 정권만이 아니라 공화당과 네오콘 전체의 정책 방향에 대한 단절 선언이기도 하며, 그의 정부가 대내외 정책에서 상당한 변화를 추진할 것이라는 암시이기도 하다. 문제는 미국을 어떻게 변모시킬 것인가라는 문제이다. 이 변모를 위한 서사에는 미국 사회의 내적 변화에 대한 비전과 함께, 부시 정권 팔 년 동안 바닥으로 떨어진 미국의 대외 이미지를 한차례 개선하고 국제관계를 수선하는 등의 외적 변화의 비전도 필요하다. 이 점에서 오바마 이야기 중의 변모의 서사는 아직도 진행형이다. 지금 오바마 정부는 부시 실정이 낳은 경제 파탄을 수습하느라 정신이 없다. 그러나 이 파탄이 한 정권의 잘못된 정책이나 금융 부패의 탓이기만 한가? 천만의 말씀이다. 그 파탄은 지금까지의 미국인 전체의 경제적 삶의 방식과 습관, 집단적 욕망, 정신상태, 가치관 등에도 깊게 연결되어 있고 서유럽 자본주의 문명의 근원적 모순과도 본질적으로 연관되어 있다. 그 문명의 대중적 약속과 기본 논리를 그대로 두고 외피를 수리하는 것으로 미국의 미래를 바꿀 수 있을까?

　　오바마는 미국의 최근세 대통령들 중에서는 아주 드물게 등장한 '지식인 대통령'이다. 리처드 호프스태터가 미국 대중의 '반지성주의'라 부른 것의 전통에서 보면 오바마의 등장은 상당히 예외적인 사건이다. 지식인이란 문제의 복잡성을 살피고 본질을 꿰뚫어볼 줄 아는 자, 인간사의 모순과 역설에 대한 통찰을 가진 자, 인간의 일이 기대와는 달리 종종 반어적 결과를 가져올 수도 있다는 것을 아는 자이다. 그는 조지 부시 유의 단순 논리나 일방적 밀어붙이기, 선악의 이분법을 거부한다. 이 점에서 지식인은 불가피하게 '아이러니스트'의 면모를 갖는다. 오바마도 이런 자질과 면모를 갖고 있다. 그는 자신의 이야기들 속에 담긴 허위와 수사적 공허성에 대해서도 성찰할 수 있는 인물이다. 이런 자질은 미국만이 아니라 모든 나라의 정치지도자들에게 요구되는 지적 · 도덕적 요청이다. 그러나 지금 같은 대중정치시대에 미국 같은 나라에서 사람들의 무리한 집단욕망과 광기가 터져나왔을 때 대통령이 거기 대응할 유효한 수단을 가지기는 매우 어렵다. 미국 대중이 오바마 당선에서 경험한 그 자기변모의 감격을 미국과 미국인 바꾸기를 위한 에너지로도 전용할 수 있을지는 극히 의심스럽다. '미국은 다르다'라고 말하는 미국적 '예외주의'가 지금까지의 예외주의와는 다른 방향에서 '그래, 정말 미국은 다르네'라고 말할 수 있

는 변화를 일으킬 때, 그때가 아마도 오바마적 변모의 서사가
완성되는 시점이 아닐까 싶다.

비평 2009. 봄

반쪽의 것들에 대한 이 치명적 매혹

—노벨상 수상 작가 나이폴의 글쓰는 방법

1.

노벨문학상이란 것이 결코 문학의 큰 영광도 탁월성의 잣대도 아니지만, 트리니다드 출신 영국 작가 비디아다르 수라지프라사드 나이폴V. S. Naipaul이 노벨상을 받게 될지도 모른다고 생각한 사람은 (당자인 나이폴 자신을 포함해도) 그리 많지 않다. 물론 그는 영어권 생존 작가들 중에서는 세계적으로 알려진 작가이고 다수의 이런저런 문학상 수상 경력도 갖고 있다. 그러나 나이폴이라는 인간과 그의 문학을 싫어하는 사람들이 많고, 그의 문학적 성취에 대한 세상의 평가도 고르지 않다. 칠년 전 영국 선데이타임스는 "현존 영어권 작가들 중 가장 탁월한 사람은 누구인가"라는 설문을 일단의 영미 작가와 평론가들에게 돌린 적이 있다. 솔 벨로가 열 표를 얻어 1위에 오르고 나이폴은 두 표를 얻었다. 나이폴이 금년에 내놓은 신작 소설 『반생Half a Life』은 육 년 만의 작품인데, 그의 몇 안 되는 오랜 친구의 하나로 알려진 작가 폴 테루가 이 소설에 내린 평가는 친구의 논평치고는 혹독하다. "나이폴이라는 이름이 아니라면 이 소설은 당장 출판 퇴짜를 맞았을 것이다. 이름 덕분에 이런 소설도 앞길이 순탄하다. 서평들이 쏟아질 것이고 별로 팔리지는

217

않겠지만 상도 받게 되겠지." 노벨상 발표가 나오기 불과 몇 주 전의 일이다.

폴 테루의 평가는 수수께끼를 담고 있다. 시원찮은 작품도 '나이폴'이라는 이름 덕분에 사람들의 입에 오르내리고 상도 받게 된다면 그 이름의 성가가 허명은 아니라는 얘기이다. 사십 년이 넘는 문학 생애에서 나이폴이 쏟아낸 작품은 소설 비소설을 합쳐 스물세 권쯤 된다. 양이 반드시 명성을 보장하지 않는다는 점을 감안하면 나이폴의 작품들에는 어떤 특별한 품질이 있다고 말하는 편이 온당할 듯하다. 나이폴우 '온 세계를 걸어다닌 사'라는 평판이 날 정도로 여러 곳을 돌아다닌 여행자이다. 그의 작품과 저술들은 이 잦은 여행의 마일리지와 방문지에서의 체류 일수에 일정한 함수관계로 연결되어 있고 그의 저술들에는 '여행기'랄 것들이 상당수 섞여 있다. 그러나 그가 단순히 여행문학을 생산한 것은 아니다. 그는 여행이 주는 우연하고 잡스러운 소득들에서 작품 소재를 구한 사람이 아니라 '어떤' 종류의 글을 쓰기 위해 그가 '선택하고 결정한' 목적지들을 돌아다니고 보고 듣고 관찰하고 공부하고 기록한 사람이다. 그가 선택한 여행지는 서방세계, 인도, 비非아랍 이슬람권, 아프리카, 그리고 남미이다. 이 명단에는 동아시아와 호주가 빠져 있고 남극과 북극(사람 사는 데가 아니니까)이 제외되어 있지만, 한 인간이 쥐꼬리만한 생애에, 다리에 힘 빠지고 눈침침해지기 전의 짧은 세월 동안에만 펼칠 수 있는 답사의 면적치고는 그 폭과 길이가 대단하다. 그런데 이 폭과 길이에는 깊이도 있는가? 나이폴이 여행문학에 시간을 바친 것이 아니라면 그의 문학을 특별한 것이게 하는 자질들은 무엇인가?

좀 오래되긴 했지만, 십칠 년 전 나이폴은 뉴욕타임스와의 인터뷰에서 이런 말을 하고 있다. "내게는 아무 태도도 없다. '견해'도 없다. 젊은 시절 나를 괴롭히곤 한 것도 이 문제이다. 그때에도 내겐 아무 견해가 없었고 체계도 없었다. 나는 열여덟 살에 옥스포드엘 갔는데 또래 아이들이 음식을 두고 이건 좋다 저건 싫다며 '견해'를 밝히는 것을 보고 깜짝 놀랐다. 나는 주는 대로 먹었고 어떤 음식이 좋은 음식인지도 몰랐다." 그러나 이건 사실이 아니다. "나는 유명한 작가가 되어야겠다는 꿈을 가지고 있었지만, 무엇을 쓸 것인가에 대해서는 우스꽝스럽게도 아무 생각이 없었다"고 그는 젊은 날의 야심을 회고한 적이 있는데, 위의 신문 회견 발언은 이 대목과 관련해서만 진실일지 모른다. 본격적으로 작가 활동을 시작한 서른 무렵 이후부터의 나이폴에게는 세계에 대한 어떤 견해, 특정 사회와 문명을 보는 어떤 태도, '체계'까지는 아닐지 몰라도 현상을 관찰 기술하는 '나이폴식의' 어떤 방법이 있다. 이것들이 우선 품질에 앞서 나이폴 문학과 글쓰기의 독특한 성향을 대변한다.

이 특별한 성향을 가장 잘 요약하는 것은, 내가 보기로는, '절반' 혹은 '반쪽'이라는 어휘, 이미지, 패러다임에 대한 나이폴의 매혹이다. 그는 거의 모든 문명, 사회, 인간 들을 가마에서 반쯤만 굽다 나온 질그릇처럼 미완의 '반쪽'으로 파악하는 일관된 능력을 갖고 있다. 그가 태어나 자란 서인도제도 트리니다드는 그에게 "우매성의 집, 도둑질의 땅, 창조되는 것이라곤 아무것도 없는 반쪽의 식민사회"이다. 그의 조상의 나라 인도는 과거 문명의 그림자에 가위눌려 현대 세계로 이행하지 못하는 무력한 반쪽의 문명(『인도-상처받은 문명 India : A Wounded Civilization』)이며, 그가 둘러본 비아랍권 이슬람국가들(이란, 파키스탄, 말레이시아, 인도네시아)은 서양에 대한 '거

219

부와 의존'이라는 두 가지 상반된 태도 사이에 반반으로 찢어진 신경질적 사회들이다. 금년에 나온 그의 열세번째 소설 『반생』의 제목도 우연하지 않다. 이 소설은 제목 그대로 인도 출신 작가 지망생 윌리 찬드란이 '절반의 자기 정체성'에 시달리며 영국, 아프리카 등지를 떠돌다 마흔한 살에 인도로 회전하기까지의 '절반의 생애'를 다루고 있다. 그의 다수 작품에 그려진 구식민지 제3세계 사람들의 지배적 이미지도 중심부에의 진입을 거부당하거나 진입로를 찾지 못해 변방을 겉도는 반쪼가리 인간 군상의 모습이다. 반쪽의 것들에 대한 나이폴의 이런 집착은 세계를 보는 그의 시각만을 통제하는 것이 아니다. 그것은 그의 창작 방법과 반복적 주제, 그리고 작가 자신의 좌표와 자기 지식까지도 특징적으로 정의한다.

　세계를 '어떻게 볼까'라는 문제가 '어떻게 쓸까'와 연결될 때 글쓰기의 방법론이 탄생한다. 소설을 '쓰는' 방법은 세계를 '보는' 방법과 떨어져 있지 않다. 나이폴의 경우 '아, 세계 모든 곳은 쪼개져 있구나'라는 것이 현실 발견의 순간이라면 '세계 모든 곳은 쪼개져 있다고 보기로 하자'라는 것은 방법적 가설의 순간이다. 나이폴에게 그런 발견과 가설의 어느 쪽이 먼저였던가는 알 수 없다. 발견이 가설을 굳혀주었을 수도 있고 가설이 발견의 절차가 되었을 수도 있다. 누런 호박도 쪼개어 반쪽을 내면 이미 이전의 호박이 아니다. 확실해 뵈는 것은 나이폴이 반쪽의 방식으로 세계를 보는 것이나 반쪽의 세계를 발견하는 것 사이에는 실상 별 차이가 없다는 점이다. 이 방법으로 보는 순간 이를테면 그의 생장지 트리니다드는 '반쯤 만들어지고 반쪽의 상태로 남아 있게 된 운명의 사회'이다. '쪼개져 있음을 보기'라는 나이폴적 방법이 위력을 발휘하는 대표적 사례는 이슬람 사회에 대한 그의 분석적 관찰에서이다. 비아랍 이슬람 국가들에서 나이폴은 서구 세계를 끊임없이 비난하면서도 아이들은 서방으로 유학 보내는 사람들의 사회, 입으로는 미국을 비판하면서 아이들에게 미국행 비자를 얻어주기 위해 안달하는 분열사회를 본다(『믿는 자들 사이에서*Among the Believers: An Islamic Journey*』). 이란이 그러하고 인도네시아가 그러하다. '이슬람은 순수하고 완전하다'는 믿음이 한쪽에 있고 이 믿음은 '죽어가는 서구 세속주의 문명은 거부되어야 한다'고 명령한다. 그러나 그 세속주의 문명은 좀체 죽지 않을 뿐 아니라(혹은 죽는 데 무척 오래 걸리고) 이슬람을 위협한다. 그런데 이슬람으로서는 이 위협적 문명을 극복할 수도 무시할 수도 없다. 그 문명은 힘센 자석처럼 젊은이들을 끌어당기고 이슬람 사회는 '반쯤 진화'한 동물의 기이한 모습으로 서구문명에의 거부와 의존이라는 양극 순환고리에 갇힌다. 나이폴로 하여금 이슬람의 이런 내적 분열과 모순에 주목하게 하는 것은 '쪼개져 있음을 보라'는 그의 관찰의 방법이다.

모순적 분열을 보는 관찰자 나이폴은 그 자신도 쪼개져 있다. 작가 나이폴에게 통상적으로 따라붙는 수식어구는 그가 어떤 문명, 어떤 사회에도 안주하지 못하고 어디에도 귀속감을 느끼지 못하는 '뿌리 없는' 방랑자, 국외자, 유배자라는 것이다. 그의 위치에 대한 이런 규정은 상당히 타당해 보인다. 실제로 그는 그가 노상 '어두운 장소'라 부른 생장지 트리니다드에 대해 사회적 문화적 소속감을 갖고 있지 않고, 조상의 나라 인도에 대해서도 마찬가지다. 열여덟 살 때의 옥스포드행(『도착의 수수께끼*Enigma of Arrival*』)은 그로서는 식민 종주국이자 제국주의 문명의 한 중심부를 향한 입양 여행이었던 셈이고 그후

줄곧 영국에 살게 되지만 그는 그를 입양한 영국 사회나 서구 문명에 대해서도 절반의 거리감을 좁히지 못한다. 그는 변방에서도 국외자이고 중심부에서도 국외자이다. 그의 절반은 변방에 있고 다른 절반은 중심부에 있다. 자신의 말대로 그는 "한곳에 너무 가까이 있고 동시에 너무 멀리 떨어져 있다". 그는 트리니다드인, 인도인, 영국인이면서 그 어느 것도 아니다. 어디에도 정초를 두지 못하는 이 국외자적 위치와 그 위치로부터의 세계관은 나이폴 소설의 인물들이 왜 주로 그 자신의 분신들로 만들어지는지, 그리고 그의 문학적 주제들이 어째서 소외, 분열, 위선, 당황, 분노 같은 식민지 역사의 후과後果들에 집중되어 있는지를 이해할 수 있게 한다. 『에바 페론의 귀환Return of Eva Peron』 말미에 실린 에세이에서 그는 말한다. "과거 대작가들이 쓴 것은 고도로 조직된 사회들에 관한 이야기이다. 그러나 내게는 그런 사회가 없었다. 그 작가들의 생각을 나는 공유할 수 없었고 그들의 작품에는 나의 세계가 반영되어 있지 않았다. 나의 식민지 세계는 뒤섞인 2차적 사회, 제한된 사회이다." 정신적 연결지점이 없고 기댈 문화도 사회도 없는 작가가 풀어낼 것은 '방랑의 오란다인'처럼 떠도는 자의 이야기이다. 나이폴은 그를 규정하는 부랑의 조건에 대한 성찰로부터 그의 작품 세계를 구축한 것이다.

2.

　작가에게 국외자적 조건이 늘 불리한 것은 아니다. 그런 조건 속의 작가는 아무것에도 매이지 않는 시선의 과감한 정직성을 가질 수 있고 관습으로부터의 자유라는 새로운 가능성을 개척할 수 있다. 나이폴에게도 이런 정직성과 자유의 가능성이 주어져 있다면, 그의 문학적 성취 혹은 품질은 그가 그 가능성들을 어떻게 사용했는가라는 문제에 달려 있게 된다. 그가 소설 속에 여행기, 관찰기록, 정치 에세이, 역사 논평, 자전적 에피소드 등 소설의 통념을 뛰어넘는 요소들을 혼합시킨 것은 분명 관습으로부터 자유로울 수 있었던 사람의 성취이며, 이는 독자들로 하여금 '이건 나이폴 소설이군'이라는 식으로 일종의 '브랜드'를 감식할 수 있게 해준다. 이 점에서 그의 소설들은 이번의 노벨상 인증서가 언급하고 있듯 소설이라는 서사 장르를 독특하게 확장했다는 평가를 받을 만하다.

그러나 궁극적으로 중요한 것은 국외자적 정신의 정직성이 나이폴의 소설에서 어떻게 발휘되고 어떤 소설을 낳는가라는 문제이다. 노벨상 인증서는 서구 제국들이 '사람들에게 무슨 짓을 했는가'에 주목한다는 점에서 나이폴은 제국의 도덕적 운명을 기록한 조지프 콘래드를 잇고 있고, 그의 문학적 권위는 "다른 사람들이 이미 잊어버린 것, 사라져간 것들의 역사를 기억하는 데" 있다고 말한다. 망각은 기억하고 싶지 않은 죄로부터의 도주라는 점에서 부정직성의 일종이다. 제국주의는 '변방의 것'들을 소멸시켰을 뿐 아니라 자신이 저지른 그 범죄적 소멸 행위에 대한 기억까지도 소멸시킨다. 기억의 이 백지화, 이 역사 망각은 식민주의 역사와의 정직한 대면을 피하기 위한 제국주의 후예국들의 도피 기제 가운데 하나이다. 이 점에서, 탈식민주의문학이 수행해야 하는 가장 중요한 작업은 식민 역사의 기억을 복구시킴으로써 탈식민시대의 세계가 그 자신의 과거와 대면하게 하는 일이다. 제3세계를 다룰 때의 나이폴 문학의 상당 부분은 부끄러운 기억과의 정직한 대면이라는 작업에 바쳐져온 것이 사실이다. 그는 스페인의 잉카 정복이 "아직 보복되지 않은 범죄"라는 생각을 갖고 있다. 소설 『반생』의 주인물 윌리 찬드란은 아프리카 시절의 어느 날 한 식당에 갔다가 포르투갈인 주인에게 땀을 뻘뻘 흘리며 학대당하는 한 '물라토'(백인 남자와 흑인 여자 사이의 제1대 혼혈) 청년을 보게 되고, 그 청년의 "얼굴에 도장처럼 찍힌 출생의 수치"를 읽는다. 그리고 생각한다. "누가 그를 구원할 것인가? 누가 그를 위해 복수해줄 것인가?" 그 물라토 청년은 윌리 찬드란과 마찬가지로 "이 세계에서 마땅히 갈 곳도 소속할 곳도 없는 자"이며 식민 역사의 희생자이다. 분노, 보복, 구원의 문제가 나이폴 소설에서 주요 주제가 되는 까닭을 짐작하게 하는 장면이다.

그런데 구원은 어디에 있는가? 시선의 정직성이라는 문제가 나이폴에게 훨씬 복잡한 방식으로 작동하는 것은 이 대목에서이다. 기이하게도, 나이폴 소설에서 희망은 어디에도 없어 보인다. 제3세계는 구원이 가능한 장소가 아니다. 나이폴식의 시선으로 보았을 때 제3세계는 이미 그 자체로 타락하고 쪼개진 위선의 장소이기 때문이다. 이를테면 윌리 찬드란의 애인 아나는 그녀 자신 포르투갈인과 아프리카인의 피를 반반씩 섞은 여자인데도 앞서의 그 물라토 청년을 '사생아'라고 경멸한다. 제3세계의 자칭 '혁명가'들은 입으로는 자기네 문화의 진정성을 말하지만 그 밑바닥을 들여다보면 없는 과거를 조작하는 '사기꾼들'이며 그들이 내거는 명분은 서구에서 빌려온 구호의 감상적 나열에 불과하다. 그들을 치켜세우는 서구 언론과 예찬자들은 사실은 어릿광대를 보여주기 위해 그들을 이용하고 있고 왕복 비행기표를 주어 서구 중심부를 다녀가게 한다. 나이폴이 보는 제3세계의 이런 허위와 부정직성은 그 세계의 한계, 위선, 모순이다. 여기서 나이폴의 시선은 제1세계의 역사적 과오만을 보는 것이 아니라 제3세계 자체의 내부적 위선과 모순을 지적하는 데에도 민첩하다. '너는 안 그래?'라 반문하고 속을 캐는 이 방식의 진실 사냥은 나이폴 소설의 특징적인 장기가 되어 있다. 비아랍권 이슬람 사회들에 대해서도 그는 이슬람이 이들 사회의 과거를 소멸시키고 문화적 전통을 단절시켰다고 지적한다. 말하자면, 기억의 학살자는 서구 제국주의만이 아니라는 것이 나이폴의 메시지이다. 인도 힌두 문명도 나이폴에게는 비판의 표적이 되고 간디도 무사하지 않다.『반생』에서 윌리 찬드란의 할아비는 저명한 힌두 금욕주의 수도자로 나오지만 사실 그의 수도 행각은 조작의 결과이고 가짜이다. 찬드란 자신도 할아비처럼 자신의 없는 과거와 정체성을 조작한다. 희망은 어디에도 없어 보인다. 세계 어디를 가보아도 사람들은 한계에 갇히고 모순으로 찢어져 있어 똑같이 불안하고 불확실하다—이것이 찬드란의 발견이라면 나이폴 소설의 거의 모든 인물들은 이 발견을 공유한다.

상당수 독자들이 나이폴의 소설에서 느끼는 불만의 하나는 작가가 시선의 정직성과 거리낌없는 진실 드러내기를 빙자해서 그의 인물들을 왜소하고 부정직하고 비틀어진 인간들로 그려낸다는 점이다. 실제로 나이폴의 소설, 비소설에 등장하는 인물들은, 어떤 논평자의 말처럼, "가치 있는 그 어떤 것"도 갖고 있지 못한 불성실하고 헛된 인간으로 그려지는 수가 많다. 그런 인물들을 만나다보면 인간은 애당초 희망 없는 동물 같아 보이고, 자신을 지탱할 어떤 정신적·도덕적 능력도 갖지 못한 근원적 결핍의 존재 같아 보인다. 나이폴 소설에는 이런 결점이 없지 않다. 인간을 '근원적 결핍'의 존재로 보는 일은 적어도 역사적 비전을 가진 작가의 것이기는 어렵다. 인간이 무결핍의 존재여서 그렇다는 것이 아니라 결핍을 발생시키는 역사적 요인들에 주목하는 것이 식민 역사의 과거와 대면하고 사라진 것들에 대한 기억을 되살리려는 작가의 할일이기 때문이다. 나이폴처럼 '너는 안 그러냐?'라고 묻는 시니시즘을 능사로 삼을 때, 모든 것은 무가치한 쓰레기로 전락하고 인간에 대한 인간의 이해, 연민, 동정의 능력도 심각하게 제한된다. 나이폴의 소설들은 구식민지 변방 인간들의 좌절과 비참을 그려내면서도 그들에 대한 인간적 사랑의 능력은 봉쇄되거나 거절된다. 이 한계를 보임으로써 나이폴은 자기 자신까지도 희생자 명단에 올려놓고 있다.

1990년, 나이폴은 뉴욕에서 '우리의 보편문명'이라는 제목으로 대중 강연을 한 일이 있다. 그가 과감하게도 '보편문명'이라 부른 것은 개인, 책임, 선택, 지적인 삶, 직업, 자기실현, 성취 등의 아이디어가 존중되는 문명, 요약하면 개인들이 자기 선택과 책임에 따라 '행복을 추구'할 수 있게 하는 문명이다. 그에 따르면 이 문명은 이삼백 년의 굴절을 거쳐 지금 결실 단계에 와 있다. 그의 조상들이 살았던 힌두 사회는 이런 문명을 상상할 수 없었다고 그는 말한다. 이 문명은 어떤 고정된 체제로 굳어질 수 없고 광신주의를 배양하지 않는다. 지금 그런 문명은 존재하고, 그것이 존재하기 때문에 "다른 경직된 체제들은 마침내 바람에 날려갈 것"이라는 말로 그는 강연을 끝낸다. 비록 거명하고 있지는 않지만, 그가 이제 곧 바람에 날려갈 것이라 전망한 "다른 경직된 체제들" 속에 이슬람이 포함된다는 것은 헤아리기 어렵지 않다. 십일 년 전의 이 강연이 뉴욕에서

226

다시 기억되고 그의 강연 원고가 사람들 사이에 다시 돌게 된 것은 지난 9월 11일의 뉴욕 테러 사건이 있고서부터이다. 서구에 대한 이슬람의 분노가 이슬람 사회 내부의 자기마비와 모순에 기인한다는 것은 나이폴의 오래된 진단이다. 서구 내부의 지식인 아닌, 언제나 '국외자'를 자처하는 나이폴의 입에서 이런 진단이 나왔다는 것은 어떤 정치 세력, 어떤 이해관계 당사자들에게는 보통 반가운 일이 아닐 것이다. 그러나 나이폴의 이 뉴욕 강연에서 우리가 주목할 것은 그가 마침내, 최종적으로, 서구문명의 아이디어에서 구원의 가능성과 희망을 찾고 있다는 사실이다. 아니, 처음부터 그는 거기 매혹되어 있었는지 모른다.

현대문학 2001. 11월

문화예술의 번역 문제

한국을 방문해본 사람들이 거의 예외 없이 공통적으로 내놓는 지적사항 중에 '번역의 빈약성과 오류'가 포함된다는 것을 문화계 사람들은 누구나 알고 있다. 한국인들은 자기 나라의 문화, 역사, 예술을 외국인 방문자들에게 알리고 소개하려는 열정이 매우 높은 데 반해 그 알림과 소개를 가능하게 할 번역의 수준은 너무도 빈약하다는 것이다. 열정과 성취 사이의 이 불균형은 매우 심각한 것이어서 그 불균형 자체가 외국인들에게는 '한국 방문의 특이한 경험'이 되고 있다. 이런 경험은 한국인의 집단적 불성실, 나태, 무신경, 불친절에 대한 경험이라는 점에서 어떤 의미에서도 한국, 한국인, 한국문화에 관한 정당하고 긍정적인 이미지 구축요소일 수 없다. 번역은 또 그 자체로 문화의 일부이기 때문에 빈약한 번역은 한국의 총체적 문화 수준을 의심하게 하는 부실성과 빈곤의 한 지수로 인식될 수 있다. 지금 우리에게 번역 문제는 시급한 공공정책적 과제의 하나이다.

가장 기본적인 의미에서 번역은 주인언어host language를 특정의 대상언어target language로 옮겨놓는 부호 전환 작업이며 자기표현과 제시의 언어적 기술이다. 한 언어를 다른 언어로 옮기는 부호 전환에서 일차적으로 요구되는 것은 두 언어 텍스트 사이에 의미의 동일성, 근접성, 유사성을 실현함으로써 의미 전달의 정확성과 효과를 최대화하고 부호 전환에 따를 수 있는 정보 상실의 가능성을 최소화하는 일이다. 부호 바꾸기의 부정확성에서 발생되는 정보의 왜곡, 탈락, 상실이 '번역 오류'이다. 번역 오류를 방지하는 데는 무엇보다도 부호 전환에 사용되는 두 언어에 대한 정확한 지식, 특히 대상언어의 정확하고 효과적인 구사력이 필요하다. 서울의 한 보석시계점에 내걸린 업소 표시 영어 간판에는 'wateh'라는 부호가 사용되고 있는데, 이 정체불명의 부호가 전달하려는 것은 물론 '시계'이다. 이 '와떼 간판'은 일견 사소해 보이는 철자법 오기의 결과지만 그러나 그 오류가 발생시키는 정보 상실과 언어적 탈락은 그자체로 구경거리가 될 만한 희극적 '사건'이다. 코미디를 연출하자는 것이 번역의 목적은 아니다. 물론 이런 예는 사소한 것들의 범주에 들지 모른다. 그러나 한국의 거의 모든 관광명소, 역사 유적, 고궁과 사찰, 저명 업소, 휴양시설 등에서 그런 종류의 크고 작은 희극적 오류가 연달아 발견된다면 그것은 작은 사건이 아니다.

부호 전환의 차원에서 번역은 하나의 언어 텍스트를 다른 언어 텍스트로 옮기는 언어적 기술에 의존한다. 그러나 번역은 텍스트의 이동으로만 끝나는 언어적 사건이 아니라 하나의 문화적 문맥으로부터 다른 또하나의 문화적 문맥 속으로 텍스트를 옮겨 심어 뿌리내리게 하는 '문화적 사건'이다. 번역은 텍스트의 상호교환textual exchange이면서 동시에 문맥교환contextual transaction의 작업이다. 이 차원에 이르면 번역은 언어적 기술의 문제 이상의 것이다. 문화는 그 내부에 사는 사람들의 집단적 삶의 역사와 전통, 고유의 가치관과 세계관, 독특한 기질과 전망이 녹아 있는 거대한 문맥이다. 이 커다란 문화 문맥으로부터, 그리고 그 문맥을 자양으로 해서 생산되는 것이 한 나라의 '예술'이다. 물론 예술은 그 생산자의 개인적 취향, 관심사, 스타일, 준거의 틀 같은 것들에 따라 얼마든지 내용과 형식을 달리할 수 있는 창조와 자유의 영역이다. 그러나 우리가 '한국 문화와 예술'이라는 범주를 사용할 때 그 범주에 불가피하게 상정되는 것은 집단적으로나 개인적으로 한국인 특유의 경험에 뿌리박은 의미와 상징의 생산방식이고 그것들의 창조적 표현 방식이다. 그러므로 '문화예술의 번역'이 의미하는 것은 집단적 삶의 문맥으로서의 문화와 거기 뿌리박은 예술 생산물들을 다른 문화 문맥 속으로 이동·접맥하는 작업이며, 거기에는 언어적 기술 외에도 문화적 능력cultural competence이라는 별개 차원의 정신적 자원이 필요하다.

　　문맥 이동의 작업은 쉽지 않다. 문맥 이동이 목표로 하는 것은 '문화의 이해'이다. 그러나 외국인들에게 우리 문화의 내적 문맥을 이해시키는 일은 결코 용이한 일이 아니다. 문화적 차이로 인한 갈등과 충돌, 오해가 자주 발생하는 것은 타 문화의 문맥을 이해하는 일이 누구에게도 쉬운 일이 아니기 때문이다. 더구나 지금 '문화'는 국제적으로나 국내적으로 사람들 사이의 결속과 유대를 가능하게 하는 어떤 공통분모의 장이기보다는 분열과 갈등, 소외와 대립을 더 많이 발생시키는 '어두운 세력'의 하나이다. 그러나 바로 그런 이유에서도 문화예술의 번역이 수행해야 하는 과제(이해와 관용의 수준 높이기)는 더욱 중요한 것이 된다. 그러므로 문화예술의 번역에서는 첫째, 부호 전환 과정의 오류를 방지하는 텍스트 교환의 기술 수준을 확보하는 일이 일차적 요청이고, 둘째, 문화와 문화 사이의 효

230

과적 문맥 거래를 가능하게 하는 능력의 확보가 이차적인, 그러나 필수불가결의 요청이 된다. 앞의 것이 언어적 기술이라면 뒤의 것은 문화적 기술이다. 그 두 가지 기술의 융합과 접합이 필요하다. 현재의 상황을 점검하자면, 우리의 현단계 번역문화는 그 두 가지 요청 부분에서 모두 수준 이하이며 국력에 비해 '저수준의 성취'에 머물고 있다.

번역 문제를 정책적으로 검토하고 과제화하는 일은 우선 무엇보다도 '텍스트' 차원에서 지금까지의 안일하고 나태한 정책이 귀결시킨 오류들을 제거해나가야 한다. 의미 전달의 정확성을 높이기 위한 이 작업은 비교적 단시일에 수행이 가능할지 모른다. 그러나 문화예술의 번역이라는 문제에 오면 어떤 근본적이고 철학적인 접근법의 변화가 요구된다. 이런 변화를 가져오는 데는 국가정책 기관만이 수행할 수 있는 어떤 책임 영역의 규정이 필요하다. 우리 문화를 소개하는 모든 종류의 텍스트들은 역사 교과서 같은 경직성, 몰라도 되는 무미건조한 사실facts의 나열, 연대기적 정보조직 등을 특징으로 삼는 기계적 번역의 수준을 단연코 넘어서야 한다. 이 새로운 접근법에서 가장 중요한 것은 인간에 대한 이해와 연민, 공유 가능한 가치와 전망, 서로 다른 삶의 문맥 사이로 흐르는 정서의 공분모를 찾아내고 그것들을 효과적 언어와 조직 기술로 제시하는 일이다. 이 새로운 정보조직법은 인간의 이야기를 담는 '서사적 접근'의 성격을 가진다. 경주를 찾는 방문객들을 흥미롭게 하는 것은 단순한 역사 유적 관광이나 신종의 영상기술을 동원한 공허한 눈요깃감이 아니라 신라인의 역사와 신화, 그들의 문화예술 생산물에 담긴 꿈과 소망의 이야기들이다. 이른바 '한류' 같은 대중예술의 경우에도 세계인들이 한국으로부터의 문화적 물결에 잠겨들 수 있게 할 궁극적인 유인은 일시적 흥분거리가 아니라 지속적인 인간적 가치라는 공유 가능한 마당의 존재이다.

문화예술 번역의 최종적 관심은 결국 타 문화권 사람들의 가슴을 어떻게 흔들어 이해, 교감, 동조의 효과를 얻어낼 수 있을 것인가에 있어야 한다. 사람들이 서로 가슴을 열게 하고 이 가슴과 저 가슴을 이어주는 매개의 교량이 문화예술 번역이다. 이 점에서 문화예술은 한 나라가 동원할 수 있는 최선의 외교정책이며 그것의 유효한 번역은 최선의 외교사절이다. 누가, 어떤 자격을 갖춘 국가기관이, 이 중요한 매개와 이해의 작업을 담당하고 수행할 것이며 거기 필요한 인적 자원을 어디서 어떻게 공급받을 것인가? 지금은 번역거리가 없어서 문제이기보다는 번역의 중요성에 대한 정책 당국의 개탄할 만한 인식 결여, 유능한 인적 자원의 부족, 그 자원을 길러내기 위한 정책과 투자의 빈곤 등이 번역 문제의 더 근본적인 사안이다.

한국문학번역원─문화예술 번역 토론회 발제 2006. 11월

두꺼비의 헌집과 새집

―언어, 문학, 문화: 21세기 영문학교육의 방향 모색

최근 우리는 "시대가 바뀌면 교육도 달라져야 한다"는 시끄러운 요구와 주장들을 듣고 있다. 근년 몇몇 국내 대학들이 교육의 방식, 내용, 목표에 발 빠른 변화를 보이거나 변화를 모색하고 있는 것은 이런 시대적 요구에 부응하기 위한 구조조정이다. 영어영문학과에서 가장 두드러지게 나타나고 있는 구조조정은 전통적 영문학교육 과목들의 '퇴출 유도'와 실용영어교육의 강조라는 방향으로 전개되고 있다. "영어나 잘하면 됐지 무슨 문학이냐?"라는 것이 구조조정을 선도하는 대다수 대학 경영자들의 생각이다. 이것은 생각에 그치는 정도가 아니라 영문학과에 대한 압력이자 비판이기도 하다. 따라서 지금 대학 영문학과들이 교육 내용의 재조정을 심각하게 요구받고 있는 부분은 대체로 두 가지이다. 하나는 언어기술교육의 강화라는 부분이고 다른 하나는 영문학교육의 현실성 혹은 적실성 확보라는 부분이다. 영문학 교육의 이해관계에서 볼 때 이 요구는 상당한 문제를 제기한다. 언어기술교육은 영어영문학과의 기본 교육내용이지만 그 기술교육에 필요한 도구 과목들이 반드시 영문학 교육의 전통적 커리큘럼을 구성하는 것은 아니다. 또 언어기술교육의 강화는 문학 과목들의 축소 또는 폐지를 수반할 수 있고 이는 영문과에서의 문학교육의 비중을 위축시킬

233

수 있다. 영문학교육의 현실적 유용성과 적실성의 강화라는 문제의 경우에도 대응방안의 모색은 그리 간단하지 않다. 문학교육의 현실적 유용성을 정의하는 일부터가 사실상 불가능한 작업이며, 적실성의 요구는 많은 경우 교육담당자의 정향, 관심, 이해관계의 재조정을 전제하지 않으면 안 되는데 이는 사실상 현역 교육자의 재교육과 새로운 능력계발을 의미하는 것이어서 그 실행에는 상당한 어려움과 문제가 따른다. 그러나 대학 영문학교육은 지금 전반적으로 이 같은 일련의 요구들에 직면해 있고 어떤 방식으로든 거기 대처하지 않으면 안 되는 상황을 맞고 있다.

대응방안을 모색함에 있어 영문학교육 담당자들에게 우선적으로 필요한 것은 현실인식이다. 영문학과의 교육 내용과 학생들의 현실적 관심(생존의 요청) 사이에 상당한 격차가 벌어지고 영문학교육의 적실성에 위기가 발생한 것은 사실 어제오늘의 일이 아니다. 시대는 지금 바뀐 것이 아니라 이미 바뀐 지 오래이다. 이 변화 가운데 가장 중요한 것은 첫째, 대학 영문학과 입학자 가운데 사실상 거의 전원이 '영문학'을 전공하기 위한 인력이 아니라는 사실이다. 이 현실은 영문학과의 전통적 문학교육 내용과 학생들의 지향 사이에 심각한 불균형과 불일치를 발생시키고 영문학교육의 적실성 위기를 제기한다. 대학의 문학교육과 학생들의 수용 태도(관심, 지향)는 서로 별개 차원에서 움직인다. 둘째, 사회문화환경에 발생한 변화의 측면에서 볼 때 '문학'이라는 것이 차지하는 사회문화적 비중 자체가 크게 위축되었다는 사실이다. 더구나 영문학과가 다루는 것은 문학 중에도 '영문학'이다. 어느 대학 경영자의 질문처럼 "18세기 혹은 19세기 영미소설을 배운다는 것이 지금 한국 학생에게 무슨 의미가 있는가?" 실제로, 대다수 대학 영문학과의 경우 학생들은 '죽지 못해' 완벽한 수동적 포복자세로 영문학 과목들을 수강하고 있는 것이 현실이며, 이 사정은 교육의 낭비라는 위기를 발생시킨다. 학생들이 대학에서 배우는 것과 자기네 삶의 현실적 요청 사이에 연관성을 찾지 못할 때 교육은 죽은 교육으로 추락한다. 이런 일련의 상황변화와 그로 인한 교육의 위기를 영문학 교육담당자들은 심각하게 인식할 필요가 있다. 그 위기 인식이 없을 때 한국의 학부 영문학교육은 농담, 추문, 소극의 수준으로 추락할 수 있고 부단한 퇴출명령의 대상 영역으로 지목될 수 있다.

학부 영문학교육의 이 같은 전반적 위기는 영문학 교육의 목적, 내용, 방법의 세 차원에 걸쳐 기존의 관행들을 재검토하고 변화, 재편, 재조정이 필요한 부분들을 정밀히 정의해낼 것을 요구한다. 목적, 내용, 방법의 세 차원에서 가장 핵심적인 것은 목적의 층위이다. 목적 정의가 사실상 교육의 내용과 방법을 지배할 수 있기 때문이다. 목적의 층위에서 근본적인 것은 영문학 교육의 정당성에 관한 질문, 곧 학부 영문학교육은 무엇을 왜 가르치는가, 한국에서 영문학교육은 무엇 때문에 필요한가라는 것이다. 이것은 사실 무슨 새로운 질문은 아니다. 교육담당자들이라면 누구나가 자기 자신에게 던져야 하는 것, 모종의 응답을 갖고 있어야 하는 것이 그 질문이다. 그러나 지금 문제가 되는 것은 그 목적 질문에 대한 기존의 응답들이 많은 부분에서 유효성을 상실하고 있다는 점이다. 이를테면, 앞서 언급한 상황변화를 참작할 때, '영문학자를 기르기 위해서'라는 '학문 목적'은, 극히 소수의 교육 수요를 제외하면, 이미 타당성을 잃고 있다. '무슨 직업 분야에 종사하건 문학적 가치는 중요하기 때문에'라는 인문학적 응답도 비록 그 자체로는 한 측면에서 여전히 중요성을 갖는 것이지만 현실적 설득력은 미약하다. 누가 어떻게 정의하는 '문학적 가치'인가? 그것은 문학의 '전통적' 가치인가? 전통가치의 전수가 목적이라면 전통의 보수성은 어찌되는가? 미래세대를 과거 전통의 지속적 영향 속에 묶어두는 것이 교육의 목적인가, 아니면 그 영향으로부터 벗어나게 하는 것이 교육의 목적인가?

영문학 교육의 목적이라는 차원에서 일단 시도해볼 것은 '목표'와 '목적'을 적절히 구분하는 문제이다. '목표'를 말하기로 한다면, 단위 대학, 학과, 교육자의 지향과 피교육자의 교육 수요에 따른 상당수의 다양한 목표들이 설정될 수 있다. 영문학교육을 통한 인문학적 가치의 보존과 전승, 영문학에 대한 전문적 연구와 학문적 지식 생산, 학문 후계 세대의 배출, 영문학교육에 의한 영미문화의 이해, 언어예술교육을 통한 감성개발, 영어 구사력과 수사적 능력의 함양, 비교문학적 지향 등등의 목표가 그것이다. 이런 목표들은 수요에 따라 단위 대학/학과의 구체적인 교육 목표로서 존속, 유지될 필요가 있다. 문제는 '목적'이다. 예컨대 우리는 무슨 목적으로 인문학적 가치라는 이름의 과거를 알려는 것이며 무슨 목적으로 영문학에 대한 전문적 지식을 생산하려는 것인가, 무슨 목적으로 영미문화를 이해하고 언어예술적 기량을 습득시키려 하는가? 이 목적 질문 앞에서 우리가 흔히 내놓는 것은 순환논법("인문학적 가치가 중요하므로")이거나 무목적적 목적론("현실적 타산이나 이해관계를 떠난 교육")이다. 이런 답변들에 아무 중요성이 없다고 말할 수는 없다. 그러나 이런 목표론은 적어도 목적 진술은 아니다. 목적이란 무엇인가? 목적이란 여러 현실적이고 개별적인 목표들의 다양한 설정에 관계없이 모든 가능한 목표들에 통합성을 주고 의미, 방향, 방법을 부여하는 기본적이고 궁극적인 지표이다. 미래세대를 위한 영문학 교육의 방향 모색에서 우선적으로 요구되는 것은 교육의 이 궁극적 목적을 재정의하는 일이다.

미래 교육의 목적을 생각할 때 우리가 봉착하는 최대 난점은 미래라는 것이 현재의 기준으로 예단하거나 예측하기 어려운 미지의 영역이자 변화의 영역이라는 사실이다. 이 때문에 미래 예측은 주로 바보, 복술가, 철면피, 정도령, 노스트라다무스의 소관사이다. 우리가 무모한 예측을 피하면서 21세기 영문학교육의 방향과 목적을 말할 수 있을까? (시간이 넉넉지 않으므로 줄이고 줄여서) 결론부터 말하자면 "할 수 있다". 미래 교육의 방향을 말할 때 우리가 의지할 수 있는 근거는 첫째, 미래는 그냥 오는 것이 아니라 현재 세대가 만들어나가는 것이기도 하다는 점, 둘째, 현재는 그냥 현재가 아니라 모든 과거의 미래 시점이며 과거가 상상했던 것의 성취지점이기 때문에 이미 성취된 이 미래(현재)로부터 우리가 미래라 부르는 것의 전개방향에 대한 일정한 판단자료를 얻을 수 있다는 점, 그리고 셋째, 미래는 과거의 재편성—더 정확히는 과거가 성취하지 못하고 상상하지 못한 것의 실현을 지향한다는 점이다. 미래란 과거 세대가 상상했거나 상상하지 못했던 것, 현재 세대가 상상하는 것과 상상하지 못하는 것의 실현 가능성이다. 미래는 필연성과 우연성, 연속과 단절, 성취의 모든 가능성과 실패의 모든 가능성을 안고 있는 변화의 영역이다. 이 영역 안에는 지구문명의 전면적 소멸이라는 가능성도 포함된다.

미래를 변화의 영역이라 할 때, 미래세대를 위한 영문학교육의 '목적'은 비교적 용이하게 (사실은 너무도 용이해서 믿기지 않을 정도로) 설정될 수 있다. 그것은 '변화의 능력을 길러주는 교육'이라는 것이다. 여기서 변화라 함은 변화change의 영역인 미래를 전적으로 우연성의 놀이에 내맡기지 않고 어떤 의도, 어떤 원칙, 어떤 비전의 안내 아래 '만들어내기' 위해 현재와 과거의 자료들을 부단히 바꾸고 창조적으로 변형시킨다는 의미의 변화transformation이다. 이러한 의미의 변화는 이미 있는 것을 바꾸어 새로운 것을 만들어내기, 「구지가」에 나오는 "헌집 줄게 새집 다오"의 두꺼비처럼 헌집을 새집으로 바꿔내기이다. 그러므로 '변화의 능력ability to transform'은 무쌍한 프로테우스적 변신의 재능 아닌 '바꾸기의 능력'이다. 가장 쉽게, 우리가 설정할 만한 미래 영문학교육의 목적은 '헌집으로 새집을 만들 줄 아는 두꺼비 길러내기'이다. 이 두꺼비는 미래의 물결이 오면 오는 대로, 가면 가는 대로 무작정 떠밀리고 휩쓸리는 두꺼비가 아니라 물결 그 자체를 만들고자 하는 두꺼비이다. 그는 과거를 배우되 과거에 포박되지 않고 그 과거로 새로운 현재를 만들고 그 현재로 미래를 만든다. 그는 이미 있는 언어들을 배우고 개념을 학습하고 어법을 익히되 그것들에 나포되지 않고 새로운 언어, 개념, 어법을 만들어낸다. 그는 기존의 지식, 가치, 이데올로기, 관점, 문화를 배우지만 그 배움의 목적은 그것들의 포로로 남기 위해서가 아니다. 그는 그것들을 가지고 새로운 지식, 가치, 이데올로기, 관점, 문화를 만들어내고자 한다. 그는 언어와 문화를 바꿈으로써 낡은 세계를 새로운 세계로 바꿔내려 한다. 그런데 그는 이 바꿈의 능력을 어디서 키우고 바꿈의 모델을 어디서 얻는가? 주제넘게도, 우리는 영문학교육이 그 바꿈의 능력을 길러주고 그 바꿈의 모델을 제시해야

하며, 이것이 미래세대를 위한 영문학 교육의 내용과 방법을
안내하는 교육이어야 한다고 감히 주장코자 한다.

　　이 두꺼비의 제시가 다소 우화적이라면 거기 근엄한 외피
를 주는 일은 어렵지 않다. 바꾸기의 능력 함양을 교육의 목적
으로 삼았을 때, 이 목적은 영어영문학과/학부가 설정할 수 있
는 거의 모든 교육 '목표'들을 안내하는 궁극적 방향타가 될 수
있고 교육의 내용과 방법에 현실성, 유용성, 적실성을 부여하
는 안내판이 될 수 있다. 바꾸기의 능력을 키우는 데 가장 긴요
한 것은 상상력과 비판력의 동시적 작동을 자극하는 일이다.
그러므로, 이를테면, 언어기술교육의 한 부분인 읽기reading에
서 우리의 잠재적 두꺼비에게 가해지는 교육은 단순한 독본읽
기가 아니라 독본의 '비판적 읽기critical reading'이다. 영어의 모든
주요 어휘들, 일상어들, 문화적 핵심어들은 이미 그 하나하나
가 사유를 제한하는 육중한 이데올로기, 가치관, 편견들로 가
득차 있고 이런 어휘들로 만들어진 문장은 특정의 가치명제를
구성하며, 그 명제들로 이루어진 한 편의 글은 또 그 자체로 특
정의 이해관계를 가진 주제thesis를 운반한다. 최소 의미단위에
서부터 최대 단위에 이르기까지, 혹은 수사와 논리의 모든 층
위에서, 한 편의 글은 명시적인 혹은 감추어진 고정관념들의
우주이거나 이데올로기의 우주이다. 비판적 읽기 교육은 이 우
주를 무조건 받아들여야 하는 당연한 것, 자연스러운 것, 진리
인 것으로 보지 않고 비판적 안목으로 그 고정성과 진부성, 감
추어진 문제적 가정들을 볼 수 있게 하는 교육이다. 이때 비판
적 안목이 결정적으로 중요한 이유는 그 안목 없이는 다른 어
떤 것, 대안적인 것, 새로운 것을 상상할 수 없고 따라서 기존
의 낡은 세계를 새로운 세계로 바꿔낼 수 없기 때문이다. 비판

력과 상상력을 자극함으로써 사람을 자유롭게 하고 인간관계를 바꿀 수 있게 하는 언어기술교육은 기계적 도구성의 차원을 넘는 창조적 언어교육이 된다. 문학교육은 언어기술교육에도 극히 유용하고 유효한 장치, 기술, 방법의 자원들을 갖고 있다.

낡고 진부한 언어의 세계는 사람을 죽이기에 충분하다. 영문학을 포함한 모든 문학은, 그 가장 근본적인 국면에서, 숨통 막히는 세계에 대한 부정, 거부, 이탈이다. 낡은 세계를 떠나기 위해서는 상상력이 필요하고, 이 상상력의 가장 풍부한 발휘 양상을 모델로 제시하는 것이 문학이다. 영문학도 여기서 예외가 아니다. 새삼 강조할 필요조차 없는 이 진부한 얘기를 줄이기 위해서는 손쉬운 한두 가지 예를 드는 것으로 충분하다. 알프레드 테니슨의 시 「율리시스」는 젊은 아들에게 나라를 맡기고 자기는 모험길에 나서는 늙은 율리시스를 그려 보임으로써 세상의 고정관념을 깨뜨린다. 그 고정관념이란 말할 것도 없이 '늙은이는 모험의 존재가 아니라 안주의 존재이며, 모험에 나서는 것은 언제나 젊은이'라는 것이다. 제임스 조이스의 『율리시스』는 왜소성과 마비의 형식으로만 그 존재가 가능한 20세기의 오디세우스를 제시한다. 이들 두 경우가 보여주는 것은 '바꾸기'의 실천 모델이다. 두 사례는 우선 과거 자원으로서의 오디세우스를 새로운 오디세우스로 바꾸고, 세상의 통념을 깨고, 세계를 새로운 눈으로 보게 하며 다른 세계의 가능성을 상상하게 한다. 이처럼 문학의 교육적 중요성은 기존의 지배적 인식론으로부터 과격하게 단절할 것을 요구하는 새로운 세계를 상상하고 바꾸기의 실천 방식을 보여주는 데 있다.

그러나 문학의 중요성에 대한 인식이 문학의 물신화로 발전할 필요는 없다. 과거의 문학 고전들은 이미 그 자체로 비판적 읽기의 대상이기도 하기 때문이다. 긴 얘기를 할 수 없지만 (어째서 이 발제에는 충분한 시간이 허여되지 않은 것일까) 비판적 읽기라는 교육방법은 영문학과가 다루는 모든 인문학 고전들과 문학 고전들에도 예외 없이 적용되어야 한다. 학부생을 위한 '고전 목록' 작성자들은 "고전을 읽으라"고 학생들에게 요구하기만 했지 그 고전의 세계가 동시에 치열하고 가차없는 비판의 대상이기도 하며 따라서 고전 읽기는 현재와 과거의 상호 발견과 비판적 대화라는 사실은 곧잘 망각하고 있다. 읽는 방법은 가르치지 않고 "읽으라, 이건 좋은 것이야"라고 윽박지를 때, 고전과 현대를 연결하여 그 읽기의 현대적 적실성을 쉽게 발견하지 못하는 학생들로서는 수백 년 수천 년 전의 사람들이 써놓은 책을 왜 읽어야 하는지 납득하기 어렵고, 읽어내지도 못한다. 그들에게 절실하게 필요한 것은 무엇보다도 비판적 어휘이다. 영문학교육은 이 어휘들을 가르치고 공급해야 하며 그 어휘의 열쇠가 어떤 읽기를 산출하는지를 보여주어야 한다. 비판적 어휘교육이 봉사코자 하는 것은 과거 그 자체의 재편, 재발견, 재구성을 통한 과거 바꾸기이다. 이 바꾸기가 없을 때 과거는 창조를 위한 자원이 아니고 과거에 대한 지식이 현재를 바꾸지도 못한다. G. K. 체스터턴이 '외국 여행'을 놓고 했던 말은 문학교육에도 유용하다. "우리가 이국땅에 발을 디디는 것은 조국을 새롭게 발견하기 위해서다." 과거라는 먼 나라에 발을 디디는 것은 현재를 새롭게 발견하기 위해서이고, 그 역도 진리이다. 현재로부터 과거로 들어감으로써 우리는 과거를 새롭게 발견한다. 이 상호발견을 가능하게 해주는 것이 비판적 어휘이다.

비판적 읽기나 비판적 어휘교육과 불가피한 동반관계에 있는 것이 '문화에 관한 교육'이다. 문학교육의 목표가 반드시 문화연구의 목표와 일치해야 하는 것은 아니기 때문에 문학교육이 문화교육으로 등치될 필요는 없다. 그러나 문학은 문화라는 큰 문맥 안에서 문화를 구성하는 요소의 하나이다. 여기서도 긴 얘기를 할 수 없으므로 영문학과에서의 '문화에 관한 교육'이 어떤 내용과 방법의 것일 수 있는가에 대한 시론적 사례 제시로 끝내고자 한다. 이를테면 '서사교육'은 영문학과가 당연히 중시해야 하는 문화교육의 한 내용이다. 영문학과 신입생들은 영화, 비디오, 텔레비전, 책을 통해 각종의 서사장르들로 만들어진 문화품목을 제공받고 소비하는 환경 속에 있으면서 정작 서사장르에 대한 그들의 지식과 분별력은 빈약하기 짝이 없다. 그림Grimm의 설화tale 한 편을 읽히고 뭘 써오라 하면 "이 소설은……" 하고 시작하는 것이 한국 대학생이다. 설화, 신화, 우화, 로망스, 소설 등의 장르 구분조차 못하고 있는 것이다. 멜로드라마의 홍수 속에 있으면서도 그들은 멜로드라마가 무엇인지 잘 모른다. 여기서 우리가 주목할 것은 이들 서사장르가 문학적 장르이면서 동시에 '문화장르'라는 점이다. 영문학교육이 소설, 시 등으로 주 교육 내용을 삼는 것은 시정될 필요가 있다. 인간문화의 큰 부분은 서사문화이며, 문학교육은 이 부분에서의 문화적 능력cultural competence을 키워줄 수 있어야 한다. 서사문화교육이 가장 흥미로울 때는 학생들이 스스로 '스토리텔러'가 될 때이다. 이야기하게 하기(읽은 작품, 자기 삶, 경험)는 교육 활성화와 효과의 극대화에 극히 유용하다.

또하나 문화교육과의 관계에서 언급해야 할 것은 대학 영문학 강의실 자체를 갈등, 이질성, 긴장이 넘치는 '문화환경'으로 만들어야 한다는 것이다. 바꾸기의 능력을 키우려는 교육은 동질성homogeneity과 동체성identity만을 만들어내고자 하는 교육일 수 없다. 교수는 학생들에게 일방적으로 지식을 공급하고 학생들은 그 지식을 흡수 저장했다가 시험지에 고스란히 복사해내는 앵무새 교육, 같아지기를 강요하는 순수 재생산 교육은 노예 교육이며 이런 것이 미래의 교육일 수 없다. 문화환경으로서의 강의실은 현실 문화환경과 마찬가지로 여러 다른 의견, 관점, 논리, 이해관계, 가치들의 상호 충돌, 갈등, 대립, 저항이 왕성하게 표출되는 이질담론들과 반대담론들의 공간일 필요가 있다. 이 갈등 공간의 문화교육적 중요성은 '싸움질 그 자체'에 있지 않고 갈등 표출을 통해 학생들이 개인 차원에서나 사회문화적 차원에서 그가 그때까지 의식하지 못했던 문제, 딜레마, 모순을 발견하고, 갈등 해소와 타자 존중의 방식, 관용의 가치와 공존의 정의 등을 터득하게 하는 데 있다. 자기모순과 대립 지점의 발견, 갈등 해소, 타자 존중, 관용과 공존의 능력은 미래세대에 극히 중요한 문화적 가치이고 문화적 능력이다. 이것이 문화교육의 한 모습이며 이 교육은 예컨대 작품 한 편을 읽고 토론할 때의 문학 강의실에서도 얼마든지 가능하다. 문학은 '관용체제'로서의 강한 전통을 갖고 있다. 계급, 성차, 인종, 민족, 신분 등등의 차원에서 권력의 불평등, 서열구조, 억압과 금지와 배제의 정치학이 뿌리깊게 유지되어온 인간사회에서 억눌린 목소리에 귀기울이고 약한 것들의 숨소리를 듣고 타자를 이해하며 공존(인간과 인간, 인간과 자연)의 정의를 모색해온 것은 문학의 핵심적 전통이기 때문이다. 여기서도 우리는 문학교육이 어떻게 그 자체로 문화교육일 수 있는가를 발견한다. 문화교육장으로서의 강의실은 결코 지루하지 않다. 학생들은 그들 자신의 삶과 관심사에 직결된 문제들을 스스로 제기하고 토론할 수 있기 때문이다. 문제 생산의 능력은 바꾸기의 능력

함양에 필수적이다.

21세기 영문학교육의 활성화를 위한 방법은 많고 다양하다. 읽은 작품의 변용(각본화)을 통한 갈등관계의 실연acting out, 동일시(이상적 자아) 훈련, 은유 등의 수사장치를 동원한 상상력 훈련, 인물의 변용 혹은 창조 훈련, 복잡성 훈련, 주제 진술 훈련 같은 것들은 과목별 내용에 따라 수없이 많은 변용이 가능한 방법들의 일부이다. 이 다수의 방법들 중에서도 바꾸기의 능력함양을 위해 가장 기본적인 절차가 하나 있다. 그것은 작품 읽기, 어휘 학습, 이론 습득, 토론이 학생들에게 어떤 '변화'를 가져오게 했는가 아닌가를 스스로 질문하게 하는 절차이다. '이 작품, 어휘, 읽기, 이론이 나를 변하게 했는가? 어떤 변화?' 교육 과정을 통해 자기변화self-transformation를 경험할 때에만 학생들은 바꾸기의 능력을 가진 두꺼비가 된다.

영미문학연구회 가을 심포지엄 발제 1998. 10월

3부

시대로부터,
시대에 맞서서,
시대를 위하여

시대로부터, 시대에 맞서서, 시대를 위하여
—문학성 문제와 이 시대의 문학

1. '문학성'의 신화

'이 시대의 문학성'에 관한 논의는 우선 '문학성'이라는 용어를 사용해야 하는 사람에게 책임과 해명의 문제부터 제기한다. 문학성이라는 말은 문학에 관한 현대 담론의 풍토 속에서는 거의 효력을 정지당했거나 최소한으로 말해서도(그 사용 빈도의 격감을 기준으로 할 때) 유용성을 상실한 용어이다. 최근의 비평어휘사전 어디에도 '문학성literariness'이라는 항목은 등장하지 않는다. 사정이 이렇게 된 것은 무엇보다 '문학성이란 무엇인가'라는 질문을 잠재울 규정적 해답이 현재 이 태양계 내부 어디에도 존재하지 않기 때문이다. 더 정확히 말하면, 그 질문 자체가 추구할 만한 의미 있는 비평적 질문으로 여겨지고 있지 않다. 이 사실은 '문학성'을 말하는 사람을 특수한 모순과 곤경에 빠지게 한다. 그가 무슨 자질을 문학성의 이름으로 규정하건 간에 그 규정이 방어되기 어려운 것이라면 그는 결국 방어 불능의 것을 확신의 근거로 삼는 모순에 빠지고, 이 위기를 인식하는 순간 그는 곤경에 봉착한다. 문학성에 관한 발언과 규정들은 이 같은 모순과 곤경의 인식에서부터 출발하지 않으면 안 된다. 이 불안한 출발점, 또는 출발점 자체의 불안함에

247

대한 문제의식 없이 문학성을 말한다면 그것은 바보 특유의 행복일 수는 있으되 책임 있는 반성적 행위는 아니다.

'문학을 문학이게 하는 특징적이고 변별적인 성질'이라는 의미에서의 문학성 문제를 매우 치열한 수준에서 추구했던 20세기 전반의 대표적 이론학파들로는 주지하다시피 러시아 형식주의와 미국의 신비평 이론이 있다. '문학연구의 대상은 문학 일반이 아니라 특정 작품을 문학작품이게 하는 문학성'이라는 선언으로부터 출발한 러시아 형식주의 이론가들은 문학의 예술적 장치들, 문학언어로서의 은유, 일상언어로부터의 문학언어의 이탈과 편차, 표현의 기술성과 스타일 등등을 문학작품의 '문학성'으로 제시한 바 있다. 그러나 그들이 이론 층위에서 문학성으로 정의한 것들에 대한 비평의 심문 결과는, 잘 알려진 바처럼, 그것들이 방어 불능이라는 사실을 드러낸다. 문학 장치들은 예술적 장치이면서 동시에 시공간에 종속되는 역사적 관습이며, 문학언어로 내세워진 은유(그것의 비친숙화 효과를 고려할 때에도)는, 테리 이글턴식의 표현을 동원하자면, 어물시장 아낙네들의 언어에서도 풍성하게 발견된다. 일상언어에 대한 위반violation과 편차deviation가 예술적 표현매체로서의 시어詩語가 갖는 문학성이라는 주장은 정상언어로부터 가장 멀리 이탈하고 그것을 가장 크게 위반하면 할수록 문학성의 구현도가 높아진다는 난센스로 귀결한다. 이 경우 가장 문학적인 언어는 정신분열증 환자의 언어일 것이다. 기술과 스타일에 대한 러시아 형식주의자들의 과도한 강조도 흥미로운 왜곡을 수반한다. 이를테면 1910년 톨스토이가 아내와 집으로부터 도망친 사건은, 형식주의자들의 관점에서는, 도덕적 일관성을 관철하기 위한 톨스토이의 고뇌에 찬 결단으로서의 도주가 아니라 '새로운 스타

일을 추구한' 예술적 행위가 된다.

　미국 신비평 이론의 경우는 '문학'과 '문학 아닌 것'(혹은 문학 외적인 것)을 엄격히 구분하는 이론 작업을 통해 문학의 고유한 자질, 가치, 변별성을 확립해보려 했는데, 문학의 이 고유 자질, 가치, 변별성을 일단 문학성이라는 말로 집약할 수 있다. 잘 알려져 있다시피 신비평 이론가들이 내세운 시(그들에게 문학은 거의 전적으로 시를 의미한다)는 이질적 요소들과 대립물들을 반어, 역설, 모호성 등의 언어적 운용을 통해 고도의 긴장, 균형, 화해의 방식으로 통합해내는 유기적 통일체이다. 이 통일체가 '작품Work'이며 작품은 그 자체로 견고한 존재성을 확보하는 '언어적 성상verbal icon'이기 때문에 작품 외적 사항, 정보, 지식, 이해관계 들로 침식할 수 없고 판단·평가할 수 없는 독자적 자율성을 갖는다. 말하자면 이질적인 것들을 균형과 화해 속에 통합하는 유기적 통일성이 시의 고유 자질이고 이 통일성을 성취하는 언어적 조직과 운영의 수월성이 문학적 장점literary merits이며 그렇게 해서 탄생한 시 작품은 시 아닌 것들과 분명하게 구별되는 자율적·존재론적 변별성을 갖는다. 신비평적 방법과 통찰들이 지니는 이론적·교육학적 유용성을 부분적으로 인정한다 하더라도 문학을 문학이게 하는 성질에 대한 신비평의 이론화는 사실상 방어 불능이다. 이질적인 것들을 유기적으로 통합해내는 일은 모든 유기체의 '밥통'이 하는 사업이고 사회적으로는 정치자유주의의 표방 사업이며 통일성을 성취하기 위한 언어적 조직과 운영의 수월성은 시만의 것이 아니라 논리 일반의 요청이다. 반어, 역설, 모호성도 인간 언어 자체의 일반적 성질이고 운영 실태이다. 시의 존재론적 성격을 강조하는 작품 성상화는 우상숭배의 한 형태이자

249

대상물신주의라는 혐의를 벗기 어렵다.

　문학성 또는 문학적 가치와 장점에 대한 집중적 탐색이 러시아 형식주의와 신비평 같은 형식 시학의 전통 속에서 주로 전개되어왔다는 사실은 지금 이 시점에서 문학성을 말하는 사람들에게 특별한 곤경을 안김과 동시에 비평적 성찰과 해명을 불가피하게 한다. 형식주의 전통으로부터 나오고 그 전통 속에서 주로 논의되었던 문학성 개념을 그 전통으로부터 뜯어내어 재구성하고 재활용하는 것은 가능하고 의미 있는 일인가? 그래야 한다면 그 이유는? 사실상 방어 불능의 것으로 판정되어 용도 폐기되다시피 한 문학성 개념을 재가동하자면 거기 어떤 비평적 활력을 새로 부여하는 일이 필요하다. 그러나 무슨 활력을 어떻게? 이런 물음들은 문학성 문제가 그냥 '엄벙뗑' 넘어갈 수 있는 상식세계의 화두가 아닐 뿐 아니라 '이 시대의 문학성'을 말하는 데도 결정적으로 중요한 문제임을 말해준다. 문학에 관한 사유와 논의의 치열성에 기여하려는 것이 비평의 주요 관심사라면 그 점에서도 우리 비평이 문학성이라는 용어 사용에서 흔히 보여주는 '엄벙뗑 작전'은 반성의 요구를 외면할 수 없게 된다.

2. 개념의 역사성과 역사화

　문학에는 문학으로서의 어떤 고유 자질이 있을 것이고, 이 자질에 대한 관심은 이론적인 것이 아니라 문학적 체험의 문제이며 문학성은 이론과 맞서는 어떤 경험적 가치라고 생각하는 상식세계의 관점은 아주 잘못된 것이다. 앞서 러시아 형식주의와 신비평의 경우에서 보듯 '문학을 문학이게 하는 성질'이라는 의미에서의 문학적 변별성을 탐색하는 작업은 고전 『시학』에서부터 시작되는 문학에 관한 이론, 또는 '문학이론'의 출발점이다. 고전적 사유 전통에서 이론의 일차적 화제는 '대상의 안정'이다. 문학이론의 논의 대상은 '문학'이며 이 대상으로서의 문학을 안정시키기 위해 필수적인 것이 '문학이란 무엇인가'라는 질문이고 이 질문의 구체화가 '문학은 어째서 문학인가' 또는 '문학을 문학이게 하는 것은 무엇인가'라는 질문—곧 '문학의 변별성'에 대한 정의definition의 요청이다. 이 요청이 만족되어야만 이론은 문학을 확실하고 뚜렷한 논의 대상으로 가질 수 있다. 변별적 성질로서의 문학성이 무엇보다 이론의 범주로 대두하게 된 것은 이 때문이다. 이 경우 이론이 수행하는 것은 문학의 고유한 성질들을 규명하고 규정함으로써 문학을 정당한 탐구의 대상이 되게 하는 작업이다. 그러므로 전통적 문학론으로서의 시학의 이해관계에서 볼 때 문학적 고유성의 안정적 규정 가능성을 탐색하는 일은 문학을 대상으로 논의하고 탐구하는 이론의 기본적 요청이며 이 부분에서의 탐구 결과가 문학이론 자체의 가능성 여부를 결정한다. 문학성의 안정화 가능성이 부정될 때 적어도 형식 시학적 의미의 문학이론은 성립하지 않는다.

　　인도 논리학의 한 유파는 '암소란 무엇인가?'라는 질문에 '암소 아닌 것들을 제외하고 남는 것'이라는 아주 명쾌해 보이는 답변을 들려주고 있는데, 이 방법을 차용하면 '문학은 문학 아닌 것들을 모두 제외하고 남는 것'이다. 그러나 이 답변은 '문학은 문학이므로 문학이다'라는 순환논법과 마찬가지로 문학에 대한 어떤 지식도 제공하지 않고 확장하지 않는다. 고전

수사학이 '지식의 생산과 확장'을 정의의 요건으로 확립한 것은 순환논리의 쳇바퀴 돌기를 돌파하여 대상에 대한 지식 생산을 정의의 의무로 부과하기 위해서이다. 대상에 대한 지식은 그 대상이 지닌 '고유하고 변별적인 특성'에 대한 지식이다. 대상의 고유 자질을 안다는 것은 곧 그 대상을 아는 일이기 때문이다. 정의가 수행하는 것은 바로 이 변별적 특성, 혹은 고유성을 '대상의 본질'로 제시하는 일이다. '이것과 저것은 무엇이 다른가'에서 그 다른 점, 곧 차이가 대상의 본성이며 이 본성에 대한 지식이 대상에의 지식을 구성한다. 문학의 경우에도 '문학은 무엇인가'라는 질문에 대한 해답은 '문학의 고유 자질'에 대한 지식이 그 자질 정의를 통해 제공될 때 확보된다. 고전 『시학』의 저자가 시와 역사를 구별하고 비극을 희극, 서사시, 음악 등등의 다른 재현양식들로부터 구별되게 하는 '종적 특성differentia specifica'의 규정을 방법적 원칙으로 삼은 것은 시(비극)에 대한 엄밀한 지식을 얻기 위해서이다. 특성 또는 변별성distinctness을 기준으로 해서 문학성을 정의하는 이 방법적 전통이 『시학』 이후 현대에 이르기까지 형식주의 문학이론에 연면히 계승되고 있다는 사실은 새삼 언급할 일도 못 된다. 다시 강조하는 바이지만, 변별성으로서의 문학성에 대한 탐구는 이처럼 시학 전통 속에 있는 문학이론들의 주요 과제이자 목표였다는 사실은 계속 상기될 필요가 있다.

그런데 무엇이 문제인가? 문제는 '본질 정의'로서의 문학성 탐색이나 규정이 지난 사오십 년간의 비평적 심문 끝에 유지 불가능해졌다는 점이다. 문학이라는 대상의 안정 가능성과 이 안정적 대상에 대한 지식의 확보 가능성이라는 것이 크게 말해 형식주의 이론 전통의 근원적 전제이고 가정이다. 그 전제는 존재론적이고 그 가정은 본질론적이다. '있는 것은 왜 있는가'라는 질문에 대한 존재론적 해답은 '존재할 정당한 이유가 있기 때문에 존재한다'이며 이 경우 '존재할 정당한 이유'는 그 존재의 본질적 고유성에서 확보된다. 문학이 없지 않고 있다면 그 존재 이유는 그것의 본질적 성질(우리의 지금 화두에서는 '문학성') 때문이다. 문학성에 대한 이 방식의 시학적 탐색이 본질 정의의 성격을 갖고 출발한 이유는 거기 있다. 그러나 안정된 대상으로서의 문학이라는 관점은 존재론적 이데올로기이며 그 안정적 대상에 대한 지식의 가능성이라는 것은 본질론적 이데올로기이다. 따라서 지금 우리의 관심과 연결해서 보면 문제는 이 시학적 이데올로기의 복병에 걸려 좌초되지 않으면서 '문학성' 개념을 재가동하는 비평적 방법의 모색이다. 그 모색의 출발점은 문학성 개념을 존재론적 개념으로부터 '역사적 개념'으로 재구성하는 일이다.

시학적 이론과 달리 비평의 과제는 대상 안정이 아니라 이론이 안정시키고자 하는, 혹은 이론에 의해 안정된 대상의 지위를 심문하고 이론이 생산한 지식을 문제화하는 것이다. 비평의 관점에서 문학은 안정적 존재가 아니며 지식으로서의 문학성이라는 것도 문학 대상에 대한 안정적 지식이 아니다. 아주 간단히 말해서, 대상으로서의 문학 자체가 안정적 존재가 아닐 때 그것에 대한 지식이 안정성을 획득할 수는 없다. 이것은 비평이 미리 갖고 있는 선험적 전제가 아니라 이론활동에 대한 심문으로부터 얻어지는 비판적 결론이다. 그러므로 이론에 대한 비평의 심문 방식은 특정 이론의 전제에 맞서기 위해 또다른 이론적 전제를 제시하는 것이 아니라 그 이론의 발견물들과 발견의 절차를 비판적으로 검토함으로써 전제 자체의 불안을 노정하고 대상 고정화 작업의 배후에 숨겨져 있는 열정, 욕망, 이데올로기를 노출시키는 것이다. 문학성 개념의 '역사화'는 바로 이 노출로부터 시작될 수 있다. 이것은 시학적 이론과 비평의 분기점, 이론적 활동과 비평적 활동을 갈라놓는 근원적 분기점이기도 하다.

존재론적이고 본질론적인 이론활동들에 대한 비평의 개입으로부터 우리가 끌어낼 수 있는 것은 문학성이라는 개념 자체가 역사적 구성물이며 이데올로기적 성격의 것이라는 점이다. 본질론적 개념으로서의 문학성은 무엇보다 '문학을 역사적 범주 아닌 존재론적 범주로 인식하도록 유도하는 이데올로기 요소'—곧 이념소ideologeme이다. 이 이념소는 문학이 문학성으로 정의될 수 있는 본질적 성질을 보유하고 있다는 이데올로기의 소단위 작동 지점—예컨대 '시는 만들어지는 것이 아니라 태어난다'라는 식의 진술을 가능하게 하고 '문학은 초역사적 존재이다'라는 식의 진술에 의미를 부여하는 기능적 의미 단위다. 존재론적 문학이론들이 문학을 역사적 범주로 인식하지 않으려는 까닭은 존재론의 이해관계에서 볼 때 역사라는 것이 문학예술과 본질적으로 관계없고 통제되지 않거나 통제하기 어려운 우연성contingencies의 장이기 때문이다. 통제할 수 없는 것은 불안의 기원이며 이 불안은 제어될 필요가 있다. 역사를 통제할 수 없다 하더라도 불안을 통제할 수는 있다. 이 불안을 제어하는 것이 존재론적 이론의 욕망이다. 불안을 통제하려는 욕망이 이론의 무의식이며 이론은 이 감추어진 무의식의 충동을 이성적 형태로 변형·표출함으로써 자신을 역사 초월적 층위로 들어올린다. 여기서 우리가 주의깊게 관찰해야 할 역사적 진실 하나가 드러난다. 존재론적 문학이론들이 문학의 본질적 성질을 정의해내는 것은 문학에 그런 본질이 있어서가 아니라 정확히 그 반대, 곧 '역사가 있을 뿐 본질은 없기' 때문이라는 진실이 그것이다. 그러나 이 본질 없음은 이론이 말할 수 없고 언급할 수 없는 부재absence, 이데올로기로 덮고 감추어야 하는 부재이다. 이데올로기는 이 언급할 수 없는 부재 때문에 만들어지고 생산된다. 존재론적 문학이론들이 이데올로기 기획이 되는 것은 바로 이 지점에서이며, 이념소로서의 문학성은 그 기획의 산물이자 그것을 작동시키는 유용한 개념이다. 이 개념은 '본질 없음'을 '본질 있음'으로 바꾸어 표현한다.

현대의 형식주의 이론들이 모두 존재론적 욕망을 갖고 있는 것은 아니다. 금세기 후반에 들어와 본질 규정으로서의 문학성에 대한 방어가 불가능해지면서 형식 시학의 전통에 방향 전환이 일어나는데, 이 전환이 '과학으로의 선회'이다. 구조시학과 기호시학, 그리고 러시아 형식주의와 현대 구조주의가 발전시키거나 촉발한 방법들을 서사 연구에 도입한 서사학narratology 등은 문학연구에 과학적 열정을 부여하고 있는 대표적현대 시학들이다. 대체로 이 유파들이 표방하는 것은 형이상학적 개념들을 제거한 '과학적 문학연구'이다. 그러나 서사학의최근 일부 동향을 제외할 때, 과학적 또는 유사과학적 방법으로의 이 초점 이동은 문학연구에서 역사 문맥을 제거하고 주제연구를 포기하며 평가를 이론의 과제로부터 제외하는 형식주의 시학의 전통적 한계 자체를 넘어서려는 결정적 변화가 아니다. 현대 시학에서도 이런 한계는 여전히 고수되고 있고 그 한계가 고수되는 이유는 무엇보다 이론의 통제력을 벗어나는 역사 요소들을 끌어들일 경우 연구 대상으로서의 문학은 사라진다고 여겨지기 때문이다. 그러니까 현대 시학의 경우에도 이론

255

의 관심은 대상 안정이며 이론의 목표 역시 그 안정적 대상에 대한 지식 생산이다. 과학적 방법을 내세운 이론의 열정이 존재론적 열정을 대체한 것이다. 물론 이 대체에도 불구하고 사정은 별반 달라지지 않는다. 문학을 대상적 존재로 고정시켜 통제하려는 이론의 욕망은 여전히 이론 자체의 필수적 요청으로 남아 있고 이 요청은 결과적으로 이론에 의한 통찰의 확대나 방법적 연구 성과 못지않게, 오히려 많은 경우 그 성과를 압도하는, '문학 박제화 현상'을 초래하고 있다. 달라진 것이 있다면 그것은 문학성이라는 개념과 용어의 포기이고 사용 정지이다.

이처럼, 형식시학적 문학성 개념은 한편으로는 본질론적 함의 때문에 마비되고 또 한편으로는 유사과학주의의 편만으로 인해 그 유용성을 상실하는 불운한 운명에 처해 있다. 개념사의 이 운명적 부침이 보여주는 것은 지금까지 문학성 개념이 지향해온 철저한 탈역사성이 이 개념의 마비를 초래한 가장 중요한 원인이라는 사실이다. 그 개념은 자신의 출생과 성장의 전 과정이 역사적이라는 사실을 망각함으로써 역사로부터 망각되는 운명을 맞고 있다. 문학이라는 전칭적 개념 자체가 이백 년 전쯤부터 형성된 역사적 구성물이고 그 개념이 포괄하는 현대 장르들 역시 역사적 출현물이다. 문학성 개념도 시공간적 조건 위에서 만들어지고 그 조건에 종속되는 역사적 개념이다. 우리가 본질론적 개념으로서의 문학성을 이데올로기 요소(이념소)로 규정한 것은 특정 이론과 그 이론이 생산한 개념을 존재론적 층위에서 역사의 시간대로 이동시키고 그 시간대에 위치시키기 위한 것이다. 이데올로기가 목표로 하는 탈역사성은 그 탈역사성의 요구를 발생시킨 역사적 조건의 산물이라는 점에서 역설적으로 이데올로기의 역사성을 드러낸다. 신비평은 '작품Work'을 대상Object의 지위로 끌어올림으로써, 그리고 러시아 형식주의는 '언어Word'를 대상화함으로써 각각 문학작품을 탈역사화했는데 작품과 언어의 이 물신화 작업은 당대 이론가들의 정치적 입지, 기존 이론들에 대한 반발, 이론이 처한 사회·역사적 조건과 깊게 연관되어 있다. 탈역사성의 이데올로기를 지적하는 일은 문학작품에서 발견되고 이론화될 수 있는 형식 요소, 예술적 장치 등의 존재와 중요성을 반드시 부인하자는 것이 아니라 그것들을 문학성의 이름으로 항구하게 물신화하는 작업 자체의 이데올로기적 기획성을 드러내자는 것이다.

물신주의는 그 자체로 특정 대상에 대한 숭배라는 점에서 일종의 역사적 검열 기제이다. 숭배 대상을 갖는다는 것은 동시에 부정적 대상을 갖는 일이며 이 부정적 대상에 대한 검열, 금지, 배제의 명령에 종속되는 일이다. 형식주의 이론들이 내세운 문학성의 경우 그 검열과 배제의 대상은 역사이다. 역사를 부정적 배제 대상으로 삼아야 했다는 것이 그 개념의 역사성이다. 현대 시학 유파들에 대해서도 우리는 같은 관찰을 해볼 수 있다. 한때 형식 시학이 문학성 개념을 제시한 것이 역사적 현상이었다면, 이 개념의 패기 혹은 그것의 두드러진 부재가 현대 시학의 역사적 현상이다. 이 현상은 또다른 형태의 물신주의, 다시 말해 본질론적 개념으로서의 문학성을 말해서는 안 된다는 금지명령에의 복종이며, 이 명령을 발하고 있는 것은 바로 과학의 물신주의이다. 흥미로운 것은 이 물신주의에서도 역사는 여전히 검열, 금지, 배제의 대상이라는 점이다.

개념의 역사화 작업은 이미 있었던 개념의 역사성을 지적하는 일만으로는 충분치 않다. 그 작업은 궁극적으로 문학성 개념을 탄력성 있고 유용한 비평적 도구로 재구성하는 일을 요구한다. 지금까지의 논의를 활용할 때, 비평 도구로서의 문학성이라는 개념을 재구성하기 위한 모색의 차트는 어떤 조건들 위에 그려질 수 있을까? 여기 제시하고 싶은 조건은 문학의 역사적 성격, 정치적 입장, 예술적 가치에 대한 고려이다.

첫째, 문학성은 문학의 본질 규정이 아니라 문학의 역사적 성격에 대한 인식이다. 이 조건은 문학에 대한 케케묵은 관점의 수정과 관계된다. 존재론적·예술주의적 문학론자들이 문학의 본질과 '초시간성'('작품은 영원하다')을 말하기 위해 치켜드는 일련의 발언들은 사실상 문학의 진실과 관계없는 것들이다. 문학작품은 분명 특정의 시간과 공간을 넘어가는 이동성을 갖고 있고 역사를 넘어서려는 욕망을 지니고 있지만, 이 초시간적 이동 가능성 자체가 극히 역사적인 성격의 것이기 때문에 '시대를 넘는다'는 것은 문학의 '본질적 성질'에 의한 필연적이고 당연한 보장도 결과도 아니다. 작품은 넘으려다 넘지 못한 불완전성, 뚫고자 했으나 다 뚫지 못한 한계, 봉합하려 했으나 다하지 못한 파열, 숨겨진 무의식과 좌절된 꿈—이런 것 때문에 후대의 독자, 곧 초시간적 이동성을 얻기도 한다. 이 경우의 이동성은 생산의 시간이 수용의 시간을 지배하는 관계가 아니라 두 시간대의 만남, 대화, 융합이다. 역작일수록 이 불완전성의 매력이 촉발하는 역사적 대화는 더 흥미로울 수 있다. 생산의 역사만이 아니라 읽기의 역사가 보여주는 이 대화적이고 변증법적인 현상을 고려할 때 문학작품을 존재론적 대상으로 승격시키거나 그 대상의 불멸성을 예찬하는 것이 반드시 문학의 진실을 말하는 방법은 아니다. 더구나 지금은 어느 누구도 '이것이 문학이다'라는 규정을 항구하고 본질론적 의미에선 제시

할 수 없다는 것이 지난 사십 년간의 비평적 논의로부터 우리
가 끌어내는 결론이다. 문학에 대한 모든 정의는 역사적으로
생산되고 역사적 조건의 변화에 종속되며 변화에 열려 있다.

둘째, 문학성은 문학의 담론적 변별성 혹은 공통 요소에
대한 개념이 아니라 당대의 문학이 당대와 맺는 관계의 성격에
대한 비평적 판단이다. 문학담론과 다른 담론양식들 사이의 비
본질적 변별 요소와 형식, 문학 일반 또는 특정 관습 내부의 문
학현상들에서 발견되는 공유 요소, 그리고 그런 것들의 기능에
대한 이론적 연구와 해명은 필요하다. 그러나 그것들은 비평적
의미에서의 문학성은 아니다. 비평이 모색하는 문학성은 한 시
대의 문학이 당대 인간의 삶과 열망을 조건 짓고 지배하는 역
사적 세력들과 어떤 관계를 맺고 있으며 그 관계의 성격은 무
엇인가에 대한 당대 수용자의 비판적·비평적 판단 내용이다.
'한 시대의 문학'이라 함은 생산과 수용의 두 측면을 포괄한다.
다시 말해 당대 문학에는 당대에 생산되는 문학작품만이 아니
라 당대에 유효한 텍스트로 수용되고 있는 과거의 문학작품도
포함된다. '역사적 세력들'이 의미하는 것은 당대의 삶을 조건
짓고 지배하는 생산양식과 재생산 이데올로기, 이것들과 연결
된 사회정치적 권력 세력 및 가치체계 들이다. 모든 시대의 문
학은 이 역사적 세력들과 특정의, 또는 여러 형태와 복잡한 방
식의, 관계를 맺는다. 맞서는 저항적 관계, 따라가는 추종관계,
침묵하는 차단·소외관계, 끌려가는 복종관계, 나팔 부는 예
찬관계, 멍드는 희생관계, 멋모르고 뛰는 환상적 관계─이 밖
의 다수의 순열조합적이고 복합적인 관계들이 가능하다. 그러
나 이 다양한 관계 양상에도 불구하고 그 관계들의 성격은 비
교적 단순하다. 그 성격은 기본적으로 지배적 권력관계가 당대

인간의 삶에 가하는 폭력과 왜곡에 대한 문학예술의 정치적 입장을 요약하는 것이기 때문이다. 논지 전달을 위해 효율적 단순화(이런 경우처럼 단순화가 아름다울 때도 없다)를 시도한다면, 이 정치적 입장들은 진보성과 반동성이라는 단 두 개의 기본 카테고리로 나뉘고 나머지는 이 양극 사이의 스펙트럼의 문제이다. 이 경우 비평적 판단으로서의 문학성은, 역사의 폭력과 왜곡에 대한 문학의 저항 유무로 결정된다. 오늘날 '시장가치'는 이 시대의 역사적 폭력과 왜곡을 대표한다. 남아프리카 작가 나딘 고디머는 언제나 "억압당하는 자의 편에" 서는 것이 문학이며 작가가 개인적으로 아무리 정치를 싫어한다 해도 그는 결국 "정치적일 수밖에" 없다고 말한다.

'문학이 시대와 맺는 관계' 부분에 대해서는 약간의 추가 해명이 필요하다. 문학은 정치 선언문도, 팸플릿도, 구호나 성명도 아니다. 그러므로 문학작품이 당대의 역사적 세력들과 맺는 관계는 정치적 입장의 직접 표현을 통한 관계 맺기일 수도 있지만(이 방식은 대부분 비효율적이고 비예술적이다) 반드시 그래야만 하는 것은 아니다. 문학이 작동하는 곳은 이데올로기 층위이며, 그것이 활용하는 소재 역시 이데올로기 세계의 재료들이다. 이 재료들 중에 가장 강력하고 효과적이고 무의식적인 것이 이데올로기 요소(이념소)들이다. 따라서 문학이 시대와 맺는 관계의 구체적 발생 지점으로는 문학이 어떤 이데올로기 요소들을 어떻게 사용하는가라는 지점, 곧 특정 이념소의 선택과 활용의 순간을 예로 꼽을 수 있다. 속담, 개념, 가치, 환상, 민담, 신화, 명제 등은 대표적 이념소들이거나 이데올로기의 집약적 투사 지점이다. 이를테면 속담은 이미 그 자체로 하나의 원형적 이야기이므로 예컨대 '송충이는 솔잎을 먹어야 산다'와 그 변조('송충이는 솔잎이나 먹어야지')들로부터 소설, 시, 희곡이 나올 수 있고 '남편은 하늘이다'로부터 소설, 시, 희곡이 나올 수 있다. 마찬가지로 '사회란 것은 없다'라는 명제나 민족주의, 한恨, 가족, 경쟁력 같은 개념적 이데올로기 요소들의 활용으로부터 작품이 나올 수도 있다. 문제는 이런 이념소가 어떻게 사용되는가이며 그 사용 방법이 당대의 지배 이데올로기와 권력에 대한 문학의 관계를 형성한다. 문학의 정치적 입장은 이 관계를 통해 구호적·선전적 방식이 아닌 예술경제적 방식으로 굴절 표현된다.

셋째, 문학성은 완벽성의 개념이 아니라 문학이 실현하려는 예술적 가치에 대한 경건성의 개념이다. 문학성이 만약 '예술성'을 의미하기로 한다면, 이 예술성은 앞서 본질론적 문학성의 경우와 마찬가지로 사실상 무의미한 용어이다. 음악, 미술의 경우 음악성은 음악적 성격이나 성질을, 회화성은 회화적 성질을 표현하는 것 이상의 의미를 갖지 않는다. 이런 의미에서라면 문학성이 지칭하는 것은 단순한 '문자예술적 성격'으로 한정될 수 있을 것이다. 그러나 지금 우리의 관심 대상인 문학성이라는 개념은 그런 의미로 한정되지 않는다. 또 예술로서의 문학이 타 예술 분야들과 공유하는 어떤 성질을 끌어내어 그것으로 문학의 예술성을 말할 수도 없다. 문학은 문자예술이기 때문에 이를테면 음악, 미술, 영화와는 표현의 매체, 대상, 방법이 다르고 따라서 예술 장르들 사이에는 총괄적 예술성이 있는 것이 아니라 장르에 따른 예술적 가치가 있을 뿐이다. 문학예술은 그 매체(언어)를 다루는 기술의 장인성만을 결정적 조건으로 갖지 않는다. 거기에는 사상, 감성, 통찰, 반응 효과 등의 여러 재질이 참여하며 독창성, 깊이, 치열성, 조직력이라는 요소도 참여한다. 이들 요소의 어느 것도 지배적이지 않고 결정적이지 않으면서 이 모든 것들의 탁월한 참여가 문학의 '예술적 가치'를 절정으로 끌어올린다. 이 절정의 가치에 대한 존경이 문학성이다. 언어 운영의 기술 수준이나 서사의 공학적 조직 층위에서의 탁월성(이는 '완벽성'과는 다른 개념이다)이 주제 구성의 허약성, 사상적 반동, 감성적 빈혈, 통찰 부재를 보상하지 못하고 그 역도 진리이다. 어느 한 층위에서의 탁월성만으로는 문학의 예술적 가치가 실현되지 않는다. 이 가치 실현의 편차와 불균형이 문학의 위기를 조성하고 문학성의 빈곤을 초래한다. 여러 층위에서의 탁월성의 추구는 결국 '완벽성'의 추구가 아닌가? 아니다. 문학예술은 인간존재의 결함(시간성)에 대한 사유이고 상징이며, 그것이 추구하는 것은 이 사유-상징의 절정이지 존재의 완벽성이 아니다.

3. 환각의 언어와 문학

문학예술 생산자가 반드시 자기 시대의 곤혹과 딜레마에 대한 인식 혹은 통찰을 갖고 있어야 하는가라는 질문에 대한 비평적 견해는 좌우 살필 것 없이(사실은 살피지 않을 수 없지만) '그렇다'이다. 딜레마에 대한 인식을 일단 문제의식이라 할 때, 이 문제의식은 개념적 · 추상적인 것일 수도 있고 지각적 · 체험적인 것일 수도 있다. 그러나 문제의식은 대체로 개념과 지각, 사유와 경험의 두 경로를 거쳐 형성되며 그 순서는 고정적이지 않다. 창작자는 어떤 문제의식을 갖고 체험의 세계로 뛰어들 수도 있고 그 반대 과정—어떤 체험의 결과 문제의식

262

을 가질 수도 있다. 문학 텍스트는 추상적 사유의 전개를 목적으로 하는 것이 아니기 때문에 작가에게 가장 중요한 것은 물론 체험의 언어이다. 그러나 여기서 많은 오해와 착각과 나태가 발생한다. 창작 텍스트가 체험의 언어로 쓰이는 것은 사실이지만, 그 언어가 '배후에' 추상적 사유와 질문을 깔고 있지 않을 때, 혹은 그런 사유를 거쳐서 나오는 것이 아닐 때, 그 텍스트는 중요하고 의미 있는 문학작품이 되지 않는다. 창작자 (특히 작가)에게 제기되는 최대의 도전은 '어떻게 쓸까'라는 것임과 동시에 '무엇을 문제로 구성할까'라는 문제, 곧 의미 있는 '문제 구성question formulation'의 요구이다. 문제의식과 추상적 사유가 작가에게 중요한 것은 이 때문이다. 문제의식과 사유 없이 탁월한 문제 구성은 불가능하고 개인적·사영역적 딜레마와 공영역적 딜레마를 연결할 방법이 없다. 체험적 언어의 예술경제적 구사나 서사의 공학적 조직 같은 문제는 사실 글쓰기의 '프로페셔널'인 작가에게는 기본 요건 차원의 기술적 도전이다. 그러나 '의미 있는 문제의 구성'이라는 도전은 운명적인 것이다. 이 도전은 그가 뛰어난 작가일 수 있는가 없는가를 결정하는 시험, 말하자면 작가로서의 그의 운명을 결정하는 테스트이기 때문이다. 언어매체의 운영기술과 이야기의 조직기술만으로는 그가 이 시험을 통과할 수 없다. 기술 구사력이 그에게 기본적인 것이라면(물론 이 기본이 되어 있지 않으면 그는 1차 시험에서 낙방이다) 문제 구성 능력은 기본 이상의 것이고, 이 기본과 기본 이상의 능력이 함께 구비될 때 그는 군계群鷄의 범속성을 벗어난다.

소설을 기준으로 할 때, 1990년대에 들어와서 우리 문학이 보이는 가장 현저한 위기 국면은 이 '문제를 구성하라!'는 도전 앞에서의 나태의 심화현상이다. '심화'라는 말이 의미하는 것은 우리 소설문학의 문제 구성력 빈곤이 1990년대 소설만의 특징적 현상이 아니라 이미 오래된 문제이며 최근의 문학이 보이고 있는 것은 이 오래된 문제의 지속적 심화, 혹은 '빈곤의 지속적 풍요화'라는 사실이다. 우리는 근대사의 전 과정을 통해 세계에서도 가장 참담한 역사를 경험한 민족이다. 전통사회로부터 벗어나기 위한 초기 노력의 좌절과 실패, 식민지 종속, 전쟁, 분단, 왜곡된 근대화 과정과 독재정치, 민주화 투쟁, 천민자본주의의 이식, 공동체 와해 등 역사의 거대한 타격과 폭력을 겪은 것이 근현대 한국인의 경험이며 이 경험의 모든 고랑에는 이산, 뿌리 뽑히기, 박탈, 종속, 희생, 배반의 구체적 고통들이 새겨져 있다. 그런데 이만한 크기의 역사를 경험하고 이만한 깊이의 고통을 겪은 민족치고는 그 손에서 생산된 문학이 대체로 이처럼 빈약하고 미미할 수가 없다. 우리의 경험과 우리의 문학 사이에 존재하는 이 격차, 경험의 풍요와 표현의 빈곤 사이에 끼어드는 이 괴리—우리 문학의 이 이상한 왜소성은 무엇에 연유하는가? 그 왜소성은 무엇보다 우리 소설문학에 고질적으로 남아 있는 문제 구성력의 빈곤에 결정적으로 연유한다. 1980년대 소설의 위기가 '주제 중시, 기술 경시'이고 1990년대 소설의 위기는 '기술 중시, 주제 경시'라는 진단이 있지만 이 진단은 한 측면에서는 수긍할 만한 데가 있는 반면 다른 측면에서는 그리 정확한 것이 아니다. 1980년대 소설들, 특히 진보문학을 표방한 작품들의 경우 '강한 주제와 주제의식'이 있었던 것은 사실이며 강한 주제가 '큰 주제'를 의미한다면 1990년대 소설들이 상대적으로 큰 주제를 회피하는 경향을 보이는 것도 사실이다. 그러나 '문제 구성'의 관점에서 본다

264

면, 1990년대 소설과 그 이전 소설 사이에는 차이보다 공통점이 더 많다. 이야기를 짜는 공학적 조직기술도 허약하고 문제 구성력도 허약하다는 것이 그 공통점이다.

문제 구성은 분명 '주제'의 영역이지만, 주제라는 낡은 어휘로는 기술하기 어려운 어떤 기능을 갖고 있다. 주제는 작가의 독창일 수도 있고 아닐 수도 있다. 오히려 주제는 작가의 독창일 때보다는 아닐 때가 더 많고, 독창이 아니라 해서 문제되지 않는다. 주제는 이미 남들도 아는 것, 이미 세상에 나도는 것, 흔하고 진부한 것일 수 있다. 그러나 이 흔한 주제, 남들도 다 아는 주제, 빌려온 주제에 독창성을 부여하고 새롭게 하고 그것을 특별히 '그 작가의 것'이 되게 하는 것, 그것이 '문제 구성'이다. 예컨대 종속으로부터의 해방, 이산의 고통, 반독재, 자본주의의 인간 파괴 등등의 주제를 위시해서 세계에 존재하는 주요 주제들은 대부분 이미 알려져 있는 것들, 문학이 아니더라도 다른 담론과 사유 경로를 통해 세상에 유통되고 있는 것들이다. 그러나 이런 주제들을 끌어다 소설의 주제로 볼 때에는 그것들에 대한 작가의 특별한 질문, 변형, 재구성의 작업이 필요하며 이 작업이 문제 구성이다. 문제 구성은 작가가 선택한 주제에 대한 작가 자신의 질문이고 의미 있는 문제로의 변형이며 재구성이다. 이 재구성 과정이 빠질 때 소설은 과거 소비에트의 사회주의적 사실주의 계열의 소설들처럼 판에 박힌 소설, 진부한 소설, 새로움도 독창성도 아무 질문도 없는 소설, 고리키의 『어머니』 같은 소설과 그 아류들이 나온다. 낡고 흔한 주제를 새로운 주제로 재구성한다는 것은 낡은 것을 새 것으로 바꾸어 탄생시키는 경건한 '예술적' 행위이다. 1980년대 소설들이 강하고 큰 주제들을 갖고 있었다 하더라도 그 주제들이 반드시 재탄생의 과정을 거쳐 나온 새롭고 흥미로운 문제 구성이었다고 말하기는 어렵다. 문제 구성 앞에서는 주제의 크고 작음이 별문제되지 않는다. 아무리 작고 보잘것없는 주제라 하더라도 그것을 중요하고 흥미로운 문제로 바꿔내는 것이 문제 구성이다. 1990년대 소설이 작은 주제들을 가진다는 것이 문제가 아니라 그것들을 새롭고 의미 있는 문제로 잘 구성해내지 못한다는 것이 문제이다. '남녀 사랑'은 큰 주제임과 동시에 너무 흔해서 작아질 수 있는 주제이다. '역사'라는 것도 그러하다. 그러나 크고 작고 흔하고에 관계없이 그 주제로부터 수많은 새로운 문제가 구성될 수 있다.

최인훈의 『화두』는 이런 문제 구성의 한 예를 제공한다. 이 자전적 소설은 작가–화자와 그 가족의 삶에 강요된 과격한 변화(사회주의 북한에서 쫓겨 남하하고 가족 성원들이 다시 미국으로 이주한)를 배경으로 그 변화의 후속사를 다룬다는 점에서 뿌리 뽑히기와 이산의 고통을 주제로 삼고 있다. 『광장』 이후 독자들에게 이미 친숙해진 '이명훈 주제'(남북 어느 쪽에도 착근하지 못하는 지식인의 방황)도 확장된 지평(소설 『화두』에서 남과 북은 미국과 소비에트로 확대된다) 속에서 연속적으로 등장한다. 뿌리 뽑히기, 이산, 방황은 새로운 주제는 아니다. 그러나 이 새로울 것 없는 주제들이 이 소설에서는 매우 흥미롭고 새롭고 의미 있는 문제들로 재구성되어 나온다. 소설의 표층 텍스트에는 어디에도 명시적으로 제시되고 있지 않으면서 화자가 절절하게 추구하고 있는 문제는 뜻밖에도 '역사를 용서할 방법의 모색'이라는 것이다. 역사의 폭력에 희생되고 역사의 난폭한 선고 때문에 긴 유맹流氓의 삶을 살아온 화자가 그 역사를 향해 던지는 질문은 '역사여, 너의 폭력은 정당했는가?'이면서 동시에 '정당하지 않다면 내 고통의 의미는 무엇인가?'이다. 역설적으로, 화자는 자기가 역사를 관용할 방법을 찾지 못하는 한 자신의 오랜 고통을 의미 있게 할 방법 또한 없다는 것을 알고 있다. 이것이 그의 딜레마이고 '화두'이다. 그의 러시아 여행은 이 딜레마를 풀기 위한 여행이며 역사를 용서할 방도를 찾고 확인하기 위한 여행이다. 그는 역사를 심문하면서도 개인들의 운명에 가해진 역사의 폭력이 정당한 것이었기를 회구한다. 이 점에서 『화두』는 『광장』의 연속이 아니다. 역사를 용서할 방법의 모색이라는 문제는 이 소설이 일련의 낯익은 주제들로부터 구성해내고 있는 진지한 화두, 곧 이 소설의 새로운 주제이다.

1990년대에 들어와 문단을 포함해서 우리 사회 전반을 포위한 것은 잠자리 날개보다도 더 가벼운 경박성이다. '1990년대 경박성에 관한 보고서'를 쓰고자 하는 사람은 동유럽 사회주의의 소멸이라는 국제적 변화와 문민정부 등장이라는 국내 상황의 결합이 한국인의 인식 지도에 일으킨 '청맹과니 효과'에 우선 주목할 필요가 있다. 이 효과와 1990년대 경박성 사이에는 깊은 상관관계가 있기 때문이다. 성한 눈을 갖고 있으면서 사실은 아무것도 보지 않고 보기를 거부하는 것이 청맹과니 효과이다. 동유럽 사회주의의 소멸로 체제에 대한 역사의 심판은 끝났다. 이제 남은 것은 자본주의 만세를 부르며 죽으나 사나 오직 이 한 길로 뛰는 일뿐이다라는 것이 외부 상황 변화에 대한 청맹과니들의 결론이라면, 문민정부의 등장과 함께 이제 이 땅의 민주화는 완성되었고 더이상 할일은 남아 있지 않다라는 것이 내부 상황에 대한 청맹과니들의 결론이다. 이런 결론이 사실은 착각이고 환각이라는 사실을 모르는 것이 청맹과니

267

효과이다. 이 효과로부터 여러 다양한 환각성 구호, 행동 방식, 신념, 가치관 등의, 말하자면 통틀어 '환각의 언어'라고 부를 수 있는 광범한 신호체계가 형성된다. 사회 전체가, 정치적 입장을 달리해온 세력들과 다수의 문학인들까지도 포함해서, 이 신호체계 속으로 흡수된다. 그 체계의 특성은 거기 빨려든 모든 세계들을 아주 가볍게 만들어 중력법칙을 무시하고 지상 이십 미터 상공으로, 잠자리보다도 더 높이, 붕 뜰 수 있게 한다는 것이다. 이것이 이 신호체계의 경이로운 '마리화나 효과'이다. 청맹과니 효과와 마리화나 효과의 복합적이고 화학적인 생산물이 1990년대 경박성이다.

청맹과니들의 결론은 그것이 단순히 가볍기 때문에 문제이기보다는 틀린 결론이기 때문에 문제이다. 그 틀렸음을 지적하는 데는 많은 말이 필요하지 않다. 우선 민주주의—단 한 번의 문민정부와 함께 이 사회가 민주주의를 아주 완전히 성취했다고 생각하는 것은 착각치고도 중증의 착각이다. 민주주의는 한 번의 민간 권력 아닌 수십 번 수백 번의 문민정부를 필요로 하며 최소한의 안정적 착근을 위해서도 백 년 이상의 세월(피와 땀과 눈물)이 요구된다. 사 년 혹은 오 년으로 안정되는 민주주의는 없고 정치민주주의만으로 사회민주화가 이루어지는 것도 아니다. 둘째, 생산양식—자본주의의 전 지구화는 자본주의적 생산양식이 갖고 있는 악성 모순과 문제들의 전 지구화를 의미한다. 이 양식의 지배적 부상이 불가피하게 초래하는 것은 공동체 사회가 아니라 '정글'이며 보살핌, 가치, 우정, 사랑이 있는 인간의 사회가 아니라 경쟁과 약육강식을 유일 규범으로 하는 '동물 이하의 세계'이다. "사회란 것은 없다"라는 마거릿 대처의 말은, 그 문맥 의미야 물론 '공동체? 그게 어느 시절 얘기냐?'라는 것이지만,·말 자체는 정확하다. 자본주의가 환상적 행복체계가 아니라 불안, 모순, 파괴의 구조라는 사실은 이 구조의 전 지구화가 진행되고 있는 요 몇 년 사이에 '비로소' 조금씩 체감되기 시작하고 있다. 자본주의양식의 전 지구화와 함께 이 양식의 악성 모순이 본격적으로 드러나고 있는 것이다. 최근 우리 사회에서 발생한 노동법 파동은 이 모순의 국지적 노출이다. 자본주의 세계화는 프랜시스 후쿠야마가 보듯 '탈역사시대로의 진입'이 아니라 더 심각한 위기, 더 극화된 갈등시대로의 진입이다. "이제 나는 고삐 풀린 자유방임의 자본주의와, 삶의 모든 영역에 걸친 시장가치의 확산이 우리의 열린 민주주의 사회를 극히 위태롭게 하고 있다는 두려움에 빠진다"라는 것은 다른 사람 아닌, 미국의 왕 자본가 중의 하나인 조지 소로스의 최근 발언이다. 미국 클린턴 정부가 '새로운 시민사회 건설'을 외치는 이른바 '공동체주의communitarianism'를 내걸고 있는 것도 인간 소멸과 사회 정글화를 막아보려는 시도이다. 할일이 없는 것이 아니라 세계는 망해가고 할일은 태산이다. 생산양식의 변화와 문명의 전반적 재편을 모색해야 한다는 것은 무슨 할일이 없어서 굴려보는 머릿속의 한가한 '대서사'가 아니라 발등의 불이다. 달리는 자본주의는 제동장치를 제거한 기관차여서 벼랑으로 떨어질 것이 뻔한데도 굴러떨어질 때까지 계속 달릴 수밖에 없다. 이것이 자본주의의 거대한 우울이다.

　　시장가치란 '그 (시장)가치 외에는 다른 어떤 것도 가치나 규범으로 인정하지 않는 유일 가치'이다. 유일 가치는 유일 권력과 마찬가지로 폭력이다. 이 시대의 문학은 조지 소로스 같은 자본가를 두려움에 빠뜨리고 있는 몰가치·무규범 시대에

'문학'의 이름으로 존재해야 하는 문학이다. 그 문학은 불가피하게 '시장문학'이다. 그러나 동시에 시장문학 이상의 것이어야 한다는 열망을 그 문학은 자신의 내부 명령으로 갖고 있다. 이것이 오늘날 문학의 딜레마이며 이 딜레마는 아주 정확히 이 시대 인간의 딜레마('살자니 이래야 하고 이러자니 죽겠고')와 일치한다. 문학의 이 딜레마는 역사적인 것이고 그 딜레마를 뚫으려는 문학의 싸움은 정치적인 것이며, 문학이 지키고 실현해보려는 시장가치 이상의 가치는 물건 아닌 인간을 지켜내려는 예술적 가치이다. 이것이 오늘날 문학의 모습, 일, 꿈이고 문학의 문제의식이다. 이 문제의식이 구성해낼 수 있는 문학적 소재와 주제는 사실상 무한이다. 문제는 많고 쓸 것은 태산이다. 쓸 것이 없다니?

문학성은 지금 가치이면서 문제이다. 가치이자 문제로서의 문학성이 이 시대의 문학에 요구하는 것은, 뚫린 귀로 듣고 잘 해석해보면, '시대로부터, 시대에 맞서서, 시대를 위하여' 소리내고 웃고 울고 노래하고 이야기하라는 것이다. 끊임없이 생각하면서. (사족: 시대로부터, 시대에 맞서서, 시대를 위하여 쓰여지고 수용되는 문학이 반드시 시장가치만을 물고 늘어지는 문학, 반드시 이 시대의 소재를 사용하는 문학, 반드시 자본주의 반대만을 주제로 하는 문학을 의미하지 않는다는 것은 바보가 아닌 한 다 알아들을 소리이다.)

실천문학 1997. 봄

문민시대와 민족문학

1. 체제 나르시시즘

　'문민시대'의 의미론적 핵심이 '민주시대'라는 것이라면, 민주시대는 정권 담당자의 이력서나 옷 색깔로 결정되는 문제가 아니다. 현 김영삼 정권을 가리켜 '삼십 년 만의 문민정부'라고 말할 때 이 표현이 대중의 인식 지평에 각인시키려는 특별한 강조점은 권력 중추의 '문민화'라는 것이지만, 이런 의미의 문민화 자체는 민주시대를 규정하는 필요조건도 충분조건도 아니다. 이승만 정권은 분명 문민정권이었으나 그 정권의 성격은 '문민독재'였다. 문민시대를 규정하는 여러 조건 가운데서도 권력 수임의 차원에서 보아 가장 기본적인 것은 정치권력의 합법적 정당성 확보, 민주적 사회 운용원칙을 지키려는 정권의 명시적 공약과 실천적 헌신성, 민족적·국가적 과제들과 문명사적 문제들에 대한 정권의 자주적 정의력, 인식력, 대응력이다. 해방 이후 우리의 역대 정권들이 문민시대를 열지 못한 것은 단순히 권력 담당 세력의 출신 성분에 관계된 문제가 아니라 이 기본 조건들에 대한 충족의 실패에 관계된 문제이다. 이 조건들은 말할 것도 없이 '민주시대'를 규정하는 최소한의 필요조건들에 지나지 않는다. 따라서 '문민시대'라는 표현은 '민주시대'라는

271

의미를 떠날 경우 사실상 무의미한 말이 된다. 정권의 문민성 자체는 '민주주의'의 의미를 특별히 확장시킬 만큼의 변별적 중요성이나 차이, 부가가치를 갖지 않는다.

그런데도 우리가 현정권의 등장에 '문민정부' 또는 '문민 시대의 개막' 등등의 호칭을 부여하고 그 '문민성'을 창조하는 데 인색하지 않은 이유는 현정권이 군부통치 삼십 년을 차단하고 있다는 우리의 '특수한' 역사적 배경에 연유한다. 1960년대 초에서 1990년대 초에 이르기까지의 군사정권시대(길이로 따지면 이 세월은 식민시대 삼십육 년과 거의 맞먹는다)는 정치 규정의 형식('민주공화국')과 정치 내용(군부독재/권위주의) 사이에 해소할 수 없는 괴리와 모순이 발생하고 이것이 고통스러운 전 국민적 균열의 경험으로 심화됐던 시대이다. 정권의 '문민성'이 특별한 의미를 획득하게 되는 것은 그 문민성이 군부통치 삼십 년의 연속성을 차단하는 최소한의, 그러나 중요한 불연속성의 표시기표이기 때문이다. 문민성에 주어지는 이 특별한 중요성—이것이 '문민시대'라는 용어가 우리의 문맥에서 지니는 시대적 의미이다.

지난 삼십 년의 특수한 배경 문맥이 부여하는 이 '시대적 의미' 때문에 이 글에 사용되는 '문민시대'라는 말은 반드시 '문민시대 곧 민주화시대'라는 등가적 의미 관계에 놓이지 않아도 되는 역사적 용어, 말하자면 '현정권의 등장 이후 시기를 지칭하기 위해서만 사용되는 제한적 용어'가 될 수 있다. 현정부의 명시적 표방은 문민민주주의, 더 구체적으로는 '자유민주주의'라는 것이고, 사실상 민주화 개혁의 성취 없이는 문민시대의 의미 일체가 사라질 것이지만 문민시대가 그 궁극적 업적으로서 사회민주화의 실현을 내세우게 될 수 있을지 없을지

는 아직도 미지수이다. 그러므로 '문민시대와 민족문학'이라는
이 글의 화두가 반드시 '민주화시대와 민족문학'을 의미하지는
않는다는 점, 그리고 현재의 문민시대를 곧장 민주화의 시대로
규정하고 들어가는 것이 이 글의 전적인 시각도 아니라는 점을
분명히 해둘 필요가 있다. 이는 현 문민정부의 개혁 노력이나
그간의 실적을 과소평가해서도 아니고 지금의 문민시대가 민
주주의와는 명백히 거리가 있다는 결론을 내리기 위해서도 아
니다. 지금이 민주화의 시대인가라는 문제를 추궁하거나 그 추
궁에 모종의 답변부터 마련하고 들어가는 일은 이 글의 직접적
관심으로부터 한발 비켜 있는 문제이며, 추상적·규범적 의미
의 '민주주의'와 민족문학의 문제를 생각해보는 것 역시 이 글
의 과제가 아니다. 우리에게는 오히려 '문민시대의 민주주의를
어렵게 하는 현실'에 대해 더 시급하면서도 더 본질적인 사색
을 투입해야 할 필요가 있고, 이 현실과 대면하는 민족문학론
의 논의 방식, 문제 규정, 안건 설정 등에도 모종의 변화 내지
지평 확장을 요구하는 사항들이 있기 때문이다.

　　문민시대가 떠안고 있는 가장 긴급한 역사적 과제를 '사회
민주화'라고 한다면, 이 민주화 작업이 20세기 중반도 아닌 세
기말의 시점에서 뒤늦게 '시작'되었다는 사실은 여러 차원에
서 매우 심각한 '시기적 낙후성'의 문제를 제기한다. 유신시대
의 '우리식 민주주의'라는 굴곡에도 불구하고 이승만 초대 정
부 이후 제6공화국을 거쳐 현 문민정부에 이르기까지 이 땅에
서 명시적으로 천명된 정치체제는 '자유민주주의'라는 것이었
다. 그러나 이 명시적 천명의 연속성에도 불구하고 자유민주주
의는 이 땅에서 단 한 번도 제대로 실현된 적이 없고, 이 때문
에 현 문민정부가 자유민주주의를 표방하고 나온 지금 이 시점

까지 이 체제의 효율적 운영을 위한 사회적 훈련과 경험, 정치 철학의 수준은 극히 빈약하다. 문민정부의 집권 중반기인 현시 점에서조차도 언필칭 자유민주주의에 대한 사회적 인식과 대 중적 지각은 '자유를 주장하는 체제' 또는 '공산주의에 반대하 는 체제'라는 말초적 수준에 머물러 있고 이 수준 위에서, 근자 우리가 목격하듯, 냉전적 사고 틀과 반공 이데올로기에 나포된 극우 논리와 행태들이 자유민주주의의 이름 아래 끊임없이 출 몰하고 있는 것이 지금 이 문민시대의 현실이다. 이 현실에서 가장 소극笑劇적인 부분은 두 가지이다. 하나는 무엇보다도 자 유민주주의 자체를 위협하는 논리/행태들이 다름 아닌 '자유민 주주의체제 수호'의 이름으로 전개되고 있다는 것이고, 또하나 는 민주적 개혁에 반대 내지 저항하는 보수 세력일수록 '자유 민주주의'를 표방하고 나선다는 것이다.

　이 낙후성이 제기하는 문제는 자유민주주의체제에 대한 인식 부족이나 운영 미숙의 차원에만 있는 것이 아니다. 우리 가 자유민주주의를 한 번도 제대로 운영해보지 못했다는 사실 은 바로 그 자유민주주의에 대한 비관적 성찰과 담론을 성숙 한 사회적 사색으로 발전시킬 시간이 우리에게 없었다는 것을 의미한다. 이 때문에, 서구 국가들의 경우 이미 자유민주주의 의 정치철학적 기초가 부자유와 불평등을 심화하는 경제현실 적 기반 때문에 상당 부분 와해되고 정치민주주의의 현실이 단 자적 대중민주주의로 크게 변해버린 시점에 와서, 더구나 자유 민주주의 정치철학의 위선과 허위가 서구 사회 내부에서 철저 히 검증되기 시작한 지 사십 년(물론 이에 대한 본격적 비판사 는 백 년이 넘는다)이 지나서, 무엇이 바뀌고 무엇이 붕괴했는 가에 대한 인식도 이해도 없이 자유민주주의를 맹목적으로 찬

양해야 하는 또하나의 낙후성에 직면하게 된 것이 지금 이 문민시대의 우리 현실이다. 하나의 정치체제에 대한 이 무반성적 맹목 속에서는, 마치 공산독재의 경우처럼, 예찬 이외에는 어떤 비판도 허용되지 않는 체제 신성주의, 체제 나르시시즘, 혹은 체제 물신주의밖에 나올 것이 없다. 체제에 대한 이 구순기 口屑期적 나르시시즘이야말로 현 문민시대를 특징짓는 미성숙성의 지수이며, 민주화를 위한 사회적 노력 앞에 가로놓인 시대착오적 장애물의 하나이다.

이런 미성숙성이나 낙후성이 물론 문민시대 자체의 산물이라고 말할 수는 없다. 그 낙후성은 우리의 최근세사를 요약하는 더 근본적인 낙후성과 왜곡의 역사—다시 말해 사회근대화의 지연과 왜곡에 연유한다고 말해야 옳다. 우리는 근대적 국민국가를 가져본 일이 없고 근대적 시민사회의 성숙을 경험한 일이 없다. 근대성의 핵심이 '합리성과 자율성의 전 사회적·전 영역적 확장'이란다면 우리는 이 의미의 사회근대화를 해방 이후, 아니 구한말 이후 식민시대를 거쳐 최근의 6공화국 시기까지 이 땅에 성취해본 적이 없고 이런저런 형태의 왜곡된 근대화만을 경험했을 뿐이다. 구한말의 근대화 기도는 시작과 동시에 좌절되었고 식민시대의 근대화는 식민 통치자들의 이익을 위한 파행적·부분적 근대 문물의 도입에 머문 것이었다. 근대성의 주요 기준이 자율성과 자발성이라면, 식민 통치자들의 손으로 '부과'된 근대화는 이미 그 도입 주체의 외세성 때문에 주민의 민주적·자율적 동의를 확보할 수 없는 '왜곡된 근대화'의 조건들을 처음부터 안고 있었다. 외형적 근대문물의 도입만이 근대의 성취가 아니고 근대화가 아니다. 예컨대 근대적 법률과 사법제도는 식민시대에 도입되었지만 이 법/제도를 따른다는 것 자체가 '친일'로 인식되는 상황에서는 근대적 태도로서의 '준법'이 사회화하지 못한다. 우리 사회가 통치의 차원에서만 아니라 대중적 생활세계에서 근대적이고 민주적인 법치 전통을 확립하지 못한 것은 전근대로부터 근대로 이행하는 데 결정적 주요 시기가 될 수도 있었을 20세기 전반을 식민시대라는 왜곡된 문맥 속에서 왜곡된 근대화 기간으로 보냈기 때문이다. 일제에 의한 부분적 '대행 근대화'가 전근대로부터 근대로 이행하는 데 흔히 소요되는 내부적 사회갈등과 비용 일부를 우리에게서 면제시켰다는 주장이 없지 않으나 이 면제는 주권 상실(우리는 '근대국가'를 가져본 적이 없다)이라는 더 큰 비용 부담의 마이너스적 우수리 효과에 불과하다. 대행 근대화는 사회 근대화의 자율적 추진 조건들을 파괴하고 궁핍화했다는 점에서 결과적으로 마이너스 효과를 산출했다고 말해야 할 것이다.

　이 왜곡된 근대화의 현실은 해방 이후에도 사십오 년 넘게 지속되었다. 이승만 정권의 독재시대와 단명의 민주당 정권기를 거친 다음 역사상 최초로 '근대화'의 정책 구호를 내세운 정권이 들어서긴 했지만 박정희 정권의 '조국 근대화'가 목표로 한 것은 정확히 정치는 전근대에 묶어두고 산업 근대화만을 추진하는 일이었다. 사회 각 부문과 영역의 자율성 확장을 봉쇄하는 정치독재나, 독재권력에 도전하지 않는 한도 안에서만 말초적 자율을 허용하는 정치 권위주의가 전면적 사회 근대화를 수행해낼 수는 없었다. 삼십 년간의 산업 근대화를 거치면서 우리는 절대 빈곤으로부터 탈출하는 대신 이 탈출에 반드시 수반되지 않아도 될 비용—다시 말해 사회 근대화의 유예와 희생, 그리고 식민시대에서처럼 근대화를 위한 조건의 지속적 궁핍화라는 과외의 비용을 부합해야 했다(빈곤 탈출을 군사정권기의 업적으로 내세우는 사람들은 민주적 사회 근대화를 희생시키는 것이 반드시 그 탈출의 불가피한 비용일 필요는 없었다는 사실을 잊고 있다). 박 정권을 위시한 역대 군부정권들(노태우 정권의 경우는 약간의 예외적 부분이 없지 않지만)은 산업 근대화를 통해 선진 대열에 진입한다는 '선진국 이데올로기'만으로 정권의 정당성 위기를 관리하려 들었다. 그 결과는 극히 파행적이고 왜곡된 근대화의 진행이었다. 이 왜곡된 근대화는 사회 전 영역의 자율 기반을 비틀고 파괴했을 뿐 아니라 경제 영역에서도 최소한의 '자본주의적 합리성'조차 신장시키지 못함으로써 정경유착, 투기사회, 천민자본주의를 탄생시키게 된다. 지난 삼십 년간의 근대화는 그 왜곡성에서 식민시대를 계승하고, 특권적 권력과 특권적 자본에 의한 '내국 식민지 구조'를 만들어냈다는 점에서 식민시대적 성격을 계승한다.

근대성, 근대화, 근대주의에 대한 여러 불만과 비판에도 불구하고 '근대 성취'가 여전히 우리에게 '미완의 과제'로 남아 있다는 사실을 중시해야 하는 것은 사회 근대화가 사회 민주화의 불가결한 절차이기 때문이다. 합리성의 '전 영역적 확장'이라는 근대 기획에 역기능적 문제들이 없는 것은 아니다. 그러나 우리는 지난 반세기를 거쳐 지금까지 근대적 합리성과 자율성의 '과도한 확장' 때문에 고통을 당한 것이 아니라 그것의 '미확장' 때문에 여러 형태의 고통을 경험했고 지금도 그런 고통으로부터 해방되어 있지 못하다. 자율성이라는 근대 가치가 중요한 이유는 그것이 민주사회의 기초이기 때문이고 근대적 합리성이 여전히 중요한 이유는 그것이 동시에 비판적 합리성 혹은 비판적 이성의 자리이기도 하기 때문이다. 무엇보다도 양자는 미성숙성에 대한 '네거티브'(부정과 극복)—다시 말해 민주사회적 성숙성의 지표이다. 현 문민정부가 자신의 역사적 과제를 무엇이라 규정했건 간에 적어도 사회민주화나 '민주화 개혁'을 당면 목표로 설정한 것이 사실이라면 민주화의 기본 절차인 사회합리화 작업을 궤도에 올려놓는 일이야말로 문민시대적 과제가 아닐 수 없다. 우리 사회가 요구하는 '개혁'의 핵심은 두 가지로 요약이 가능하다. 하나는 군사정권기에 형성된 초법적인 권력 중심부들(초강력 국가권력, 치외법권적 집단, 특권적 이익사회집단)의 권력 독점을 해체함으로써 국민의 정치적 자유를 신장시키는 일이고, 또하나는 합리성에 입각한 사회 재편이다. 이 의미의 개혁에는 근대적 사회합리화 작업이 필수적 절차이며, 문민정부가 군사정권시대를 차단한다는 것은 그 시대의 왜곡된 근대화로부터 발생한 구조적 왜곡성과 전면적 낙후성을 극복하는 일이기도 하다.

2. 국제화, 개방, 무한경쟁시대 논리의 왜곡성

그러나 낙후성 극복이라는 명령의 시대적 절대성에도 불구하고 문민시대의 사회민주화/사회합리화 작업은 그 작업 자체를 또다시 굴절시키고 어렵게 만드는 강력한 악순환적 왜곡 요인들에 직면해 있다. 문민시대의 민주화 문제를 검토할 때 우리가 주목해야 할 부분은 정확히 이 지점, 곧 왜곡 요인들의 존재와 그 개입 지점이다. 지난 삼십 년간 산업경제 영역에서 진행된 왜곡된 근대화의 결과는 합리성의 신장이 아니라 비합리성의 사회적 심화와 확대인데, 이 확대·심화된 비합리성은 문민시대의 사회민주화/사회합리화 요구에 맞서는 저항 세

력, 혹은 그 요구를 무력하게 하는 왜곡 세력 연합을 형성하고
있다. 막스 베버 등이 '합리성의 절정'이라 불렀던 자본주의적
경제 행위의 '합리성'은 이윤 극대화의 논리와 동기가 지닌 무
모한 비합리성을 고려하지 않는 합리성, 다시 말해 목적합리적
효율성과 도구적 합리성의 차원에 머문 것이다. 그러나 우리는
'생존 논리'와 '선진국 이데올로기'의 포위망 속에서, 또 분단
현실 위에 번성한 반공 이념 때문에, 자본주의적 합리성이 안
고 있는 근본적인 비합리성과 모순에 대한 치열한 비판적 사색
을 성숙시킬 여유도 없이 그 비합리성을 일종의 '정상성'으로
받아들이는 상황에 이른 것이다. 문제는 여기서 그치지 않는
다. 군사정권기에 형성된 특권 세력과 수혜 계층은 바로 그 왜
곡된 근대화의 수혜자들이기도 했기 때문에 이 기득권 세력들
과 비합리적 이익집단 사이에는 이해관계의 일치에 입각한 기
묘한 세력 연합이 형성되어 있다. 전자는 냉전적 반공 이데올
로기와 보수 논리로 민주화 노력을 저지함으로써 후자를 지원
하고 후자는, 나중 논하게 되겠지만, '무한경쟁시대'의 논리를
들고 나와 전자를 지원한다. 보수 논리는 변화/개혁을 환영하
지 않는 반면 '경쟁시대' 논리는 적어도 변화를 주장해야 한다
는 점에서 양자 연합은 어울리지 않을 것 같아 보이지만, 이 외
피적 괴리의 밑바닥에는 개혁과 합리화 요구를 희석시켜야 한
다는 일치된 이해관계가 깔려 있다.

이것이 문민시대의 우리 사회가 도달해 있는 현실의 강력
한 한 단면이다. 이 현실이 문민정부적 '자유민주주의'의 가능
성에 던지는 부정적 함의는 매우 크다. 비합리성이 정상화된
사회에서는 아무도 합리적으로 행동하지 않고 이성성에 가치
를 두지도 않는다. 그러므로 비합리성의 극단적 확대가 이미

우리 사회에서 진행된 지 오래이고 그 결과가 강력하다는 사실은 무엇보다도, 합리적 개인 주체와 이성적 토론을 통한 합의, 이해관계의 합리적 조절과 조화라는 자유민주주의의 정치철학적 기초가 우리 사회 내부에 사실상 존재하지 않는다는 것을 의미한다. 바꿔 말하면 문민정부의 '자유민주주의'는 그 체제의 효율을 기대해볼 만한 현실 기반이 성숙의 기회를 상실해버린 시점, 혹은 그런 기반이 현실적으로 거의 불가능해진 시점에서 출발하고 있는 것이다. 이 진단은 민주화 작업의 불가능성을 주장하거나 민주적 가치들을 위협하는 행태들을 정당화하기 위한 것이 아니라 지금의 민주화 노력이 직면해 있는 현실적 왜곡 요인들을 노출시키고 순진한 자유민주주의론이(비록 의도와 관계없다 하더라도) 빠져들 수 있는 위선의 함정을 드러내기 위한 것이다.

이 같은 민주화 저항 세력이 개혁 요구에 가하는 왜곡의 실상을 더 정확히 보여주는 것은 근자 대두하기 시작하여 마치 자명하고도 이의를 달 수 없는 절대명령인 양 세력을 확장하고 있는 '국제화, 개방, 무한경쟁시대' 논리이다. 지금의 나라 안팎 현실이 국제화와 개방과 경쟁시대의 현실이 아니라고 말할 필요는 없다. 문제는 '국제화시대' 논리의 현실적 근거에 관한 것이 아니라 그 논리가 어떻게 문민시대의 민주화 작업을 중도 납치하게 되었는가라는 것이다. 문민정부 스스로가 '국제화'의 주장을 들고 나오게 된 직접적인 동기는 쌀시장 개방에 따른 국내 소요와 불만을 잠재우기 위한 것이었다. 이는 국제화의 내외적 현실과 요구가 없었다는 얘기가 아니다. 그러나 시장개방과 기업 행태에 관계된 '국제화'의 현실은 우루과이라운드 협상 타결 시점인 1993년 말에 갑자기 시작된 것이 아니다. 그 국제화는 이미 오래전부터 다국적기업MNCs과 월국적기업TNCs을 대표적 형태로 해서 후기자본주의 세계체제의 시장 경영 방식과 전략으로 엄연히 존재해온 국제적 '현실'이다. 우루과이라운드는 이 현실의 연장이고 귀결이며 그 현실의 일부에 불과하다. 문제는 쌀시장 개방이라는 파도 때문에 이 엄연한 기존 현실이 마치 하루아침의 돌연한 변화인 것처럼 제시되고 국제화가 곧바로 문민시대의 민주화 '개혁' 요구와 완벽하게 일치하는 것인 양 인식되는 '착종현상'이 발생한 데 있다.

　이 착종현상은 문민정부의 개혁 드라이브에 움츠리고 있던 보수 세력, 이익사회집단, 극우 세력들 사이의 가시적 연합전선 형성을 가능하게 하고 이들 세력에게 개혁을 저지하는 결정적 왜곡 지점을 제공하게 된다. 국제화 논리의 등장과 함께 문민정부의 초기 구호였던 '개혁'은 한순간 '경쟁력 강화'라는 구호로 급선회하고 '무한경쟁시대'에 '어떤 일이 있어도 이겨야 한다'로 뒤바뀌어 나오게 된다. 기업경쟁력만이 국가경쟁력의 전부가 아니고 적응 능력만이 '민주국가적 경쟁력'인 것은 더더구나 아니다. 기업경쟁력 강화를 위해 필요한 변화와 사회의 민주적 개혁을 위한 변화는 그 절차, 성질, 목표가 같지 않고 차원도 다르다. 그러나 경쟁력의 성질을 혼동한 예의 그 착종현상으로 인해 기업경쟁력이 곧 국가경쟁력이고 산업기술적·경제적 경쟁력 강화를 위한 변화가 곧 문민시대에 필요한 변화의 '전부'인 것으로 선전되는 일차원적 '성격동질화'와 '목표동질화'가 반개혁 연합 세력의 손에서 적극적으로 유도되어 나오기에 이른다. 이 동질화는 '변화' 주도권을 기업집단들에 넘겨주고 이익 논리를 절대화/신성화함과 동시에 경쟁력 강화의 이름으로 모든 비민주적·비합리적 관행과 행태들에 면허

증을 안겨주게 된다. 문민정부는 위기 돌파의 한 전략으로 내세웠던 '국제화' 논리에 스스로 함몰되어 초기의 개혁/변화 구상을 중도 납치당하는 한편, 산업경제 영역에서의 성취만으로 정권의 반민주성을 호도하려 했던 과거 군사정권들의 정당성 확보 논리와 거의 구분하기 어려운 수준으로 문민시대의 정당성을 후퇴시키게 된다.

'개방' 논리에 대해서도 그 왜곡성을 점검하는 비판 작업이 필요하다. 개방을 얘기할 때 우리 사회가 먼저 철저히 인식해야 할 것은 '민주주의'로 불릴 자격이 있는 모든 사회는 이미 그 자체가 개방사회이고 개방체제라는 사실이다. 그런데 지금 우리 사회에 대두해 있는 '개방' 논리는 민주적 개방사회를 위한 개방이 아니라 주로 자본주의적 '시장개방'—더 정확히는 상품소비시장의 개방을 의미한다. 물론 정치민주주의 사회가 그 경제체제로서 자본주의를 채택했을 때에는 '개방' 속에 경제개방과 시장개방이 포함된다. 문제는 우리의 경우 민주적 개방 사회를 만드는 데 필수적인 모든 중요한 절차와 개혁, 사상적·제도적 유연성과 탄력성은 접어두고 시장개방만으로 '개방시대'를 내세운다는 점이다. 예컨대 근자 극우/보수 세력들에 의한 시대착오적 '마녀사냥'이 보여주는 것은 개방 사회의 사고양식이나 행동 방식이 아니라 폐쇄사회적 억압성/경직성이다. 개방사회의 첫번째 자격 조건은 맹목적 체제 나르시시즘도 체제 신성주의도 아니다. 오히려 그 조건은 체제 신성화의 자폐적 억압성을 경계하고 '변화의 가능성 앞에 사회를 열어놓는' 능력에 있다. 민주주의 자체가 어떤 고정되고 항구불변한 원형적 모델을 갖고 있는 것은 아니므로 '열린 사회'의 개방성이란 '변화의 개입 가능성에 대한 열림'을 의미한다. 자유민주주의가 상대적으로 후한 점수를 받게 된 이유는 이 체제가 그나마 열린 사회의 개방성을 약속하기 때문이다. 따라서 부단히 저 스스로를 점검하고 비판 앞에 자기를 열어두는 것은 자유민주주의체제의 약속 이행이고 '의무'이다. 자유민주주의 수호의 이름으로 진행된 근자 우리 사회의 억압적 행태들은 개방시대와는 거리가 멀고 정보화, 국제화시대와도 거리가 멀다. 개방을 외치는 사람들이 스스로 개방사회의 적이 되어 있고 국제화를 주장하는 사람들이 사상의 국제시장 정보에는 놀라울 만큼 개방되어 있지 못한(어떤 신문의 논자 하나는 미국 대학에서 '좌파'임을 자처하는 교수는 이제 '없어졌다'라고 썼는데, 미국 대학의 현실을 이처럼 왜곡하는 국제 정보를 그는 어디서 얻어 왔을까?) 것이 지금의 우리 현실이다.

'개방' 논리와 짝을 이루어 등장한 것이 이른바 '무한경쟁시대' 논리인데 단적으로 말해서 후기자본주의 세계체제가 무한경쟁시대로 돌입했다는 것은 어제오늘의 소식이 아니고 무슨 새로운 현실인 것도 아니다. 자본주의는 '처음부터' 경쟁체제였다. 지금 달라진 것이 있다면 시장체제의 전 지구화로 인해 그 경쟁의 정도가 더욱 살벌해지고 심화되었다는 사실뿐이다. 그런데 이 새롭지 않은 현실이 쌀시장 개방 결정 이후 '어떤 일이 있어도 경쟁에서 살아남아야 한다'라는 식의 위협적 생존 논리로 제시되어 일종의 공포 효과를 내고 있는 것이 지금 이 땅의 '무한경쟁시대' 논리이다. 생존의 가치가 모든 다른 가치들을 일단 압도하고 인간의 삶이 근원적으로 생존경쟁적이라는 사실은 아무도 부인하지 않는다. 더구나 자본주의 세계체제 속의 한 작은 귀퉁이를 차지하고 있는 나라가 경쟁환경으로부터 홀로 초연할 수는 없다. 그러나 문제는 거기에 있지 않다. 인간의 전 문명사가 모두 실수의 역사, 퇴행의 역사가 아닌 한, 민주사회의 문명사적 과제는 경쟁환경에서 '무슨 수를 써서라도' 살아남는 정글 법칙적 생존이 아니라 문명사회적 가치들을 희생하지 않으면서 살아남는 품위 있는 생존이다. 그러므로 경쟁을 얘기할 때 우리는 '생존 논리'의 절대화 또는 유일 가치화가 함축하는 반인간성, 반문명성, 반윤리성의 문제를 망각하지 말아야 하고 경쟁의 절대 가치화가 지니는 극히 반인간적·반사회적인 파괴력에 주의해야 한다. 자본주의 문명이 이 측면에서 지닌 반인간성은 '무슨 수를 써서라도'라는 목적합리주의에 연유하는 명백한 비합리성이며, 이는 펠릭스 가타리/들뢰즈 등의 표현을 잠시 빌리면(이들이 반드시 이성주의적 관점에 서 있는 것은 아니지만) 자본주의의 '정신분열증'이다. '잘 살기 위해서'라는 자본주의적 문명의 목표가 인간을 다시 정글 시대로 되돌려놓는다면 그 문명의 정당성은 어디에 있는가?

개방과 무한경쟁시대 논리가 '경쟁환경'을 강조하고 '개방시대'를 부각시킴으로써 얻고자 하는 효과는 여러 가지이다. 그 논리는 '경쟁의 대표자' 또는 '경쟁 능력을 가진 유일 영역', 따라서 변화를 주도할 수 있는 유일 세력으로 산업경제 영역과 기업집단을 내세울 수 있게 한다. 그것은 경쟁에 필요한 경영합리화의 구실 아래 행해지는 비합리적이고 반사회적인 행태들을 면죄하고 이윤 논리의 절대 가치가 다른 모든 가치들을 압도할 수 있게 한다. 무엇보다도 그 논리는 '무국경시대' 기업들을 거대한 '권력 중심부'가 될 수 있게 한다. 이미 다국적/월국적기업들의 경우에서 보듯 무국경시대의 기업은 국가를 대체하고 국가권력이 미치지 않는 별개 우주에서 그 자신의 법칙대로 움직이는 거대한 권력 센터가 되고 있다. 이 거대 권력 센

터들은 사회적 분배 정의를 실현하고 이해관계를 조절하는 국가 기능을 약화시킬 뿐 아니라 그 자신의 체제에 충성하는 '기업 국민'을 만들어낸다. 이 점에서만 본다면 지금 세계의 어느 사회에서도 자유민주주의는 전성기가 아니라 조락의 시대를 맞고 있다. 그러나 문민시대의 민주주의를 어렵게 하는 현실과 이데올로기에 대한 이 비판적 점검에도 불구하고 정작 민족문학/론에 닥친 위기 상황은 바로 그 현실과 이데올로기에 의해 조성되고 있다.

3. 무국적 문화시대의 민족문학

'민족문학'에 대한 기왕의 규정과 논의들이 어떤 방향에서 전개되어왔건 간에, 문민시대의 상황 변화는 민족문학/론이 시급하게, 그리고 진지하게 대응하지 않으면 안 될 새로운 문제와 토론 안건들을 분명 제기하고 있다. 국내 문화시장의 개방은 지금 논의 단계를 떠난 '현실'이며 이 현실은 국지적 문화시장의 '세계시장화'라는 형태로 다가와 있다. 더 정확히 말하면 국내 문화시장은 '국지적' 논리에 지배되던 시대를 떠나 '지구적' 시장논리에 지배되는 시대로 편입되고 있다. 문학과의 관계에서 보면 이 편입은 단순히 외국문학 상품의 대거 유입이나 상품 생산/유통 구조에 발생하는 세계시장적 변화만을 의미하지 않는다. 이런 부분에서의 변화도 여러 차원에서 이미 중대한 문제들을 제기하지만(수입 문학 상품의 시장점유율이 점점 높아지고 독서 취향의 변화가 예고된다는 사실 등은 사소한 문제가 아니다), 문화/문학시장의 세계시장화 현실에서 짚어봐야 할 더 근본적인 문제는 '민족'문학(사실은 '민족예술' 전반까지도)의 존립 가능성 그 자체에 대한 '위협의 대두'라는 층위에 존재한다.

이 위협은 세 갈래 상호 연관된 방향에서 제기된다. 무엇보다도 먼저 주목해야 할 것은 국제화/세계화 이데올로기의 팽배가 문민시대에 들어와 상당 정도의 문화적·의식적 헤게모니를 장악하게 됨에 따라 '민족'이라는 개념, 가치, 현실에 대한 간과하기 어려운 '희석 효과'가 발생하고 있다는 점이다. 민족문학은 '민족' 개념에 정초를 두고 있다. 그러나 국제화 현실과 이데올로기, 시장개방은 이 개념의 가치 자체를 근본적으로 위협하고 그것의 존립 근거를 와해시킨다. 둘째, 국제화 동향이 전반적으로 제기하는 것은 민족주의적 가치/감성과의 갈등인데 이 갈등은 민족문학이 지닌 '민족주의적 요구' 부분을 분명 위협한다. 민족문학이 반드시 '민족주의 문학'일 필요는 없다. 그러나 예컨대 분단체제의 극복이 통일된 국민국가의 부재 상태를 극복하는 일이라면 이 '국민국가' 속의 '국민'은 우리의 경우 '민족'이며, 통일은 이 '민족'의 민족주의적 요구이고 민족문학은 이 요구를 반영하면서 그 요구에 충실하려 한다. 시장개방과 국제화는 '민족' 개념을 위협할 뿐 아니라 '민족주의'를 시대착오적 감성으로 퇴화시켜 민족주의적 요구라는 현실 자체를 공기 속으로 증발시킨다. 셋째, 문화시장 개방이라는 형태로 진행되는 자본의 세계 장악은 민족동질성이나 민족문화적 동체성이랄 때의 동질성/동체성의 개념들을 적극적으로 와해시킨다. 시장성 논리가 이 개념들을 존중할 경우는 그것들이 상품가치를 지닐 때인데, 이 상품화 과정은 이미 그 가치들의 탈문맥적 붕괴와 박제화를 전제한다. 민족문학은 이 경우

'민족문학'을 규정하는 데 필요한 '유기적 동질성'의 공급 방도를 잃게 된다.

　민족문학/론이 지금 이 문민시대의 현실 속에서 수행해야 할 과제는 이상의 위협들이 어떤 구체적 양상과 논리로 대두하고 있는가, 대응의 차원에서 제기되는 어려움은 무엇이며 대응을 위한 논리, 의제, 전략은 어떻게 개발될 수 있는가 등의 안건들을 정밀하게 검토하는 작업일 것이다. 앞에서 전제했듯, 발제 수준 이상으로 이 문제들을 추적하는 것은 이 글의 임무가 아니다. 다만 이 단계에서도 필요한 몇 가지 생각들을 제시한다면, 우선 국내 문화시장의 세계시장화에 따른 일련의 상황 변화들이 어떤 장기적 결과를 암시하느냐에 대한 비평적 점검, 분석, 대응이 필요하다. 이 작업은 '민족문학'(창작의 의미에서)의 과제라기보다는 '민족문학론'의 이론적 과제이다. 주지하다시피 문화와 예술은 자본에 의한 시장 공략의 대상이 되면서부터 과거 인문주의자들이 생각했던 식의 문화, 모더니스트적 저항이 붙들어두려고 했던 의미의 예술이 아니다. 문화는 더이상 '타락한 세계로부터의 마지막 도피처, 돈의 신이 감히 침범할 수 없는 신성 구역, 미학적·예술적 감성과 가치의 최후 보루, 비속성/속물성의 최종적 부정 지역'—이런 것이 아니다. 문화는 시장이 되어 있고, 문화상품은 일반 상품과 동일한 방식으로 제조된다. 미학과 예술의 영역은 자본이 이미 모더니즘 이후의 시장 탐험에서 발견한 거대한 신대륙이다. 자본이 타넘을 수 없는 문화예술의 만리장성은 존재하지 않는다. 여기서 중요한 것은 문화가 지금 제1세계 자본의 고소득 시장의 하나일 뿐 아니라 세계를 시장화하는 첨단 '매개 기제'가 되어 있다는 사실이다. 매개자로서의 문화시장은 문화, 예술, 문학으로부터 국적을 박탈하고 민족적 특수성을 지워 없앰으로써 세계를 무국적 문화 또는 무국적 상품의 소비시장으로 바꾸는 기능을 수행한다. 그러므로 문학의 경우 '민족문학적 요소'라는 것은 문화 시장논리의 적극적 해체 대상으로 지목된다. 민족문학이라 불릴 만한 것의 소멸, 휘발, 해체가 세계화한 문화시장의 첫번째 이해관계가 되는 것이다. 이런 상황은 예컨대 '예술성 보태기 알파'(민족문학적 요소) 또는 '민족문학 보태기 알파'(예술성)라는 기준에 의한 민족문학적 '물건의 있고 없음'이나 작품의 '질적 수준'을 논하는 작업 이상의 별도 대응을 요구하는 새롭고 중대한 현실이 되고 있다. 요약하면, 민족문학론의 비평적 실천은 새로운 현실 앞에서 논의의 지평과 과제를 상당히 확대해야 한다는 요청을 받고 있다.

문민시대의 민족문학론이 새로운 의제의 하나로서 '민족주의' 문제를 생각해보아야 하는 이유도 거기에 있다. 이 땅의 민족주의란 것이 과거 일제하에서 어떤 내용과 형식으로 전개됐던가를 알고 있고 해방 이후 친일/극우 세력에 의한 민족주의 참칭을 경험했을 뿐 아니라 남한 사회 내부에서 민족 결속보다는 민족 분산적 민족주의 이데올로기를 보아온 우리로서는 민족주의라는 오염도 높은 용어를 새삼 들먹이기 어려운 것이 사실이다. 그러나 여기에도 상황 변화에 따른 새로운 요청이 있다. 통일 국민국가를 가져본 일이 없는 우리는 통일 국민국가 또는 민족국가와의 관련 속에서 민족주의를 거론할 겨를도 없이 '국민국가'의 지위, 기능, 성격이 상당히 흔들리고 와해되는 국면을 맞고 있다. 앞서 지적한 대로 다국적/월국적기업들은 과거 국민국가들에 속했던 기능의 상당 부분을 손아귀에 넣었을 뿐 아니라 기업 행위, 인적 조직, 상품 제조, 유통의 각 층위에서 '국가'와 '국적'을 넘어선 별개의 질서 속에 움직이고 있다. 이른바 '무국경시대'로 요약되는 이 후기자본주의적 질서는 무엇보다도 '충성의 단위'를 국가, 민족, 국민으로부터 기업집단으로 이동시키고 '가치 단위'를 민족공동체적 삶으로부터 이윤 동기로 옮겨간다(이미 우리 국내 기업집단들의 경우에도 한때 구색 차원에서나마 내세워지던 '국가와 민족을 위하여'라는 구호가 '이익' 논리에 자리를 내준 지는 오래이다). '민족'은 오로지 시장경제적 필요가 있을 때에 한해서 조상 귀신 들먹이는 식의 형식 수준에서만 거명된다. 상황은 이 정도에서 끝나지 않는다. '세계인' 이데올로기는 민족 개념 자체를 석기시대적 가치로 퇴화시키고 '세계화' 이데올로기는 민족문화적 자존을 넝마의 범주 속에 밀어넣는다. 이 상황에서 '민족' 현실에 투철한 문학이 곧 세계문학이고 '민족'적 가치, 정서, 경험에 충실한 문학이 곧 세계성을 획득한다는 공식은 여전히 유효할 것인가? 어떻게? 이런 질문은 그 공식이 아주 유효성을 상실했다는 진단을 확인하기 위해서가 아니라 유효성의 보전이라는 과제 자체가 맞게 된 새로운 도전 국면을 '문제화'하기 위해 제기될 필요가 있다. 이 대목에서 민족문학/론은 자본의 세계시장체제 속에 위치 지워져 '민족' 또는 '민족적인 것'의 소멸 위기를 맞고 있는 사회의 '새로운 민족주의적 요구'와 만나게 된다. 오늘날 이 같은 요구는 세계 문화시장에 의해 민족문화 소멸 위기로 몰린 많은 나라/민족의 강력한 정치적·문화적 저항과 방어 에너지가 되어 곳곳에서 터져나오고 있다. 민족 현실을 휘발시키고 민족주의 이념을 지상에서 영원히 소멸시키는 것은 제1세계 자본과 월국적기업들의 중대한 이해관계이다. 바로 그 이유 때문에도 민족주의는 케케묵은 근대 이데올로기로 끝나는 것이 아니라 민족문학론이 새로운 문맥에서 새로운 의미, 새로운 에너지 공급원으로 검토할 만한 비평적 범주로서의 중요성을 갖고 있다. 말할 것도 없이 이 중요성의 차원은 국수주의와는 관계가 없다.

문화가 세계를 무국적 상품시장으로 만드는 기능을 수행하고 있다는 사실은 바로 그 문화시장에 대한 비판적 개입이 민족문학론의 또다른 과제임을 말해준다. 문학시장에 대한 비평의 전통적 개입 방식은 대체로 '예술성 대 대중성'이라는 공식의 것이었다. 물론 예술성의 문제는 포기할 수 없는 중대 사안이다. 그러나 국내 문학시장의 세계시장화현상은 비평이 '대중성인가 예술성인가'라는 차원의 논의에만 안주하는 것을 허용하지 않는다. 국지적 시장논리 아닌 세계적 문화산업의 공략 대상이 된 문학시장에서는 문학상품의 '대중성'이 문제가 아니라 정확히 그것의 '식민성'이 문제가 된다. 그러므로 비평은 국내 시장을 공략하는 제1세계 문학상품들의 제작 공식, 흥미 자극 요인, 주변부/반주변부 문화에 제기하는 위협 요소 등을 분석해냄으로써 상품 형식과 메시지가 지니는 새로운 형태의 식민주의적 성격을 적극 노출시키는 탈식민문화론적 작업을 담당할 필요가 있다. 이 작업은 문학상품 외에 '이론상품'까지도 대상으로 하지 않으면 안 된다. 소쉬르의 언어학 모형에 의한 이른바 '언어적 전환' 이후의 서구 이론들은 제국주의/식민주의의 근원적 담론 구조를 비판/해체하는 데 유용한 이론적·방법적 장치들을 제공한 것이 사실이지만 역설적이게도 이 일련의 해체 공법들은 주변부 문화들이 '방어할 필요가 있는 가치'의 어떤 것도 남겨두지 않음으로써 결과적으로 자본주의에 의한 세계 해체를 측면 지원하게 된다. 문학이론만이 아니라 사

290

회이론 등에 넓게 흡수된 이 해체 공법들은 '선진 이론'의 위광을 띠고 세계 문화시장의 이론서 매장을 독점하고 있다. 우리의 경우, 이 이론들의 선별 활용 아닌 무분별한 모방이 일으키는 자기해체의 희극성만이 문제가 아니라 모방에 담긴 무의식적 식민주의가 문제이다.

이상의 논의들은 국제화/세계화의 추세에 일방적으로 저항하거나 세계화의 필요성을 전면 부인하는 것이 민족문학/론의 우선적 과제라는 입장을 펴기 위한 것이 결코 아니다. 민족문학/론이 문제삼아야 할 것은 '일방적' 국제화의 현실과 이데올로기─다시 말해 민족문학의 가능성 자체를 소멸시키는 무국적 상품시장의 현실, 논리, 이데올로기이다. 이 글은 그 이상의 것도 그 이하의 것도 말한 바가 없다. 부연할 필요도 없는 일이지만 문제의 그 '무국적성'은 국적 없음의 형태와 형식을 띠는 새로운 식민주의이고 식민성이다. 문제를 복잡하게 하는 것은 이 식민성이 제1세계 자본의 것일 뿐 아니라 동시에 자본 일반의 것이기도 하다는 점이다. 공교롭게도 이 식민성의 현실은 문민시대의 현실이며 이 현실을 '민주화'와 '변화'의 이름으로, 또는 생존 논리의 동원 아래, 적극 유도하고 있는 것이 문민시대의 이데올로기이다. 그 이데올로기는 '무가치사회'를 '선진국' 모형으로 삼아 거기로의 진입을 국가적 목표로 내세운다. 이 점에서 그 현실과 문민시대의 시기적 일치는 '공교로운' 일치가 아니라 논리적 일치이다. 오늘날 세계 시장체제 속에 편입된 사회치고 어느 사회가 인간을 상대로 한 이 식민화 현상으로부터 자유로운가? 정신분열증으로부터 자유로운 인간은 어디에 있는가? 바로 이 사실에 민족문학의 새로운 소재 발굴과 취택의 넓은 영역이 있을지 모르고 소재의 확대와 표현양식의 다양화를 통한 민족문학의 또다른 세계화 가능성이 있을지 모른다.

실천문학 1994. 가을

지구화 문맥 속에서의 민족 개념과 민족문학

이 발제의 기본적 문제의식은 현재 진행되고 있는 지구화 globalization현상이 민족이라는 범주를 중심에 둔 문화담론(민족 문학론, 민족문화론)의 성립 조건들을 상당 부분 변화시키고 있다는 것, 그리고 이 변화를 고려하지 않고서는 어떤 민족문 학론·문화론(이하 '민족담론'으로 표현)도 현실적 설득력을 얻기 어렵다는 것이다. 우리의 경우 민족담론이 극히 최근까 지 '민족'이라는 개념의 안정적 상정 위에서 전개되어온 것이 라면, 지구화현상은 이 안정적 담론 토대로서의 민족 개념 자 체를 극히 불안한 부호가 되게 한다. 지금까지의 민족문학론은 지구화현상이라는 새로운 변화 국면이 대두하기 이전에 제기 되고 발전되어온 것이며, 따라서 이 종류의 민족문학론은 이미 발생한, 그리고 지금도 빠른 속도로 진행되고 있는 지구화의 문맥 속에서는 그 이론적 적절성과 타당성의 상당 부분을 상실 하고 있다고 보아야 한다. 지구화현상이 민족담론에 제기하는 문제의 핵심은 자그마치 "지금 민족담론이 가능한가"라는 근 본적인 질문 속에 놓여 있다. 가능하다면 어떻게 가능하고 불 가능하다면 어떻게 불가능한가? 가능성의 조건은 무엇이고 불 가능성의 조건은 무엇인가? 그러므로 이 단계에서 시급한 작업 은 현존 민족문학론의 내용을 문제삼는 일이 아니라 민족문학

293

담론의 전개 가능성 자체에 발생한 주요 변화 국면들부터 먼저 검토하는 일이다. 이 글이 수행하고자 하는 것은 그 검토 작업이다.

문화영역에서의 지구화는 문화생산과 수용, 의식consciousness, 주체형식 등의 차원에서 발생하고 있는 '탈문맥화'와 '탈영토화'라는 두 가지 주요 국면의 복합적 현상이다. 탈문맥화 decontextualization는 문학을 포함한 문화의 전 영역에 걸친 문화품목의 생산, 유통, 수용이 특정 문화의 고유문맥을 이탈하는 현상이고, 탈영토화deterritorialization는 영토 또는 영역 경계선의 박막화薄膜化와 문화적 국경의 투명화현상이다. 이 두 국면은 서로 밀접하게 연관되고 많은 지점에서 서로 겹쳐 있다. 탈문맥화현상은 문화품목과 그 구성요소들을 생산의 고유문맥으로부터 이탈시켜 전혀 새로운 방식으로 조합하고 새로운 수용환경에 위치시킨다는 점에서 이미 그 자체로 탈영토적 현상이기도 하며, 문화국경의 박막화현상은 문화요소들의 탈문맥화를 조장하고 심화시킨다. 그러나 문맥이탈이 문화 생산양식에 더 많이 관계된 것이라면 영토이탈은 수용자들의 의식, 태도, 가치, 취향에 더 많이 관계되기 때문에 두 국면의 분리 검토가 필요하다. 탈문맥화현상이 보이는 가장 현저한 특성은 고유문맥과 토착환경으로부터 단절되고 파편화된 이질적 문화요소들로 문화상품을 구성해내는 혼합성hybridity의 생산 테크놀로지를 지구화한다는 점이다. 이 혼합성의 기술은 문화 생산양식의 문맥이탈, 파편화, 잡종화의 경향들을 요약한다. 또 탈영토화현상은 특정 문화의 영토적 기반이 되는 국가, 사회, 집단, 민족에 대한 정신적 정서적 결속, 유대감, 연결의식의 약화 내지 단절을 수반하는 새로운 문화향수 형식과 수용주체들을 만들어낸다. 이 새로운 수용주체들을 특정짓는 것은 국지성locality의 의식과 대비되는 지구성 또는 세계성globality의 의식이다. 탈문맥화가 문화상품·문화생산물의 문맥파괴적 파편화 경향을 보여준다면, 탈영토화는 집단적 기억, 역사의식, 연속성으로부터 이탈하는 수용주체들의 분산 경향을 드러낸다.

문화의 탈문맥화와 수용주체들의 탈영토화라는 지구화의 두 국면이 민족담론에 제기하는 문제가 이른바 '정체성의 위기'이다. 탈문맥화는 이질적 문화요소들로 구성되는 혼합문화의 지구화를 조장함으로써 국지적 문화정체성을 위협하고, 탈영역화는 역사적 동질감이 크게 약화된 문화수용주체들을 생산함으로써 문화정체성을 위협한다. 이들 두 변화 국면은 모든 문화의 역사적 형성과 발전에 개입해온 과정으로서의 문화혼융과는 그 성격과 양상이 근본적으로 다르다. 역사적으로, 모든 문화가 혼합적 구성물이라는 사실은 새로운 발견이 아니다. 문화자원과 문화요소들은 그 물질성의 정도가 약하기 때문에 언제나 국경초월적 이식, 전파, 확산의 가능성을 갖는다. 타문화들과의 교류, 이질요소들의 도입과 교환과 모방, 특정 요소들의 문맥초월적 확산 등은 모든 문화의 통시적 구성과 발전과정을 규정하는 공통적 양상이며 이 점에서 문화의 혼융은 역사적으로 새삼스러운 현상일 수 없다. 문화에 관한 한 '백 퍼센트 순수성'이란 역사적 현실이 아니라 문화국수주의의 상상적 구성물이다. 그러나 이 의미의 문화적 혼융은 이질요소들이 상당 기간의 동화 과정을 거쳐 특정 수용문맥 속으로 흡수되고 재문맥화recontextualization되는 느린 성격의 통시적 '문화통합'인 반면 현재 지구화가 발생시키는 탈문맥적 문화는 동화과정이 아니라 이질요소들의 급속한 혼성, 병치, 접목, 합성에 의한 새로운 형태의 혼합문화hybrid culture라는 특징을 갖는다. 통시적 혼합성이 국지문화의 정체성에 가하는 위협의 정도가 미약한 편이라면, 지구적 혼합성은 국지문화의 토착성, 고유성, 정체성을 매 순간 교란하고 위협한다. 역사적 문화혼합이 문화통합성을 반드시 불가능하게 하지 않는 반면 지구적 혼합문화는 한 문화의 통합문맥과 공시적 안정성을 파편화하고 해체할 수 있다. 이런 사정은 민족정체성 개념의 경우에도 비슷하다. 민족 역시 역사적 구성물이기 때문에 만약 민족정체성이라는 개념으로 특정 민족의 종족적 단일성이나 생물학적 고유성, 혹은 어떤 본질론적 특성을 지시하려 든다면 그런 의미의 정체성은 존재하지 않는다. 정체성 자체가 이미 가변성을 전제하는 역사적 개념이다. 그러나 지구화현상이 지금 민족담론에 제기하는 문제는 역사적 의미에서의 민족정체성이라는 개념까지도 극히 불안하게 한다는 점이다. 이를테면 탈영토화현상을 특징짓는 이동성, 비고정성, 세계성의 의식은 특정 문화의 국지적 기반으로서의 영토공간이나 민족집단에 대한 충성과는 상당한 거리를 유지하는 것이기 때문에 이 경우 정체성은 새로운 각도로부터의 규정을 요구한다.

지구화현상이 민족담론에 가하는 압박의 중대성은 무엇보다도 그 현상의 세계적 확산이라는 사실에 있다. 이미 일정 정도의 근대적 산업체제를 확립했거나 산업화를 진행시키고 있는 나라들의 경우 지구화는 거부할 수 없는 세계적 보편성을 획득하고 있다. 이 보편성의 배후에는 신질서 또는 질서재편으로서의 '단일세계의 가시화'라는 중대한 변화가 개입해 있다. 이 변화를 초래한 역사적 동력의 한 축은 자본주의 생산양식의 세계체제화이고 다른 한 축은 비영토적 정보공간의 확대를 가능하게 한 정보기술의 세계화이다. 오랜 진전 과정 끝에 1990년 소비에트 붕괴를 계기로 신속히 표면화된 자본주의적 세계체제는 세계적 단일 생산양식으로서의 자본주의, 세계적 보편문화로서의 자본주의적 소비문화, 시장-자유무역체제를 옹호하거나 최소한 그 체제에 반反하지 않는 국가정치체제, 시장-자유무역 질서를 유지하기 위한 초국가적 이념-감시체제 등의 현저한 가시적 대두와 세계화를 그 내용으로 하고 있다. 정보기술에 의한 단일세계는 그 기술 개발과 상업화의 견인력이 자본이라는 사실에도 불구하고 자본주의적 세계체제와는 구별될 필요가 있는 별개 차원, 곧 '생산력 발전'으로서의 기술혁신이라는 차원을 갖고 있다. 신매체 기술은 아직은 많은 지점에서 자본주의 세계체제에 종속되어 있지만 영토 개념을 뛰어넘는 새로운 정보공간(사이버스페이스)의 무한 확장이 시사하는 미래 변화의 가능성은 현재로선 그 범위를 측정하기가 어렵다. 이들 두 개의 변화 축에 의한 단일세계의 대두는 제1세계, 제2세계, 제3세계라는 식의 분할법에 의거한 종전의 세계 인식지도를 사실상 무용화하고 국민-민족국가들을 포함한 국지적 단위 국가들의 주권과 권력 범위에 변화를 초래하며 개별 주체와 집단들의 연대, 충성, 활동 방식에 새로운 형식을 부여한다.

단일세계의 대두 앞에서 민족담론은 그 담론의 전개 가능성에 한계를 가하는 최소한 세 개의 제약요인constraint에 직면한다. 첫번째 제약요인은, 자본주의 단일 세계체제가 경제적 생산과 문화적 소비의 단일양식을 지구화하고 있는 상황에서 국지적 정체성의 문화 혹은 정체성에 입각한 문화담론은 가능한가라는 문제이다. 역사적으로, 경제적 생산양식과의 긴밀한 연관관계 속에서 형성되고 발전해온 것이 문화랄 때, 지금 제기되고 있는 문제의 심각성은 "생산양식의 지구적 단일화가 진행된 세계체제 안에서 단일하지 않은 문화생산은 가능한가"라는 질문으로 요약된다. 특정의 단위 국가·사회가 이미 단일한 세계체제적 생산양식 속으로 편입되고 그 편입을 거부할 수 없을 때, 그 일반 생산양식과 관계없는 별개의 문화 생산양식을 발전시킬 수 있는가, 다시 말해 '일반 생산양식 따로, 문화 생산양식 따로'의 공식은 가능한가? 생산양식의 세계적 단일화는 문화영역을 예외로 두지 않는다. 문화 생산양식은 일반 생산양식의 논리와 법칙에 종속되고 그 소비양식 역시 일반적 소비문화 논리에 지배된다. 이 종속과 지배로부터 발생하는 문제적 국면은 그간 '문화 제국주의론'이 특정 지배문화의 세계적 보편화(이른바 '문화의 미국화'), 상업문화의 세계화, 토착-고유문화의 파괴와 소멸 등등의 이름으로 부단히 지적해온 세계적 문화 획일화와 동질화 현상이다. 상업-소비문화의 세계적 획일화와 동질화 현상은 '문화의 세계체제'이며, 이 체제 속에서 국지적 문화정체성은 극히 희박한 가능성의 영역으로 위축되고 모든 민족문화담론은 그 성립 조건을 뒤흔드는 근본적 제약에 직면한다.

자본주의 단일 세계체제가 민족담론에 가하는 두번째 주요 압박은 외견상 첫번째 제약요인과는 대조적 경향의 것이다. 이 세계체제는 문화획일화와 동질화현상을 초래하면서 동시에 그 현상과는 상반되는 듯이 보이는 문화이질화 현상을 동시에 발생시킨다. 자본주의적 생산의 이해관계에서 볼 때 문화영역은 다른 어떤 영역보다도 특징적으로 '가능한 모든 차이difference의 개발과 착취'를 시도할 수 있는 자원이며 '차이의 무한 상업화'가 가능한 거대 시장이다. 이 관점에서 보면 단일 세계체제적 생산양식은 문화 층위에서 적극적으로 '차이를 생산'한다. 대표적으로 미학, 취향, 무의식, 스타일은 차이의 무한 착취를 가능하게 하는 새로운 식민영역들임과 동시에 문화 요소들 사이의 차이를 무한 상품화할 수 있는 거대한 잠재영역이다. 지구상의 모든 문화자원들은 그 생산의 고유문맥을 떠나 상품으로 재구성되고 이질문화요소들은 새로운 형태의 혼합적 상품형식 속으로 끌려들어 재조합된다. 문제는 이 경우 차이 생산을 지배하는 것이 시장 논리이며, 이 논리는 다른 모든 생산의 논리와 동기들에 우선하고 그것들을 단일한 이윤동기 아래로 예속시킨다는 사실이다. 여기서 차이 생산이라는 새로운 문화 생산양식이 왜, 그리고 어떻게 국지문화의 정체성을 교란하는가가 드러난다. 단일 생산체제는 한편으로는 문화동질화의 방식으로 국지문화의 정체성을 위협하고 다른 한편으로는 차이 생산을 통한 이질적 문화요소들의 혼합을 통해 국지적 문화 정체성을 교란한다. 동질화와 마찬가지로 이 이질화도 문화정체성을 보존하는 것이 아니라 그 반대 결과, 곧 문화적 고유성, 토착성, 정체성을 위협하고 교란한다. 앞서 논의한 첫번째 제약요인(문화의 세계적 동질화)이 국지 문화가 대면해야 하는 정체성의 위기를 보여준다면, 이 두번째 제약요인(차이 생산)은 문화의 이질적 혼효로부터 발생하는 정체성의 위기를 제시한다.

　　세번째로 고찰해야 할 제약요인은 지구화문맥 안에서 문화생산자–수용자를 포함한 개별 주체들의 구성형식에 발생하고 있는 변화이다. '하나의 세계'라는 새로운 지구적 환경 속의 개별주체들은 이미 '민족'을 말하기 어려울 정도로 각기 다른 충성과 연대의 대상을 갖고 있고 각기 다른 현실적 이해관계,

취향, 명분, 실천목표에 따라 분산되어 있다. 이 분산을 일으키는 요인의 하나는 자본주의적 사회관계이고 또하나는 정보 소통기술의 발전과 정보 공간의 세계화가 가져온 탈영토적 연대-연결의 가능성 확장이다. 특정 민족집단, 계급, 영토에 대한 소속감, 동질감, 연대감은 현실적 이해관계, 명분, 운동목표, 취향 앞에서 언제든지 포기되거나 수시로 재조정될 수 있고 경우에 따라 결정적으로 삭감될 수 있다. 국지성의 의식은 이미 세계성의 의식에 침투되고 개체와 개체, 집단과 집단 간의 연대 내지 연결도 이미 영토적 국가 차원이나 국지 차원을 넘어서고 있다. 지구화 문맥 속의 개별주체들은 탈영토적 노마드의 속성을 갖는다. 이들의 집단적 연대를 지배하는 결속 원칙은 반드시 국가, 민족, 영토, 국지성에 대한 충성이 아니며, 지구적 차원의 운동집단일 경우 단위 국가, 민족, 영토에 대한 충성은 오히려 운동의 효율성을 저해하는 부정적 요소가 될 수 있다. 연대의 방식도 반드시 항구적이거나 고정적이지 않다. 그것은 수시적 결속과 해체, 다시 말해 주체들의 위치 이동성, 가변성, 비고정성을 특징으로 하는 연대이다. 여기서 제기되는 질문은 '주체의 구성형식 자체가 이미 국가 혹은 민족 차원을 넘어서는 이동성과 가변성을 현저화할 때 민족-민족정체성이라는 통합적, 총체적, 동질적 범주는 유효한가'라는 것이며 이는 민족담론이 진지하게 검토하지 않으면 안 되는 또다른 제약요인을 구성한다.

　이상의 간략한 관찰은 지구화 문맥 속에서 민족-민족문학 담론이 어떤 변화국면들과 제약조건들을 고려해야 하는가를 요약하기 위한 것이다. 지구화는 민족문학론이 그 논의의 출발점에 포함시켜야 하는 현실적 조건들을 제시함과 동시에 민족문학론의 한층 진전된 전개와 재구성을 위한 모색을 요구한다. 민족문학론이 새로운 전개방향을 모색해야 하는 가장 큰 이유는 단일 세계적 환경이 이미 민족문학 자체의 생산조건들을 상당 부분 규정하는 바가 있기 때문이다. 이를테면 지구화 문맥 속의 작가는 "누구를 향해 말하는가"라는 질문의 지평부터 넓히지 않으면 안 된다. 그의 대상 독자, 그의 그 '누구'는 이미 민족이나 국지영토 범위를 벗어나 있을 수 있고 이 사실을 인식하는 순간 그의 민족문학(그가 민족문학을 표방하는 작가일 경우)은 새로운 대상과 생산동기들을 고려하지 않을 수 없게 된다. 대상과 관련해서는 언어운용의 기술도 고려사항이다. 물론 그는 민족 언어로 작품을 생산해야 하지만 자기 작품이 번역될 수 있다는 가능성을 염두에 두지 않으면 안 된다. 또 생산동기들에는 지구화환경에서 "무엇을 말할 것인가"의 '무엇'에 대한 탐색의 각도를 넓히는 일도 포함된다. 그는 "가장 한국적인 것이 가장 세계적이다"라는 속설의 포로가 될 수 없다. 한국적이면서 보편적인 것도 있고 한국적이지만 버려야 할 것도 있다. 버릴 것과 살릴 것을 분별하기 위해 그에게는 국제적 감각이 필요하고 주요 담론들의 세계적 추이에 대한 지식과 관심도 필요하다. 지금 이 자리에서 꼭 지적할 일은 아니지만, 우리의 당대 작가들에게서 발견되는 심각한 결핍들 가운데는 시야의 협소성이라는 문제와 민족적이면서 동시에 세계적인 주제의 구성력 빈곤이라는 문제가 있다. 또 우리의 경우 '분단 현실'은 절박한 민족문제이되 분단 극복만이 민족문학의 유일한, 혹은 지배적인 과제나 테마인 것은 아니다. 분단 극복이 자본주의 단일 세계체제의 부분적 극복이기는커녕 그 체제의 내부 에피소드('집안 정리')가 될 공산이 훨씬 더 크다는 현실적 전망을 놓고 볼 때, 세계체제의 파괴적이고 부정적인 국면들을 넘어서기 위한 문학적 실천의 다양화 작업은 분단 문제에 대한 공력 못지않게 민족문학의 절실한 요청이다. 민족문학의 소재와 주제는 훨씬 더 넓어지고 다양해지고 깊어지지 않으면 안된다. 또 지구화 문맥에서의 민족문학은 그 생산방법에 있어서도 '리얼리즘소설'이라는 (강력하고 기본적이면서 동시에 협애한) 관습에 매여 서사적 상상력의 발휘 범위와 표현 역량을 스스로 제한할 필요가 없다. 이런 제한은 문학 생산방법의 획일화, 상상력의 궁핍화, 민족문학론의 권력영토화를 초래할 수 있다. 소설은 문학의 유일 장르가 아니고 서사문학의 유일 양식도 아니며, 모든 소설이 오로지 리얼리즘의 방법으로 쓰여야 하는 것도 아니다. 민족문학은 리얼리즘소설을 통해서만 전개될 수 있는 것이 아니기 때문에 판타지, 알레고리, 전통적 서사형식 등을 포함한 다종의 서사양식과 그 생산물들이 민족문학 속에 마땅히 포함되어야 한다.

그러나 지금 우리의 마지막 당면 관심사는 민족문학론의 새로운 전개방향이나 재구성 문제를 본격적으로 논하는 것이기보다는 현재 민족문학론에 제기되는 여러 형태의 압박에도 불구하고 민족문학과 민족문학론이 왜 필요하고 중요한가를 짧게나마 언급해보는 일이다. 이 작업은, 앞에서 지구화현상이 민족담론에 가하는 것으로 논의된 주요 압박요인들을 역검토하는 방법으로 진행될 수 있다. 자본주의 세계체제가 문화의 영역에 강요하는 상업문화적 획일화와 소비문화적 동질화는 서구열강이 제국주의 팽창기에 저지른 과오(비서구 문화자원의 파괴)의 연속선상에 있으면서 문명의 가장 슬픈 성취를 현대에 되풀이하고 있다. 문화 다양성은, 자연계의 생물 다양성과 유사하게, 무엇보다도 인간이 아직 발견하지 못했거나 그 중요성을 인식하지 못한 문제들에 대한 귀중한 해답들을 저장하고 있다는 점에서 파괴될 수 없는 자원이다. 예컨대 "미래는 앞에 있지 않고 뒤에 있다"는 한 북미 토착부족의 시간관은 인간의 사유를 풍요화하고 시간성에 대한 경험을 다양화한다. 한 민족 집단이 그 생존 과정에서 자연을 비롯한 외부 세력들과의 교섭을 통해 터득한 경험, 지혜, 기억, 사유, 가치, 표현들은 그 집단 특유의 문화적 특성들을 구성하며, 이 특성들의 긍정적 비배타적 총화와 결집이 문화정체성이다.

정체성의 개념이 여전히 중요한 것은 그것을 상정하지 않을 때 다양성과 차이라는 것 자체가 성립하지 않기 때문이다. 민족국가라기보다는 다민족에 의한 근대 국민국가로 출발한 미국의 경우에도 다문화주의가 내거는 '차이의 정치학'은 다민족-다인종 집단들의 문화정체성이 보존되고 유지될 때에만 가능하다. 차이의 정치학은 정체성의 정치학을 전제할 때에만 의미 있고 유효하다. 앞에서 잠깐 언급했지만, 이 경우 정체성은 본질론적 실체도 생물학적 순수성도 아니다. 국민은 물론 민족이라는 것 자체가 형이상학적 실체 아닌 정치적 실체이며 이 실체는, 국민국가의 위상이 많은 부분에서 마모되고 있음에도 불구하고, 인간의 현 역사 단계에서는 정치적 생존을 위한 거의 절대적인 요청이다. 역사는 아직 국민-민족국가를 소멸시킬 수 있는 단계에 와 있지 않다. 그 가장 큰 이유는, 바로 애덤 스미스가 이미 오래전에 관찰했듯이, 국가의 보호 없이는 자본주의적 기업행위부터가 불가능하기 때문이다. 시장-자유무역 질서를 지키기 위한 초국가체제가 확립되어 있는 지금에도 사정은 마찬가지이다. 이 지적은 국가옹호론의 차원에서 제기되는

303

것이 아니라, 여전히 소수의 국가들이 초국가체제를 관리하고 생존을 위한 국가간 경쟁이 더 격렬해지고 있는 엄중한 현실을 참조할 때 국민국가 소멸론이나 '중심의 해체/부재'론이 어떻게 허구적인가를 말하기 위한 것이다.

세계체제적 단일 생산양식하에서 그 양식과는 다른 문화생산이 가능한가라는 질문은 민족문학은 물론 모든 국지문화에 도전적인 정책적 과제를 제기한다. 여기서 '정책'이라 함은 국가 차원의 공공정책을 의미하는 것이 아니라(국가 문화정책은 세계체제에 순응한다) 모든 문학/문화 생산-수용 단위들의 개인적 · 집단적 선택과 노력, 투쟁과 저항을 의미한다. 저항의 차원에서 보면, 자본주의적 생산양식 하에서는 불가피하게 자본주의적 문화형식만이 가능하다는 주장은 일반 생산양식의 영향력에 대한 강조는 될지라도 전면적으로 타당하지는 않다. 그 주장은 조악한 결정론에 빠질 위험을 안고 있고 무엇보다도 인간이 발휘하는 대안적 상상력의 힘과 크기를 무시한다. 지금의 단일체제적 생산양식이 강요하는 사회관계는 행복감보다는 오히려 깊고 모호한 불안과 억압감, 표피적 만족 속의 이상한 두통과 불행감, 처리하기 어려운 정신적 공허와 허무감을 증대시키고 삶의 경제적 방식과 문화적 가치 사이에 끼어드는 거대한 괴리를 경험하게 한다. 이를테면 현재의 생산 · 소비양식은 인간이 살기 위해 삶의 모태인 자연을 파괴해야 한다는 근원적 딜레마 위에서 불안한 일상을 지탱하고 있다. 이 딜레마는, 다른 많은 모순들 중에서도 현대인을 괴롭히는 모호한 불안과 불행감의 무의식적 기원이 되고 있다. 소비문화는 이 같은 근원적 불안과 불만을 표피적으로 미봉하고 감출 수는 있어도 그것들의 잠복과 폭발을 막을 수 없다. 그 잠복과 폭발이 여러 상징적 징후적 형태를 띠고 나타나는 곳이 문화-예술의 영역이다. 이것이 단일 생산양식의 지배체제 속에서도 문화가 획일화를 허용하지 않는 이유이며 민족문학이 체제 내적 순응주의 미학을 거부하고 또 거부해야 하는 이유이다. 이 경우 민족문학은 단일 생산체제가 지배하는 문제적 세계에서 민족 성원들이 어떻게 그 세계에 대응하고 어떤 고통과 딜레마를 경험하며 그 딜레마를 처리하기 위해 어떤 특수하고 특별한 상징적 사유와 표현을 발전시키는가, 인간 파괴와 억압에는 어떤 특별한 방식으로 저항하는가를 보여준다. 민족문학이 민족문학이면서 세계문학의 차원으로 올라서는 것은 이런 지점에서이다. 인간 파괴적 체제로부터의 이탈과 그 체제문법의 위반, 억압에 대한 저항과 고통의 고발은 문학의 전통적 의무이고 기능이며 그 존재 이유이다.

자본주의 단일 생산양식이 소비문화적 획일화만을 초래하는 것은 아니고 오히려 차이 생산을 통한 다양성의 문화를 진작시킨다는 관찰 역시, 상업주의문화가 차이의 무한 상품화로부터 그 활력을 얻고 있다는 현상적 측면을 드러내기는 하되 상업적 차이 생산을 곧 다양성의 문화로 연결시키는 등식화의 부당성을 간과하고 있다. 그 등식은 부당할 뿐 아니라 위험하다. 차이의 상업화는 자본주의 단일 체제가 파괴하는 문화정체성을 '개성'의 이름으로 표피층위에서 복구하고, 그 체제가 박탈하는 정치적·이념적 자유를 외피적 차별짓기의 자유로 보상한다. 그것은 개별성의 극단적 강조라는 이데올로기 형식을 통해 주체들의 파편화를 유도하고 그렇게 분산된, 그러나 '나는 다르다, 너와는 다른 모자를 썼으니까'라고 생각하는 개인들을 단일체제의 질서 속으로 통합하며, 이미 생활 문맥을 떠나거나 상실한 전통문화들의 상업적 가치를 극대화함으로써 국지적 문화정체성을 보존하는 듯한 환상을 갖게 한다. 앞서 지적했듯 차이의 상업화를 이끄는 것은 문화논리 아닌 이윤동기이며 이 동기는 단일 세계체제의 생산양식이 가동하는 곳에서는 언제나 그리고 어디서나 동일하다. '깨뜨리고 분산시킨 다음 통합하고, 통합한 다음 차이의 환상을 유지시키는' 자본주의의 이 오래된 전략은 '한 체제 속의 다양성'이라는 자유주의 이데올로기와 결합하여 지금 단일 세계체제의 강력한 질서를 구축하고 있다. 그 다양성이란 끝까지 '한 체제 속의' 다양성이지 '다른 체제'를 생각하거나 실현할 수 있는 다양성이 아니다.

그런데 여기서 두 가지 문제를 생각해볼 필요가 있다. 첫째는, 이 형태의 단일 체제와 그것이 강요하는 현대적 삶의 방식은 현 역사단계에서 인류가 쉽게 내팽개칠 수 없는 '알바트로스'임과 동시에 대안적 체제의 제시를 어렵게 하는 문명사적 딜레마라는 점이고 둘째는, 역설적이게도, 현재의 단일 세계체제가 그 자체로서도 이미 감당할 수 없는 극도의 혼란과 파편화를 경험하고 있다는 점이다. 이윤동기 외에는 그 어떤 동기도 무력해지는 세계에 필연적으로 닥치는 것은 무가치, 몰규범이라는 극단적 혼란이다. 이 혼란은 모든 공동체가 붕괴되고 결속의 끈들은 토막나고 삶을 가치 있게 하는 의미망들은 찢겨 없어진 세계의 황량한 모습이다. 여기서 민족문학은 다만 특정 민족의 문학으로 그치지 않고 세계의 문학이 되어야 한다는 긴절한 요청이 제기된다. 문학은 이 세계를 수리할 현실적 수단을 갖고 있지 않다. 그러나 인간의 삶에 의미와 가치, 아름다움과 감동을 되찾게 해주는 일은 문학예술의 한 몫이며, 민족문학은 이 몫의 일부를 다시 분담하기 위해 현 세계체제가 안기는 멍에와 딜레마를 피할 수 없는 멍에와 딜레마로서 고통스럽게 짊어지고 가지 않으면 안 된다.

영남대학교 민족문화연구소 심포지엄 발제문 1991. 10월

생태문학의 딜레마

1. "홍수야 오든 말든"

2005년은 지구온난화의 속도를 늦추기 위한 국제적 노력의 하나인 '교토의정서'가 발효되는 해다. 1998년 서명과 비준을 받기 시작한 이 의정서는 발효에 필요한 의미 있는 비준국 숫자를 채우지 못해 육 년 동안 표류하다가 2004년 11월 18일 러시아가 비준함으로써 마침내 2005년 2월 16일부로 효력을 발할 수 있게 된 것이다. 이 의정서에 설정된 목표는 지구 기후변화의 한 요인으로 진단된 이산화탄소, 메탄, 아산화질소 등 이른바 '온실가스' 여섯 종의 지구 전체 방출량을 2012년까지 1990년 기준 연도 대비 5.2퍼센트 감축하기로 한다는 것이다. 온실가스를 가장 많이 방출하는 곳은 선진공업국들이기 때문에, 의정서에 비준할 경우 공업국들은 그들에게 할당된 제한선에 맞추어 온실가스의 대기 방출을 연차적으로 줄여나가야 한다. 예컨대 유럽연합 국가들은 1990년 대비 8퍼센트, 미국은 7퍼센트, 일본은 6퍼센트를 줄일 의무를 지게 된다. 온실가스 방출량 1위는 미국이고 그다음이 중국, 유럽연합의 순이다. 유럽연합 국가들은 교토의정서의 서명, 지지, 비준을 주도한 반면 세계 최대의 화석연료 사용국이자 온실가스 최대 방출국인 미국은 이런저런 핑계를 대어 비준을 거부해오고 있다.

국내 한 텔레비전이 최근 방영한 프로그램 〈빙하〉를 시청한 사람들은 장엄(?)하게 녹아 무너져내리는 빙하의 변신을 보면서 지구 온도 상승이 농담이 아니라는 걸 실감했을 법하다. 1860년대에 기온 측정이 시작된 이후 한 세기 남짓한 기간 동안 지표면의 기온은 섭씨 0.4도 내지 0.8도 상승한 것으로 보고되어 있다. '고작 그 정도야?'라고 말할 사람도 있을지 모른다. 1도가 채 안 되는 고만한 상승에도 거대 빙하들이 줄줄이 녹아내린다면, 기온 상승이 계속될 경우 지구는 어찌될 것인가? 자연계의 1도는 무의미한 수치가 아니다. 체온이 36도에서 1도만 올라가도 인간은 견뎌내지 못한다. 기후 연구자들의 보고에 따르면, 기온 상승이 지금 속도로 진행될 때 21세기가 끝나는 2100년 '지구 체온'은 적게는 1.4도, 많게는 5.8도 상승하고 해수면은 최대 2미터까지 상승한다는 계산이 나와 있다.

해수면 2미터 상승의 결과를 상상해보는 일은 흥미롭다. 섬들은 침몰해서 흔적 없이 사라지고 대륙은 소륙小陸으로 줄어들어 지구 전체가 '지구' 아닌 '수구水球'로 바뀐다. 물에 잠기는 해안 저지대와 침몰하는 나라들로부터 도망치는 유민의 무리는 호모사피엔스 출현 이후 최대의 '보트 피플'이 되어 바다를 떠돌고, 갈매기들은 내려앉을 곳을 찾지 못해 허공을 돌다가 지쳐빠져 물위로 추락한다. 이런 상상은 사실 새로운 것이 아니다. 1만2천 년 전 빙하기 말기의 해빙에 대한 집단기억을 간직하고 있는 '대홍수' 설화들에는 물 천지가 되었을 때의 광경들을 잘도 묘사한 대목이 많다. 그중 압권은 오비디우스가 『변신 이야기』에서 그린 홍수 장면이다. 사람들은 한때 자기네 집 지붕이 있었던 곳에서 노 젓고, 나뭇가지 끝에서 물고기 잡고, 늑대들은 양떼와 나란히 헤엄치고 발 빠른 멧돼지들은 자기네 발보다 더 빠른 물살에 밀려 떠내려간다. 이런 것이 첫번째 대홍수의 장면들이라면, 장차 올지도 모를 두번째 대홍수의 장면들은 영화 〈내일모레〉가 그린 것 이상일 것임이 틀림없다. 희극적인 대목도 적지 않을 것이다. 예컨대 상당수 한국인은 그 무렵 다이빙 선수가 되어 있다. 조상 묘소가 물에 잠기는 바람에 명절이 되면 잠수복 입고 제상 차려 물속으로 다이빙해야 하기 때문이다.

'지구온난화global warming'라는 말과 '기후변화climate change'라는 말은 서로 조금 다른 함의를 갖고 있다. 빙하기 말 이후 1만년 이상 '안정'을 누려온 지구 기온이 어느 순간부터 이상한 상승 국면을 보이게 되었다면 그 원인은 무엇인가? 이 질문에 매달렸던 20세기 초의 기후학자들이 세운 가설의 하나가 '인간에 의한 원인 제공설'이다. 지구가 더워지게 된 까닭은 태양신이 발광해서가 아니라 인간이 원인을 만들었기 때문이라는 것이다. 이 '원인'이 이산화탄소 같은 온난화 가스의 대량 방출이고, 대량 방출이 시작된 시점은 '석탄 동력의 시대'인 산업혁명 때부터라는 것이 이 가설의 주장이다. '지구온난화'라는 용어는 이 가설에 담긴 '인간의 책임' 부분을 반영한다. 이에 비해 '기후변화'는 '인간에 의한 원인발생anthropogenic'이라는 혐의를 희석시켜 지구 기후변화에 기여했을 가능성이 있는 다른 요인들도 함께 고려하려는 중립적 개념이다. 그러나 현재 관련 학계의 지배적 견해는 지구온난화의 책임이 전적으로 인간에게 있다고 단정하기는 어렵다 하더라도 '인간의 손'이 요인의 하나임에는 틀림없다는 쪽으로 기울어 있다. 교토의정서는 '인간의 책임' 부분에 대한 국제사회의 첫 집단적·정치적 대응이다.

그러나 교토의정서 정도의 대응으로 온난화의 문제가 해결되리라고 기대하면 안 된다. 온실가스 방출을 제한하는 일이 온난화의 속도를 늦출 수 있을 정도의 의미 있는 수준을 획득하자면 전체 방출량이 지금의 70퍼센트 선까지 감축되어야 한다. 그런데 교토의정서가 목표로 잡고 있는 2012년까지의 감축량은 5.2퍼센트에 불과하다. 남은 65퍼센트는 언제 감축하는가? 이것은 21세기 인간과 국가들과 국제사회에 안겨진 과제이자 책임이다. "상처를 입히는 것도 인간의 손, 그 상처를 치유하는 것도 인간의 손"이라고 〈방황하는 네덜란드인〉에서 파르지팔은 노래한다. 인간의 손이 저지른 과오를 21세기 인간의 손이 교성할 수 있을까? 알 수 없다. 교토의정서는 작은 첫발 내딛기에 지나지 않는다. 로버트 프로스트의 시구를 빌리면, "잠들기 전에 갈 길이 멀다"를 일깨우는 것이 교토의정서의 의미다. "나 죽은 다음에 홍수야 오든 말든 Apres moi, deluge"이라 내뱉은 것은 프랑스대혁명 때 처형된 루이 14세의 아내 마리 앙투아네트(물론 그녀도 죽는다)였다고 전해지고 있다. 지금 세계에는 그녀의 말대로 살려는 인간군상과 국가군이 한쪽에 있고 다른 한쪽에는 '잠들기 전에 홍수는 막아야지'라고 생각하고 행동하는 사람, 집단, 나라 들이 있다. 이 경우 '홍수'는 대재난의 은유에 불과하다. 지구온난화가 가져올, 아니 지금 이미 그것이 일으키고 있는 재난과 재앙의 징후들은 '홍수'에만 국한되지 않는다. '온난화'도 그러하다. 온난화는 지금 전 세계적으로 진행되고 있는 광범한 생태 파괴의 한 국면일 뿐 그 파괴의 전모를 대변하지는 않는다. 온실가스 방출만이 생태계 오염의 전부는 아니므로.

2. 생존의 역설과 딜레마

생태론적 화두에 맞추어 말하면 온난화를 비롯한 생태계 위기의 문제는 인간에 의한 오염물질 배출량과 지구의 자연생태계가 그것을 빨아들여 처리할 수 있는 흡수능력 사이의 균형이 깨진 데서 발생한다. 이 균형 파괴를 정의하는 핵심개념은 '과잉'이다. 인간에 의한 오염이 생태계의 자정능력을 훨씬 초과하는 폭력적 과잉에 도달하면 자연 역시 인간이 감당하기 어려운 과잉의 방식(재난, 질병, 죽음)으로 응답하고, 인간과 자연은 마침내 '과잉의 교환'에 돌입한다. 과잉의 교환은 인간과 자연 사이의 최악의 관계이다. 과잉은 이미 그 자체로 폭력이기 때문에 그것의 상호교환은 폭력, 상처, 파괴를 교환하는 일이 된다. 자연은 무한히 관대하지 않고 무한한 무상의 증여자가 아니다. 자연을 상대로 과잉의 교환이 발생할 경우 인간은 결코 그 거래의 승자가 될 수 없다. 현대인은 자연이 무한 증여자가 아니라는 사실을 거의 완전히 망각한 반면 고대인은 바로 그 사실의 인식 위에 삶의 토대를 두었는데, 이 점이야말로 현대와 고대의 정신세계를 갈라놓는 중요한 차이이다. 자연에 어떤 형태의 폭력을 가해야 할 때마다 자연의 용서를 구하고 응분의 희생(상징적 희생이라 할지라도)을 바치는 형식으로 대가를 치름으로써 자연과의 균형을 유지하고자 한 것이 거의 모든 고대사회의 상징제의에 담긴 근본 태도이며 제의의 문법을 지배하는 멘탈리티이다. 이런 태도와 정신상태를 정의하는 것은 무엇보다도 과잉에 대한 두려움이다.

자연생태계는 과잉을 싫어한다. 생태계는 생명체의 지속을 가능하게 하는 모든 요소들 사이의 섬세한 균형에 의해 유

312

지되기 때문에 어떤 과잉의 발생으로 인해 균형이 파괴되는 순간 생태계는 이미 생태계가 아니다. 생태계 회복이 실질적으로 의미하는 것은 그러므로 '균형의 회복'이며, 이 회복에 필요한 절차는 인간이 자연에 저지르고 있는 난폭한 과잉을 포기하는 일이다. 그러나 바로 이 지점에 강대한 어려움이 도사리고 있다. 아무도 희생하고자 하지 않고 아무도 포기하고자 하지 않는 시대에 과잉의 포기는 가능한가? 이 시대를 향해 과잉의 포기를 설득할 수 있을까? 생태환경의 유지를 중심에 둔 담론들이 '개발'을 향한 세계의 질주와 '성장'을 외치는 주민의 함성을 유효하게 제어할 수 있을까?

이것은 오늘날 문학, 특히 생태문학이라 불리는 언어적 실천들이 대면해야 하는 가장 본질적인 질문이면서 동시에 문학적 상상력을 낭패시키는 가장 난처한 문제이다. 이 문제에는 다음의 두 가지 질문도 동시에 걸려 있다. 생태문학은 오늘날 지배적인 사회 담론들을 해체하거나 수정하는 데 어떤 역할을 수행할 수 있는가? 생태문학의 담론들은 현대인의 삶을 규정하고 지배하는 욕망, 가치, 목표, 행동 들에 의미 있는 변화를 일으킬 수 있는가? 오늘날 대체로 생태문학의 상상력은 날개 잘린 수리처럼 비상의 힘을 상실하고 있다. 언어는 맥빠지고 노래는 들을 귀 없는 골목의 소음 속으로 침몰하고 비전은 어두운 터널에 갇힌다. 생태문학이 당면하는 이런 곤경은 최소한 다음의 몇 가지 현실적 사정을 고려할 경우 전혀 새로운 것도 놀라운 것도 아니다.

생태환경의 지속적인 악화에도 불구하고 성장과 개발의 이데올로기는 세계 거의 모든 지역에서 지배적인 사회 담론이 되어 있다. 선진공업국 정도의 성장 수준에 이를 때까지는 모든 환경정책을 유예하고 개발에 집중해야 한다고 믿는 대부분의 개발도상국들에서 개발과 성장은 이미 세속 종교이고 신앙이다. 이 개발의 신도들에게는 다른 어떤 설득도 무력하다. 최근 중국에서 들려오는 소식에 따르면, 공장 수천 개가 들어서 있는 후아이강 분지의 농가 염소들이 온종일 구역질하면서 먹은 것을 토한다고 한다. 오염된 하천의 검은 물을 마셨기 때문이다. "염소가 문제냐? 사람이 잘살아야지"라고 그 지역의 공산당 간부들은 말한다. 그런데 그 일대 사람들은 매 가구에 평균 한 사람꼴로 암에 걸려 죽어가고 있다. 관이 실려나가는 골목 담벼락의 슬로건에는 "당의 노선을 흔들림 없이 따라가자"라고 쓰여 있다. '당의 노선'이란 물론 개발과 성장이다. 각지에서 개발에 밀려 땅을 잃은 농사꾼들이 베이징을 항의 방문하지만 물론 중국 정부는 들은 척도 하지 않고 시위자들은 구속된다. 이런 사정은 지금 중국만의 것이 아니다.

물론 지난 삼십 년간 생태계 위기에 대한 인식이 세계적으로 널리 확산된 것이 사실이다. 그럼에도 불구하고 개인적으로나 집단적으로 사람들은 성장·개발주의의 유혹과 생태 위기 사이에서 분열과 딜레마를 경험한다. 개발 코드에 관통당한 나라의 주민들은 자기들의 삶과 고용환경이 세계시장체제를 비켜날 수 없다는 것을 알고 있다. 성장과 개발 없이는 자기네 삶의 물질적 토대가 당장 위협받을 것이라고 그들은 생각한다. 그들은 묻는다. '생태계 문제도 중요하다. 하지만 성장과 개발 외에 무슨 다른 방도가 있는가? 포기하라고? 말 쉽게 하네, 내가 스님이냐?' 이것은 질문이기보다는 반발이다. '당신이라면 포기할 수 있겠어?' 이런 반발이 튀어나오는 것은 그들이 생태론적 포기의 필요성과 현실적 포기의 불가능성이라는 딜레마에 포박되어 있을 뿐 아니라 그 딜레마를 타개할 방도가 잘 보이지 않는다는 데서 오는 심리적 긴장에 상당히 지쳐 있기 때문이다. 그 딜레마의 핵심에 있는 역설은 이런 것이다. '살기 위해 포기가 필요하고 살기 위해 포기는 불가능하다.'

생태문학의 상상력을 곤경에 빠뜨리는 세번째 주요 사정은 정치민주주의와 개발 사이의 기묘한 이중 관계이다. '개발독재'는 독재권력에 의한 일방적 개발 드라이브와 개발에 의한 권력의 강화라는 통치 방식을 지칭한다. 지역 주민의 의견과 요구, 현지 사정, 전국 여론, 정책의 환경영향, 현재와 미래의 동시적 고려―이런 사항들에 대한 존중과 민주적 의사결정 과정을 결합하는 것이 민주주의라면, 개발독재는 분명 생태계와 주민에 가해지는 폭력이다. 케냐의 사막 국토에 나무 심기 운동을 벌여 '생태, 유지 가능한 개발, 민주주의, 평화'에 기여한 공로로 2004년 노벨평화상을 받은 왕가리 마타리는 케냐의 개발독재가 무너지고 민주정부가 들어선 이후에야 자신의 나무 심기 운동이 성공할 수 있었다고 말한다. 이것은 생태환경을 위한 정치민주주의의 기여임에 틀림없다. 그러나 그 반대의 경우도 허다하다. 우리가 새만금 소동에서 충분히 경험했듯 다수 주민이 개발을 지지하고 나설 때 민주정부가 할 수 있는 일은 다수의 요구를 존중하거나 아니면 잘해야 결정을 유보하기로 결정하는 일이다. 결정 유보의 결정이 '마비'라는 것이다. 그러나 다수 국민이 개발과 성장을 외치면서 '우선 먹고살아야 한다'고 이구동성으로 말할 때, 생태담론이 정치민주주의에 기댈 수 있는 것은 무엇인가? 더구나, 세계시장체제에서 거의 모든 사회들에 나타나는 공통현상의 하나는 개인이기주의의 가파른 상승이다. 이런 에토스의 변화는 정치민주주의가 개발독재 못지않게 개발제일주의의 시녀가 될 수 있다는 사실을 환기시킨다.

생태문학을 포위하고 있는 이런 담론환경들을 우리가 여기서 거론해보는 까닭은 절망을 말하기 위해서가 아니라 상상력을 자극하기 위해서다. 상상력의 자극에 필요한 것은 무엇보다도 현대인의 삶을 근본적으로 결박하고 있는 딜레마와 역설에 주목하고 사람들의 곤경을 이해하는 일이다. 생태문학은 성장이라는 이름의 종교, 개발이라는 이름의 신앙을 간단히 조롱하고 앉아 있을 수 없다. 생태문학은 현대인의 곤경이 개인적 결단만으로 쉽게 타개될 수 있다고 상상하거나 문제 해결의 열쇠가 결국은 개인의 의지에 달려 있다고 생각하면 안 된다. 문제는 훨씬 복잡하고 그 뿌리는 송악산 두렁칡 이상으로 삶의 모든 구석들을 보이지 않게 얽어매어 분열, 위선, 낭패감을 경험하게 한다. 이문재의 시집 『제국호텔』에 실린 「나의 딜레마」에서 화자는 그런 분열과 낭패의 경험을 아프게 노래한다.

삼십 분에 한 번꼴로 라이터를 켜대는 골초가
시커먼 자동차 배기가스를 지탄하다니

(……)

대안학교에 관한 글을 여기저기 써대면서도
정작 자기 딸은 보내지 못하는 이 유약한 아버지라니

배기량이 엄청난 나의 욕망이여
거덜난 나의 경제여

늘 전방이 더 위험한 나의 안보여
한 치 앞을 내다보지 못하는 나의 생태여

생태문학의 상상력은 대체로 생태담론 일반이 유지해온
몇 개의 큰 주장과 명제들에 의존하면서 그것들의 반경 안에
비상의 거리를 제한하거나 원시주의적 생태낙원에의 향수를
자극하고 기억을 환기하는 일에 집중해왔다고 말할 수 있다.
문명에 대한 근원적인 회의, 자연 예찬, 자연과 인간의 오만한
분리를 넘어 '나'를 포기하고 삶의 물질적 조건과 토대를 포기,
반납 혹은 재편하도록 종용하는 '대포기'의 설득, 삶의 단순화,
욕망 차단—생태담론의 이런 제안들은 결코 틀린 것이 아니
다. 탈성장degrowth과 탈개발의 프로그램도 궁극적으로는 옳다.
문제는 이런 주장들이 생태담론의 고정 메뉴처럼 '만트라'화할
때 그 진언眞言을 다 따라갈 수 없는 사람들은 지치고 공허해진
다. 생태문학은 '나는 너보다 더 거룩하다'고 말하는 도인의 언
어가 아니다. 여타의 문학형식들과는 달리 생태문학은 자연생
태의 회복과 인간의 책임과 모든 생명체의 공생이라는 주제들
을 한순간도 포기하지 못한다. 그러나 자연생태계만이 인간의
삶을 담는 생태체계ecosystem의 전부는 아니다. 사회문화적 환경
도 생태체계의 큰 부분이며, 이 지점에 이르면 생태문학의 상
상력은 훨씬 더 넓어져야 하고 그 표현 언어와 문제 구성 방식
도 더 다양해지지 않으면 안 된다.

녹색평론 2005. 1~2월

사회적 백치를 양산한 문학

반성 없는 반복의 메커니즘

우선 두 가지 제한 사항부터 말해두기로 하자. 이 글이 반성의 대상으로 삼고자 하는 문학교육이란 초등학교에서부터 대학에 이르기까지의 문학교육 전반을 지칭하는 것이 아니라 대학에서 대학원까지의 문학교육을 의미한다. 또, 대학·대학원에서의 문학교육이라 말했지만 국문학에서부터 제3세계 문학에 이르는 다양하고 광범한 분야들을 한꺼번에 반성 범위 속에 끌어넣자는 것이 아니라 대학·대학원에서의 외국문학 중심의 문학교육, 특히 필자 자신이 관여하고 있는 영문학 교육 쪽으로 가능한 한 얘기를 국한하고자 한다. 그러나 이런 제약에도 불구하고 이 글의 목적은 여전히 문학교육에 대한 전반적인 반성이며, 위의 두 가지 제약이 여기서 시도되는 반성의 포괄성을 결코 크게 손상시키지 않는다는 것도 동시에 밝혀두고자 한다.

이것은 무슨 얘기인가? 문학교육이 실제로 시작되는 것은 물론 초등학교 과정에서부터이다. 중학교를 거쳐 고등학교를 나올 무렵이면 벌써 학생들의 머릿속에는 십이 년에 걸친 문학교육의 결과 비록 막연한 상태로나마 문학에 대한 일종의 고정관념 같은 것이 뿌리를 내리고, 바로 이 막연한 상태에서 뿌리 박힌 고정관념은 대학에 들어온 학생들의 문학교육 수용에 매우 완고한 기초로 작용한다. 이 사실을 감안한다면 고등학교까지의 문학교육에 대한 포괄적 검토와 비판도 당연히 이런 종류의 반성론 속에 포함되어야 할 것이다. 그러나 이는 반성 작업에 있어서의 방법론적인 문제이다. 대학 이전, 그러니까 고등학교까지의 일선 문학교육 담당자들은 예외 없이 대학 또는 그 이상의 고등교육기관에서 문학을 전공한 사람들이다. 따라서 그들이 행하는 문학교육의 내용과 성격, 무엇을 어떻게 가르쳤는가는 대학에 들어오는 학생들의 머리에 박힌 문학관 또는 문학에의 고정관념 속에 거의 그대로 반영되어 있다.

바로 이 점이 문학교육의 반성 대상을 대학·대학원 교육에 국한시키는, 또 그렇게 국한해도 되는, 중요한 이유이다. 그러므로 여기서 제기되는 핵심적인 질문은 고등학교까지의 문학교육 내용이 어떠한가가 아니라 문학교육 담당자들을 교육한 사람은 누구인가, 대학에 들어와 문학을 전공한 사람들이 무엇을 어떻게 배우고 나갔는가, 문학교육 텍스트(정확하게는 국어 교과서)를 쓰고 배포하는 자는 누구인가라는 것이다. 이 세 갈래의, 그러나 결국 동일한 질문에 대답해야 할 책임은 대학·대학원의 문학교육과 그 교육 담당자들에게 있다. 대학에서의 문학교육은 이미 교양교육이 아니라 전공에 따른 전문교육이며, 이 전문교육과정을 거치지 않는 한 그 누구도 문학교육의 담당자가 될 수 없다. 전문성으로 보장되는 이 같은 직업 독점을 통해 대학의 문학교육은 지난 사십 년간 거의 일정한 유형의 문학교육 담당자들을 배출해왔고, 이들에 의해 일차적으로 교육된 젊은 세대는 또 대학에 들어와 그들의 선배들이 받았던 것과 동일한 성격과 내용의 문학 전문교육을 받아 초·중·고·대학의 문학교육 담당자로 진출한다. 이 과정은 일정한 유형의 문학교육 담당자들을 생산하고 재생산하는 과정일 뿐 아니라 일정한 유형의 문학교육 자체의 반복 생산 및 지속화 과정이다. 전문교육으로서의 대학·대학원 문학교육이 심각한 반성의 계기를 가져야 하는 까닭은 이 같은 재생산 및 지속화 과정이 지난 사십 년간 창조적 반성보다는 반복의 메커니즘에 의해 계속되어 왔기 때문이다.

솜뭉치 또는 구름의 재생산

어떤 내용의, 어떤 성격의 문학 전문교육이 반복되어왔는가? 좀 가혹하게 말한다면, 무엇을 가르치는지 가르치는 사람도 모르고, 배우는 사람은 더더구나 무엇을 배우는지 모르는 상태에서 진행되는 것이 대학·대학원 과정의 이른바 문학교육이다. 대학의 각 문과가 문학에 대한 전문교육을 행하는 곳이라면, 우리네 대학 문학교육의 전문성은 혼수상태의 전문화에 있다 할 것이다. 혼수상태에서 문학을 전공하겠다고 대학에 들어온 친구들을 사 년간 혼수상태에서 헤매게 한 다음 그 혼수상태가 극에 달할 무렵 졸업장을 주어 내보내는 일을 전문으로 하고 있는 것이 대학의 문학교육이다. 또 학부교육의 재탕과 반복에 불과한 것이 대학원 문학교육이기 때문에 대학원 진학자들은 추가로 이 년 혹은 그 이상의 기간 동안 혼수의 늪에 흠씬 잠길 대로 잠긴다. 그리고 이 같은 혼수상태가 하나도 이상할 것 없는, 아니 지극히 자연스러운 문학적 상태로 느껴지는 단계에 도달하는 순간 마침내 그들에게 석사 또는 박사학위가 주어진다. 그들은 혼수의 마스터, 혼수 그 자체가 되어 혼수의 반복과 재생산 대열에 참여한다.

이 혼수상태의 특징은 자신이 무엇을 공부하고 있는지 모른다는 점이다. 이 사실은 문과 학생들이 거의 예외 없이 갖고 있는 질병 현상, 즉 자신의 연구 주제 또는 대상을 뚜렷하게 파악하고 정의 내리지 못하는, 말하자면 정의 능력 결핍증에서 단적으로 드러난다. 문과의 고학년 학생들에게 가장 당혹스러운 질문은 '문학이란 무엇인가'라는 것이다. 학부에서 문학교육을 삼사 년 받고 난 뒤에도 그들에겐 문학이 여전히 '알 수 없는 어떤 것'으로 공중에 떠 있다. 문과 신입생들이 대학에 들어올 때 갖고 있던 그 막연한 상태의 문학관은 대학 사 년 동안 엄밀한 검토와 수정을 거쳐 또렷한 견해로 확립되어가는 것이 아니라 막연한 상태에서 더욱 막연한 상태로 발전한다. 학부 삼학년보다는 사학년 학생들의 논문 내용이 더 애매하고 아리송하다. 이 상태는 대학원 과정에서 더욱 악화되어 많은 수의 석·박사 학위논문들이 결국 무엇을 왜 쓰는지도 모르고 쓴 한 무더기의 종이 더미로 제출된다.

혼수상태의 또 한 가지 특징은 혼수상태 자체의 미화 내지 정당화이다. 문학이라는 것에 관해 적어도 입을 열어 무언가 발언할 때의 그 발언 내용은 명료한 쪽보다는 불명료하고 애매한 쪽이 더 문학의 본질에 가깝게 접근한 것으로 평가받는다. 문학은 예컨대 화학, 수학, 생물학 등의 경우와 같이 자체 연구 대상을 네모반듯한 두부모처럼 썰어서 제시할 수 없는 것이 아니냐고 한다든가 문학이란 원래 그런 거죠 뭐, 하고 말하는 것은 학부의 문과 사학년생들에게서 튀어나오는 전형적 어투이다. 그것은 그들이 학부 문학교육에서 터득한 진리의 표현이다. 문학의 진리는 어떤 그릇에도 정확히 퍼 담을 수 없고, 아무리 조밀한 그물망으로 덮어씌워도 어느 틈엔가 그물 밖으로 빠져나가 있는 게 문학이 아니냐는 것이 그들이 터득한 진리 내용이다. '문학이란 원래 그런 거죠'라고 말할 때의 '그런 거'로서의 문학은 말하자면 무정형의, 정의 내릴 수 없는 유령의 솜뭉치 혹은 구름 덩이와도 같다. 또 문학을 그런 솜뭉치나 구름 덩어리로 표현하지 않는다면 그것은 문학에 대한 모독으로 간주된다. 이 지경에 이르면 혼수상태는 부끄럽고 창피한 상태이기는커녕 오히려 자랑스럽고 떳떳한 나르시시즘의 정신상태로 변모한다.

이 같은 현상의 책임은 말할 것도 없이 학부 문학교육의 애매성, 부실성, 반성적 사고의 결여에 크게 기인한다. 학생들에게 솜뭉치 문학관을 심어주고 문학적 진리라는 것에 대한 두루뭉수리식 표현을 익히게 하는 것이 물론 전적으로 틀린 일은 아니다. 무엇이 틀렸느냐 하면 그러한 관觀과 표현이 문학 현상에 대한 정당하고 성실한 검토와 반성 작업의 끝에 주어지는 것이 아니라 오히려 문학에 대한 논리적·철학적 반성 행위의 기피 또는 봉쇄를 위해 권위적으로 주어지고 있다는 점이다. 잘못된 스님들이 공부는 않고 십 년 면벽 끝에 논리가 가닿지 못하는 큰 진리를 깨우쳤다고 「오도송悟道頌」을 읊어대듯이, 학부의 문학교육도 논리가 거부된 상태에서 「오도송」부터 부르게 한다. 참선에 들어가는 스님들은 처음부터 논리를 거부하기 때문에 그런대로 할말이라도 있지만, 대학은 논리의 거부 아닌 훈련을 약속하는 곳이므로 반성적 논리를 묵살할 구실이 서지 않는다. 대학은 또 참선도량이 아니기 때문에 침묵을 훈련시키는 곳이 아니라 말하는 연습을, 그것도 가능한 한 관절 마디가 똑똑 부러지게 또렷이 말하는 연습을 시키는 곳이다. 이 같은 연습의 기피 혹은 포기의 결과는, '문학은 무엇인가'라는 질문 앞에 그냥 한번 빙그레 웃고 먼 하늘 구름이나 쳐다보는 문학 전공자들의 신비한 미소로 나타난다.

학부 문학교육에 있어서의 반성적 사고의 결핍상태가 어느 정도인가를 예시하기 위해선 다음과 같은 간단한 모순의 지적으로 족하다. 예의 '문학이란 무엇인가'라는 질문은 연구 대상으로서의 문학의 본질에 대한 정의를 요구하는 질문이다. 그런데 이 질문에 대해 '글쎄'라거나 '뭐라고 몇 마디로 정의할 수야 없지'라고 말하는 사람들이 바로 누구냐 하면 문학의 본질 혹은 문학의 순수 자성自性을 믿어 의심치 않는 문학 본질론자들이다. 예의 질문이 문학의 실체 규정을 요구하는 것이라면 본질론자들은 정당하게 그 '본질'이란 걸 꺼내 보일 수 있어야 한다. 문학의 본질을 정의할 수 없다면 본질론을 포기하든가, '문학은 무엇인가'라는 물음 자체를 틀린 질문으로 규정해야 할 것이다. 그러나 그들은 본질이란 걸 포기할 수가 없기 때문에 문학은 무엇인가라는 질문 앞에 속수무책이면서도 그 질문이 어째서 틀린 질문인가를 지적해낼 수가 없다.

이 같은 모순이 보여주는 것은 학부 문학교육에 있어 '문학이란 무엇인가'라는 질문의 양식 자체도 진지하게 반성되지 않은 채 던져지고, 문학 본질론과 순수론을 유지하면서도 본질 규정을 회피하는 모순이 모순으로 파악되지 않은 채 은폐되고 있다는 점이다. 이 은폐 상태 속에서 문학은 여전히 '정의할 수 없는 어떤 것'으로, 혹은 '모든 정의의 그물을 빠져나가는 것'으로 정의되고 가르쳐진다. 그러나 이런 표현들은 문학 본질론자들이 학생들에게 들려주고 흉내내게 해서는 안 되는 어법들이다. 왜냐하면 문학이 정의할 수 없는 어떤 것이라면 세상에 정의할 수 없는 모든 것은 전부 문학이 되어야 하며 따라서 그 어법은 문학의 본질 규정도, 정의도 아닌 것이 되고 말기 때문이다. 이 정도의 초보적 반성 논리도 없는 상태에서 학생들은 문학의 '본질'이란 말을 자연스럽게 발음하고, 그 본질이 무엇이냐고 물으면 솜뭉치와 구름 덩이를 갖다대는 일에 능숙해지도록 교육받는다. 그렇게 해서 학부 사 년을 거치는 동안 거의 모든 문과 학생들은 지극히 애매하고 몽롱한 정신상태의 소유자, 사회적으로는 백치에 가까운 인간, 논리의 바늘 끝이 조금만 닿아도 바스러질 솜뭉치와 구름 덩이가 되어 대학문을 나선다.

식민지적 상황의 연속과 심화

　문학교육이 결국은 사회적 인간을 배출하기 위한 사회교육의 일부라고 한다면 우리네 대학·대학원의 문학교육은 그 점에서 명백히 실패하고 있다. 문학교육을 가능한 한 애매하고 몽롱한 상태로 지속시키는 것이 사회적으로 이득이 되는 경우는 식민지 상황 아래에서이다. 우리는 지금 식민지 상황인가? 그렇다면 우리의 문학교육은 실패가 아니라 성공하고 있는 것인지도 모른다.

　실제로 우리네 문학교육에 있어서의 식민지적 풍토의 전통과 역사는 문학교육 그 자체의 역사와 동일하다. 근대적 어문학교육이 실시되기 시작한 것은 일제하에서였고, 문학교육 담당자가 육성되기 시작한 것도 식민지 교육기관으로서의 경성제국대학 문학부나 일본 내지의 대학들에 의해서였다. 경성제대나 일본의 본토 대학을 나온 우리의 선배들 중에는 물론 존경받아 마땅할 분도 다수 있었다. 그러나 중요한 것은 해방 이후 우리네 대학에서 문학교육, 특히 외국문학 쪽을 담당하게 된 사람들은 예외 없이 식민지 치하에서 식민통치의 프로그램에 의해 짜여진 문학교육을 받았던 사람들이라는 점, 또 그들이 해방 이후 대학에서 외국문학 분야를 맡게 되면서 도입한 교과과정은 식민지 치하에서의 교과과정 그대로였거나 그것을 모델로 한 것이라는 점이다.

이는 해방 이후의 우리의 문학교육이 별수없이 일본 제국주의의 유산과 식민통치의 잔재를 물려받는 것으로 시작되었음을 의미한다. 해방 이후 1950년대 말까지 우리나라 대학들에서의 외국문학 교과과정을 보면 일제 유산을 청산하거나 조금이라도 수정을 가한 흔적은 거의 전무하다. 말하자면 해방 이후 상당 기간 동안 우리네 대학의 외국문학교육은 일제하에서의 그것을 반복한 셈이다. 식민지시대의 교육 내용이 식민지 이후 시대에도 그대로 되풀이된 것이다.

이 상황이 외국문학의 교육적 수용과 전파에 끼친 영향은 심대하다. 첫째 그것은 식민지시대의 교육 내용이 시대적·역사적 상황 변화에도 불구하고 변화 없이 반복될 수 있다는 점을 과시함으로써 문학교육은 무시간적이고 역사 초월적인 진리를 다루는 것이라는 환상의 이념화에 크게 공헌했다. 환상의 이념화라는 것은 환상이 환상으로서가 아니라 행동을 지배하는 확고한 신념으로 체계화하는 것을 말한다. 이를테면 셰익스피어에 대한 강의 내용이 식민지시대이건 해방시대이건 달라지지 않고 또 달라져서도 안 된다는 종류의 믿음이 바로 그런 이념화된 환상의 골자이다. 이 이념의 연장선상에는 문학 혹은 문학적 진리란 역사·사회의 변동으로 인해 오염되거나 부패하지 않는다는, 이른바 문학적 진리의 순수론과 절대론이 제법 이론의 모습을 갖추고 앉아 있다. 이 이론의 추종자와 구독자들은 자기네의 믿음이 이념이 아니라 절대 진리라고 확신한다. 해방 후 외국문학교육 분야에서의 식민지시대 유산의 상속은 그 같은 문학 이념을 위장·승격시키는 중요한 계기가 되었고, '문학' 소리만 들어도 순순한 것에의 말할 수 없는 그리움을 두 눈 가득히 담아내는 일정한 반응양식을 널리 전파하는 데 기여했다.

둘째로 지적해야 할 것은 식민지시대의 유산 상속의 결과가 우리의 내부에 재생시킨 의식의 식민지화이다. 대개 1960년대 초반부터 대학의 외국문학 담당자들의 세대교체가 이루어지기 시작했는데, 식민지시대 출신의 구세대를 서서히 교체하면서 등장한 세력은 물론 유럽과 미주에서 외국문학을 전공한 사람들이었다. 이들은 해당 전공 분야의 외국어 구사력이 구세대보다 매끄럽다는 점 외에도, 교육 내용에 다소간의 변화를 가져왔다는 점에서 구세대와 구별된다. 교육 내용의 변화란 그들의 전공 부문인 외국문학을 그 본고장에 가서 배워왔기 때문에 구세대의 그것에 비하면 훨씬 새롭고 다양해졌다는 것, 그들이 유학 가기 전 배웠던 구세대 교수들의 강의에 대한 부분적 비판이 가끔씩 시도되었다는 점, 교과과정을 본고장의 것을 준거로 해서 개편하기 시작했다는 점 등을 의미한다.

그러나 변화는 그 선에서 끝난다. 중요한 것은 그 변화 속에 숨겨진 변화하지 않은 부분이다. 식민지시대 출신의 구세대 사람들이 일제의 대학에서 배웠던 것을 글자 하나 바꾸지 않고 충실히 반복·강의했던 것과 마찬가지로 구미 유학파 신진 세력들도 이른바 본고장에서 배워왔다는 것을 성실하게 반복·재생했다. 여기서 우리가 마땅히 짚고 넘어가야 하는 것은 신·구세대의 외국문학교육 담당자들의 교육 행위와 교육 자세가 지닌 근본적인 유사 구조이다. 유학 장소가 일본에서 구미로, 시대가 1940~50년대에서 1960~70년대로 바뀌었을 뿐, 식민지시대 출신의 구세대나 해방 이후 구미 유학파의 교육 자세 사이에는 근본적 단절 아닌 연속이, 차이 아닌 상동성相同性이 있을 따름이다.

그 연속이란 외국문학의 교육적 수용과 전파에 있어서의 식민지적 상황의 지속을 의미한다. 일제하에서의 외국문학교육 내용이 해방 이후에도 별다른 반성 없이 반복된 것이나 구미 유학파에 의해 직수입된 교육 내용이 무비판적으로 전파된 것은, 교육 내용상의 다소간의 차이에도 불구하고 근본적으로는 동일한 성격의 식민지적 교육 상황이다. 일제 유산으로서의 문학교육의 내용이 비판과 반성 없이 재탕될 수 있었던 교육 풍토는 새로운 형태의 식민지적 교육 행위를 저항도 비판도 반성도 없이 받아들이게 했으며, 이 같은 교육 상황이 해방 사십 년을 지속하는 사이 우리의 문학적 사고는 어떤 특정의 방향으로 굳어가게 되었고, 이 특정 방향의 사고양식은 오래 누적된 교육효과의 힘을 얻어 집중적으로 배양, 강화, 전파되게 되었다.

문학에 대한 이 특정 방향의 사고양식이란, 손쉬운 비유를 빌린다면 '구름이 흐르는 곳에 국경이 없듯이 문학이 가는 곳에도 국경은 없다'라는 것으로 요약된다. 이때 국경이란 말의 내연內延을 넓혀 역사·사회적 차이와 시대 구분까지 집어넣어보면 그 문학적 사고양식이 선전하는 것은 문학 또는 문학적

327

진리의 보편론과 보편주의이다. 일제하에서 진리였던 것은 해방 후의 한국에서도 여전히 진리라고 생각되어졌던 것과 같은 수맥水脈에서, 이번에는 미국에서 진리인 것은 한국에서도 진리이며 16세기 영국에서 진리였던 것은 20세기 한국에서도 여전히 진리이고, 희랍시대의 진리는 이천 년 이상의 역사적 상거에 관계없이 지금도 어디서나 여전히 진리라는 것이 그 보편주의 사고양식이 퍼뜨린 문학관이다. 이 같은 보편주의 사고양식의 역사적 성립 배경이나 그 제국주의적 성격에 대한 반성의 겨를도 없이 우리는 문학적 진리의 초월성·보편성·순수성·절대성을 믿어 의심치 않는 쪽으로 우리의 문학적 사고를 고정시키게 되었고 문학교육은 이런 사고법이 갖는 사회적 해악에 관해 비판해볼 틈도 없이 문학의 나르시시즘을 확산하는 작업을 계속하게 되었다.

이 보편주의 사고양식과 문학관이 지난 이삼십 년간 우리네 대학의 외국문학교육을 어떻게 주름잡고 주름살 지우고 멍들게 했는가는 구태여 회고해볼 필요가 없다. 왜냐하면 그것은 지금도 여전히 계속되고 있는 현실이기 때문이다. 예컨대 영문학의 경우 영미의 대학이 가르치고 있는 내용 그대로를 가장 충실하게 복사해다가 '본고장 것'이라는 권위의 도장을 찍어 앵무새처럼 되뇌어주는 것만이 가장 믿을 만하고 권위 있는 영문학 강의인 양 인식되고 있다. 소설이나 시의 텍스트도 그쪽의 문학 심판관들이 정해놓은 것만을 써야지 그 밖의 것을 선택한다는 것은 불경이고 무지이다. 특정 소설이나 시에 대한 독법讀法 역시 본고장의 독법을 따라야 하고, 그것들에 대한 강의 또한 본고장 권위들의 강의 내용을 따라야 하는 것으로 여겨진다.

구세대 외국문학 교수들이 일본인 교수에게서 청취한 강의 공책을 신줏단지 모시듯 품고 다니면서 행여 그 내용에서 이탈할세라 천천히 경건한 목소리로 읊어내린 것이나(그래서 한 시간 내내 받아써봤자 그 분량은 공책 반 페이지도 안 되곤 했다), 신세대 교수들이 본고장판 테이프를 열심히 돌려대는 것은 그 교육 행위의 성격에 전혀 차이가 없다. 구세대 교수들이 소설 강독 때 자기 스승이 오독誤讀했던 대목은 자기도 오독하고 농담을 걸었던 장면에 가서는 자기도 틀림없이 그 농담을 재생시키던 그 유형은 신세대 교수들의 행동 유형과 일 센티미터의 오차도 없이 딱 들어맞는다. 본고장판이면 오독도 오독이 아니고 잘못된 독법도 결코 잘못된 것이 아니다. 이 같은 추종 자세는 말할 것도 없이 문학교육에 있어 식민지적 상황을 연속시키고 심화시킨다. 또 이런 상황이 지속되는 한 우리네 문학교육은 무엇을 왜 가르치는지 모르고 가르치는 혼수상태와 혼수의 전문화를 계속해야 할 것이다.

은폐의 문학론

전반적으로 말해 우리의 문학교육은 인간의 사회적 실천 양상의 하나로서의 문학 또는 문학현상이 어째서 연구되어야 하는가, 문학이 가치 있는 것이라면 그 가치는 어떤 것이며 왜 교육을 통해 그것의 사회적 전승이 계속 시도되어야 하는가 하는 근본적인 질문으로부터 출발하는 것이 아니라 처음부터 무시간적으로 존재해온 것으로서의 문학, 절대적·보편적 범주로서의 문학, 그 존재 이유와 정당성이 태초부터 자명한 것으로서의 문학이라는 환각에서부터 출발한다. 문학, 문학적 가치, 문학적 진리라는 것이 역사적 가변 범주로서 파악되는 게 아니라 불변의 본질 범주로 인식되며, 이 인식은 우리네 문학교육의 완고한 이념적 기초가 되어 있다.

그 인식은 하나의 특수한 역사적 이념 형태인 관념론과 그것의 파생물인 관념론적 미학에 의해 형성되어온 것이다. 관념론의 힘은 이념 형태로서의 관념론 자체의 역사성과 그 역사적 성립 과정을 은폐하는 능력에 있다. 그것은 환각과 도치의 능력, 다시 말해 이념으로서의 관념론을 진리체계로 승격시키고, 그 성격에 개입된 사회·역사적 이해관계의 불순성과 '더러운 손'에 관해서는 잊어버리게 하는 능력이다. 인간 행위의 전 과정에 개입하는 이 이해관계를 점검하고 그것의 은밀한 동기를 파악하려는 행위가 곧 반성 행위라고 한다면, 관념론은 반성의 모든 계기와 필요성을 처음부터 유효하게 봉쇄한다. 해방 사십 년의 우리네 문학교육을 특징짓는 반성의 부재, 반성적 사고의 결핍은 바로 이 같은 반성의 이념적·정치적 봉쇄에 기인한다.

문학교육이 문학현상을 반성하는 데서 시작하지 않고, 문학을 일종의 선험적 가치 범주로서, 즉 선험적 미美와 순수진리 범주로서 간주하며 무반성적 교육과목으로 부과해온 것은 관념론의 이념적 미학 기준과 판단 기준의 이념성이 처음부터 유효하게 은폐되었기 때문이다. 이 은폐는 이미 신문학의 도입 당시부터, 다시 말해 문학이 우리 사회의 자생적 실천 양상으로서가 아니라 외부로부터의 수입물로 도입될 당시 그와 함께 따라 들어온 유일한 미학체계(또는 문학론)가 서구의 관념론적 미학이었다는 사실에 결정적으로 연유한다. 희랍 고전 시학과 19세기 낭만주의 문학론을 거쳐 확립된 관념론적 미학체계가 일본을 중개자로 하여 식민지 한국에 도입될 무렵, 그것은 이미 서구의 문학적 사고를 지배하는 체계가 되어 있었으며, 그에 맞설 만한 비판적 사고는 그쪽에서도 성숙되어 있지 않았다. 따라서 문학을 선진 개화 문물의 하나로 도입하는 일조차도 벅차했던 근대 한국에 관념론적 문학론이 무엇을 은폐하고 무엇을 이념적으로 봉쇄하고 있는가를 판단하고 비판할 능력이 있을 리 없었다.

여기서 우리는 근대적 문학과 문학론의 도입이 반성 없이 행해졌다는 사실을 자탄하려는 것이 아니다. 우리가 지적하려는 것은 서구의 관념론적 문학론을 바탕으로 해서 식민지 한국에서 전개되었던 일련의 문학적 행위(특히 식민지하의 순수문학과 민족문학)가 해방 이후의 문학교육 현장에서 진작 그리고 충분히 비판·반성되지 않았다는 점, 이로 인해 특수한 역사적 산물로서의 관념론 미학체계나 기준이 그 역사성·이념성을 효과적으로 은폐한 채 오히려 보편적 기준으로 해방 후의 문학교육을 지배하게 되었다는 점이다.

비록 충분치는 못하지만 일이 이렇게 되기까지의 역사적 사정을 앞에서 우리는 외국문학교육에 있어서의 식민지적 상황의 연속이라는 말로 표현했다. 그러나 주지하다시피 그런 식민지적 상황은 외국문학 분야에서만 지속된 것은 아니다. 식민지하에서 문학으로 유통되었던 문학현상들은 해방 후에도 여전히 문학으로 평가·수용되었다. 평가·수용된 정도가 아니라 '순수문학', 다시 말해 문학이라 부를 만한 문학은 바로 그런 것밖에 없다는 식으로 가르쳐지고 선전되었다. 관념론적 문학론의 일부로서의 순수문학론과 문학 본질론 등의 기만성과 이념성이 일제 말기 및 해방을 거치는 동안 여지없이 탄로난 다음에도 그런 문학론과 그에 입각한 문학 행위는 여전히 지속되었으며 문학교육의 현장까지도 지배했다. '순수'의 환각은 순수라는 이름으로 행해지는 이념적 행위의 이념성을 교묘히 은폐했다. 이 은폐는 자신의 문학이 '순수'문학이기 때문에 이념 혹은 역사적 상황 변화에 관계없이 여전히 순수문학으로 살아남는다고 주장한 사람들의 자기기만으로 나타나기도 했고, 더 기막히게는 순수문학론이야말로 이념문학론이라는 사실은 덮어둔 채 문학의 역사성을 얘기하는 쪽을 향해 거꾸로 '문학의 이념화'라고 뒤집어씌우는 전도 행위로 나타나기도 했다.

이들에 의해서, 그리고 문학 순수주의와 보편주의를 신봉하는 문학교육 담당자들에 의해서 문학은 역사·사회적 현상이 아닌 영원의 범주로, 시간의 이빨에 결코 물어뜯기지 않는 기념비적 가치로, 역사를 넘어, 역사의 위에, 역사를 부정하며 군림하는 형이상학적 보편 진리로 가르쳐지고 전파되어왔다. 문학의 영원범주화는 문학현상을 일으키고 변화시키는 역사·사회적 발생인發生因을 보지 않으려는 이념적 동기를, 문학을 기념비적 존재로 올려세우는 것은 문학의 구조적 형식인形式因 속에 발생인까지 통합시켜 형식인을 영원히 물신화하려는 정태적이고 보수적인 정치적 동기를, 문학의 보편범주화는 단 하나의 진리, 단 하나의 신을 추구하려는 지배욕과 형이상학적·신학적 그리움을 각각 은폐한다. 우리의 문학교육은 관념론적 문학론이 감추고 있는 이 같은 은폐의 지층을 캐내는 대신 오히려 그 은폐 사항들이 탄로나지 않게 하기 위해 고안된 일련의 문학적 트루이즘truism(자명한 이치, 진부한 문구)과 가짜 질문들을 정신없이 반복하는 일로 문학을 교육해왔다. 이를테면 우리는 프라이식으로 '문학은 문학에서 나온다'라든가, 아리스토텔레스 또는 하트만식으로 '문학은 언제나 역사보다는 기념비적이다'라고 한다든가 혹은 크라우스식으로 '호머의 시가 어째서지금도 그 가치를 갖는지 유물론 미학은 설명하지 못한다'라고말하는 것으로 문학 강의를 봉인해온 것이다.

이 같은 문학적 언급들이 물론 다 틀린 것은 아니다. 그러나 그것들이 진리라면 그것은 다만 반쪽의 진리이거나 유사類似진리일 따름이다. 문학교육의 현장에서 시급한 일은 이 같은 유사 진리들의 검토와 비판이며, 진리의 이름으로 횡행하는 것들의 피 묻은 손을 드러내 보이는 일이다. 이런 작업이 문학의 가치를 결코 훼손하는 일이 아님은 물론이다. 그 작업은 문학을만드는 자가 결국 욕망의 땀냄새에 젖은 인간이라는 것, 특정의 작품을 문학이다 아니다로 판정하는 기준이나 문학적 취향의 심판관들이 역사적 세력과 사회적 이념의 산물이라는 것, 문학적 가치와 그 판단의 기준은 환시세처럼 변한다는 것, 문학은본질을 갖는 것이 아니라 다만 역사를 가질 뿐이라는 것 등을정당하게 이해하고 그 이해 위에서 문학적 실천의 중요성과 가치를 인정케 하는 작업이다. '문학'이라는 말이 지금의 의미로쓰이기 시작한 것은 서구 시민사회의 확립과 때를 같이하는, 겨우 19세기의 사건이 아닌가.

대학 1985. 12월

한국문학, 오르한 파묵에게 배워라

노벨문학상을 받은 오르한 파묵은 터키가 자랑할 만한 작가임에 틀림없지만 정작 터키 안에서는 그에 대한 정부와 대중의 시선이 곱지 않다. 그냥 곱지 않은 정도가 아니다. 터키 정부의 눈에 파묵은 '손봐야 할' 반국가 행위자다. 실제로 터키 정부는 '국가정체성 모독' 혐의를 씌워 파묵을 처벌할 수순을 밟아오고 있었고 작년 12월 그를 법정에 세울 계획이었던 것으로 알려져 있다. 파묵이 곤경에서 벗어난 것은 재판 직전 검찰이 내린 기소중지처분 덕택이다. 검찰이 갑자기 태도를 바꾼 것은 세계 각국의 항의가 빗발쳤기 때문이다. 유럽연합 가입을 협상중인 터키 정부로서는 파묵 재판을 강행할 경우 그것이 몰고 올 국제사회, 특히 유럽 쪽 비난 여론의 '쓰나미'를 감당하기 어렵다고 판단했던 듯하다.

이런 야단법석은 작년 2월 파묵이 스위스 한 잡지와의 회견에서 시도한 어떤 용감한 발언에 기인한다. "제1차세계대전을 전후해서 백만 명의 아르메니아인과 삼십만 명의 쿠르드인이 터키 당국의 손에 학살당했다. 그런데 터키는 지금도 그 사실을 인정하지 않고 있고, 그 사건에 대한 공개 언급이나 토론도 금지하고 있다"는 것이 그의 발언 내용이다. 오스만 터키는 아르메니아인들이 제국의 반대편에 섰다는 이유로 영내 아르메니아인들을 대거 이주시키고 그 과정에서 학살을 자행했던 것으로 알려져 있는데, 파묵에 의하면 '국제 학계의 상식'이 되어 있는 이 사건이 지금 터키에서는 입에 올릴 수조차 없는 금기사항이라는 것이다. 회견 내용이 알려지면서 파묵은 터키의 자칭 애국자들, 우파 보수언론, 국가주의자들의 집중포화에 걸린다. 그의 책들은 길바닥에서 공개 화형을 당하고 보수언론들은 '파묵을 영원히 침묵'시켜야 한다고 목청을 높인다. 검찰은 그를 기소한다. 오스만제국은 터키의 과거이고 유산이기 때문에 파묵의 발언은 터키 역사와 국가정체성을 욕보인 행위라는 것이다.

그리고 또 흥미로운 일이 하나 더 벌어진다. 노벨문학상 수상자가 발표되던 바로 그날 프랑스 하원이 새로운 법안 하나를 통과시키는데, 법안 내용인즉 제1차세계대전 때 "오스만 터키의 아르메니아인 학살 사건을 부정하는 행위는 형사 범죄를 구성"한다는 것이다. 이 법이 실시되면 누구든 프랑스 땅 안에서 아르메니아인 학살 사건을 부정했다가는 감방에 갈 각오를 해야 한다. 터키의 애국 대중이 또 한차례 흥분해서 프랑스를 맹렬히 비난하고 나왔을 것은 불문가지다. 프랑스 하원이 터키의 유럽연합 가입을 막고 터키를 길들이기 위해 그런 법안을 통과시켰다는 것이다.

재미난 것은 이 법안에 대한 파묵의 반응이다. 터키의 한 민간 텔레비전과의 회견에서 파묵은 그 법안이 프랑스가 지켜온 근본적인 원칙 가운데 하나인 '표현의 자유'에 정면으로 역행하는 것이라 비판하고 나선다. "프랑스의 비판적 사유의 전통은 내게 깊은 영향을 주었고 많은 것을 가르쳐주었다. 그러나 이번 법안은 자유 아닌 금지이며 프랑스 전통이 지닌 자유

중시의 성격에 맞지 않다." 또 그는 프랑스 법안에 분노하는 터키 국민들에 대해서도 자제할 것을 호소한다. "벼룩 한 마리 잡으려고 담요를 불태우지 맙시다." 그는 내심 이 터키 속담을 문제의 그 프랑스 법안에도 적용하고 싶었을 것이 틀림없다. 그러나 프랑스에 대한 파묵의 비판에도 불구하고 그를 향한 터키 대중의 불쾌감은 수그러들지 않고 있다. 파묵과 프랑스가 사실은 터키 역사를 헐값에 팔아넘기기로 공모했고 그의 노벨상 수상도 터키를 욕보이기 위한 유럽의 정치적 결정에 불과하다는 것이다.

파묵을 둘러싼 이런 소동을 보자면 비서구 출신의 작가로서 서구문명의 가치관과 전통으로부터 성장의 자양을 공급받아 비서구 지역 국민국가의 역사, 정서, 전통의 테두리 안에서 활동해야 하는 작가들이 겪어야 하는 비애와 역설, 딜레마와 곤궁이 있는 대로 다 드러난다. 그에게 많은 것을 가르쳐주었다는 그 '비판적 사유'나 그가 중시하는 '표현의 자유'는 미안하지만 터키의 전통이 아니다. 파묵이 프랑스적 자유의 전통이라 부른 것의 첫머리에는 볼테르, 디드로 같은 근대 계몽철학자들이 있다. 파묵을 키운 것은 오스만제국의 영광이 아니라 "나는 당신과는 생각이 같지 않다. 그러나 당신의 말할 자유를 지켜주기 위해서라면 나는 내 목이라도 내놓을 용의가 있다"고 말한 볼테르적 전통이다.

터키 역사에 뿌리를 두지 않은 어떤 전통과 가치를 가져다 터키 땅에 접붙이면서 서로 다른 문명의 만남, 서로 다른 시간대의 융합 가능성을 탐색하고 그 만남에서 오는 갈등, 충돌, 비애, 역설의 경험들을 담아내고 있는 것이 파묵의 문학이다. 그를 법정에 세우고자 한 조국 터키에서 그가 경험하는 것은 우리에게도 익숙한 주제, 곧 근대와 전근대, 서구와 비서구적인 것 사이의 길항이고 충돌이다. 그런 충돌의 경험에서 작가가 주목할 것은 어느 것이 더 나으냐 못하냐의 문제이기보다는 서로 다른 전통들 사이의 융합 가능성과 불가능성, 역설과 딜레마라는 문제다.

우리에게도 익숙한 주제라고 말했지만 우리 문학은 이런 주제를, 혹은 그런 문제의식을 배경에 깐 현재적 삶의 경험을 때깔나게 다루어보지도 못한 채 지금 이상한 겉멋에 취해 비틀거리고 있다. "나의 발언을 국가적 수치라고 말하는 사람들이 있다. 그러나 국가의 역사에 찍힌 오점을 말하는 것이 수치인가 아니면 말하지 못하게 재갈 물리는 것이 수치인가?" 파묵의 이런 질문은 터키에만 해당되는 것인가? 천만의 말씀, 그것은 21세기 한국을 향한 것이기도 하고 일본, 중국, 북한을 향한 것이기도 하다. 노벨상 수상자 오에 겐자부로 역시 일본 역사의 오점을 말했다가 곤욕을 치른 아시아 작가의 하나다. 벼룩 한 마리, 아니 빈대 한 마리 잡으려고 초가삼간 불태우는 짓을 우리는 좀 많이 해왔던가? 문학은 권력의, 눈먼 애국주의자들의 눈치를 보지 않는다는 점에서 '양심'이다. 표현의 자유가 소중한 것은 그게 어디 특산물이어서가 아니라 양심 그 자체의 소중함 때문이다. 물론 여기에도 역설과 비애는 있다. 표현의 자유조차도 양심을 떠나 추악하게 타락할 수 있으므로.

한겨레 2006. 10. 26.

통일시대 한국문학의 전망

　이 토론의 주제 제목에 사용된 '전망'이라는 용어가 반드시 '현재'를 제외하는 것은 아니지만 그 용어의 일반적 용법은 결코 '미래'를 배제하지 않는다. "현재를 전망한다"거나 "과거를 전망한다"고 우리는 말하지 않는다. 무엇을 전망한다고 할 때 그 행위의 시점은 불가피하게 현재지만 전망 행위의 대상은 현재도 과거도 아니다. 그 대상은 우리에게 가려진 '미래의 현재'이며 어두운 불확실성contingency의 덩어리이다. 그러므로 인간의 언어가 '전망'이라는 말을 갖고 있다는 것은 '예측'의 경우처럼 인간의 재난이다. 그 말은 '한 치 앞도 보기 어려운' 인간에게 한 치 이상의 '앞'을 보도록 요구한다. 정치학, 미래학, 사회학 계열의 탁월한 현자들, 틀려도 상관없는 예언가들, 그리고 통틀어 바보들만이 그 요구에 선뜻 응할 수 있다. 말하자면 이 심포지엄의 일곱번째 주제는 재난에의 초대이며 바보 되기에의 유혹이다. 이 난관을 제어하기 위해 백낙청 교수는 통일시대와 그 문학을 미래형으로 '전망'하는 대신 통일시대가 이미 시작되어 현재진행중이라는 관점 위에서 '현재' 남한의 몇몇 문학적 성과들을 점검하는 것으로 전망의 모험에 맞서는 방법을 선택했고(물론 그 관점 자체에는 근거가 없지 않다), 김인환 교수는 『주역』의 점괘('가르침'이라는 의미에서)로부터 전망의 유구한 방법적 범형을 빌려오고 있다. 김교수가 만약 틀린다면 그것은 그의 책임이 아니라 『주역』의 책임이다.

'국민'이 '국가'(특히 근대적 '통일국가')의 존재와 더불어 성립하는 구성적 실체에 대한 개념이라면, '민족' 개념은 적어도 남한의 많은 문학인들에게는 남북의 두 체제 또는 두 '국가'를 초월하는 가치이다. '국민'과 '민족'이 우리의 인식에 작동시키는 이 개념 차이는, 백교수가 부분적으로 지적했듯, 남한 문학인들이 '국민문학'보다는 '민족문학'이라는 표현을 선택한 이유와 직결된다. 서양 여러 나라의 국민문학은 통일국가 형성기에, 그리고 그것의 정치적 성립 이후에 제기되는 문화적 요청('국민적 동질성 및 정체성' 확립의 요청)을 만족시킨다는 과제와 목표를 안고 있었다. 미국의 국민문학은 그 좋은 예이다. 다민족/다인종 사회로부터 단일국가를 형성시킨 미국의 경우 'national literature'는 처음부터 '국민문학'이지 '민족문학'일 수가 없다. 미국의 국민문학은 그러므로 비동질적 다민족 사회에 '미국인'이라는 문화적 공통가치를 형성해내는 작업을 문학의 한 과제로 떠안고 출발한다. '하나 속의 다수' 또는 '다수로 이루어지는 하나E pluribus unum'라는 정치 다원주의적 통합의 이상은 정확히 문화의, 또는 '국민문학'의 이상과 합치한다.

국민문학과 민족문학에 대한 이 간략한 구분은 우리가 통일국가를 이루고 난 다음에야 국민문학을 출발시킬 수 있다거나 '통일시대'의 문학은 당연히 국민문학 또는 국민문학적 성격의 문학이 되리라는 식의 순차론을 제시하기 위한 것이 아니다. 순차론의 프로그램 자체는 분단기에 형성된, 또는 형성되었다고 우리가 생각하는, 남북 사회의 이질성 제거와 균열 봉합 작업을 통일시대의 문학적 과제로 제시한다는 점에서 하나의 '전망'임에 틀림없다. 따라서 통일기의 문학은 불가피하게 균열봉합의 문학, 혹은 최소한 그런 봉합을 주요 과제로 삼아 통일국민국가의 사회문화적 통합에 기여하는 문학이 될 것이라는 관점이 있을 수 있고, 이런 관점을 가진 사람은 그가 용어선택에 동의하건 않건 '국민문학적 전망'을 제시하고 있는 셈이 된다. 이 전망에 따르면 통일시대의 문학은 '다림질'과 '바느질'을 전문으로 하는 문학이다. 다림질이건 바느질이건 혹은 땜질이건 간에 내가 구태여 이 종류의 전망을 언급해보는 까닭은 그런 식의 '내다보기'가 지금의 남쪽 문학인들과 통일(학) 전문가들 사이에 분명 있을 법한데 오늘 나온 발제문들은 전망의 여러 가능한 종류와 논거들에 대한 검토를 무척 아끼고 있다고 느껴지기 때문이다.

전망을 이론의, 또는 체계적 입장의 연장이라 한다면, 통일시기의 문학에 대한 '자유주의적/다원주의적 전망'도 있을 수 있다. 장차 한반도 통일국가가 어떤 형태의 것이 될지 예견하기는 어렵지만 상상력이 제멋대로 뛰지 못하게 한계를 그어주는 제한요소들은 상당히 많다. 이를테면 그 통일국가가 적어도 전근대적 왕조의 형태를 취할 수 없으리라는 것, 역사적으로 실패한 전체주의국가를 반복하기 어려우리라는 것, 제아무리 기발한 통일이 이루어져도 그것은 이미 우리가 알고 있는 근대국가적 성격들의 많은 부분을 유지하게 되리라는 것 등이 그런 제한요인들이다. 이런 다수의 역사적 제한들을 고려한다는 점에서 전망은 미아리고개의 복술과 다르다. 미래의 한반도 통일국가가 근대국가적 국민 기본권들 가운데서 예컨대 사상, 표현, 예술, 비판의 자유와 권리를 제거하고 관용의 가치를 폐기할 수 있을 것인가? 역사적 상상력 속에서는 그런 통일국가의 가능성은 극히 희박하다. 이것이 통일시대의 문학에 대한 자유주의적 전망이 나올 수 있는 근거이다. 정치자유주의가 그 위선 때문에 도산의 위기에 처했다 하더라도 문화와 기본권 영역에서의 자유주의는 최소한 예견 가능한 미래까지는 인류가 포기하기 어려운 '근대적 전통'을 이루고 있다. 그리고 이 전통에 관한 한, 아직 초라하기는 하지만, 남한에서의 근대성의 실현 정도는 북한의 경우보다 상대적으로 높고 문학환경에서도 사정은 마찬가지이다. 근대의 주요 유산들을 폐기하는 통일국가를 상상하기 어렵다면, 남한에서의 근대성은 통일국가에 계승/확장되어야 할 것이고 남한의 자유주의적 문학이 갖고 있는 근대적 환경(이것은 문학적 성과와는 별개의 것이지만)은 그 점에서 '통일시대'를 열고 있다고 보아야 한다. 이 부분에서 내 토론의 관심은 발제자들이 언급하지 않고 다루지 않은 사항들을 자꾸 거론하려는 것이 아니라 '통일시대'가 이미 시작되었다는 백교수의 생각은 자유주의적 관점에서도 똑같이 제기될 수 있는 주장임을 말해두자는 것이다.

내가 잘못 알고 있는 것인지는 모르지만, 남한의 민족문학론자들에게 '민족' 개념이 지니는 가치는 동질성과 전체성(혹은 총체성) 등의 상관가치들과 분리되지 않는다. 다소 단순화해서 보면 분단은 민족 총체의 훼손이고, 분단상황의 극복 노력은 동질적 총체의 원상회복 운동이 된다. '민족문학'이 한반도 반쪽의 국민문학이기를 거부하는 것은 그 반쪽의 국민문학적 시야 속에 민족 총체나 그 총체의 회복 전망이 담기지 않기 때문이며 따라서 '민족'문학은 당연히 민족 총체의 회복을 지향하는 통일문학의 성격을 갖는다. 이 통일문학과 통일국가의 관계는 무엇인가? 아니, 바꿔 표현해서 민족문학은 민족통일이 이루어지는 시점에 그 시효가 자동적으로 만료되는 한시적 문학, 그래서 통일 시점 이후부터는 통일국가의 '국민문학'이기를 지향하게 될 문학인가? 아니면 통일 이후에도 여전히 민족문학의 이름으로 존속해야 할 이유와 근거를 갖는 문학인가? 그 근거가 제시되지 않는다면 통일시대의 민족문학은 어떤 명칭으로 불리건 아무 상관없는, 혹은 국민문학과 구별될 까닭이 없는 문학일 것이다. 아직 오지도 않은 통일을 놓고 그 시기 문학운동의 명칭이나 변별성을 거론하는 것은 무의미한 일일 지 모른다. 그러나 백 교수의 주장대로 통일시대가 이미 시작된 지금 민족문학이 여전히 의미 있고 유효하다면 현실적·전면적 통일 이후에도 그 유효성은 소멸하지 않는다고 말해야 할 것이다. 통일시대의 문학에 대한 '민족문학적 전망'이 요구되는 이유는 거기 있다. 이론의 연장으로서의 이 전망 제시 작업은 통일시점 이후를 미리 말하기 어렵다는 신중한 태도나 통일시대가 이미 열렸다는 관점에서 현재 남한의 민족문학적 성과들을 점검해보는 일과는 그 성격이 근본적으로 다르다. 그 작업은 아무리 적게 잡아도 '민족'이랄 때의 민족의 비본질론적 역사-경험적 의미, 남한 내부에서조차도 민족을 말하기 어려운 복잡한 사회관계의 대두, 민족 개념에 대한 마모, 희석, 풍화, 해체의 국제적 이해관계에 대한 대응, '민족'문학이 유지되어야 하는 이유, 통일 지향기만이 아니라 통일기 문학의 성격, 기능, 역할 등등에 대한 정밀한 논의와 분석들을 포함해야 할 것이다.

민족문학의 관점에서 통일기문학을 말할 때, 비록 그 화두가 '한국문학'으로 한정된 경우라 하더라도, 북한의 문학환경에 관한 언급이 반드시 생략되어야 할 필요는 없다. 이는 북한문학에 대한 정확한 지식이나 정보의 요구라기보다는 우리가 이미 알고 있는 북한 문학의 생산환경을 통일기문학의 전망 속에 마땅히 포함시켜야 한다는 제안이다. 예컨대 우리는 북한 문학이 '조선인민문학'을 표방하고, 이 문학은 사회주의체제의 확립과 유지를 위해 '복무하는' 것을 주임무로 삼아 생산되는 문학임을 알고 있다. 체제 확립과 유지가 일차적 과제라는 점에서 '인민문학'의 동기는 국민문학적 관심과 유사한 데가 있지만 서양적 국민문학을 성립시킨 국가들은 북한체제와 다르고 문학의 생산양식과 생산관계도 다르다. 북한 인민문학은 고도의 동질성 집단과 그 인자들에 의해서만 생산, 평가, 인정되는 문학이다. 우리에게 중요한 것은 우선 이 고도 동질성 집단과 남한 민족문학론의 '민족' 사이에 존재하는 거리 장단을 엄정하게 측정하는 일이고, 둘째는 인민문학의 북한 내부 수용의 정도를 가감 없이 평가하는 일, 셋째는 남한 민족문학의 경우와 마찬가지로 북한의 인민문학과 그 생산동기가 통일국가의 문학으로서 여전히 유효할 것인가를 객관적으로 검토하는 일이다. 이런 측정, 평가, 검토를 수반할 때에만 남북한 문학은 우선 그 지역 주민들에게 사랑받는 문학이 되어야 한다는 백교수의 견해에서 '사랑받기'의 의미가 분명해질 것이다.

통일국가 체제가 어떤 것이 된다 해도 그 체제와 문학의 관계는 역시 이미 우리가 세계문학사를 통해 알고 있는 문학과 사회, 문학과 국가, 문학과 인간, 문학과 자연의 관계 양상의 테두리를 크게 벗어나지 못할 것이다. 서양적 국민문학의 경우에도 문학과 국가/사회의 관계는 반드시 우호적인 것이 아니었다. 특히 '이익사회적 근대'의 대두 이후 문학은 근대 기획의 경제/기술/산업 프로그램에 대해서는 극히 부정적이었고 '합리성의 확장'이라는 부분에서의 근대기획과 문학 사이에도 첨예

한 긴장이 지속되어왔다. 합리성의 사회적 확장에 요구되는 이성성은 문학의 심미적 인문문화적 관심과 반드시 조화로운 관계에 있는 것이 아니다. 근대를 나포한 진보사상이나 근대적 역사시대를 특징짓는 불가역의 직선 시간관 역시 반복과 순환 질서에 더 친연성을 느끼는 문학의 체질과는 맞지 않다. 장차 한반도에 어떤 통일국가/사회가 실현된다 해도, 그 사회는 근대적 산업과 기술, 경제의 명령으로부터 벗어나기 어려울 것이며 따라서 그 통일시기의 문학은 지금의 남한문학과 대차 없는 부정과 저항의 목소리를 내고 있을 것이다. 이 말은 지금의 세계와 그 세계에서의 인간의 삶의 양식이 극적 전환을 이룰 수 있으리라는 전망의 불가능성을 고려할 때, 통일시대의 문학이라고 해서 근본적으로 다른 성격이나 작업을 갖게 되리라 보기 어렵다는 얘기이다. 그 시기의 문학에는 여전히 문학으로서 해야 할 일과 과제가 있을 것이고 그 일은 지금까지 문학이 해온 일, 혹은 백교수의 점검이 보여준 최근 남한문학의 작업과 본질적으로 다르지 않을 것이다. 김인환 교수가 애써 우리에게 깨우쳐준 『주역』의 가르침이 통일시대 문학과 연결될 지점이 있다면 반복과 변화, 연속과 단절의 종합에 대한 동양적 비전이 동시에 문학의 비전이기도 하다는 점일 것이다. 사실 그 비전은 동양만의 것도 아니고 지금 동양에만 남아 있는 것도 아니다. 그러나 지금 세계에서 그것은 명백히 억압된 타자적 존재이다. 그 존재의 가치를 놓치지 않는 곳에 한국문학의 세계성이 있다.

대산문화재단 해방 50주년 기념 문학 심포지엄 발제문 1995. 9월

망각의 오디세우스

시적 진술의 큰 힘은 그것이 모든 종류의 진술을 유효하게 한다는 데 있다. 그것은 논리를 뛰어넘어 역설과 반어의 세계를 열어젖히고, 문법을 넘어 비문非文에 의미를 잉태시키는가 하면 조발성 치매증의 언어에까지도 번쩍이는 광기, 통찰의 섬광을 부여한다. '밤은 아이를 무섭게 한다'라는 일상의 진술은 우리를 더욱 따분하게 하지만 '아이가 밤을 무섭게 한다'가 시적 진술로 던져지면 우리는 갑자기 흥분한다. 그 역설이 벌려놓은 간극을 우리는 온 정신의 근육으로 메우지 않으면 안 되기 때문이다. 종이, 그 별것 아닌 한 장의 얇디얇은 백지의 평범을 놓고 시인이 "종이는 깊다"고 우리를 유혹할 때 그는 이미 제정신이 아니라 저승사자, 장 콕토이다. 그는 콕토의 거울, 종이의 평면 속으로 우리를 빨아들여 천길 깊은 나락─쇠뭉치도 이레를 떨어져야 가닿을 죽음의 심연으로 우리를 끌고 간다.

시적 진술의 이 거대한 마력, 파괴적이고 역설적이고 반어적인 비문의 괴력을 동원하여 근대사회의 합리주의 문법에 맞섰던 것이 모더니즘의 시학이다. 이것이 근대성(모더니티)과 모더니즘의 관계이다. 모더니즘은 모더니티의 자궁에서, 근대화와 대중과 상품과 시장의 한가운데서 태어나 그 자궁을 부정하고 시장의 신을 조롱했다. 모더니스트는 자신의 언어와 사회의 언어를 구별하고 자신의 언어로 자기 스타일과 개성, 자기 존재의 특이성을 확립하고자 했다. 비문법적 모순어법은 그의 사회적 존재양식, 그의 존재 문법이기도 했다. 자신의 모순어법으로 근대성의 허위와 모순, 그 일상의 천박을 비춰내는 것이 그의 신성한 예술적 작업이었다. 진부함과 천박성, 평범은 그가 용서할 수 없는 적이었다. 로만 야콥슨의 말처럼 "일상의 언어에 폭력을 가하는 것"이 그의 시학이었고 그의 시는 "진부성에 대한 영원한 투쟁"이었다.

모더니즘의 절정기로부터 반세기의 세월이 흐른 지금 모더니즘은 어디에 있는가? 상품의 시대에 홀로 예술의 신전을 지키려던 우리의 신성한 시와 그림의 사제는 지금 어디에 가 있는가? 그의 개성과 반란, 그의 부정과 투쟁은? 우리는 그가 어디 있는지 안다. 그는 시장 속에 있다. 한 장의 빛바랜 초상으로, 고가의 투자용 그림으로, 경매장과 박물관과 호화 저택의 벽에, 대학의 문학 정전 속에, 상품 광고 속에 그는 박제가 되어 남아 있다. 한때 신선했던 그의 언어, 그의 색깔, 그의 조형은 지금은 충격이 아니다. 뭉크의 〈절규〉 앞에서 지금은 아무도 전율하지 않고 엘리엇의 『황무지』 앞에서 아무도 몸을 떨지 않는다. 그의 예술은 그가 그토록 경멸했던 일상의 한 부분이 된 것이다. 이것이 모더니스트에게 가해진 상품신의 복수이다. 시장의 신은 예술가의 오만을 용서하지 않는다. 시장의 신은 한때 모더니스트의 혼을 불태웠던 예술에의 정열을 더이상 정신적 욕구의 대상 아닌 소비와 '재테크'의 대상이 되게 함으로써 모더니즘 예술에 가장 철저한 복수를 수행한 것이다. 모더니즘의 역설어법은 그 어법의 주인을 최종의 희생자로 선택한 셈이다.

언어적 역설로, 파괴와 충격의 스타일로 모더니티에 맞서려던 모더니즘의 예술적 전략은 잘못된 선택이었던 것일까. 그가 재현을 거부하고 리얼리티를 떠남으로써 그 리얼리티를 비추려던 부정의 시학은 애당초 실패를 잉태한 불모의 것이었던가. 그동안 수없이 던져졌던 이런 질문들이 오늘날 다시 우리에게 되돌아와 반성을 요구하는 것은 말할 것도 없이 모더니즘의 후예─포스트모더니즘의 대두 때문이다. 예술로서의 포스트모더니즘이 예술 모더니즘으로부터의 단절 선언이라는 주장은 잘못된 것이다. 그것은 단절이 아니라 연속이며 모더니즘의 극단적 연장이다. 단절 선언이라는 조상 학살의 충동부터가 모더니즘의 전통이다. 단절이란 과거시제를 절단함으로써 현재를, '지금 여기'를 올려세우려는 변형된 나르시시즘이다. 그것은 현재시제만으로 되어 있는 에고이즘의 문법이다. 그러나 과거를 절제한 단절의 문법 속에는 미래시제도 있을 수가 없다. 과거를 학살하고 그것을 망각의 늪에 빠뜨릴 때에는 미래 또한 희생된다는 것이 통시적 역사의 가르침이다. 단절의 문법은 오디세우스의 귀향의 서사를 망각의 이야기로 고쳐 쓰는 것과 같다. 이 망각의 영원한 현재 속에서 오디세우스는 돌아가야 할 고향 이타카를 잊은 채 망우수의 섬에 안주한다. 그는 그가 왜 애당초 모험의 귀향길에 올랐던 것인지 기억하지 못하며, 이 기억상실은 돌아가야 할 고향의 망각으로 이어진다. 그는 목적이 없어진다. 과거 상실은 동시에 미래의 상실이다. 이 망각의 오디세우스에게는 과거와 미래를 제거한 뒤에 남은 한 조각의 파편─현재라는 시간의 파편만이 '전체'이다. 그러나 그 파편은 이미 과거와 미래를 갖지 않으므로 시간이 아니다. 그것은 공시적 시간─곧 공간이다.

그러나 이 포스트모더니즘의 오디세우스는 이미 모더니즘 속에서 싹트고 있었다. 모더니즘이 과거와의 단절을 선언하고 실물 현실로부터 언어의 해방을 내세웠을 때, 해방된 언어 속에서 구원과 유토피아를 찾아 나섰을 때 이미 망각의 오디세우스는 자라고 있었다. 조이스의 오디세우스는 호머의 오디세우스와 포스트모더니즘의, 토머스 핀천의 오디세우스 사이에 있다. 모더니즘의 시대에 벌써 언어는 실물과 유리되고, 이 유리된 언어는 목적지 없는 자유 공간을 유영하기 시작한다. 그것은 귀착 지점을, 그의 텔로스를 망각한 자유 오디세우스의 언어이다. 이 자유로운 언어의 표류가 기록한 유랑의 여정을 기술하기는 어렵지 않다. 먼저 그것은 사회의 언어와 개인의 언어로 분리되고, 개인의 언어는 다시 인간과 언어로 분리되고, 언어는 기의와 기표로 분리된다. 이 기표까지도 어떤 분화의 과정을 겪을지 지금으로선 알 수 없다. 모더니스트가 자기의 언어를 가질 수 있었던 것은 이 같은 분화의 시초 단계에 허락된 순간적 축복에 지나지 않는다. 지금의 시인은 자기 언어의 주인이 아니라 언어 속의 한 매듭이 되어 있다. 그는 언어의 종이다. 그는 저자도 기의도 아닌 기표의 하나일 뿐이다. 그는 무한한 기표망 속의 한 고리이고, 그의 텍스트는 무한수의 순열 조합이 이루어내는 하나의 우연성에 지나지 않는다. 세계, 인간, 사회는 그 실물성을 잃어버린 기호로서, 기호체계로서만 존재한다. 이것이 포스트모더니즘의 세계이다. 모더니스트는 죽고 그의 무덤에는 기표의 꽃들만이 무성하다.

그럼에도 불구하고 우리가 지금 일말의 향수를 가지고 모더니스트를 회상해보는 것은 그가 모더니티의 시인답게 모더니티의 인식 모형—심층과 표층의 모형을 여전히 지니고 있었기 때문이다. 그가 표층에 매달릴 때 그가 노린 것은 그 표층의 얇음이 아니라 심층의 깊이였다. 이 깊이가 그의 역설적 언어의 간극이다. 그는 여전히 심층과 표층 사이의 괴리를, 양자의 불일치와 모순을 자기 시학의 최종적 근거로 삼고자 했다. 그는 자기 예술의 뒤틀린 조형을 통해서, 현실과 예술의 간극을 통해서 자기 시대의 천박함을 드러내고자 했다. 모더니티에의 반역에도 불구하고 모더니즘의 시인은 그 시대의 인식 모형—마르크스와 프로이트와 베버의 심층 인식 모형을 공유하고 있었다. 그는 공간보다는 여전히 시간의 문제에 집착했다.

상품화의 시대는 시간의 철저한 공간화시대라고 했던 마르크스의 진단은 정확한 것이었다. 기표의 시대, 포스트모더니즘의 시대에 시간의 세로축은 옆으로 자빠져 공간의 가로축과 하나가 된다. 심층은 수면으로 떠올라 수평이 된다. 은유는 환유로 그 기능을 바꾼다. 상품은 모든 것의 표층이고 철저한 환유의 체계—교환회로이다. 심층이 사라졌다면 표층이란 말도 적절치 않다. 표층 그 자체가 심층이다. 얇음은 곧 깊이이고 얇음을 떠나 깊이는 없다. 기억과 역사, 보존과 승화는 포스트모더니즘에는 조롱거리이다. 누가 이 시대에 역사를 얘기하고 모순을 얘기하고 미래를 얘기할 것인가? 망각만이 카니발의 윤리이다. 기표의 마스크 뒤에 무슨 얼굴이 있는가? 그 얼굴이 또하나의 마스크라면? 진짜 얼굴은 어디에도 없다. 진짜 얼굴—그 심층을 버렸을 때에만, 아니 그것의 존재를 무화했을 때만 카니발은 가능하다. 이렇게 해서 포스트모더니즘의 오디세우스는 그 망우수의 섬에서 망각의 카니발에 빠지고 땀에 흠씬 젖어 '나는 아무도 아니다'라고 외친다. 그는 아무도 아니다. 이름까지도 잊어버렸으므로. 땀이 왜 마스크 위로는 흐르지 않는가 하는 것만이 때때로 그에게 이상하다.

그러나 포스트모더니즘의 카니발꾼들은 많은 것을 잊고
있다. 우선 카니발을 가능케 하는 것은 망각이 아니라 삶의 모
순이라는 것을 그들은 잊고 있다. 역사의 질곡과 상처, 가능성
과 현실 사이의 모순, 지배 법률의 억압이 없다면 인간이 카니
발이라는 순간적 망각의 잔치를 벌일 이유도 없다. 가면을 쓰
지 않고도 해방을 이룰 수 있다면 누가 가면의 은폐술을 채택
할 것인가. 카니발은 모순과 괴리 위의 잔치이다. 농경시대 카
니발의 기원 자체가 그렇지 않았던가? 어머니인 자연을 끊임
없이 겁탈하지 않고서는 인간이 그의 생존을 유지할 수 없다는
생산의 모순—이것이 카니발을 있게 한 조건이다.

포스트모더니즘의 카니발꾼들은 또 니체의 '명랑한 과학'
이 가르친 대로 허무의 명랑한 웃음을 웃도록 권고한다. 그러
나 인간의 웃음은 아무때나 나오는 것이 아니다. 그것은 이미
갈등의 산물이고 모순의 인식에서 나오는 '괴리의 해소 방식'
이다. 갈등을 느끼고 모순을 인지하는 능력이 없었다면 인간
은 웃을 줄 모르는 동물, 아니 웃을 필요가 없는 동물이 되었을
것이다. 모순 인식의 능력—거기서 인간의 이야기, 그의 서사
가 탄생한다. 모순을 망각한 포스트모더니즘의 오디세우스에
게—귀향의 목표와 그 목표를 가로막는 장애물들 사이의 모순
을 더이상 인지하지 않는 그 오디세우스에게 서사는 없다. 그
것은 역사의 끝이다.

서사의 종결과 역사의 끝을 얘기하는 포스트모더니스트들
이 빠져나갈 구멍은 어디에도 없다. 이 점에서 포스트모더니즘
은 미래를 향한 문이 아니며 열린 체계도 아니다. 그것은 철저
히 닫힌 체계(그들은 체계란 말을 싫어하지만)이고 원형의 선

로를 맴도는 장난감 열차이다. 그 선로의 설계공은 누구인가? 그는 모더니스트이다. 모더니즘의 현란한 실험의 뒤끝에 온 실패의 미학―실패했으면서도 그 실패를 새로운 가능성으로 붙들려는 절망의 몸짓, 그것이 포스트모더니즘의 시학이다. 포스트모더니스트가 허무주의에 빠지는 것은 그러므로 놀라운 일이 아니다. 그것은 세기말의 탈진현상이다. 그러나 이 탈진까지도 상품이 되는 시대―지금 우리는 그런 시대에 있다.

문예중앙 1991. 봄

시대로부터, 시대에 맞서서, 시대를 위하여
ⓒ 도정일 2021

초판 인쇄 2021년 2월 15일
초판 발행 2021년 2월 22일

지은이 도정일
책임편집 김영수 | 편집 이재현 강윤정 김필균
디자인 고은이 유현아 | 마케팅 정민호 이숙재 우상욱 정경주
홍보 김희숙 김상만 함유지 김현지 이소정 이미희 박지원
제작 강신은 김동욱 임현식 | 제작처 영신사

펴낸곳 (주)문학동네 | 펴낸이 염현숙
출판등록 1993년 10월 22일 제406-2003-000045호
주소 10881 경기도 파주시 회동길 210
전자우편 editor@munhak.com
대표전화 031) 955-8888 | 팩스 031) 955-8855
문의전화 031) 955-3578(마케팅) 031) 955-2679(편집)
문학동네카페 http://cafe.naver.com/mhdn | 트위터 @munhakdongne
북클럽문학동네 http://bookclubmunhak.com

ISBN 978-89-546-7740-0 03810

잘못된 책은 구입하신 서점에서 교환해드립니다.
기타 교환 문의: 031) 955-2661, 3580

www.munhak.com